Tödliches Erwachen

Die Autorin

Anne Frasier hat ihren ersten Roman 1988 veröffentlicht und erobert seitdem regelmäßig die US-Bestsellerlisten. Ihre Bücher wurden in zahlreiche Sprachen übersetzt, und sie hat eine ganze Reihe von Preisen erhalten. Die Autorin lebt mit ihrer Familie in Minnesota.

Anne Frasier

Tödliches Erwachen

Aus dem Amerikanischen
von Ulrich Hoffmann

Weltbild

Die amerikanische Originalausgabe erschien unter dem Titel *Play Dead*
bei Onyx, New York

Besuchen Sie uns im Internet
www.weltbild.de

Copyright der Originalausgabe © 2004 by Anne Frasier
Copyright der deutschsprachigen Ausgabe © 2009 by Verlagsgruppe Weltbild GmbH,
Steinerne Furt, 86167 Augsburg
Übersetzung: Ulrich Hoffmann
Redaktion: Hella Thorn
Umschlaggestaltung: *zeichenpool, München
Umschlagmotiv: c. Adler, plainpicture
Satz: Sabine Müller
Druck und Bindung: GGP Media GmbH, Pößneck
Printed in the EU
ISBN 978-3-86365-615-7

2017   2016   2015   2014
Die letzte Jahreszahl gibt die aktuelle Ausgabe an.

Danksagung

Dank gilt meinem Bruder Pat, durch den ich die wunderschöne Stadt Savannah kennenlernte.

Ganz besonderer Dank gilt den großartigen Mitgliedern des SavannahNOW-Forums. Ihr habt mir gezeigt, dass die sprichwörtliche Südstaaten-Gastfreundlichkeit sogar im Cyberspace gilt.

Nachts träume ich.
Ich träume, mehr zu sein, als ich bin.
Stark zu sein. Ein geheimes Leben zu führen.
Und in diesem Leben vollbringe ich Taten.
Geheime Taten.

1

Der Leichenbeschauer Savannahs, John Casper, glaubte an das, was manche Wissenschaftler als Cluster-Effekt bezeichneten. Wenn man etwas fallen ließ – Samen, Blütenblätter, Karten – bildeten sich immer Grüppchen.

Genauso war es mit Leichen.

Die kamen nie eine nach der anderen, sondern immer haufenweise. Die letzte Lieferung war so umfassend gewesen, dass Ärzte und Assistenten rund um die Uhr Dienst taten, um dieses ungewöhnlich hohe Volumen abzuarbeiten, das ihre Kühlräume beinahe sprengte.

Als sie fast fertig waren, gingen die meisten Mitarbeiter nach Hause, sie klagten über Kopfschmerzen vom Schlafmangel, und dass sie zu viele Stunden lang den Formalindunst eingeatmet hatten.

Willy Claxton, der einzige verbliebene Assistent, stand nervös in der Tür des Hauptbüros, direkt neben den Obduktionssälen.

»Ein Sturm kommt über den Atlantik«, erklärte er. »Das haben sie im Radio gesagt.«

John schob die Unterlagen beiseite und lehnte sich zurück; sein Stuhl quietschte. »Warum gehst du nicht nach Hause?« Selbst in der Isolation des Leichenschauhauses spürte er im Kopf die Schwere, die dramatischen Stürzen des Barometers voranging. »Bevor der Sturm losbricht.«

»Und was ist mit der letzten Leiche?«

John blätterte die Akte des Toten durch. »Ziemlich übersichtlich. Sieht aus wie ein Herzinfarkt.«

Er erhob und reckte sich. Er war seit über zwölf Stunden hier. Seine Gelenke schmerzten, seine Haut prickelte und spannte sich, er hatte zu wenig geschlafen. »Hilf mir, ihn auf den Tisch zu wuchten, dann kannst du los.«

Willy schob die Leiche aus dem Kühlraum heraus, hinein in den Obduktionssaal. Dort roch es nach Desinfektionsmittel. Er arretierte die Räder, dann hievten die beiden Männer die Leiche von der fahrbaren Krankentrage auf den Edelstahltisch. John fiel auf, dass der Reißverschluss des Leichensacks nicht ganz zugezogen war – er stand vielleicht fünf Zentimeter offen.

»Danke, Mann«, sagte Willy, zog seine Handschuhe aus und warf sie in den entsprechenden Sammelbehälter. »Ich muss nach Hause. Meine Frau hat Angst bei Gewitter.«

John nickte. Er ließ den Mann sein Gesicht wahren. Alle wussten, dass es Willy unangenehm war, wenn es dunkel wurde. Es ging vielen Leuten so, selbst einigen der anderen Leichenbeschauer. John fand es interessant, dass die Neuzeitmenschen immer noch an uralten Ängsten litten, die aus einer Zeit stammten, in der Menschen im Freien lebten und die Dunkelheit eine echte Gefahr darstellte. Heutzutage war es nicht die Dunkelheit, die einen bedrohte – es waren die Wesen dort draußen. Wer im Leichenschauhaus arbeitete, lernte diese Lektion unweigerlich. Die Morde hatten sich dieses Jahr verdoppelt. Die ganze Stadt fühlte sich unsicher, wie Willy. Als der weg war, schlüpfte John in einen Kittel, zog seine Maske, Schutzbrille und Latexhandtusche über, dann schaltete er die Musik an. Man brauchte einfach Obduktionsmusik.

Er öffnete den Reißverschluss und lehnte sich zurück, denn er wartete darauf, dass der Geruch aufstieg.

Nichts.

Manche Leichen stanken nicht. Andererseits, wenn man so lange mit Toten arbeitete wie John, dann bemerkte man es auch nicht mehr. Das Hirn entschied letztendlich: Hey, das habe ich schon mal gerochen. Schon oft. Kein Grund zur Beunruhigung.

Er sprach in sein Diktafon: »Name des Toten: Truman Harrison. Kein zweiter Vorname. Die Leiche ist die eines einundfünfzigjährigen Afroamerikaners mit einer Vorgeschichte an Herzerkrankungen.«

Er fotografierte die Leiche, dann entkleidete er sie und steckte die Kleidungsstücke in Tüten – nicht ganz einfach, ohne Unterstützung. Er untersuchte den Toten von außen und stellte überrascht fest, dass er keine Anzeichen von Leichenflecken oder Leichenstarre finden konnte. Der Kerl konnte noch nicht lange tot gewesen sein, bevor man ihn auf Eis gelegt hatte. Und er hatte wie der Teufel an den Fingernägeln gekaut, fiel John auf, als er eine der Hände hob, um sie genauer zu betrachten.

Draußen wütete der Sturm, aber im Obduktionssaal, im Herzen des Leichenschauhauses, war es still. John hatte das Unwetter beinahe vergessen, bis der unverkennbare Klang von Donner durch die dicken Wände drang und die Gläser auf einem nahen Regal klapperten. Es wurde dunkel im Saal. Sekunden später griffen die Notfallgeneratoren, und das Licht erwachte flackernd wieder zum Leben.

Alles unter Kontrolle.

John fuhr mit der Obduktion fort. Er schob einen Gummiklotz unter den Hals des Kadavers, dann setzte er das Skalpell für den Y-Schnitt an. Er begann an der rechten Schulter, unterhalb des Schulterblattes. Nachdem er ein paar Zentimeter weit vorangekommen war, stieß die Leiche einen langen Seufzer aus.

Das Skalpell glitt John aus den Fingern und fiel klappernd auf den Edelstahl-Untersuchungstisch. Er starrte dem toten Mann ins Gesicht, suchte nach Lebenszeichen.

In einer verwesenden Leiche bildet sich schnell Gas, daher war es nicht ungewöhnlich, dass man den Eindruck bekam, als würde ein Toter ausatmen. Manche Leichen bewegten sich sogar, wenn das Gas durch den Körper gurgelte und nach einem Ausweg suchte.

»Meine Güte.« John lachte nervös.

Er nahm das Skalpell wieder auf und hob die Hand, um fortzufahren. Er zitterte. »Scheiße. Wie albern. Beruhige dich. Es war nur ein bisschen Gas, das ist alles.«

Zu spät fiel ihm das Diktafon wieder ein. Mit seinem überschuhbedeckten Fuß schaltete er es mithilfe der Fernbedienung aus, dann stand er da und atmete schwer. Die Absaugvorrichtung summte.

Er warf das Skalpell auf sein Tablett mit Instrumenten, dann griff er nach dem Handgelenk des Toten und tastete nach einem Puls.

Nichts.

Er tastete nach der Halsschlagader.

Nichts. Er zog eine kleine Taschenlampe hervor und untersuchte die Pupillen. Keine Reaktion. Kein Reflex. Keine Augenbewegung.

Er drehte den Kopf von einer Seite zur anderen.

»Leichte Hautverfärbung.«

Weil das Blut aufhörte zu fließen – ein ziemlich sicheres Anzeichen des Todes. Die Lippen waren lila angelaufen. Finger und Nägel ebenfalls.

Er rollte die Leiche von einer Seite zur anderen, er überprüfte den Rücken und die Pobacken. »Keine Leichenflecken.«

Er ließ den Toten wieder in die vorige Position zurücksinken.

In einem kleinen Lagerraum nebenan wühlte er sich durch die Schränke, bis er ein Stethoskop fand.

Zurück im Obduktionssaal, fühlte er sich zwar albern und war froh, dass niemand anders da war, schaltete aber die Abluft aus und drückte das Stethoskop dem Toten auf die Brust.

War da etwas zu hören?

Ein leises Geräusch?

Ein zartes *lub ... lub?*

Oder war das nur sein eigener Herzschlag, der wie wild durch seinen Kopf hallte?

Er zog das Stethoskop aus den Ohren, dann machte er sich wieder auf die Suche, und schließlich fand er, was er wollte.

Einen Spiegel. Rund, zwanzig Zentimeter Durchmesser.

Mit einem Papiertuch rieb er ihn sauber, achtete darauf, dass keine Fingerabdrücke oder andere Reste auf dem Glas blieben. Dann hielt er ihn dem toten Mann vor Mund und Nase.

Primitiv, aber hilfreich.

Er schaute auf die Uhr und wartete eine ganze Minute, bevor er den Spiegel wieder hob.

Auf der Oberfläche war eine leichte Kondenswolke zu sehen – die sich langsam zurückbildete, während John sie entsetzt und ungläubig anstarrte.

Das durfte nicht wahr sein.

Nicht schon wieder.

2

In Savannahs Historic District nahm Elise Sandburg Orangensaft und Milch aus dem dunklen Kühlschrank, während die Blitze zuckten und der Donner die Scheiben ihres alten viktorianischen Hauses scheppern ließ.

»Ich wollte eigentlich French Toast machen.« Sie stieß die Kühlschranktür mit dem Ellenbogen zu und stellte die Getränke auf den antiken Tisch, auf dem eine Hurrikan-Kerze vor ihrer dreizehnjährigen Tochter brannte.

Audrey starrte benommen geradeaus, ihr schulterlanges, lockiges, kastanienbraunes Haar noch verknotet vom Schlaf.

»Aber ich schätze, wir müssen mit kalten Frühstücksflocken auskommen«, sagte ihre Mutter. »Ein Verteilerzentrum wurde vom Blitz getroffen, das heißt, dass wir möglicherweise bis morgen keinen Strom haben.«

Audrey war das egal. Morgen wäre sie wieder zu Hause. In ihrem *richtigen* Zuhause. Und French Toast hätte sowieso nicht plötzlich alles in Ordnung gebracht. Warum glaubte ihre Mutter so etwas? Sie war doch kein kleines Kind mehr. French Toast würde es nicht besser machen, bei ihrer Mutter bleiben zu müssen.

Sie wollte nach Hause, zu ihrem Dad, in ihr eigenes Zimmer, ihr eigenes Bett, zu ihren Freunden. Nicht hierher, wo alles komisch war, selbst wenn man Strom hatte.

Vor Jahren hatte Elise – Audrey nannte ihre Mutter Elise, zumindest im Geiste – angefangen, die Bude zu renovieren, sie hatte sich über die Zimmer hergemacht, hatte die Wände bis auf die stinkigen alten Planken freigelegt. Sie hatte fleckige Tapeten abgerissen und Löcher vorgefunden, die groß genug waren, dass man durchkriechen konnte.

Aber dann hatte sie eines Tages einfach damit aufgehört.

Die Böden quietschten immer noch, und Türen gingen von alleine auf. Ihre Mutter – Elise – gab der Schwerkraft die Schuld, sie sagte, das Gebäude hätte sich gesetzt, die Türen hingen jetzt schief. Aber dadurch fühlte sich Audrey auch nicht besser, wenn sich hinter ihr einfach eine Tür öffnete.

Elise kam jetzt zu ihr herüber, mit gestapelten Schalen in einer Hand, einer Schachtel Frühstücksflocken in der anderen, und noch einer unter den Arm geklemmt. Sie trug ein altes, graues Savannah-Police-Department-T-Shirt und eine Flanell-Pyjama-Hose. Keinen BH.

Ihr kinnlanges Haar war glatt und dunkel; durch ihre Augen zogen sich merkwürdige Linien. »Das ist nett, oder?«, fragte Elise und setzte sich an den Tisch. Nett?

Sweet Kitty!

Audrey dachte sich gerne Sprüche aus. *Sweet Kitty* war der neueste, und ein großer Hit in der Schule. Sie hoffte, dass sie eines Tages den Fernseher einschaltete und irgendjemand einen der coolen Sprüche sagen hörte, die sie erfunden hatte. Vielleicht würde sie eines Tages den Fernseher anschalten, und David Letterman riefe: »Sweet Kitty!«

Audrey goss sich ein wenig Saft ein, dann griff sie nach einer Schachtel mit Frühstücksflocken.

»Ich hab von einem Mädchen gelesen, das seinen Namen hat ändern lassen«, sagte Audrey und verschüttete Frühstücksflocken auf dem Tisch. »Sie hat gesagt, es ging ganz einfach.« Sie goss Milch in ihre Schale und griff nach einem Löffel.

»Möchtest du deinen Namen ändern?«

Audrey zuckte mit den Achseln und versuchte desinteressiert auszusehen, obwohl ihr Herz wie rasend schlug. »Ich hab darüber nachgedacht.«

»Manche Völker glauben, alle Kinder sollten sich selbst Namen geben können«, sagte Elise. »Ich fand das immer toll, außer dass ein Kind dann viele Jahre lang keinen Namen hat. Oder mit seinem ersten Wort angesprochen wird und das ist wahrscheinlich *Mama* oder *Dada* oder ein Lieblingsspielzeug oder -essen.«

Audrey hätte wissen müssen, dass Elise die Idee sogar *gefallen* würde. Ihr Dad war ausgerastet, als sie ihm davon erzählt hatte.

»Hast du irgendwas im Kopf?«, fragte Elise mit vollem Mund.

»Ich mag *Bianca*. Und *Chelsea*. Und *Courtney*.«

Elise dachte darüber nach. »Das sind schöne Namen.« Sie nickte.

»Was hältst du von *Savannah*?«, fragte Audrey. »Dann wäre ich Savannah aus Savannah.«

Elise beugte sich vor und stützte ihre Unterarme auf den Rand des Tisches. »Wie wäre es mit Georgia aus Georgia?«

Das lief gar nicht so, wie es sollte. Aber so war das eben mit Elise. Audrey war auf einen Streit vorbereitet gewesen. Sie hatte sich im Grunde auf einen Streit gefreut. Kümmerte es Elise gar nicht, wie ihre Tochter hieß?

»In der Schule haben wir unsere Namen nachgeschlagen, um herauszufinden, was sie bedeuten, weißt du.« Audrey runzelte die Stirn. Sie war verwirrt und genervt. »Meiner bedeutet Adel.«

Elise legte ihren Löffel weg. »Nein, nicht Adel. Edle Stärke.«

»Wie auch immer, *wer* hat sich *den* Namen ausgedacht?« Ganz bestimmt nicht ihr Vater. Auf keinen Fall konnte es ihr Vater gewesen sein.

»Ich. Aber dein Vater fand ihn auch ganz toll.«

Das Telefon klingelte.

Elise griff nach dem schnurlosen Apparat, dann fiel ihr wieder ein, dass der Strom ausgefallen war, und sie lief durch den Flur in Richtung des Festnetztelefons.

Hasste Audrey sie wirklich?

Oder benahm sie sich vollkommen altersgemäß? Wie verhielt sich eine typische Dreizehnjährige?

Dreizehn war ein schreckliches Alter. Das einzig schlimmere war vierzehn, und das würde Audrey in sieben Monaten sein. Elise hatte ihre erste Zigarette mit elf geraucht. Dreizehnjährige nahmen Drogen. Hatten Sex. Kriegten *Babys*.

Sie hasst ihren Namen.

Was war nicht in Ordnung mit dem Namen Audrey? Vielleicht hätte Elise ihn jetzt nicht noch einmal ausgesucht, aber sie war achtzehn gewesen, als ihre Tochter zur Welt gekommen war, und sie hatte den Namen verdammt klasse gefunden.

Am Telefon war Majorin Coretta Hoffman, die Leiterin der Mordkommission. »Ich möchte, dass Sie und Detective Gould zum Leichenschauhaus fahren, bevor Sie heute Morgen zum Dienst kommen«, sagte ihre Chefin. »Es ist schon wieder eine Leiche *zum Leben erwacht*.«

Zum Leben erwacht.

Die Härchen in Elises Nacken richteten sich auf.

Zwei »Auferstehungen« in einem Monat. Die Erste war ein Versehen gewesen, eine Fehldiagnose in der Notaufnahme; die unglückselige Patientin war eine Prostituierte mit einer Überdosis gewesen, vorbestraft, die im Leichenschauhaus wieder zu sich gekommen war.

Sie hatte davon gehört. Gelesen.

Nicht alle wussten es, aber manchmal wurden Menschen für tot erklärt, die es noch gar nicht waren. Darüber dachten die Leute nicht gern nach, aber so etwas passierte.

Aber zwei Mal? In einem Monat?

Gab es eine Verbindung zwischen den beiden?

Oder war es nur ein ausgesprochen merkwürdiger Zufall?

»Ich fahre los, sobald ich kann.« Elise legte auf und ging zurück in die Küche.

»David Gould?«, fragte Audrey.

»Major Hoffman.«

»Oh!« Audrey wirkte enttäuscht. »Ich mag deinen neuen Partner.«

»Hmm«, sagte Elise. Da war Audrey definitiv Teil einer Minderheit. »Was findest du denn so toll an ihm?«

»Er behandelt mich nicht wie ein kleines Kind. Und er stellt keine blöden Fragen wie: ›Wie läuft's in der Schule?‹ oder: ›Woher hast du deine lockigen Haare?‹ Er wirkt eigentlich überhaupt nicht wie ein Polizist.« Sie dachte einen Augenblick nach, dann setzte sie hinzu: »Er wirkt eigentlich gar nicht wie ein Erwachsener.«

Unglücklicherweise musste Elise ihr da recht geben.

Elise hatte vorgehabt, im Frühjahr und Sommer mehr

Zeit mit Audrey zu verbringen. Deshalb hatte sie auch gehofft, ihr würde ein engagierter neuer Partner zugeteilt werden. Einer, der richtig wild darauf war, die Ärmel hochzukrempeln und anzupacken, was dringend nötig war.

Ausgeträumt.

Ihr neuer Partner schien kaum in der Lage zu sein, seinen eigenen Papierkram zu erledigen, ganz zu schweigen davon, Elise mit dem Rückstau an Berichten, Ablage und alten Fällen zu helfen.

David Gould war ein FBI-Agent gewesen, behauptete aber, dass er nach einem weniger stressigen Job gesucht hatte. Übersetzung: einem *einfacheren* Job.

Sie war zwar nicht so eine Tratschtante wie viele andere bei der Polizei, aber sie wusste gern, mit wem sie es zu tun hatte. Über Gould hatte sie jedoch bloß in Erfahrung bringen können, dass er aus Cleveland, Ohio, wo er auch nicht so lange gewesen war, hierher gekommen war.

Und sie begann den Verdacht zu hegen, dass man dort froh war, ihn los zu sein.

3

David Gould war fünf Meilen gejoggt und hatte noch fünf vor sich, als sein Pager zu piepen begann. Er sah nicht nach.

Als er loslief, waren die Straßen noch dunkel und verlassen gewesen, der Morgennebel klammerte sich an die ausufernden Rasenflächen und die dicht bewachsenen Bereiche. Jetzt war es hell. Der Sturm war weitergezogen nach Atlanta, die Autos stauten sich wie immer. Die Bürgersteige waren voll mit abgerissenen Blättern und zerdrückten Blüten. An ein paar Stellen hatte er umgestürzte Bäume gesehen.

Was für ein Sturm.

Er hätte wahrscheinlich mit seinem Handy joggen sollen, aber das wäre unangenehm gewesen. Außerdem war doch der Sinn des Laufens, allem für eine Weile zu entkommen. In dieser Zeit bekam er den Kopf frei und ließ sich in einen halb hypnotischen Zustand fallen, eingelullt durch das rhythmische Klatschen seiner Laufschuhe.

Sein Tempo war gleichmäßig; das Einzige, was sich veränderte, war die Intensität des Auftreffens seiner Füße auf den Boden, je nachdem, über welche Oberfläche er lief. Das sanfte, hohle Klopfen von Erde wurde unterbrochen durch das solidere Geräusch auf Asphalt, welches dann Zement und schließlich knirschendem Kies wich.

Kies mochte er am wenigsten, weil der Klang so unsauber war.

Er hatte den Kopf immer voll mit irgendwelchem Krempel, der nichts brachte, außer ihn zu verwirren und seine Gedankengänge zu verkomplizieren. Zu laufen half. Laufen war für ihn das Äquivalent dazu, die Festplatte zu defragmentieren. Am Abend fühlte er sich normalerweise ziemlich okay, eigentlich sogar ganz gut, aber mit jedem Morgen kam eine neue Welle der Unordnung und damit der verzweifelte Drang, sich zu reinigen.

David war durch den Forsyth Park gelaufen, vorbei an dem Brunnen mit den prustenden Meermenschen und an dem Typen, der Erlösung versprach. Eine obdachlose Frau kroch unter einer blühenden Magnolie hervor, wo sie sich in der Nacht verkrochen hatte. Etliche Leute, die er nicht kannte, wünschten ihm einen guten Morgen.

Alle waren so verdammt freundlich hier. Das nervte ihn total.

Bislang hatte David nicht jenes Savannah erlebt, das John Berendt beschrieben hatte. David Goulds Savannah war ein düsterer Ort, der eher geprägt war vom Leben auf der Straße als vom Leben in einer millionenteuren Villa. Nicht, dass Savannah nicht einer der schönsten Orte gewesen wäre, die er je gesehen hatte, denn das war es. Die Schönheit und Einzigartigkeit der Stadt standen in direkter Beziehung zu den zweiundzwanzig Straßenblöcken, die auf die Grundidee von James Oglethorpe hin entstanden waren. Zwei- und dreistöckige historische Häuser, mit ihren elegant geschwungenen Aufgangstreppen, die hinunterführten zu fleckigen Bürgersteigen und Ziegelstraßen, umgaben den stillen, behüteten Stadtpark, der überwuchert war von Spanischem Moos.

Im Gegensatz zu dieser Schönheit standen die Dunkelheit und das Geheimnis, welche die Südstaatenstadt schier durchtränkten. Ein unehrliches Utopia, das gleichzeitig verlockte und abstieß.

Wann hatte diese Dunkelheit sich auszubreiten begonnen?, fragte sich David. Vor dem Bürgerkrieg? Vor Sherman? Oder war Shermans Besuch der Anfang gewesen?

Wo auch immer sie herkam, die Dunkelheit tauchte die Stadt in eine eigenartige Atmosphäre, die David nicht genau benennen konnte. Er kam sich ein bisschen vor wie in einer Folge von *Twilight Zone*. Er hoffte nur, dass Rod Serling endlich hinter einem der Häuser hervorträte und ihm alles erklärte ...

Die Sonne stand noch nicht lange am Himmel, aber es wurde schon schwül. Und das Ungeziefer kam.

So war der Frühling hier. Man kriegte Grippe. Es schimmelte. Das Holz verrottete. Großschaben. Das waren im Grunde riesige, fliegende Kakerlaken. Wenn man ehrlich war.

Und die Ratten.

Mein Gott, die Ratten. Die Stadt war voll von ihnen. Seine Partnerin hatte ihm versichert, dass es nicht immer so war, dass nur der viele Regen und die Abbruch- und Bauarbeiten die Nagetiere in einige der angesehensten Restaurants der Stadt getrieben hatten.

Man konnte sie nicht vergiften. Dann verreckten sie zwischen den Wänden, und wäre das nicht eine ekelhafte Stinkerei? Ein paar Restaurantbesitzer hatten begonnen, die ganze Nacht mit ihren .22er Gewehren zu wachen und die Biester abzuschießen, wenn sie auftauchten.

Wenn die Türen sich schlossen, sammelten sich die Leute vor den verdunkelten Fenstern der Restaurants in Savannah und schauten zu, wie die Ratten zum Spielen hervorkamen. Sie sahen sie über die Tische huschen, Salz- und Pfefferstreuer umstoßen, ihre Augen schimmerten. Aber andererseits mussten die Leute sich eben irgendwie amüsieren. Im Kino hier gab es selten etwas Anständiges zu sehen, und die Musikszene ... na ja, es gab eigentlich keine, es sei denn, man zählte die Blues- / Jazz-Bands, die im Grunde eher das Äquivalent von kostenlosen Chicken Wings waren, dazu.

Der Frühling und das wärmere Wetter hatten auch Morde mit sich gebracht. Die Stadt hatte bereits den Rekord vom letzten Jahr gebrochen, wobei damit niemand angeben wollte. Na ja, manche Leute vielleicht schon.

An der Kreuzung Abercorn / Gordon hielt David an und überprüfte seinen Pager. E. Sandburg, genau wie er vermutet hatte. Sie hatte eine Nachricht hinterlassen: »Triff mich im Leichenschauhaus.«

Na toll.

Er joggte nach Hause, vorbei an einem Grüppchen junger Mädchen, die seilsprangen und einen Vers aufsagten, der ihn daran erinnerte, wo er war:

Frau mit schwarzem Schleier
Babys in dem Bett
Küsst sie auf die Stirne
Jetzt sind beide weg.
Rotes Kreuz auf Grabstein
Schwarzes Kreuz auf Mund
Silberdollar-Augen
Mama ist der Grund.

Seine Wohnung befand sich im dritten Stock eines Hauses namens *Mary of the Angels*.

Darin hatten einmal die Waisenkinder einer Gelbfieberepidemie gehaust, die Savannah 1854 heimgesucht hatte. Danach war es ein Hospiz für tuberkulöse Patienten gewesen, zu einer Zeit, in der TB ein Todesurteil war.

»Oh, David. Das ist ja entsetzlich«, hatte seine Schwester gestöhnt, als sie auf einer Geschäftsreise zu Besuch kam. »War das die einzige Wohnung, die du finden konntest?«

»Es war die erste.«

Jetzt schloss er seine Tür auf und trat hinein; seine Siamkatze sagte Hallo, umkreiste seine Beine und miaute.

Isobel war die Katze seiner Frau gewesen. Sie würde seine Ex-Frau sein, wenn die Anwälte sich endlich mal in Bewegung setzten und den Papierkram fertig kriegten. Beth hatte ihn angefleht, sich um Isobel zu kümmern, während sie ihr Leben in der Todeszelle verbrachte.

Siamesen waren angeblich unabhängige Wesen, aber Isobel war eine der bedürftigsten verfluchten Katzen, die David je gesehen hatte. Aber vielleicht waren die traumatischen Ereignisse des letzten Jahres auch für sie schlimm gewesen. Vielleicht brauchte sie einen Therapeuten. Einen Kätzchenseelenklempner.

David duschte, zog sich eine graue Hose und ein weißes Hemd an. Schulterholster und Waffe. Er bevorzugte eine 40-Kaliber Smith & Wesson. Er mochte das Gewicht, die Genauigkeit, und wie sie sich kompakt an seinen Körper schmiegte.

Er zog ein Jackett an, das zu seiner Hose passte.

Er war seit drei Monaten in Savannah und hatte immer

noch das Gefühl, als lebte er das Leben von irgendjemand anderem. Während er die Tage durchstand, schien ihn nichts sonderlich zu berühren – nichts fühlte sich wirklich an. Es war nicht bloß Savannah. Seit langer Zeit fühlte sich alles unwirklich an.

So war das, wenn man Antidepressiva nahm.

Schlüssel.

Marke.

Handschellen.

Und dann waren da die Idioten in der Zentrale, die es ihm seit seinem ersten Tag in ihrer liebenswerten Stadt schwer machten. Vor allem zwei Detectives, die David mit verschiedenen Spitznamen bedachte, je nach Laune.

Starsky und Hutch.

Cagney und Lacey.

Crockett und Tubbs.

Tom und Jerry.

Sie hatten den Streit angefangen.

Was hatten sie eigentlich genau gegen ihn?

Er war aus Ohio.

Übersetzung: aus dem Norden. Dem großen, bösen Norden, wo all die nervtötenden, unhöflichen Yankees wohnten.

Ganz offensichtlich war der Bürgerkrieg immer noch im Gange.

Im Süden hatten sie das Memo einfach nicht gekriegt, auf dem stand, dass er vorbei war.

Scheiß drauf. Es sollte ihn kümmern, tat es aber nicht.

David wusste, dass sein Desinteresse inakzeptabel war, er wusste, dass er sich einen Therapeuten vor Ort suchen sollte, aber er konnte einfach nicht genug Enthusiasmus aufbringen, um das auch umzusetzen. Außerdem hatten ihn die FBI-Psychologen durchgecheckt und erklärt, dass mit ihm alles in Ordnung wäre. Warum sollte er es anders sehen?

Jeder hatte seine Probleme.

Jeder war ein bisschen verrückt.

4

Elise fuhr auf den Parkplatz des Leichenschauhauses und entdeckte David Goulds schwarzen Honda. Er musste im Rückspiegel nach ihr Ausschau gehalten haben. Kaum schaltete sie den Motor ihres alten gelben Saab-Kombi ab, stieg er aus seinem Wagen.

Er war knapp unter eins achtzig und trug einen locker sitzenden Anzug, der sie an alte Filme denken ließ. Sein Haar war weder kurz noch lang und die Farbe irgendwo zwischen hell und mittelbraun, mit ein paar sonnengebleichten Strähnchen hier und da von den vielen Stunden im Freien.

Kollegen hatten erzählt, dass sie ihn außerhalb der Stadtgrenze zehn Meilen hatten joggen sehen. Im Dunkeln. Im Regen.

Joggen.

Er schien sich so absolut für gar nichts zu interessieren, dass es schwer war sich vorzustellen, dass er auch nur eine Meile lief, ganz zu schweigen von zehn.

Äußerlich wirkte er ziemlich durchschnittlich, aber Elise hatte ab und zu etwas Verunsicherndes in seinen blauen Augen wahrgenommen, was ihr unangenehm war und zugleich verriet, dass David Gould keineswegs durchschnittlich war.

Er verfügte über die FBI-Fähigkeit, sich anzupassen, und wenn man nicht genau hinsah, wirkte er wie eine Menge anderer Männer, die einen Anzug trugen und in einem Büro arbeiteten und vier Mal die Woche Sport trieben. Sie hatten eine Frau und zwei Kinder und grillten am Wochenende im

Garten. Gingen sonntags zur Kirche, konnten sogar Ostereier verstecken und notfalls den Weihnachtsmann spielen.

David Gould hätte so ein Mann sein können, aber er war es nicht.

Da war Elise sicher.

Er gab sich keine Mühe, Teil der hiesigen Gemeinschaft zu werden. Teil von irgendetwas. Er machte sich keine Freunde bei der Mordkommission und versuchte es auch gar nicht erst. Es schien ihm völlig egal zu sein, ob jemand ihn mochte oder nicht. Sie hatte das Gefühl, dass er einfach nur in Ruhe gelassen werden wollte.

Ihm haftete etwas eigenartig Unerwachsenes an, von dem Elise vermutete, dass es etwas anderes war. Sie konnte ihn geistig noch nicht einordnen. Wer er war. Was er wollte. Warum er hier war.

Er hatte eine Geschichte; sie wusste nur nicht, wie die ging. Noch nicht.

Hatte man ihn hierher strafversetzt? Arbeitete er einfach bloß seine Zeit ab, bis er wieder dorthin zurückkehren konnte, wo er vor Cleveland gewesen war?

Dr. John Casper wartete auf sie. Elise hatte ihn ein paar Mal getroffen und mochte ihn. Er war freundlich, natürlich, unprätentiös.

Das lockige Haar des jungen Arztes war unordentlicher als sonst, sein weißer Laborkittel zerknittert, es sah aus, als hätte er vielleicht darin geschlafen. Sein Gesicht war blass, unter seinen Augen zeichneten sich dunkle Ringe ab.

Elise stellte ihm ihren Partner vor, dann schüttelten sie einander die Hände.

»Wo ist die Leiche?«, fragte Gould und sah sich in dem dämmrigen Flur um.

»Die Sanitäter haben ihn ins Krankenhaus gefahren.«

»Er ist also noch am Leben«, sagte Elise.

»Wenn man das so sagen will.«

Dr. Casper erzählte ihnen von den vielen Leichen, die sie hereinbekommen hatten, und dass alle Überstunden machten. »Aber ich glaube nicht, dass es anders gekommen wäre, wenn wir wenig zu tun gehabt hätten. Ich glaube nicht, dass irgendjemand es bemerkt hätte.« Er deutete auf einige Plastikstühle, die vor einer hellgrünen Wand standen.

Während Elise und ihr Partner sich niederließen, drehte Casper einen Stuhl herum, sodass er ihnen gegenübersaß. Der junge Arzt wischte sich mit einer zitternden Hand über das Gesicht. »Leichen tun so was manchmal.«

»Sie tun was?«, fragte Elise.

»Sie bewegen sich. Stoßen Luft aus. Es jagt einem einen Riesenschreck ein, aber es passiert nun einmal.«

Er legte einen Knöchel über sein Knie und begann an seinem Tennisschuh herumzuspielen, er stieß das Plastikende eines Senkels in eine der Ösen. »Im Medizinstudium haben wir manchmal die Leichen absichtlich voller Luft gepumpt, und wenn ein Student sie dann anschnitt ...« Er unterbrach sich, als fiele ihm plötzlich wieder ein, dass er gar nicht mit anderen Medizinstudenten sprach. »Entschuldigung.« Er schwitzte erkennbar. »Ich bin bloß so verdammt ... oh, Scheiße.«

»Schon in Ordnung«, versicherte ihm Elise. »So eine Sache muss einen ja durcheinanderbringen.«

Dr. Casper wischte sich mit dem Ärmel seines Laborkittels über das Gesicht. »Ich habe seit zwei Tagen praktisch nicht geschlafen. Ich werde immer ein bisschen fahrig, wenn ich nicht schlafe.«

»Haben Sie die Obduktion allein durchgeführt?«, fragte Elise.

»Es war kurz vor dem Unwetter, und ich habe Willy – dem Assistenten bei der Leichenbeschau – gesagt, er könnte nach Hause gehen.« Dr. Casper lachte, als würde ihm gerade jetzt ein Licht aufgehen. »Wenn Willy da gewesen wäre, als das passierte, dann hätten wir jetzt ein Loch in der Wand, in der Form eines davonrennenden Mannes. Er lachte noch ein wenig.

»Ist Ihnen etwas Ungewöhnliches an der Leiche aufgefallen?«, fragte Gould und beugte sich vor. Unterarm auf den Knien, Hände verschränkt, er wirkte beinahe interessiert.

»Na ja, sie roch nicht, aber ich hatte auch die Abluft an. Und im Gegensatz zur üblichen Annahme riechen auch nicht alle Leichen schlecht.«

Elise fiel darauf nicht rein. Die Leichenbeschauer verbrachten so viel Zeit mit stinkigen Leichen, dass sie die milderen Düfte einfach nicht mehr wahrnahmen.

»Und es gab keine Leichenflecke. Das ist selten, aber nicht unmöglich. Ich habe es selbst schon gesehen. Wenn man eine Leiche schnell ins Kühlhaus legt, kann sie ziemlich frisch wirken.« Dr. Casper schaute eigenartig. »Es sei denn, die anderen waren auch alle nicht tot.«

Elise hatte keine Antwort darauf; sie war nicht gut im falschen Beruhigen, und sie konnte stolz von sich sagen, dass sie nie im Leben den Satz ausgesprochen hatte: *Es wird schon alles wieder gut.*

Sie sah Gould an. Er zog die Augenbrauen hoch, als wollte er sagen: *Es ist deine Show, ich bin bloß der Mitläufer.*

Elise schob ihre Ungeduld beiseite, um sich auf die gegenwärtige Situation zu konzentrieren. »Wir brauchen den Namen des Arztes, der ihn für tot erklärt und die Sterbeurkunde unterzeichnet hat«, sagte sie.

»Habe ich schon nachgesehen.« Dr. Casper zog einen Zettel aus seiner Hemdtasche und reichte ihn ihr. »Dr. James Fritz.«

»Kennen Sie ihn?«

Der junge Arzt schüttelte den Kopf. »Der Name kommt mir bekannt vor. Jedenfalls habe ich nie etwas Schlechtes über ihn gehört. Und wir hören immer die schlechten Sachen. Offenbar hatte der Patient eine Vorgeschichte an Herzkrankheiten. Verstorben oder scheinbar verstorben ist er zu Hause. Die Frau hat 911 angerufen. Keine Lebenszeichen. Im Krankenhaus wurde er für tot erklärt.«

»Was ist mit dem Fall von vor drei Wochen?«, fragte Gould.

Elise war ein wenig überrascht, dass er sich an etwas von vor drei Wochen erinnerte. Dabei hatte er noch nicht einmal mit der Sache zu tun gehabt. Elise selbst konnte sich nur daran erinnern, dass das Opfer kurz nach seinem »Wiedererwachen« verstorben war.

»Anderes Krankenhaus, anderer Arzt«, sagte Casper. Er zupfte wieder an seinem Schnürsenkel. »Ich bin Leichenbeschauer geworden, weil ich gern mit Toten arbeite, nicht mit Lebenden«, sagte er. »Ich wollte nie für das Leben von irgendjemand verantwortlich sein.«

»Wie steht die Chance, dass er zu sich kommt und uns erzählen kann, was ihm zugestoßen ist?«, fragte Elise.

»Ich würde vermuten, dass er in einem vegetativen Koma liegt. Er hat nur einen schwachen Atemzug pro Minute genommen. Das Hirn braucht mehr Sauerstoff als das.«

Gould verschränkte seine Finger. »Und was ist mit Leuten, die aus eiskaltem Wasser gerettet werden und seit Stunden klinisch tot sind, dann aber doch wiederbelebt werden können?«

»Fragen Sie fünf Ärzte nach ihrer Definition von ›Tod‹, und Sie kriegen fünf verschiedene Antworten«, sagte Casper. »Ohne teure Tests ist es manchmal unmöglich zu sagen, ob jemand wirklich tot ist. Der Standard für die Feststellung des eingetretenen Todes ist das unumkehrbare Ende der spontanen Herz-Lungen-Funktion.«

Er schien ein wenig Selbstbewusstsein zurückzugewinnen, jetzt, wo er sich auf seine medizinische Ausbildung berufen konnte. »Wir wissen mittlerweile, dass die Grenze zwischen Leben und Tod nicht so ganz klar ist. Hunderte von Studien sind darüber geschrieben worden, und es gibt immer noch keine eindeutige Definition vom Tod.«

»Noch mal zum Mitschreiben«, sagte Gould. »Wollen Sie mir sagen, dass es keine etablierten Kriterien gibt, um den Tod festzustellen?«

»Der Uniform Determination of Death Act, UDDA, hat zwei spezifische Kriterien für die Feststellung des eingetretenen Todes festgelegt, es geht dabei um Atem, Blutkreislauf und den Hirntod, aber es gibt keine kostengünstigen Möglichkeiten, das zu überprüfen«, erklärte ihm Casper. »Das übliche Vorgehen besteht darin, zwei Minuten lang zu beobachten, ob der Patient atmet oder einen Puls hat. Und selbst bei teuren Tests mithilfe von EKGs und Kontrastmittel-Röntgen hat es Fälle von Ertrinken in kaltem Wasser gegeben, bei dem selbst die besten Maschinen sich als fehlbar erwiesen haben.«

Dr. Casper schüttelte den Kopf, er war selbst erstaunt über das, was er erzählte, obwohl er sich mit dem Thema ganz offensichtlich auskannte. »Und ich kann Ihnen noch etwas Interessantes erzählen: Es gibt sogar Leute, die sich dafür einsetzen, dass die Standards geändert werden, sodass Hirntote begraben werden können, die sehr wohl noch von allein atmen und deren Herz noch schlägt.«

»Das ist ja wirklich verstörend«, murmelte Gould, während Elise den Arzt entsetzt anstarrte.

»Wie geht noch diese Zeile aus dem *Zauberer von Oz*?«, fragte Gould und schaute zur Decke. »Irgendwas, dass die Hexe nicht nur einfach so tot ist?«

Casper dachte einen Augenblick nach. »»Sie ist nicht nur einfach so hinüber – sie ist ganz sicher mausetot!'«

Beide Männer lachten, jetzt waren sie Kameraden.

Elise runzelte die Stirn. Sie wusste nicht recht, wer sie mehr nervte, Casper, der so leicht Zugang zu Gould gefunden hatte, oder Gould, der sich so unmöglich benahm. Oder war sie einfach bloß eifersüchtig, weil die beiden Spaß hatten und sie nicht?

Auch diese Möglichkeit nervte sie. Als Gould ihren strengen Blick bemerkte, verwandelte sich sein Lachen schnell in ein schiefes Grinsen.

Mein Gott, der Mann war wirklich ausgesprochen charmant, wenn er sich am eigenen Schopf aus dem Sumpf zog.

»Genau genommen«, sagte Casper, der sich jetzt ebenfalls wieder zusammenriss, »ist die einfachste und beste Art festzustellen, ob jemand wirklich tot ist, darauf zu warten, ob die Leiche verwest.«

Gould warf Elise einen Blick zu, er hatte eine Augenbraue hochgezogen. »Die Medizin ist wirklich weit fortgeschritten«, bemerkte er trocken. »Und was kommt als Nächstes? Sollen wir dreitägige Totenwachen halten, um sicher zu sein, dass unsere Lieben wirklich draufgegangen sind?«

»Das wäre vielleicht nicht die schlechteste Idee«, sagte Dr. Casper nur halb im Scherz.

Elise bedankte sich bei ihm für seine Zeit, dann fuhren Gould und sie in das Krankenhaus, in das man Truman Harrison verfrachtet hatte. Soweit sie wusste, hatte sie noch nie zuvor einen Toten verhört.

5

Jemand weinte. Elise hörte die Frau, als Gould und sie sich Truman Harrisons Krankenzimmer näherten. Das einzelne Schluchzen löste eine Kettenreaktion aus und wenigstens zwei weitere Personen stimmten ein.

Drei Meter vor der offenen Tür blieb Gould stehen. »Mein Gott.« Er fiel mit dem Rücken gegen die Wand, als versuchte er, sich vor einem Schützen zu verbergen.

Was war denn nun?

»Ich weiß nicht, ob ich da reingehen kann. Ich mag Krankenhäuser nicht. Ich habe nicht gern zu tun mit ...« Er deutete in Richtung des Schluchzens. »Ich habe nicht gern mit solchen Gefühlen zu tun.«

Elise wusste, dass es ungerecht war, aber plötzlich gab sie Gould die Schuld an allem, was im Moment in ihrem Leben schieflief – insbesondere daran, dass sie zu wenig Zeit für Audrey hatte. Ihre Reaktion war vielleicht extrem, aber sie hatte weder die Kraft, noch das Verlangen, David Goulds Händchen zu halten.

»Als du beim FBI warst, konntest du vielleicht immer auf Distanz bleiben«, sagte sie und war dabei nicht in der Lage, ihren Zorn zu verbergen. »Aber sich mit trauernden Familien auseinanderzusetzen gehört zu den Aufgaben eines Detectives. Es ist nie einfach, aber wir müssen es nun einmal tun.«

»Habe ich dir schon davon erzählt, wie sie mir den Blinddarm herausgenommen haben?«, fragte er aufgeregt, offensichtlich um Zeit zu gewinnen.

Wieso hatte sie keinen *anständigen* Partner kriegen können? »Es geht hier nicht um dich«, sagte sie zu ihm.

»Warte.« Er wollte Zeit schinden.

»Was ich zu sagen habe, hat schon einen Sinn.«

Sie legte die Arme über Kreuz und lehnte sich an die Wand. Eine Minute würde sie ihm geben.

»Als ich zwanzig war, wurde mir in einer Not-OP der Blinddarm herausgenommen«, erklärte er eilig. »Sie haben mich vorbereitet, mir Schmerzmittel gegeben, und mich in den OP geschoben, wo sie mit der Narkose begannen. Aber statt mich auszuschalten, machte das Medikament mich hyperwach. Meine Wahrnehmung war viel intensiver. Die Nervenenden unter meiner Haut waren elektrisch aufgeladen.« Er hob eine Hand und spreizte die Finger, als wollte er es demonstrieren. »Ich konnte fühlen, wie die Haare aus meinen Poren wuchsen.« Er senkte die Stimme zu einem Flüstern und beugte sich näher. »Ich konnte Gespräche *zwei Zimmer weiter* hören.«

»Willst du mir sagen, dass du während der gesamten Operation bei Bewusstsein warst?« Sie musste David Gould gegen ein neues Modell eintauschen.

»Ich konnte alles spüren und hören.«

»Wie schrecklich.« Sie glaubte ihm nicht.

»Du glaubst mir nicht, oder?«

»Na ja ...«

»Schon okay. Niemand hat mir geglaubt. Weder die Ärzte noch die Krankenschwestern. Auch nicht meine Eltern. Oder meine Freundin. Also, warum solltest du es tun? Aber das ist auch nicht der Grund, warum ich diesen Augenblick gewählt habe, um dir diese kleine Geschichte aus meinem

Leben zu erzählen. Was ich *sagen* will, ist, dass unser Freund Harrison möglicherweise alles hören kann, was um ihn herum vor sich geht, obwohl er im Koma liegt.«

Auf seine eigenwillige Art hatte das, was Gould sagte, letztendlich doch einen Sinn. Vielleicht musste sie ihn doch nicht sofort eintauschen. »Ich werde vorsichtig sein.«

»Geh davon aus, dass er alles hören kann.«

»Ich werde es im Kopf behalten.« Sie betrachtete sein aschgraues Gesicht und empfand Mitgefühl. »Alles in Ordnung?« Ein Partner mit einer Krankenhaus-Phobie. Was für Überraschungen warteten wohl noch auf sie?

Er nickte, lockerte seine Schultern und folgte ihr ins Krankenzimmer.

Eine Frau in einem weißen Kostüm saß vor einem sonnigen Fenster.

Zwei weitere Leute, ein jüngerer Mann und eine Frau, standen in ihrer Nähe. Das Schluchzen hatte, zumindest vorläufig, aufgehört.

Mr Harrison lag im Bett, im Koma, er hing am Tropf, und sein Herzmonitor pulsierte stetig. Die Frau in dem weißen Kostüm erwies sich als Mrs Harrison, die beiden anderen Anwesenden waren die Kinder.

Elise stellte sich und Gould vor. »Wir werden die Sache untersuchen und versuchen herauszufinden, wieso Ihr Mann ... verfrüht ins Leichenschauhaus eingeliefert wurde.«

»Er ist mitten in der Nacht aufgewacht«, erklärte Mrs Harrison. »Er hat gesagt, ihm wäre übel. Auf dem Weg ins Bad ist er zusammengebrochen. Ich habe 911 angerufen, und eine Stunde später wurde er für tot erklärt.«

Sie begann zu weinen, kämpfte dagegen an, holte zitternd

Atem, fuhr dann fort. »Ich hasse es, daran zu denken, wie er in den Leichensack gesteckt wurde. Ich hasse es, daran zu denken, dass er im Leichenschauhaus lag. Auf einem Obduktionstisch – *als er noch am Leben war*. Es ist ein Albtraum. Das ist es. Ein Albtraum.«

Das Piepsen des Herzschlag-Monitors nahm plötzlich zu. Köpfe drehten sich, und alle starrten den Bildschirm an, während der Pulsschlag rasch wieder auf das vorige Niveau zurücksank.

»Hat er mich gehört?«, fragte Mrs Harrison. »Glauben Sie, er hört mich? Die Ärzte sagen, er kann nichts hören.«

Elise und Gould warfen einander einen Blick zu.

Eigenartig.

Stimmt.

Die Familie versammelte sich um Mr Harrisons Bett. Alle redeten gleichzeitig und versuchten, ihm eine Antwort zu entlocken oder zumindest seinen Puls zu beschleunigen.

Nichts.

Elise stellte Mrs Harrison noch ein paar Fragen, dann zog sie eine Visitenkarte hervor. »Rufen Sie mich an, wenn Ihnen irgendetwas einfällt, was Sie uns vielleicht zu sagen vergessen haben.«

Außerhalb des Krankenzimmers wartete eine junge Büroangestellte auf sie. »Die Direktorin würde gern mit Ihnen sprechen«, sagte sie und trat vor.

Sie führte die Detectives zu einem Fahrstuhl, durch einen mit Teppich ausgeschlagenen Flur, in einen großen Konferenzraum. Sie wurden begrüßt von der Leiterin des Krankenhauses, dem Leiter der Notaufnahme, dem Pressesprecher des Krankenhauses, und dem Arzt, der unglücklicherweise den armen Mr Harrison für tot erklärt hatte. Komplettiert wurde die Gruppe von einem grimmig dreinschauenden Kahlkopf mit einer Aktentasche, der sich als Anwalt des Krankenhauses entpuppte.

Elise und Gould setzten sich nebeneinander an den Tisch.

Der Leiter der Notaufnahme, Dr. Eklund, zog mehrere Blatt Papier hervor. »Wir haben die Blutwerte von Mr Harrison zurückbekommen«, sagte er und schob Elise und David Kopien hin. Es war ziemlich offensichtlich, dass das Management so schnell wie möglich seine Version der Angelegenheit an die Öffentlichkeit tragen wollte.

»Man hat Spuren von TTX in Truman Harrisons Blut gefunden.«

»TTX?«, fragte Elise.

»Tetrodotoxin. Ein Nervengift, das in mehreren Fischarten vorkommt. Ich möchte wetten, dass wir feststellen würden, dass Mr Harrison vor kurzem in einem exotischen Fischrestaurant gegessen hat.«

»Ist TTX nicht in diesem Kugelfisch?«, fragte Gould.

»Unter anderem.«

Der Arzt räusperte sich, die Hände auf dem Tisch verschränkt. »In Japan essen die Leute allen Ernstes Kugelfische, um von dem Gift high zu werden«, erklärte er. »Das hat zu etlichen Todesfällen geführt. Offenbar hat es sich auch hier eingebürgert. Unser komatöser Mr Harrison hat wahrscheinlich eine Sushi-Bar besucht, in der sie diese Delikatesse servieren.«

»Haben Sie seine Frau befragt?«, fragte Gould.

»Sie weiß nicht, was er an dem Tag gegessen hat, an dem er vergiftet wurde.«

Elise erkannte eine choreografierte Aufführung, wenn sie eine sah. Wie auf Bestellung legte ihnen der Anwalt ein paar offiziell aussehende Dokumente hin. »Das hier«, erklärte er, »ist eine Kopie der offiziellen Definition des eingetretenen Todes. Und dies ist der Uniform Determination of Death Act. Wenn Sie es durchlesen, werden Sie feststellen, dass wir uns an die vorgeschlagenen Kriterien gehalten haben, und dass es keinerlei Verschulden aufseiten des Mercy Hospitals oder irgendwelcher unserer Mitarbeiter gegeben hat.«

Sie versuchten, ihren Arsch zu retten. Das war alles. Elise schob die losen Blätter zusammen und stieß sie auf. »Wir sind nicht hier, um irgendjemandem Vorwürfe zu machen«, erklärte sie und versuchte ganz ruhig zu bleiben – zumindest äußerlich. »Unsere Aufgabe besteht darin, Informationen zu sammeln.«

»Sie können sicher die Sorge des Krankenhauses verstehen«, sagte die Direktorin, eine gut gekleidete Frau von etwa fünfzig Jahren. »Die Presse könnte das Ganze aufblasen. Es geht um den Ruf des Krankenhauses.«

»Wir arbeiten nicht für das Krankenhaus«, sagte Elise und erhob sich abrupt. Sie hatte genug gehört. »Wir arbeiten für die Öffentlichkeit, und die hat ein Recht zu erfahren, was geschehen ist. Wenn Mr Harrison in einem Restaurant irgendwo in der Gegend ein Gift zu sich genommen hat, müssen wir herausbekommen, in welchem Etablissement das war, und diese Information schnellstmöglich an die Medien geben. Harrison ist vielleicht nicht der einzige Vergiftungsfall. Sie sollten vielleicht Ihre eigenen Mitarbeiter auf die Symptome hinweisen. Sie müssen möglicherweise Spezialisten kontaktieren und herausbekommen, wie man die Sache behandeln kann. Es ist jetzt nicht die Zeit, sich darauf zu konzentrieren, Ihren Ruf zu schützen. Es ist die Zeit, die Öffentlichkeit zu schützen.«

Nach diesen Worten wandte Elise sich ab, um zu gehen. Gould folgte ihr ein wenig langsamer, er verabschiedete sich noch mit einem Nicken von der Gruppe, bevor er zur Tür hinaustrat.

Der Fahrstuhl war besetzt, also nahm Elise die Treppe.

»Nicht schlecht«, rief Gould, der ihr über die Stufen hinterhereilte. Er holte sie ein, als sie den Parkplatz erreichte. »Diesen Sitzpinklern hast du's richtig gegeben.«

Sie wirbelte herum und starrte ihn an. Jetzt konnte sie endlich die Wut herauslassen, die sie verborgen hatte. Schade auch, dass Gould sie abbekam. Später würde sie ihren Ausbruch bereuen, aber jetzt fühlte es sich verdammt gut an. »Und du findest, das wäre nicht nötig gewesen, oder was?«

Gould hob beide Hände in die Luft. »Ich habe bloß deine Fähigkeit bewundert, sich so aufzuregen, das ist alles.«

»Und warum? Weil Aufregung auch etwas ist, was du nur aus der Ferne bewundern kannst?«

»Was soll das denn heißen?«

Sie blieb stehen und sah sich um. »Wo ist mein Auto?«

»Ich bin gefahren.« Gould deutete auf seinen schwarzen Honda. »Du hast deinen vor dem Leichenschauhaus stehen lassen.«

Er öffnete seinen Wagen mit dem automatischen Türöffner und sie stiegen beide ein.

»Es kommt mir einfach so vor, als würde dich gar nichts kümmern, außer den Sachen, die dich manchmal ein bisschen amüsieren«, sagte Elise. So. Jetzt hatte sie es doch ge-

40

sagt. Sie hatte ihm gesagt, was sie die letzten drei Monate nur gedacht hatte. »Nichts *berührt* dich.«

Er setzte den kleinen Wagen zurück, dann fuhr er schnell vom Parkplatz herunter.

»Ich kann meine Arbeit auch machen, ohne berührt zu sein.«

»Einem guten Polizisten müssen die Leute etwas bedeuten.«

»Dann kann es einem aber auch wehtun. Auf die Art und Weise brennt man aus.«

»Wolltest du deswegen Mr Harrisons Zimmer vermeiden?«, fragte sie. »Weil du dir alle Mühe gibst, emotionalen Abstand zu halten?«

»Ich habe es dir doch schon gesagt. Ich mag Krankenhäuser nicht.«

»Na und, so ist das nun einmal! Ich auch nicht! Glaubst du wirklich, du kannst vor allem davonlaufen, was dir unangenehm ist?«

»Ich versuch's.«

Wieso konnten sie nicht einfach nur mal ein normales Gespräch führen? Warum musste er alles so schwierig machen?

»So.« Er hielt an einer roten Ampel. »Du willst mir also sagen, ich sollte an meiner Einstellung arbeiten.«

»Ein paar Veränderungen würden nicht schaden und könnten vielleicht sogar dein Leben einfacher machen.« Und ihres.

»Hmm.«

Erstaunlicherweise schien er über ihre Worte nachzudenken.

41

»Da hast du vielleicht recht.«

Das war einfach gewesen. »Bitte denk einfach einmal darüber nach.« Wieso hatte sie nicht schon vorher seine Einstellung zur Sprache gebracht? Kommunikation. Darum ging es immer wieder.

»Sag einfach Nein«, verkündete er.

»Sag Nein?« Ungefähr dreißig Sekunden lang hatte ihr Gespräch einen Sinn gehabt. »Sag Nein zu was?«

»Ein paar Sachen, mit denen ich mich auseinandersetzen muss, das ist alles.«

»Wie zum Beispiel ...?« Sie wollte die Offenheit und Kameraderie erhalten.

»Nichts, worüber ich reden wollte.« *Rumms.*

Ach, vergiss es. Wenn sie von der Venus war, dann war Gould von einem Planeten in der Galaxie, der noch nicht einmal entdeckt worden war. »Ich muss etwas essen«, verkündete sie in dem bewussten Bestreben, das Thema zu wechseln.

Sie war erst einunddreißig, aber vor Kurzem war ihr aufgefallen, dass ihr Hirn auf leeren Magen nicht so sonderlich gut funktionierte. »Fahr doch auf dem Weg zurück zur Polizeizentrale durch einen Drive-in«, bat sie ihn.

Die Ampel wurde grün und er schoss über die Kreuzung. »Klingt gut.«

Sie bestellten Hamburger, Pommes, Softdrinks. Elise aß normalerweise lieber gesund, aber ihre augenblickliche Frustration ließ sie alle guten Vorsätze vergessen.

Als sie ihr Essen hatten, fuhr Gould zum Savannah Police Department und parkte auf dem Parkplatz auf der anderen Straßenseite. Als sie zu Elises Büro gingen, kamen sie an ein paar Kollegen vorbei, darunter die beiden Detectives der Mordkommission, mit denen Gould seit seinem ersten Arbeitstag im Streit lag. Elise hatte mit beiden schon zusammengearbeitet. Mitte dreißig. Verheiratet. Kinder.

»Cagney.« Gould nickte ihnen zu. »Lacey.«

In Wahrheit hießen sie: Detectives Mason und Avery.

»Wir haben gehört, du hast den Zombie-Fall gekriegt«, sagte Mason zu Elise. Er warf seinem Partner einen Blick zu, und augenblicklich krümmten sie sich beide vor Lachen wie zwei Schuljungen.

»Passt ja, findest du nicht?«, fragte Avery, als er endlich wieder Luft bekam.

Gould warf Elise einen neugierigen Blick zu.

Offensichtlich war er der einzige Mensch in Savannah, der nicht alles über sie wusste – immerhin *ein Vorteil*, den Goulds mangelnde soziale Fähigkeiten mit sich brachten. Normalerweise kriegten alle Neulinge Elises Geschichte innerhalb weniger Tage zu hören.

Averys Frage war der Beweis dafür, dass ganz egal war, wie viel Mühe man sich gab, man konnte seiner Vergangenheit nicht entfliehen. Aber Elise hoffte trotzdem immer, dass die Leute irgendwann das Interesse verlören.

Doch das war nicht zu erwarten.

Alle bei der Polizei wussten, dass Elise als Baby auf einem Friedhof zurückgelassen worden war. Sie wussten, dass bald nach ihrer Rettung ein Gerücht zu zirkulieren begonnen hatte; angeblich war sie die mit einem Fluch belegte uneheliche Tochter von Jackson Sweet, einem mächtigen weißen Zauberer und Hexenmeister, der etwa zu der Zeit gestorben war, als Elise auf die Welt kam.

Niemand wollte einen Säugling, der verflucht war, aber schließlich wurde sie von einer strengen Christenfamilie adoptiert, die sie mit einer eigenartigen und distanzierten Freundlichkeit behandelte. In ihrer frühen Kindheit war sie eine Außenseiterin, jemand ohne echte Identität, aber das Geheimnis um ihre Herkunft gab ihr einen Halt.

In diesen einsamen Jahren ihrer Kindheit hatte sie alles gelesen, was sie über Hexerei in die Finger bekommen konnte. Als Elise in Audreys Alter war, lernte sie schon einfache Zaubersprüche und Kräutermedizin von einer alten Hexe, die jemand suchte, an den sie ihr Wissen weitergeben konnte.

Aber das war lange her.

Sie hatte ihre gesamte berufliche Karriere damit verbracht, zu versuchen, ihre Vergangenheit hinter sich zu lassen, um Glaubwürdigkeit unter ihren Kollegen zu erlangen. Aber in Savannah, einem Ort, in dem die Außenwelt unwichtig zu sein schien, *war* man seine Vergangenheit.

Elise ignorierte Goulds stumme Frage und Averys Spott und ging nach oben.

Das Büro, das Gould und sie sich teilten, befand sich im dritten Stock der Zentrale des Savannah Police Department, und hatte ein Fenster hin zum Colonial Park Cemetery. Die Stadt war stolz auf ihr historisches Polizeigebäude, aber trotz des Anbaus vor einigen Jahren reichte es nicht und platzte aus allen Nähten.

Elise fürchtete, wenn sie erst einmal allein wären, würde Gould sie über Masons und Averys Kommentare befragen. Jeder andere hätte das jedenfalls getan.

Stattdessen pflanzte er sich vor seinen Computer, und sein Sandwichpapier raschelte, während Elise sich ans Telefon hängte und versuchte, Truman Harrisons Kollegen beim Straßenbaudienst Savannahs zu erreichen.

Hinter ihr hörte sie schnelles Tastenklicken.

»Nicht einmal ein Mordfall«, murmelte Gould. »Ich weiß gar nicht, warum Hoffman uns die Sache gegeben hat.«

Elise beendete ihr Gespräch mit der Straßenbaudienst-Sekretärin. »Sobald wir herausbekommen haben, in welchem Restaurant Truman Harrison gegessen hat, können wir die ganze Geschichte an die Gesundheitsbehörde abgeben. Wenn seine Frau sich entscheidet, das Krankenhaus zu verklagen, ist das Anwaltssache. In sechs Jahren, wenn es letztendlich vor Gericht geht«, sagte sie, ohne sich auch nur zu bemühen, ihre Gereiztheit zu verbergen, die sie empfand, wenn es um das Justizsystem ging, »erwartet man von uns, dass wir uns an jede Kleinigkeit erinnern, als wäre das alles gestern gewesen.«

»Was ich nicht verstehe, ist, wieso Harrison nicht einfach daran gestorben ist.«

»Vielleicht hat er es schon mal zu sich genommen. Vielleicht hat er eine Toleranz entwickelt. Bei manchen Giften gibt es so etwas.«

»Da ist es ja«, verkündete Gould und seine Finger schwebten über die Tasten. Seine Augen fokussierten den Bildschirm, der Hauch von Anspannung in seiner Stimme ließ Elise aufmerksam zuhören.

»TTX ist eines der eigenartigsten Moleküle der Welt und eines der tödlichsten Gifte auf der Welt«, las er. »Gramm für Gramm ist es zehntausendmal tödlicher als Zyanid. Wenige Minuten nach dem Kontakt paralysiert es das Opfer, wobei das Gehirn *weiterhin genau bemerkt, was geschieht.*«

Er schwieg, während er weiterlas. Ein paar Minuten später stieß er ein lautes, spöttisches Schnaufen aus. »Lacey lag wohl gar nicht so falsch. Hier steht, dass Tetrodotoxin einer der Stoffe ist, mit denen man Zombies macht.«

Elise dachte einen Augenblick darüber nach. »Das hat Sinn.«

Er drehte sich um und sah sie an, die Hände hinter dem Kopf verschränkt. »Ich vermute, jetzt wirst du mir sagen, dass du an Zombies glaubst.«

»Es gibt Zombies.«

Er ließ die Hände sinken, was seine Frustration auch körperlich verdeutlichte. »Bist du wahnsinnig? Sind denn alle in dieser Stadt wahnsinnig?«

»Du hast zu viel B-Movies geguckt. Hast du je *Die Schlange im Regenbogen* von Wade Davis gelesen?«

»Ich glaube, ich habe ein paar Minuten davon auf Showtime gesehen, bevor ich umgeschaltet habe.«

»Das könnte deine Sicht erklären. Im Buch postuliert Davis, dass es Zombies sehr wohl gibt, aber dass sie nie wirklich sterben. Er vermutet, dass sie mit einem Pulver in Kontakt kommen, das durch die Haut aufgenommen wird, sodass das Opfer in eine Todesstarre fällt. Nach dem Begräbnis kehrt der Voodoo-Priester mitten in der Nacht zurück und gräbt die Leiche aus, die in Wahrheit gar keine Leiche ist, sondern einfach nur gelähmt, ein durch Sauerstoffmangel hirngeschädigter Mensch, den er dann als Sklavenarbeiter in irgendeine Stadt weit weg von der Heimat des Opfers verkauft.«

»Wer möchte da behaupten, dass es schwer sei, eine gute Haushaltshilfe zu finden?« Gould wandte sich wieder seinem Computer zu und aß sein Sandwich auf, während er weitersuchte. »Das hier ist interessant«, sagte er. »Es gibt Leute, die glauben, die mysteriösen Todesfälle rund um den Fluch des Tutenchamun liegen an einem Gift, das TTX ähnelt. Sie behaupten, das Gift wäre an Stellen verstreut gewesen, wo die Grabräuber damit in Kontakt kamen. Wenn sie einen Schnitt am Finger oder der Hand hatten, gelangte es in ihren Blutkreislauf.«

»Transdermal«, sage Elise. »Genau wie Wade Davis' Zombies.«

»Offensichtlich.«

Sie drehte sich in seine Richtung. »Wusstest du, dass Alraune zur Zeit von Christus als Schmerzmittel benutzt wurde, aber auch, um den Tod zu simulieren?«

Er nickte. »Das habe ich gehört.«

»Manche Historiker sagen sogar, dass es in dem Essig war, den man Jesus gegeben hat.«

»Deshalb auch die Auferstehung?«

»Das ist die Theorie. Sie ist nicht populär, aber es ist eine Theorie.«

»Wen kümmert es, populär zu sein?«

Eine interessante Bemerkung, wenn man bedachte, von wem sie kam. »Es ist doch nur menschlich, gemocht werden zu wollen«, erklärte ihm Elise. »Auf die Anerkennung der anderen aus zu sein.«

»Wenn man es darauf anlegt, ist das nur Schwäche, vor allem bei einem Detective, der sich auf die Wahrheit konzentrieren sollte.«

Für ihn gab es wirklich keinen mittleren Bereich. Aber wenn er auf Streit aus war, würde sie einfach nicht mitmachen.

Er schraubte eine Wasserflasche auf und nahm einen Schluck. »Diese kleine Geschichtsstunde war ausgesprochen interessant, aber ich glaube nicht, dass es irgendetwas mit uns oder Truman Harrison zu tun hat.«

»Hoffen wir's.«

Er sah sie an. »Das klang weder überzeugend noch ernst gemeint.«

Da hatte er recht. Elise bemerkte das nagende Gefühl tief in ihrem Bauch, die Furcht, dass dieser Fall nicht so leicht zu lösen war, wie sie gehofft hatte. Nach nur wenigen Stunden schien er sie bereits in schlammige Untiefen zu ziehen, die hinter sich zu lassen sie sich die letzten dreizehn Jahre bemüht hatte.

6

Er begann so zu riechen wie vergiftete Ratten, die hinter den Wänden starben. Daher wusste ich, dass er tot war.

Ich habe diesen Geruch immer gehasst.

Ich liebe den Tod, aber ich hasse den damit einhergehenden Gestank. Wie kann das sein? Und wie entsetzlich ungerecht. So von etwas angezogen zu werden, das einen zugleich derartig abstößt.

Er war ein guter Junge gewesen. Süß und reglos, genau wie ich es mag.

Weiche Haut. Weiches Haar.

Aber jetzt stank er wie eine gottverfluchte tote Ratte.

Ich ging rückwärts, packte die Ecken des Lakens, und zog die eingewickelte Leiche den Grashang herunter. Es war nicht einfach, denn die Lederhandschuhe rutschten immer wieder ab. Ich musste einige Male meine Finger und Hände neu positionieren.

Vor Stunden schon hatte sich Dunkelheit über Savannah ausgebreitet, und alle lagen sicher im Bett. Selbst die Grillen schliefen.

Ich machte eine kurze Pause und richtete mich auf, um tief durchzuatmen, mein Gesicht von dem Gestank abgewandt.

Nachtluft.

Eine schwere, rätselhafte Mischung aus Salzwiese, Unterholz und reichhaltiger Erde.

Ich beugte mich vor und nahm meine Arbeit wieder auf.

Der schmale, ausgetretene Pfad führte direkt zum Bootssteg. Es wurde steiler, was meine Aufgabe erleichterte. Irgendwann rutschte mir Jordan beinahe weg.

Die kleine Barke mit dem Metallrumpf war unterhalb des Stegs angebunden, nur halb sichtbar von dort aus, wo ich stand. Es war ganz einfach, die Leiche über den Rand zu stoßen.

Sie landete mit einem schweren Plumps im Boot. Ich löste das dicke Seil und leistete dem Toten Gesellschaft, nahm meinen Platz ganz hinten ein.

Ich griff nach den Rudern.

Sie verursachten ein hohles Geräusch, als sie gegen das Boot schlugen, bevor sie in das glatte, schwarze Wasser tauchten.

Ich kann gut rudern. Ich kann sehr leise rudern. Nur ein paar zarte Platscher, die auch von Fröschen hätten stammen können.

Über mir schaute ein Mondhauch vom Himmel aus zu.

Ich erinnerte mich an diesen Mond. Der Mond war schon zuvor mein Freund gewesen.

Der Tod ist verführerisch, erotisch.

Die Nachtluft war schwer. In der Dunkelheit des salzigen Sumpflandes konnte ich kleine Lichttupfer entdecken, die zwischen den Bäumen und dem dicht gewachsenen Unterholz hin und her fluteten.

Manche Leute glaubten, dieses eigenartige Glimmen stammte von bösen Nachtwesen, die ihre Haut am Bettpfosten hinterließen und sich in Unsichtbarkeit hüllen. Aber ich wusste, was es mit dem Licht auf sich hatte.

Es war Phosphor, der aus den verrottenden Baumstümpfen drang.

Keine Magie. Bloß Wissenschaft.

Jetzt, wo ich fern von Ufer und Häusern war, ließ ich die Ruder in ihren Haltern ruhen und startete den Außenbordmotor. Er war kraftvoll, aber kein Ruderchampion.

Der Motor war leise. Beinahe beruhigend.

Ich hatte es nicht eilig. Ich ließ das Boot vom Motor durch das tintenschwarze Wasser schieben. Bäume beugten sich über den Wasserweg, manchmal strich Spanisches Moos über meine Wange.

Der Tod ist verführerisch, erotisch.

Ich war mir meines toten Freundes in dem Laken sehr bewusst. Ich würde ihn mir gern noch ein letztes Mal im Mondlicht anschauen, aber immer wieder schwappte mir sein Geruch entgegen, obwohl er eingeschlagen und reglos war.

Besser, ihn in Ruhe zu lassen.

Die Fahrt dauerte weniger als eine Stunde.

Die Barke hatte einen flachen Rumpf, mit dem man direkt ans Ufer und den Boden hinauffahren konnte, sodass ich eine gerade Arbeitsoberfläche bekam.

Ich befestigte das Boot an einem Baum, dann zerrte ich die Leiche heraus.

Ich hätte einfach Zementklötze an seine Füße binden und ihn irgendwo versenken können, wo die Fische an ihm knabberten, bis nichts mehr übrig war, außer Knochen.

Das wäre das Beste gewesen. Aber aus irgendeinem Grund brachte ich es nicht über mich. Ich weiß nicht, warum. Vielleicht erschien es mir zu einfach. Vielleicht auch, weil Leichen nun einmal in den Boden gehören.

Ich brauchte keine Taschenlampe.

Ich konnte die dunklen Umrisse der Bäume erahnen. Darunter Büsche und Sträucher. Grabsteine.

Ein Friedhof.

Ein guter Platz für Jordan.

Es gab keinen großen Hang, weswegen ich genau diese Stelle ausgewählt hatte. Ich zerrte Jordan die Steigung hoch, über eine flache Grasfläche, zwischen einige dicht gewachsene Bäume. Dann kehrte ich zum Boot zurück und holte die Schaufel.

Der Boden war fester, als ich angenommen hatte. Ich grub lange, dann setzte ich mich auf einen Baumstamm und rauchte.

Ich hätte ihn doch in den Fluss werfen sollen. Warum hatte ich ihn nicht in den Fluss geworfen?

Ich kannte die Antwort.

Ich sehe im Kopf vor mir, wie es sein soll, und dann werde ich den Gedanken nicht mehr los. Er geht nicht weg. Er geht *nie* weg, bis ich damit fertig bin. Egal, worum es sich dreht. Es kann ganz einfach sein, vielleicht muss ich nur ein bestimmtes Geländer berühren. Oder meine Zähne putzen. Mir die Hände waschen.

Wenn ich so einen Gedanken habe, muss ich es einfach tun. Keine Fragen.

Ich muss es einfach tun.

So war es auch mit dem Friedhof. Begrab Jordan auf einem Friedhof. Das wirkte wie eine gute Idee. Aber der verdammte Boden. Die verdammte Schaufel. Sie war stumpf. Es war, als versuchte man, mit einem Brett zu graben.

Ich nahm noch ein paar schnelle Züge, ließ die filterlose Zigarette fallen, und trat sie mit der Spitze meines Stiefels aus. Obwohl hier jede Menge Kippen herumlagen, nahm ich sie hoch und steckte sie in meine Tasche.

Nichts zurücklassen. Nichts Handfestes jedenfalls.

Zurück an die Arbeit. Ich zerrte die Leiche in die Mulde hinein. Ich schaufelte Dreck darauf, bis das Ding mit gut zwanzig Zentimetern bedeckt war. Dann verteilte ich mit meinen Handschuhhänden Blätter darüber.

Ich trug die blöde Schaufel zurück ins Boot, dann nahm ich einen Rucksack heraus. Am Grab holte ich ein paar Dinge hervor und arrangierte sie hübsch.

Einen Silberdollar.

Eine Flasche Whiskey.

Was ein toter Mann eben so braucht.

Dann zog ich einen kleinen Flanell-Beutel aus meiner Tasche, öffnete den Knoten und griff hinein.

7

Pass auf!«, warnte Eric Kaufman.

Amy riss den Van ihrer Mutter zurück vom Straßenrand und zwischen die weißen Linien. Die Scheibenwischer liefen mit vollem Tempo, aber sie kamen nicht gegen den Nebel an. »Ich kann kaum etwas sehen.« Sie schaltete das Fernlicht ein und sie zuckten beide vor dem Widerschein zurück. Sie drehte zurück auf normal.

»Da«, sagte Eric und zeigte darauf.

Amy bog von der zweispurigen Straße auf einen Kiesweg ab, der beidseitig dicht bewachsen war. Fünf Minuten später erreichten sie ihre Stelle – einen alten Friedhof am Rande Savannahs, überwuchert und vergessen.

Eric grub in einer Papiertüte und zog zwei Bier heraus. Er öffnete eines und reichte es Amy, bevor er das andere für sich knackte.

Er nahm einen langen Schluck, dann betrachtete er einen Grabstein, der im gelben Standlicht des Vans gerade eben noch zu sehen war. »Stellst du dir manchmal vor, wie es wäre, tot zu sein?«

»Sag so etwas nicht!«

»Jeder stirbt mal«, sagte er zu ihr.

Eric wusste, dass es gemein war, aber er konnte nicht anders. Er ärgerte sie gern. »Vielleicht bei einem Autounfall. Oder durch eine Infektion, Krebs. Oder man kriegt einen Hockeypuck vor die Brust. Ich kannte mal jemand, dem das passiert ist. Er hat einen Puck gegen die Brust bekommen, der war über neunzig Meilen schnell. War sofort tot. Herzversagen.

Er schnipste mit den Fingern.

»Hör auf!«

Sie klang wie seine kleine Schwester.

»Die Leute benehmen sich wie in Cartoons, sie ignorieren einfach den Eisenträger über ihrem Kopf, wenn sie sich vorbeugen, um ihre Schuhe zuzubinden«, sagte Eric. »Manchmal habe ich das Gefühl, ich sollte einen Lautsprecher auf mein Auto schrauben, die Straße entlangfahren und Warnungen verkünden. ›Pass auf, kleiner Junge. Fahr nicht mit dem Fahrrad über die Straße. Pass auf, alte Dame mit der dicken Handtasche. Du könntest genauso gut ein Schild um den Hals tragen, auf dem steht: Schlag mich zusammen und raub mich aus.‹«

Eric hatte keine Ahnung, was mit ihm nicht stimmte. Er hatte den ganzen Tag schon so eine komische Laune gehabt. Eigentlich hatte er diese komische Laune, seit er mit der Highschool fertig war. Er wollte nicht erwachsen werden. Er wollte keine wichtigen Entscheidungen treffen. Er wollte nicht aufs College gehen müssen, sich einen Job suchen, einen Anzug tragen.

»Als ich bei den Pfadfinderinnen war, hatten wir ein Stück Straße, dass wir sauber gehalten haben«, erzählte Amy, nachdem sie ihr Bier leer getrunken und die Flasche zurück in die Tüte gesteckt hatte. »Du hättest mal sehen sollen, was die Leute alles wegwarfen. Ich habe sie dafür gehasst, dass sie solche Dreckschweine waren. Du würdest nicht glauben, wie viele Gummis wir aufgesammelt haben.«

»Du hast Gummis aufgesammelt?«, fragte Eric entsetzt.

Die Vorstellung von Pfadfinderinnen, in den Schärpen und kleinen grünen Hütchen, in ihren Uniformen, die Gummis aufsammelten – selbst wenn sie dabei Handschuhe trugen oder sie mit einem Stab aufpickten –, war ekelerregend. Es gab eine Menge Sachen auf der Welt, die unschuldige Kinder nicht sehen sollten. »Das ist widerlich!«

»Manche waren ganz frisch.«

»Hör auf. Jetzt machst *du mir* Angst. Ich habe genug gehört. Hör einfach auf, okay?«

»Oh, es ist also in Ordnung, wenn du vom Sterben erzählst, aber ich kann nicht über vollgesiffte Gummis reden?«

»Ich hoffe bei Gott, dass du Handschuhe anhattest.« Er trank sein Bier aus. »Ich will jetzt nicht mehr reden.« Vielleicht würde er sich besser fühlen, wenn er nackt mit Amy herumtollte.

Während eine CD lief, kletterten sie nach hinten und begannen zu knutschen. Eric war überrascht, wie schnell er alles vergaß. Sie begannen heftiger zu atmen, und die Fenster beschlugen.

»Ich muss pinkeln«, sagte Amy im Dunkeln.

»Bitte.« Er richtete sich auf und suchte in der Tüte nach einem weiteren Bier.

»Kommst du nicht mit?«

Er öffnete die Flasche. »Da ist niemand. Geh einfach hinter den Van.«

Sie wollte immer, dass er mitkam und Wache stand, damit sie nicht irgendwer mitten beim Pinkeln überraschte. Einmal hatte sie sich vor ein paar Autos hingekauert, und irgendjemand hatte seine Scheinwerfer eingeschaltet.

Amy hatte überhaupt keine Probleme, wenn es um ihren

Körper ging, aber sie konnte es trotzdem nicht leiden, wenn man sie beim Pissen erwischte. Das war nicht cool, und alle, die sie kannte, legten großen Wert darauf, cool zu sein.

»Vielleicht kommt noch jemand her«, sagte sie.

Eric stellte sein Bier in den Flaschenhalter. »Okay, ist ja gut.« Er hatte nicht so genervt klingen wollen.

»Vergiss es. Ich gehe allein.« Sie wollte aus dem Van steigen, dann hielt sie aber inne. »Hast du das gehört?«

»Was?«

»So ein komisches Geräusch.«

Sie drehte die Lautstärke herunter, bis sie von nichts außer trillernden Zikaden umgeben waren.

»Ich kann nichts hören«, sagte Eric.

»Es war vermutlich eine Katze. Oder meine Einbildung. Du weißt ja, wie ich sein kann.«

Amy sah und hörte immer wieder Dinge, die nicht da waren. Sie hatte einmal geschworen, dass sie einen Typen von der Punkband Tora! Tora! Torrance! in der Schulkantine gesehen hatte; sie behauptete, er hätte einen vegetarischen Burger und Pommes bestellt. Oder als sie dem Präsidenten der Vereinigten Staaten die Hand schüttelte und glaubte, er hätte gesagt: »Du bist bestimmt ein guter Fick.« Alle andern hatten gehört: »Ich wünsche dir ganz viel Glück«, denn sie stand kurz davor, an einem Schwimmwettbewerb teilzunehmen.

Amy duckte sich aus dem Van, knallte die Tür hinter sich zu. Eric wartete ein paar Sekunden, er hörte sie durch das Unterholz brechen, bevor er sich entschied, die Schlüssel aus der Zündung zu ziehen und ihr nachzugehen.

Er folgte dem Geräusch der knackenden Zweige, umrundete zerbrochene Grabsteine, die umklammert waren von Efeu, Wurzeln und hohem Gras.

»Amy?«

Er konnte sie rechts von sich hören.

Er ging ein paar Schritte in ihre Richtung, bis er knapp außerhalb des Scheins des Standlichts war, öffnete seinen Reißverschluss und pinkelte. Er machte den Reißverschluss gerade wieder zu, als seine Ohren ein gedämpftes Geräusch wahrnahmen, das aus dem Inneren seines eigenen Kopfes zu kommen schien. Er erstarrte, lauschte, die Härchen in seinem Nacken richteten sich auf.

»Amy?«

Wieder ein Geräusch. Diesmal direkt unter ihm.

Irgendetwas klopfte gegen die Spitze seines Turnschuhs.

Was zum Teufel? Hatte sich Amy versteckt und warf mit Dreck auf ihn?

Etwas berührte seinen Knöchel.

Es fühlte sich verdächtig nach einer Hand an.

»Ha-ha. Sehr lustig.«

Sie versuchte sich an ihm zu rächen, weil er nicht sofort mitgekommen war, um zu babysitten, während sie pisste.

Zweige knackten und er schaute geradeaus auf eine etwas hellere Stelle, von der aus Amy auf ihn zukam. »Hast du etwas gesagt?«, fragte sie.

Erics Kiefer sackte nach unten, und Panik durchflutete seinen Körper, schwächte seine Muskeln, machte es ihm unmöglich, zu atmen oder sich zu rühren.

Es schien, als könnte er erst Jahre später den Hals neigen, um nach unten zu sehen.

Eine Klaue ragte aus dem Boden, die Finger um seinen Schuh geschlungen.

Jordan Kemp war bei lebendigem Leibe begraben worden. Eingewickelt in eine schwere Wolldecke, zerrte man ihn durch das Unterholz.

Er konnte sich nicht bewegen, konnte nicht sprechen. War gefangen in seinem eigenen Körper.

Man hatte ihn irgendwo zurückgelassen, in einer Art Graben. Er konnte die feuchte Erde riechen, die nassen Blätter.

War er tot?

Er hatte gehört, wie eine Schaufel ins Erdreich stieß, den Boden durchtrennte. Hatte den schweren Atem gehört. Ein Erdklumpen traf ihn ins Gesicht. Dann noch einer. Und noch einer.

Dann Schweigen.

Totenstille.

Im Inneren seines Kopfes weinte und schrie er.

Niemand hörte ihn.

Niemand kam.

Seine Gedanken wanderten. Manchmal schaltete sich sein Gehirn ab.

Dann hörte er ein Geräusch. Als liefe jemand herum.

Er wollte so nicht sterben. Er wollte nicht, dass seine Mutter herausbekam, dass er als Prostituierter arbeitete. Er konnte es schon in der Zeitung vor sich sehen.

Toter Strichjunge in flachem Grab gefunden.

Sie würde denken, er hätte genau das bekommen, was er verdiente. *Er selbst würde denken, er hatte genau das bekommen, was er verdiente.*

59

Wieder versuchte er sich zu bewegen, versuchte ein Geräusch von sich zu geben. Luft verließ seine Lungen und strich über seine Lippen. Er brachte ein leises Wimmern zustande.

Er versuchte es noch einmal.

Lauter. Er musste lauter sein.

Er bewegte einen Finger. Nur ein Zucken. Dann noch einmal.

Es war, wie wiedergeboren zu werden.

Langsam kehrte das Gefühl in seinen Körper zurück. Er wurde sich seiner Arme und seiner Beine bewusst, des Gewichts der Erde auf seiner Brust.

Er hörte ein gedämpftes Knacken, ein Knistern, nicht weit von seinem Kopf entfernt. Pisste da jemand? Denn, verdammt noch mal, genauso hörte sich das an.

War das nicht ein Reißverschluss?

Wenn er nur rufen könnte, sehen ...

Seine Hand.

Sie war das Einzige, was er bewegen konnte. Er mühte sich, sie zu heben, bis sie durch die lose Erde brach. Bis er etwas spürte.

Einen Schuh.

Einen Knöchel.

Einen Menschen!

Er hörte einen Schrei, dann folgte der Klang laufender Füße. Nicht auf ihn zu, von ihm weg.

Nein!, rief er entgeistert. *Lauf nicht davon!*

Er kämpfte gegen die Schwere, er warf sich nach links und rechts, versuchte sich Platz zu schaffen.

Luft.

Er brauchte Luft.

Die Muskeln in seinem Hals spannten sich an. Mit einer schwungvollen Bewegung warf er sich nach oben, sein Kopf brach durch das Erdreich. Wie ein Schwimmer kam er an die Oberfläche und keuchte, er sog Dreck in seinen Mund, seine Lungen.

Er würgte. Hustete. Im Sitzen befreite er seine Arme, dann seine Beine.

Nackt.

Kalt.

Er packte die Decke und wickelte sie um sich. Sein Körper begann zu zittern, zum Leben zu erwachen.

Musik.

Er hörte Musik.

Irgendwie richtete er sich auf, dann schlurfte er steif in Richtung des Klangs.

Er konnte seine Füße nicht fühlen.

Konnte nichts sehen.

Er fiel hin. Stand wieder auf.

Folge der Musik.

Die Musik würde ihn retten.

Seine Beine zitterten. Ihm war schwindelig und übel. Obwohl er sich aus dem Grab befreit hatte, verspürte er das überwältigende Gefühl, bald sterben zu müssen.

Er würde sterben. Er *starb*. Gerade jetzt. Sein Körper schaltete sich ab, gab auf.

Folge der Musik.

Beeil dich. Folge der Musik. Er erreichte eine Lichtung. Er stand da und schwankte, er versuchte zu sehen, woher die Geräusche kamen, aber alles war unscharf.

Die Musik hörte auf.

Dir bleibt nicht mehr viel Zeit.

Mach besser schnell.

Er rannte.

Oder zumindest glaubte er zu rennen. Er taumelte voran, stapfte, versuchte sich zu beeilen, bevor er wieder stürzte. Denn wenn das passierte, würde er sich nicht wieder aufrichten können. Das war's. Sperrstunde. Auf Wiedersehen.

Geradeaus. Geh geradeaus.

Er konzentrierte sich auf das Fahrzeug und flog darauf zu, die dunkle Wolldecke flatterte wie Schwingen.

Mit einer schnellen Vorwärtsbewegung knallte er gegen den Van, er stieß sich die Stirn. Seine Handflächen drückte er flach an das Fenster.

Ein Mädchen schrie.

Er versuchte sich am Glas festzuklammern. Seine Beine gaben nach und er krallte sich an den Van, als er zu Boden sackte.

Helft mir, sagte er, aber die Worte waren nicht zu hören. *Helft mir!*

Er war ziemlich sicher, dass er gestorben und wieder zum Leben erwacht war. Und jetzt starb er erneut.

Wie oft konnte man sterben, fragte er sich. Waren Menschen wie Katzen? Verwirrt begann er davonzukriechen. Er kehrte zurück in den Wald, bis ihm schwarz vor Augen wurde.

Der Tod, den er erwartet hatte, war sehr nahe.

8

Officer Eve Salazar fand, dass die Nacht bisher ziemlich ruhig gewesen war, als das Funkgerät zum Leben erwachte und die Zentrale den Code für eine misstrauenerweckende Person ausspuckte. Die Position, ein verlassener Friedhof, wo sich Jugendliche gerne herumtrieben, war in der Nähe. Ihr Partner, Officer Reilley, schaltete die Sirene ein und wirbelte den Wagen mitten auf der verlassenen Straße herum, die Reifen quietschten.

Jugendliche dachten immer, Cops würden gerne Partys auflösen, aber Eve hasste es. Sie fühlte sich dann so alt.

Zwei Meilen später bog Reilley scharf nach rechts ab, sie ließen das schwarze Teerband hinter sich. Er verlangsamte kaum, während der Wagen brutal über den schmalen, ausgewaschenen Weg holperte, der schließlich an einer Lichtung endete.

Direkt vor ihnen stand ein blauer Van.

Reilley bremste den Streifenwagen abrupt, während Eve den Bereich mit einem Suchlicht ableuchtete.

Stille, Nebel und zerbrochene Grabsteine.

»Ganz schön gruselig«, sagte sie.

»Bist du nie auf den Friedhof gegangen, um zu knutschen?«, fragte Reilley und stieg aus dem Streifenwagen. Eve ignorierte seine Frage und meldete ihre Position, dann folgte sie ihm, ließ ihr Taschenlampenlicht über die Lichtung streichen, das sich im Nebel brach.

»Was ist das?«, fragte sie und hielt das Licht still.

Sie bewegte anschließend den Lichtstrahl auf und ab, die Bewegung ließ die Schatten springen.

»Sehen wir mal nach dem Van.«

Eve leuchtete durch das Beifahrerfenster auf den Vordersitz. Leer. Sie klopfte an die Scheibe. »Polizei. Ist da jemand?«

Sie hörte ein Krabbeln, dann ging die Tür auf und ein vielleicht siebzehnjähriges Mädchen taumelte heraus.

»O mein Gott! Ich bin so froh, Sie zu sehen. Ich habe Bullen immer gehasst, aber Sie liebe ich.« Sie warf sich Eve in die Arme und umarmte sie. »Ich liebe Sie!«

Ein blonder Junge kam hinter ihr hergeklettert.

Beide Jugendliche begannen zugleich zu reden, sie versuchten zu erklären, was geschehen war.

»Jemand hat mich gepackt«, sagte der Junge, seine Brust hob und senkte sich, seine Worte kamen wie aus einer Maschinenpistole. »Wir sind zurück zum Van gerannt und haben die Bullen gerufen.«

Je weiter die Geschichte ging, desto lächerlicher wurde sie. Eve begann zu glauben, dass die Kinder Opfer eines Streichs geworden waren. Sie schaute auf und sah, wie Reilley eine Hand vor den Mund presste. Er versuchte, nicht zu lachen.

Aber das war viel besser, als eine Leiche zu finden, fand Eve. Sie nahm wirklich lieber einen Streich.

»Und dann kam dieser Typ in einem schwarzen Cape ...«, erklärte der Junge und gestikulierte wild. »Er kam aus dem Wald geschossen und knallte gegen den Van. Wirft sich einfach dagegen. Greift uns an. Oder, Amy? Er hat uns angegriffen, nicht wahr?«

»Ja. Er kam aus dem Nichts. Er ist geflogen.«

»Und ich konnte die Schlüssel zum Van nicht finden.«
Der Junge griff in seine Hosentasche, zog ein Schlüsselbund
heraus und starrte es an. »Da waren die vorhin nicht.«

Reilley wandte ihnen den Rücken zu.

Nicht lachen, betete Eve. Wenn sie auch nur ein leises
Prusten aus seiner Richtung hörte, könnte sie ebenfalls nicht
mehr an sich halten. Aber diese beiden Jugendlichen hatten
Todesangst. Die mussten nicht auch noch von Erwachsenen
ausgelacht werden.

»Wo ist er dagegen geprallt?«, fragte Eve und trat auf den
Van zu.

»Auf der Beifahrerseite, neben der Tür.«

Eve fuhr mit der Taschenlampe über den entsprechenden
Bereich. »Da ist eine Beule«, sagte sie überrascht.

Reilley wandte sich wieder um und gesellte sich zu ihnen.
»Ist das Blut?« Er deutete auf einen dunklen Streifen.

Eve beugte sich vor. »Vielleicht. Oder Make-up.«

»Make-up?«, fragte das Mädchen. »Was soll das heißen,
Make-up?«

Reilley seufzte müde. »Jemand hat euch einen Streich gespielt.« Er hatte die Sache satt.

»Das war kein Spaß«, erklärte der Junge. »Wenn Sie glauben, das war ein Scherz, warum finden Sie den Typen dann
nicht einfach? Er ist da lang gelaufen. In den Wald.«

Der Junge war hochnäsig. Reilley war es nicht gewohnt,
so herausgefordert zu werden. Bevor er die Gelegenheit
hatte, einen Aufstand zu machen, nickte Eve. »Gute Idee.«
Sie begann in die Richtung zu gehen, in die der Junge gezeigt hatte, das Taschenlampenlicht auf den Weg vor sich gerichtet. Sie hörte Reilley hinter sich.

Die armen Kinder.

Plötzlich blieb sie stehen, sie leuchtete auf den Boden. Reilley stieß von hinten gegen sie, er packte sie an der Hüfte. »Du hast meine Frage noch gar nicht beantwortet, ob du je an so einem Ort geknutscht hast«, sagte er, und sein Atem streifte ihren Nacken. Seine Hand wanderte auf ihre Brust.

Sie waren seit zwei Monaten zusammen, aber sie war gegen sexuellen Kontakt bei der Arbeit. Sie stieß seine Hand weg. »Sieh mal, Romeo.«

»Reilley. Der Name ist Reilley.«

Direkt vor ihr, im Licht ihrer Taschenlampe, lag ein dunkler Haufen.

Zeug, was die Streichespieler zurückgelassen hatten, fragte sich Eve? Eine Decke, die so hingelegt worden war, dass sie aussehen sollte wie ein Mensch? Oder lag darunter wirklich jemand?

Die Luft war feucht. Sie konnte die Feuchtigkeit auf ihrem Gesicht spüren.

Ohne zu zögern ging Reilley um sie herum und näherte sich dem Haufen. Eve blieb stehen, wo sie war, und griff nach ihrer Waffe, sie löste die Schnalle ihres Lederholsters. »Vorsichtig«, warnte sie.

Irgendwann würde er sich einmal einer Situation zu schnell stellen, und dann würde er ihr hinterher nicht mehr davon erzählen können.

Reilley stieß den Haufen mit einem Stiefelfuß an. Er tippte dagegen. Eve konnte erkennen, dass das Ding schwer war. »Eine Leiche?«, fragte sie.

In all den Jahren bei der Polizei war ihr nie schlecht geworden, aber jetzt empfand sie eine Welle der Übelkeit.

Sie schämte sich, es zuzugeben, aber sie glaubte an Geister. Sie hatte schon mal Geister gesehen, und sie mochte sie nicht. Überhaupt nicht.

Hier ist es gruselig.

Ihr Herz begann zu hämmern; sie kam sich wieder vor, als wäre sie zwölf Jahre alt, und schlich in ein verlassenes Haus, in dem es angeblich spukte. Dort hatte sie den Geist einer jungen Frau gesehen, die sich umgebracht hatte, nachdem man sie gezwungen hatte, einen Mann zu heiraten, der ihr Großvater hätte sein können.

Eve wollte lieber Verstärkung rufen, hatte aber keinen Grund dafür, außer einer irrationalen Furcht vor dem Unbekannten.

Reilley kauerte sich neben dem Haufen hin. Eve zog ihre Waffe, löste aber noch nicht den Sicherungshebel.

Reilley zupfte an einer Ecke der schlammbesudelten Decke, um schließlich ein blutiges, verschmiertes Gesicht freizulegen.

Der Todesgestank traf sie.

Kein Geist.

»Wow«, sagte Reilley und zuckte zurück.

Einen Augenblick später zwang er sich, sich wieder vorzubeugen. Er untersuchte die Leiche still, schließlich stieß er einen frustrierten Seufzer aus und lehnte sich zurück, er kauerte auf den Fersen, ein Arm hing über sein gebeugtes Knie.

»Tot?«, fragte Eve, obwohl ihre Nase ihr schon die Antwort auf diese Frage verriet.

»Ja. Ruf besser die Mordkommission.«

»Rühr nichts an.«

»Ich weiß, ich weiß.«

Sie meldete sich mithilfe ihres Schultermikrofons bei der Zentrale.

»Was glaubst du, wie alt?«, fragte sie, als sie mit der Meldung fertig war.

»Bloß ein Kind. Nicht älter als neunzehn oder zwanzig.«

Reilleys Stimme war traurig, während er weiter die Leiche vor sich anschaute. In solchen Augenblicken, wenn er es ihr erlaubte, seine gefühlvolle Seite zu sehen, konnte sich Eve beinahe vorstellen, den Kerl zu lieben. Beinahe.

»Mein Gott!« Reilley ließ seine Taschenlampe fallen und zuckte zurück. Er landete auf dem Hintern.

»Was ist?«

»Seine Augen. Waren die nicht eben noch zu?«

Sie leuchtete auf das schlammverkrustete Gesicht. Augen, die eben noch geschlossen gewesen waren, standen jetzt weit offen.

Irgendetwas weckte ihn.

Jordan Kemp fühlte kalte Luft auf seiner Haut. Obwohl seine Augen geschlossen waren, konnte er spüren, dass ein Licht in sein Gesicht schien. War das der Tunnel, von dem alle immer redeten? Würden seine toten Verwandten am Ende auf ihn warten? Verwandte, die er immer gehasst hatte?

Er wollte ihnen erklären, dass die Strichjungen-Geschichte nur durch Zufall angefangen hatte. Schnelles Geld, damit er sein Leben wieder auf die Reihe kriegte. Aber als er sich erst mal an diese Art zu leben gewöhnt hatte, konnte er nicht wieder zurück, weil er schon zu weit gegangen war. Und ehrlich gesagt hatte er auch nicht zurückgewollt, denn die Prostitution war zu seiner Wirklichkeit geworden.

Aber er wollte auch nicht zur Hölle dafür fahren. Wenn er gewusst hätte, dass der Tod so bald kommen würde, wäre er ein guter Junge gewesen.

»Ja«, unterbrach ihn die Stimme eines Mannes. »Ruf besser die Mordkommission.« Dann folgte: »Bloß ein Kind.« Der Mann klang traurig.

Nicht tot. Konnten sie nicht sehen, dass er nicht tot war? Noch nicht.

Du musst es ihnen sagen. Du musst es ihnen zeigen.

Die Leute sagten immer, dass er stur wäre. Dass er schweben könnte, wenn er es sich nur vornähme. Er schaffte es nicht, zu schweben, aber mit einer Kraftanstrengung, die ihm fast den Schädel sprengte, gelang es ihm, die Augen zu öffnen.

Und da ging die Hölle los.

»Ruf einen Krankenwagen«, rief der Mann.

Zu spät, hätte Jordan gesagt, wenn er noch hätte sprechen können. Gottverdammt zu spät.

Der Reifen auf der Beifahrerseite tauchte in ein Schlagloch und Elise wurde das Steuerrad aus der Hand gerissen, während sie den Wagen über den zugewucherten Weg steuerte, der zu dem verlassenen Friedhof führte. Neben ihr stieß Gould einen Fluch aus, als sein Kopf ans Fenster stieß.

»Tut mir leid«, sagte Elise.

Hinter dem schmiedeeisernen Friedhofstor stoppte Elise. Hinter den Schattenrissen riesiger Eichen und Vorhängen aus herunterhängendem Spanischem Moos konnten sie

Leute sehen, die sich im Scheinwerferlicht bewegten, sodass sich die Lichtstrahlen zerstreuten. Ein tief liegender Nebel waberte und wirbelte wie ein raffinierter Spezialeffekt, Streifenwagen standen überall wild herum, und ein Krankenwagen wartete mit eingeschaltetem Blaulicht und offenen Türen. Gelbes Polizeiabsperrband war um Bäume und Friedhofsdenkmäler geschlungen worden.

Gould und sie machten sich auf die Suche nach den ersten Officern am Tatort. »Die Sanitäter haben das Opfer für tot erklärt«, erklärte ihnen Officer Eve Salazar, deren Hand auf ihrem Gürtel ruhte. »Sie haben sich zehn Minuten bemüht, konnten ihn aber nicht wiederbeleben.«

»Wo ist die Leiche?«, fragte Elise.

»Wartet auf den Leichenbeschauer.« Sie deutete mit dem Daumen hinter sich. »Aufgrund der Umstände ist der Tatort nicht mehr sauber.«

»Was ist mit den Jugendlichen? Wir brauchen ihre Aussagen.«

»Die sind auf der Polizeiwache. Sie waren ziemlich durcheinander, und wir dachten, es wäre besser, wenn sie nicht hier warten müssen.«

Elise nickte. Sie hätte auch nicht gewollt, dass Audrey länger als absolut nötig an einem Tatort bliebe.

Was zuerst nach einem Kinderstreich ausgesehen hatte, war zu einem Mord geworden, und zwei unschuldige Jugendliche hatten aus Versehen eine Leiche gefunden, als die noch am Leben gewesen war.

Kein ungewöhnliches Szenario. Manchmal wurden Verbrechensopfer einfach zurückgelassen, weil sie für tot gehalten wurden. Und es war auch nicht so eigenartig, dass Ju-

70

gendliche Leichen fanden, denn die gleiche Art der Abgeschiedenheit zog sowohl Teenager als auch Mörder an.

Elise und Gould ließen sich von Officer Salazar zur Leiche führen. Der Weg war bereits mit gelben Markern bezeichnet. Ein kleines Grüppchen stand herum, der Bereich wurde durch generatorbetriebene Scheinwerfer illuminiert. Elise entdeckte Abe Chilton, den Leiter der Spurensicherung.

»Es riecht so, als wäre er schon ein paar Tage tot, und nicht ein paar Minuten«, sagte Elise und hob die Hand vor die Nase. Sie wandte sich an Salazars Partner. »Sind Sie sicher, dass das Opfer noch am Leben war, als sie es gefunden haben?«

»Er hat die Augen aufgemacht«, betonte Officer Reilley.

»Könnte das auch eine Muskelreaktion nach Eintritt des Todes gewesen sein?«, fragte sich Gould laut.

»Der Kerl war am Leben«, betonte Reilley.

»Was ist mit der Stelle, wo der Teenager angegriffen wurde?«, fragte Elise.

Sie gingen zurück, dann bogen sie ab und folgten einem weiteren Weg mit Markierungen.

»Das war hier.« Der Schein von Salazars Taschenlampe enthüllte ein flaches Grab. »Der Junge hat gesagt, die Hand wäre aus dem Boden gekommen.«

Eine Mulde zeigte, wo der Körper gelegen hatte. In der Nähe stand eine verschlossene Flasche Whiskey. Daneben lag ein Silberdollar.

»Geschenke für den Toten«, kommentierte Elise. »Oder in diesem Fall für den Untoten.«

»Ein Mörder, der Geschenke hinterlässt?«, fragte Gould.

»Damit das Opfer nicht zurückkehrt und ihn verfolgt.«

»Nett.« Gould leuchtete mit seiner Taschenlampe über das ehemalige Grab hinaus. »Schleifspuren.«

»Bis zum Wasser«, erklärte ihnen Officer Salazar. »Muss mit dem Boot gekommen sein.«

»Irgendwelche Spuren?«, fragte Gould.

»Bisher nur ein paar Fußabdrücke.« Salazar zuckte mit den Achseln. »Vielleicht neun oder zehn, Männergröße.«

»In dieser Stadt gehen echt komische Sachen ab«, sagte Reilley. »Richtig komische Sachen.«

Gould nickte. »Komische Sachen passieren eben auch.«

Abe Chilton und einige seiner Leute traten aus der Dunkelheit. »Ich hätte gern, dass Sie das sehen.« Chilton hob seine Taschenlampe und richtete den Strahl auf einen nahe gelegenen Baum. Etwa eineinhalb Meter über dem Boden war eine kleine verdrehte Figur an den Stamm genagelt.

»Alraunenwurzel«, sagte Elise. Es hieß, die menschenförmige Wurzel schrie, wenn man sie aus dem Boden zog.

»Tollkirsche?«, fragte Gould.

»Beides Nachtschattengewächse.«

Während Chilton mit seiner Taschenlampe weiter auf den Baumstamm leuchtete, betrachtete Elise die kleine Figur. Sie war in braunes Papier gewickelt, wahrscheinlich aus einer Einkaufstüte herausgerissen.

Hexerei. »Das könnte die Identität unseres Opfers entschlüsseln«, sagte Elise.

Jemand reichte ihr ein Paar Latexhandschuhe. Sie zog sie über und ging näher. Die anderen traten zurück. Elise nahm die Wurzel von dem rostigen Nagel, dann rollte sie das Papier ab, auf das immer wieder in schwarzer Tinte ein Name geschrieben worden war.

Sieben mal sieben. Dieser Hexenmeister wusste, was er tat.

»Jordan Kemp«, sagte Elise. »Kann jemand das durchgeben?«

Zwei Minuten später hatten sie die Meldung. »Jordan Harold Kemp«, berichtete Officer Salazar. »Männlich, weiß, einundzwanzig.«

»Irgendwelche Vorstrafen?«, fragte Elise.

»Zwei Verhaftungen wegen Prostitution.«

»Dann sollten wir einen Fingerabdruck in den Akten haben.«

Officer Salazar warf Elise einen besorgten Blick zu, dann schaute er auf die Wurzel, die sie in der Hand hielt. »Mir gefällt gar nicht, wie das aussieht«, sagte er nervös.

»Die tut Ihnen nichts«, versicherte Elise ihr. »Das hat mit Ihnen nichts zu tun.«

Die Leute brachten oft Flüche, Bannsprüche und Kräuterzauberei durcheinander. »Sehen Sie das?« Elise deutete auf ein Blatt, das auf den dicksten Teil der Wurzel geklebt worden war, der den Körper symbolisierte. »Das ist Akazie. Die alten Ägypter haben Grabkränze aus Akazienblättern geflochten.«

»Es ist also ein Tribut«, sagte Gould.

Es war erstaunlich, wie schnell Elises Lehrjahre zurückkehrten. Als wäre das Wissen die ganze Zeit da gewesen. Als hätte sie nicht über eine Dekade damit verbracht, alles zu vergessen, was sie je gelernt hatte.

»Eine einzelne Pflanze kann bei einer Vielzahl von Angelegenheiten zum Einsatz gebracht werden, auf die unterschiedlichste Weise«, sagte Elise. »Es kommt alles darauf an, was man damit macht, und mit was zusammen.«

»Und Akazien mit Tollkirschen ... oder Akazienwurzeln ...?«, erkundigte sich Gould.

Mit einer verrottenden Leiche nur wenige Meter entfernt und einem uralten Fluch in den Händen war Elise sich plötzlich ganz sicher. »Diese spezielle Kombination«, erklärte sie, »soll die Toten wiederauferstehen lassen.«

9

Audrey packte den metallenen Schläger und grub ihre Stollen in den lockeren Boden. Hinter ihr plapperte die Fängerin vor sich hin, um sie davon abzulenken, den Ball zu treffen.

Das achte Inning stand kurz vor dem Schluss, und die Fängerin hatte das ganze Spiel über alle mit ihrem Gesabbel genervt. Audreys Trainer ließ sie keine derartigen Negativ-Taktiken einsetzen, deshalb war es doppelt schwierig, damit klarzukommen, wenn die Mannschaft, gegen die sie antraten, machen konnte, was sie wollte. *Unfair!*

»Sind das nicht deine Mamis da auf der Bank?«, verhöhnte sie die Fängerin mit Babystimme. »Deine beiden Mamis?«

Audrey warf einen Blick hinüber, dorthin, wo Elise und ihre Stiefmutter Vivian zusammen mit Audreys beiden kleinen Brüdern saßen. Jede der Frauen hielt ein Baby. Die Zwillinge trugen die blauen Hütchen, die Audrey im Einkaufszentrum für sie gekauft hatte.

Audrey liebte ihre kleinen Brüder. Und die fanden sie auch toll. Sie konnte Quatsch machen und sie in Stereo zum Lachen bringen, bis ihnen Tränen über die kleinen dicken Wangen kullerten.

Audrey behielt die Werferin im Auge und trat aus der Batter's Box. Sie schwang den Schläger ein paar Mal zur Übung, dann trat sie wieder an die *Home Plate*.

Von der anderen Seite aus johlte die gegnerische Mannschaft: »Werfen, werfen, werfen ...«

»*Jetzt!*«

Audrey schwang ihren Schläger.

»Strike!«

Wenn man erst mal einen Ball verfehlt hatte, machte die Werferin gern zügig weiter. Einen nach dem anderen, sodass man keine Zeit hatte, sich wieder zu sammeln. Im Moment stand sie seitlich und konzentrierte sich auf ihren nächsten Wurf.

»Ein bisschen fester«, sagte Audreys Trainer.

Die Fängerin verhöhnte sie weiter im Babysingsang. Und von der anderen Spielfeldseite her kam: »Werfen, werfen, werfen ...«

»*Jetzt!*«

Der Schläger traf den Ball genau.

Audrey wartete nicht ab, bis sie sehen konnte, wohin der Ball flog. Sie ließ den Schläger fallen und rannte zur ersten *Base*, ihre Stollen gruben sich in den Boden.

Der Ball flog superschnell – eine Gerade zwischen dritter *Base* und *Shortstop*, etwa einen halben Meter über dem Boden. Ein Mitspieler im *Outfield* hechtete danach, erwischte ihn aber nicht.

Elise verstand nicht viel von Softball, aber sie erkannte einen guten Schlag, wenn sie einen sah. Sie wollte schon aufspringen, da fiel ihr das Baby wieder ein. Sie umklammerte Tyler mit einem Arm, während sie mit der freien einen Trichter vor dem Mund formte und brüllte, während Audrey um die erste *Base* lief, dann um die zweite.

Home Run? Würde es ein Home Run werden?

Zwei der Mitspieler im *Outfield* stürzten sich auf den Ball, und einer warf ihn schließlich in Richtung der Werferin, während Audrey die dritte *Base* umrundete.

Stopp! Bleib da!, dachte Elise.

Audrey aber zögerte nicht. Sie überlegte nicht einmal, ob sie sichergehen sollte. Sie sauste weiter. Die Werferin ließ den Ball zur Fängerin fliegen.

Neben Elise rief Vivian: »Hinwerfen! Hinwerfen!«

Audrey warf sich auf den Boden, Beine voran. Sie schlidderte auf Hüfte und Oberschenkel über den Boden und erreichte in einer Staubwolke die *Home Base*, gerade als der Ball im Handschuh der Fängerin landete.

Hatte die Fängerin einen Fehler begangen?

Hatte sie den Ball fallen lassen?

Elise starrte den Schiedsrichter an, ihr Herz schlug ihr im Hals.

Nach der wohl längsten Pause in der Geschichte des Softballs rief er wild gestikulierend: »*Safe!*«

Sie hatten gewonnen.

Das Spiel war zu Ende.

Elise kreischte wie wild, Vivian neben ihr schloss sich an.

Der Lärm verängstigte die Zwillinge. Sie begannen zu schreien, die kleinen Mündchen aufgerissen, die Gesichter rot.

Elise wippte mit den Knien. »Nicht weinen, Süßer.«

Aber das half nichts, denn Tyler hatte Angst vor ihr.

»Hast du schon mal so einen Einsatz gesehen?«, fragte Elise über seinen Kopf hinweg.

»Jedenfalls nicht bei einem Mädchen.«

Beide Frauen lachten.

Die Mannschaften stellten sich auf für das übliche Abklatschen und die »Gutes Spiel«-Sprüche.

Die Zuschauer sammelten ihre Sachen ein und gingen, bis bloß noch Elise, Vivian und die schreienden Babys da waren.

»Sie hasst mich«, sagte Elise, während sie zusah, wie ihre Tochter an den anderen Mädchen vorbeiging.

Vivian wühlte in ihrer blauen Wickeltasche und zog zwei Zahn-Kekse hervor, die sie den Jungen gab. Als hätte sie einen Schalter umgelegt, hörten sie beide auf zu schreien und nahmen das Leckerli. »Wer?«

»Audrey.«

Vivian drehte sich um und starrte Elise an. »Was redest du da?«

»Sie will nicht mehr zu Besuch kommen. Nicht, dass sie je zu Besuch hat kommen wollen.«

»Das liegt doch nicht an dir«, versicherte ihr Vivian. »Sie ist in einem Alter, in dem ihre Freundinnen wichtig sind. Sie will in ihrer Nähe sein.«

»Sie entgleitet mir.«

Es waren so viele Songs darüber geschrieben worden, wie schnell Kinder groß wurden und dass Eltern eben dabei sein mussten, sonst verpassten sie es. Diese Songs waren vielleicht Klischees, aber sie waren auch wahr.

Es hatte alles ganz klein angefangen.

Als Audrey ein Baby war und Thomas noch einmal heiratete, erschien es ganz logisch, dass Audrey ihre Tage bei Vivian verbrachte, statt mit einem Babysitter. Und wenn Elise zu ungewöhnlichen Zeiten arbeiten musste – also praktisch immer –, blieb Audrey bei Thomas und Vivian. Sie liebten sie genauso sehr, wie Elise es tat, was es Elise leichter machte, nachts zu schlafen und tagsüber gute Arbeit zu leisten, denn sie wusste, dass Audrey gut aufgehoben war, geliebt und versorgt wurde.

Als Audrey in die Schule kam, schien es vernünftig, dass sie in eine Schule in der Nähe von Thomas und Vivian ging. In den Vororten waren die Schulen besser und weniger gefährlich, und wenn Elise lange arbeiten musste, dann musste sie sich wenigstens keine Sorgen um Audrey machen.

Selbst bevor die Zwillinge geboren worden waren, waren Thomas, Audrey und Vivian eine richtige Familie gewesen, mit einem traditionellen Leben. Sie hatten einen *Plan*. Ihre Tage verliefen immer ähnlich. Das war wichtig. Das brauchten Kinder.

Manchmal hatte Elise das Gefühl, an einem Makel zu leiden. Dem Makel ihrer Vergangenheit. Dem Makel ihres Jobs.

Vivian war ein Fels in der Brandung. Solide. Stabil.

Die Leute fanden es eigenartig, dass Elise und sie Freundinnen waren, aber Elise war das immer ganz normal erschienen. Es hatte niemals irgendeinen Streit bei der Scheidung gegeben, sie hatten bloß erkannt, dass sie und Thomas gar nicht falscher füreinander hätten sein können.

Audrey schaute in ihre Richtung und winkte.

Elise und Vivian winkten zurück.

Die Gruppe löste sich auf und Audrey rannte in ihrer rotweißen Mannschaftskleidung mit den passend gestreiften Socken in Richtung der Zuschauerbänke. Auf einer Seite sah man von der Hüfte bis zum Knöchel den dreckigen Beweis ihres Sieger-Runs.

Sie legte ihren Handschuh beiseite und streckte die Arme

nach Tyler aus. Er begann vergnügt zu quietschen und streckte ebenfalls die Arme aus.

»Hast du ihn?«, fragte Elise.

Audrey sah weiter nur ihren kleinen Bruder an. »Ja«, sagte sie mit einem wundervollen Lächeln. Sie drückte Tyler fest an sich. Er packte sofort mit seiner kekskrümeligen Faust ihr Haar.

»Oh, mein Gott!«, kreischte Audrey. »Er ist *so eklig!* Er schmiert mir ekliges Zeug in die Haare!»

Elise beobachtete, wie ihre Tochter und Vivian einander ansahen und dann hysterisch zu lachen begannen.

Audreys Familienleben bei Thomas und Vivian war gut. Sie war glücklich. Aber für Elise war der Preis dieses Glückes vielleicht der Verlust ihrer Tochter.

10

Als Ihre Therapeutin muss ich fragen – denken Sie daran, sich selbst Schaden zuzufügen?«

»Natürlich nicht.«

»Denken Sie daran, jemand anderem Schaden zuzufügen?«

Das Telefon ans Ohr gedrückt, starrte David Gould lange Zeit die Katze an. Beths Katze.

»David?«, fragte seine Therapeutin mit ihrer ruhigen Stimme. »David? Sind Sie noch da?«

»Nein. Ich meine, ja – ich bin noch da. Und: Nein, ich denke nicht darüber nach, jemand anderem etwas anzutun.«

Einfach Schluss mit den Pillen zu machen – auch wenn sie vom Arzt verschrieben waren – war ihm am Freitag als eine gute Idee erschienen, nachdem Elise sein mangelndes Engagement angesprochen hatte. Heute war Sonntag. Na ja, eigentlich Montag, denn es war weit nach Mitternacht, und David stand kurz davor, aus der Haut zu fahren.

Antidepressiva abzusetzen stellte die merkwürdigsten Dinge mit seinem Kopf an.

Die ganze Zeit über, die er sie nahm, hatte er kein einziges Hoch oder Tief erlebt. Er hatte keinen Zorn empfunden, keine Freude, keine Trauer. Er war nicht einmal sicher, ob er von sich behaupten konnte, zu existieren. Aber jetzt ... jetzt war alles anders. Jetzt war er wach, richtig wach. Wach, nachdem er fast zwei Jahre tot gewesen war.

Aber du wolltest tot sein. Hast du nicht sogar die Polizistin gebeten, dich zu töten? Dich von deinem Leid zu erlösen? Dem Schmerz ein Ende zu bereiten?

Der Schmerz in seinem Hals erstickte ihn beinahe.

Er konnte jetzt keine Erinnerungen ertragen. Eins nach dem anderen.

Kontrolle. Kontrolle. Kontrolle.

Das war das Mantra eines FBI-Agenten. Es war *sein* Mantra.

Es war wie eine Wiedergeburt.

Eine Taufe.

Gefühle, von denen er längst vergessen hatte, dass es sie gab, durchfuhren ihn. Schmerz. Wut. Trauer.

Wunderbare Gefühle. Überwältigende Gefühle. Zu viele auf einmal. Zu intensiv. Lass erst ein paar davon herein, aber nicht alle. Schlag die Tür zu. Er konnte nicht alles auf einmal verarbeiten. Noch nicht.

»Gibt es in Savannah jemand, den Sie anrufen können?«, fragte Dr. Fisher.

Er hatte sich keinen neuen Therapeuten gesucht, als er nach Savannah gezogen war, denn er wollte nicht, dass die Leute, mit denen er hier zusammenarbeitete, wussten, dass er in Therapie war – das war eine der Schwierigkeiten in Ohio gewesen. Kaum hatten seine Kollegen von seinen Problemen Wind bekommen, veränderte sich alles und sie begannen ihn infrage zu stellen. Das war für alle Beteiligten eine unsichere und damit auch gefährliche Situation. Als ihm klar wurde, was los war, entschied er sich, irgendwo anders neu anzufangen. Ein frischer Start.

»Vielleicht Ihren Partner?«

Seinen Partner? »Kommt nicht infrage.«

Was sollte er Elise auch sagen? Hey, ich drehe grade durch und wollte fragen, ob du vorbeikommen und Händchen halten könntest?

»Sie arbeiten seit drei Monaten mit ihr zusammen. Es wäre sicher in Ordnung, sie anzurufen.«

Drei Monate. Ja, normalerweise würde man jemand danach schon einigermaßen kennen. »Ich war ein wenig ... abwesend.«

David saß auf dem Fußboden in seiner Wohnküche, den Rücken an die Wand gelehnt, das Telefon stand auf seinem Oberschenkel.

Ihm fiel auf, dass sein Bein zitterte.

Er ließ es aufhören.

Es war dunkel im Raum – das einzige Licht, das er eingeschaltet hatte, war das über dem Herd. »Glauben Sie mir, meine Partnerin anzurufen kommt nicht infrage.«

Was war das für ein Geruch? Wie Holz, das zwanzig Jahre lang in Urin eingeweicht worden war. Und kranke, fieberhafte Körper. Gelbfieber.

Das ist meine Wohnung. Meine beschissene Wohnung.

Kein Wunder, dass seine Schwester es so schrecklich gefunden hatte.

Tut mir leid, Schwesterherz.

Seine Wohnung roch wie ein Altenheim, und er hatte es nicht einmal bemerkt.

Sein Bein zitterte wieder.

»Nehmen Sie immer noch Ihre Medikamente? Das Paxil und das Valium?«

»Vielleicht habe ich ein paar davon übersprungen.«

»Das dürfen Sie nicht tun.«

»Genau genommen ... habe ich mir überlegt, dass ich beide nicht mehr nehmen möchte.«

»David, das ist keine gute Idee. Sie haben ein sehr traumatisches Erlebnis gehabt.«

»Das ist fast zwei Jahre her.«

»Das ist nicht viel Zeit, wenn man es mit etwas in dieser Größenordnung zu tun hat.«

Warum hatte er sie angerufen? Er wusste, worin das Problem bestand. Und er wusste, wie *sie* es in Ordnung bringen würde. Aber er hatte es satt, ein hirntoter Idiot zu sein. Wenn der Sinn des Cocktails, den sie ihm verschrieben hatte, darin bestand, gar nichts zu fühlen, dann hatte es absolut funktioniert.

Und dann sagte sie das Wort mit *C.* Und das mit *T.*

»Es ist nicht gut, *cold turkey* aufzuhören. Es hat ein paar gravierende Probleme mit Patienten gegeben, die sich nicht langsam ausgeschlichen haben.«

Ja. David hatte davon gehört. Nicht nur gehört, er hatte es auch gesehen. Manche Leute drehten durch. Sie brachten sogar jemand um. Man hatte Antidepressiva im Blut von Mördern gefunden. Lag das daran, dass sie diejenigen waren, die Hilfe brauchten, oder sorgten die Drogen schließlich für eine Unwirklichkeit, die es ihnen erlaubte, über die Gedanken hinauszugehen, die Fantasien, und Dinge zu *tun,* die sie normalerweise nicht getan hätten?

Er war vorbereitet gewesen auf heftige Stimmungsumschwünge, vielleicht auch mal einen Heulanfall, den er auf einen alten Film schieben konnte, aber nicht auf das Schwitzen und Zittern und die Magenkrämpfe.

Nicht darauf, dass ich aus der Haut fahre.

Dieses verzweifelte Bedürfnis, sich zu bewegen, etwas zu tun, irgendetwas.

Zitter, zitter, zitter.

Er kaute auf seinen Knöcheln.

Das ist, als wollte man vom Heroin runterkommen.

Nicht, dass er persönlich wusste, wie das war, aber er hatte *Trainspotting* gesehen, und im Augenblick rechnete er durchaus damit, dass gleich ein Baby über seine Küchendecke kroch.

»Ich kann nicht schlafen. Ich habe seit drei Tagen nicht geschlafen.«

Er konnte sich nicht beruhigen.

Er war schon zehn Meilen gelaufen. Sollte er noch zehn laufen?

»Haben Sie getrunken? Ihre Stimme klingt undeutlich. Sie dürfen keinen Alkohol trinken, wenn Sie Ihre Medikamente nehmen.«

Zu spät. Die Verzweiflung hatte ihn schon heimgesucht. »Das weiß doch jeder, Doc.«

Von seinem Platz am Boden schaute David hoch zum Küchentresen, auf dem die ganzen leeren Bierflaschen standen. Er hatte nicht viel Erfahrung mit Saufen. Er hatte ein oder zwei Bier trinken wollen. Nur, um sich zu beruhigen. Nach sechs war er immer noch aufgeregt, und jetzt fühlte er sich wie ein Betrunkener auf Speed.

Zitter, zitter, zitter.

»Sie haben wahrscheinlich eine Toleranz dem Valium gegenüber entwickelt. Ich würde Ihnen vorschlagen, die Dosis zu verdoppeln, wenn ich sicher sein könnte, dass Sie nichts getrunken haben«, sagte sie.

Er schmeckte Blut und ihm wurde klar, dass er die Haut von einem Knöchel abgekaut hatte. Er sprang vom Boden auf, griff nach der Flasche mit den Beruhigungspillen auf dem Tresen.

Hatte er eine genommen? Oder zwei?

Er musterte die Pillen da drinnen, als könnten sie ihm irgendetwas verraten. Und wie lange war das her? Minuten? Stunden? Er konnte sich nicht erinnern.

»David, wenn es schlimmer wird, fahren Sie ins Krankenhaus. Haben Sie verstanden? Oder rufen Sie Ihren Partner an. Ich habe eine Idee. Wieso rufe ich nicht für Sie an? Soll ich das machen?«

»Nein!« Herrgott! »Ich muss meinen Ruf wahren.« Herrgott.

Sein Laptop war im Energiespar-Modus neben den Bierflaschen. Er tippte auf eine Taste und das Gerät erwachte zum Leben. Er öffnete das Drop-down-Menü und suchte aus den Lesezeichen eine Savannah-Website heraus, auf der er etwas entdeckte, was ihm zuvor nicht aufgefallen war.

Savannah Legal Escort Service.

Hmm.

Das Bild wurde unscharf.

Plötzlich war sein Kopf wahnsinnig schwer.

Er ließ den Mauszeiger über dem kleinen Foto einer dunkelhaarigen Frau schweben, dann klickte er darauf, um es zu vergrößern.

Die Antidepressiva hatten ihn beinahe asexuell gemacht. In den letzten beiden Jahren hatte er praktisch nie an Sex gedacht. Jetzt aber war er geil. Vielleicht konnte er nach dem Sex schlafen. Früher war es so. Vor Jahren.

Er klemmte den Hörer zwischen Schulter und Ohr und tippte seine Adresse in das Formular auf dem Computerbildschirm. Bestellte sich ein Mädchen.

Einfach so. Mit ein paar Tastenklicks.

»Ist das Internet nicht wunderbar?«, fragte er mühsam und rang den Impuls nieder, sich einfach zu Boden sacken zu lassen; er sollte damit besser warten, bis er nicht mehr am Telefon war.

»O ja«, stimmte ihm Dr. Fisher zu. »Ich hätte mir niemals träumen lassen, was wir alles damit würden anfangen können.«

David starrte das verschwommene Gesicht auf dem Bildschirm an. »Ich auch nicht.«

Flora Martinez fuhr durch die verlassenen Straßen Savannahs, auf dem Sitz neben ihr lag die Fahrtroute, die sie aus dem Internet ausgedruckt hatte. Ihre Scheibenwischer gingen schnell, aber zwischendurch bildete sich trotzdem schwerer Tau.

Normalerweise nahm sie keine unbekannten Bestellungen entgegen. Das war gefährlich, und man wusste nie, auf was für Freaks man traf. Aber das Geschäft war schlecht gelaufen, und sie musste eine Menge Rechnungen zahlen, also hatte sie ihr Foto auf die Website des Begleitungsdienstes hochgeladen.

Begleitungsdienst.

Sie hatte gelernt, dass sie es immer so nennen musste, ganz egal, wer fragte. Ein paar Mädchen waren sogar tatsächlich irgendwelchen Schnarchnasen begegnet, die glaubten, es *wäre* ein Begleitungsdienst.

Man mietete sich ein Rendezvous.

Sie hatten einfach nur ein attraktives Mädchen haben wollen, als Armschmuck bei einer Firmenparty. Traurig und komisch zugleich. Eine Menge Sachen waren traurig und komisch.

Sie fand die Adresse.

Mary of the Angels.

Ach du Scheiße.

Sie hielt am Straßenrand, zog ihr Handy aus der Handtasche und rief Enrique an. »Erinnerst du dich an den Job, den ich grade reingekriegt habe? Du glaubst nicht, wo das ist.« Sie verrenkte sich den Hals, um an dem vierstöckigen Gebäude hochzuschauen. »Mary of the Angels.«

Enrique zog laut den Atem ein. »Nicht wirklich.«

»Ich stehe direkt davor.«

»Geh nicht. Da würde nur ein Verrückter leben wollen.«

Jeder, der lange genug in Savannah war, hatte von dem Haus gehört. Angeblich gab es einen Tunnel, der vom alten Candler Hospital zu dem nahe gelegenen Friedhof führte. Vor Jahren hatte man die Gelbfieber-Opfer durch diesen Tunnel direkt aus ihrem Bett auf den Friedhof gekarrt, damit die Leute nicht wegen der hohen Anzahl Opfer durchdrehten.

Angeblich hatte man die Leichen dort unten gestapelt, bis man sie im Schutz der Dunkelheit vergraben konnte. Sie hatte gehört, dass die Stapel sich manchmal bewegt hatten, entweder weil die Ratten sich an den Leichen gütlich taten, oder weil jemand ein bisschen vorschnell für tot erklärt worden war.

Das Haus war jedenfalls verflucht. Sagten die Leute.

Flora glaubte das, denn sie glaubte auch an Geister, und wenn irgendein Haus verflucht wäre, dann ganz bestimmt Mary of the Angels.

»Vielleicht ist er neu in der Stadt«, sagte sie in ihr Handy. »Vielleicht hat ihm keiner davon erzählt.«

»Geh nicht, Flora«, bat Enrique. »Komm nach Hause.«

Sie lächelte. Wie süß von Enrique, sich um sie zu sorgen.

»Ich sehe es mir mal an. Wenn mir irgendetwas komisch vorkommt, gehe ich.«

»Nimm dein Handy mit.«

Sie verabschiedete sich von ihm, dann steckte sie ihr Handy zurück in ihre Handtasche, die sie allerdings offen ließ, um leicht an ihr Telefon herankommen zu können.

David war der Name des Kunden. Sie hatte ihn unterhalb des Datums in ihren Kalender geschrieben.

Sie fand seine Wohnungsnummer aufs Klingelschild geklebt. Der schwere Duft der hochrankenden Glyzinien lockte sie, draußen zu bleiben.

Sie drückte den Knopf und es summte. Sie trat ein und ging die Treppe hoch bis in das richtige Stockwerk.

Sie musste nicht klopfen. Er wartete auf sie, die Tür war angelehnt.

Er trug eine ausgeblichene Jeans. Barfuß. Hemd aufgeknöpft. Es hing über die Hose. Seine Haare ragten in alle Richtungen, als wäre er sich immer wieder mit den Händen durchgefahren.

»Lass die Katze nicht raus«, sagte er mit schwerer Zunge und trat einen Schritt zur Seite, als sie hereinkam. Sie schloss die Tür hinter sich und lauschte nach irgendwelchen Geräuschen außerhalb der Wohnküche. »Ist noch jemand hier?«

Die Wohnung roch wie ein Katzenklo. Aber immerhin hatte der Typ eine Katze. Ein Mann mit einer Katze war harmlos, oder?

Er runzelte die Stirn, als verstünde er entweder ihre Frage nicht, oder deren Sinn. Dann schüttelte er den Kopf.

»Ich frage das immer«, erklärte sie und stellte ihre Handtasche auf den Tresen. »Wenn mehr als einer da ist, bleibe ich nicht. Verstehen Sie?«

»Sie sind eine Frau nur für einen Mann?«

»Genau. Einen zur Zeit.« Mehr als einer konnte unschön werden. Oder gefährlich.

»Da haben Sie Glück«, sagte er. »Denn ich bin ein Typ nur für eine Frau.«

Ein Scherz.

»Sie sehen nett aus«, sagte sie misstrauisch.

Die meisten ihrer Kunden waren widerwärtig. Oft waren sie fett und kahl, und sie schwitzten heftig diesen nervösen Schweiß, der so unangenehm roch. Normalerweise waren es Geschäftsleute mit Frau und Kindern. Selten bekam sie die Hübschen. Und wenn doch, dann wollten die immer, dass sie etwas tat, was sie nicht tun wollte. Und normalerweise haute sie dann wieder ab.

»Also, was stimmt mit Ihnen nicht?«, fragte sie. Sollte sie besser verschwinden? »Auf was für kranken Kram stehen Sie?«

»Ich bin unsozial.«

Sie lachte. Ein echtes Lachen. »Deswegen haben Sie mich bestellt?«

»Ich will nicht in eine Bar gehen und so tun, als wäre ich an einem Mädchen interessiert, nur um Sex zu haben. Ich habe keine Lust auf Gesellschaft. Das ist alles. Zu anstrengend.« Er wedelte mit einer Hand. »Zu viel Mühe. So ist alles klar. Und niemand kommt zu Schaden.«

Er war okay. Bloß betrunken. Total besoffen. Er konnte kaum mehr stehen. »Haben Sie unsere Preisliste gesehen?«, fragte sie.

Einige ihrer Kolleginnen spielten Fantasiespiele mit den Kunden. Flora tat nie so, als wäre es mehr, als es war. Ein Geschäft. Eine Zahlung für eine Dienstleistung.

»Wir nehmen Bargeld oder Kreditkarten. Keine Schecks. Bezahlt wird pro Stunde. Wenn wir auch nur eine Minute über sechzig kommen, zahlen Sie eine weitere volle Stunde. Das sind die Regeln.«

»Vielleicht will ich, dass Sie die ganze Nacht bleiben.«

»Die Nacht ist fast vorüber.«

Er sah zum Fenster, als würde ihn diese Information überraschen. »Dann, bis ich zur Arbeit muss.«

Sie zuckte mit den Achseln, wie es Prostituierte eben so taten, dann legte sie das Klischee nach: »Solange Sie dafür zahlen. Und nur, damit wir uns einig sind, nur mein Besuch kostet Sie was. Es ist eine Art Beratung. Der Sex ist umsonst.« So war alles ganz legal. Jedenfalls einigermaßen.

»Möchtest du was trinken?«, fragte er.

»Ein Glas Wasser?«

Mit langsamen, gezielten Bewegungen füllte er ein Glas und reichte es ihr.

»Ich mag deine Wohnung«, sagte sie ihm. Jetzt war er dran mit Lachen. »Das ist ein Scherz, oder?«

»Sie ist gruselig, und ich mag gruselige Sachen.« Sie nahm einen Schluck Wasser und ging durchs Zimmer.

»Ich möchte wetten, eine Menge Leute sind in diesem Haus gestorben.«

Sie stellte das Glas ab und zog ihr dünnes weißes Top über den Kopf, ließ es zu Boden fallen. »Schlafzimmer da lang?«, fragte sie und ging durch den kurzen Flur. Sie schaute in das einzige andere Zimmer der Wohnung. Es war dunkel, nur ein Lichtrechteck aus der Wohnküche auf dem Boden. »Du wohnst hier noch nicht lange, oder?«

»Drei Monate.«

»Du brauchst was an den Wänden.« Es gab nichts, außer einem Bett mit zerknitterten weißen Laken und einer Kommode. »Poster oder so.«

Er trat hinter sie. »Was ist das?« Er berührte einen kleinen, kreisförmigen, erhabenen Bereich an ihrem unteren Rücken, den ihre tief sitzende schwarze Hose enthüllte.

»Ein *Mojo*.«

»Mojo?«

»Es schützt mich vor dem Bösen.«

»Das Böse ... ist überall.«

»Deswegen brauche ich ein *Mojo*.«

»Eine kleine Narbe ... beschützt dich doch nicht.«

»Vielleicht doch.«

»Du redest zu viel«, sagte er.

»Oh, stimmt.« Sie drehte sich in seinen Armen. »Du willst ja nicht gesellig sein.«

Sie lächelte ihn an. Er lächelte zurück.

Er war so verdammt niedlich! Er nahm ihr echt den Atem.

Sie zogen sich aus.

Er war durchtrainiert.

Kein Gramm Fett.

Schwimmer? Läufer?

Bloß sehnige Muskeln unter glatter Haut.

Sie zog ein Kondom hervor.

Er war nicht zu betrunken, um es überzuziehen.

Er packte ihre Hüften mit seinen Händen. Küsste ihre Brüste.

Sie grub ihre Finger in seine Arme, zog ihn an sich heran.

Er roch nach Bier und Seife.

Er war intensiv. Lebendig. Elektrisch.

»Leg dich aufs Bett«, sagte er sanft, zärtlich, als bedeutete sie ihm etwas.

Sie taumelte zurück und stellte sich plötzlich vor, dass sie keine Hure war, dass sie sich irgendwo anders kennengelernt hatten. Im Büro. Nein, beim Joggen im Forsyth Park. Sie sahen sich jeden Tag. Sie lächelten immer und sagten Hallo. Eines Tages hatte er sie gefragt, ob sie mit ihm einen Tee in einem kleinen Café in der Nähe trinken wollte. Eine Woche später lud er sie zum Abendessen ein.

»Ich wette, jemand ist in diesem Zimmer gestorben«, flüsterte sie an seinem Kiefer. »Vielleicht sogar in diesem Bett.«

»Du bist merkwürdig.«

»Schönen Dank.«

»Ich sterbe genau jetzt.«

Sie verliebten sich.

Nach dem Joggen und dem Café und dem Abendessen verliebten sie sich.

Sie war eine Krankenschwester.

Nein, eine Kunststudentin, an der SCAD. Er war ...

Er drang in sie ein.

Sie brauchte einen Augenblick, um das Gefühl zu verarbeiten. Denn sie war eine junge Kunststudentin. Nicht unberührt, aber sie hatte auch nicht viel Erfahrung in Sachen Männer und Sex.

»Du zitterst«, sagte sie. Sein Körper vibrierte.

»Ich habe lange keinen Sex gehabt.«

»Wie lange?«

»Ich weiß nicht.«

»Ein paar Wochen?«, vermutete sie.

»*Jahre*. Es ist Jahre her.«

Jahre. »Oh, mein Süßer.« Sein Geständnis gab ihr das Gefühl, jemand ganz Besonderes zu sein, sie fühlte sich auf eine Art ... ganz und gar neu.

Sie schlang ihre Arme um ihn, beschützte ihn, zog sich hoch, seinen Stößen entgegen. Sie war eine junge Kunststudentin; er war ihr düsterer, mysteriöser Liebhaber.

11

Gould kam zu spät. Elise saß an ihrem Schreibtisch in der Polizeizentrale und las einen Bericht über den ersten fehldiagnostizierten Todesfall, der jemanden ins Leichenschauhaus befördert hatte. Name: Samuel Winslow. Das Opfer hatte nur noch ein paar Stunden gelebt, nachdem es gefunden worden war. In dem Artikel erklärte der Notarzt, dass der Körper leblos gewesen war, und dass er einen starken Geruch wahrgenommen hatte, wie vergammeltes Fleisch.

»Die Augen waren starr«, sagte er. »Die Haut an den Armen war violett, weil das Blut nicht mehr floss. Ich habe an der Halsschlagader nach einem Puls getastet, konnte aber nichts finden. Die Person zeigte alle Anzeichen des Todes, und jeder professionelle Arzt in meiner Position hätte genau dieselbe abschließende Diagnose gestellt«, erklärte der Notarzt.

Ihr Telefon klingelte. Es war Seth West, ein Kollege von Truman Harrison – einer der letzten Leute auf ihrer Gesprächsliste.

»Truman und ich haben an dem Tag, an dem er starb – oder jedenfalls an dem wir dachten, er wäre gestorben – bloß Fast Food gegessen«, berichtete ihr Mr West. »Er hatte einen Hamburger, Pommes und ein Getränk.«

»Irgendwelchen Fisch?«, fragte Elise. »Oder Meeresfrüchte oder so etwas?«

»Nein.«

Nach ein paar kurzen Nachfolgefragen bedankte sich Elise bei ihm und legte auf.

Keine Meeresfrüchte. Aber das hieß ja nicht, dass er an diesem Tag keine gegessen hatte. Er hatte es bloß nicht zusammen mit Seth West getan.

Sie hörte ein Geräusch im Flur. David Gould kam ins Zimmer getaumelt und knallte die Tür hinter sich zu. Ohne rechts und links zu gucken, ließ er sich auf seinen Bürostuhl fallen. »Oh, Scheiße.« Er drehte sich um, legte die Arme auf dem Schreibtisch über Kreuz und ließ seinen Kopf daraufsinken.

Sein Haar ragte wild auf. Er stank nach Alkohol.

Er hatte sich zwar angezogen, aber nicht besonders gut. Ein Ende seines Hemdes hing unter seinem Jackett heraus, und Elise war aufgefallen, dass mehrere Knöpfe offen standen, als er an ihr vorbeigerauscht war.

Wow.

Sie hatte ihn ein bisschen lockerer machen wollen, aber so hatte sie sich das auch wieder nicht vorgestellt.

»Ich war gestern Abend bei einem Softball-Spiel«, sagte sie in Richtung seines Hinterkopfes. »Und wie hast du deinen Abend verbracht?«

»Ganz ähnlich«, murmelte er und rollte seine Stirn auf dem Arm hin und her.

»Offensichtlich.«

»Mein Kopf. Mein verdammter Kopf.«

»Du riechst, als hättest du in Bier gebadet.«

Er öffnete sein Jackett und schnupperte an sich. »Ich rieche nichts.«

»Glaub mir. Du stinkst.«

»Na gut.«

Sie zog eine Flasche Wasser aus ihrer Tasche, öffnete sie und stellte sie vor ihm auf den Tisch. »Warum bist du nicht zu Hause geblieben? Und jetzt, wo du hier bist, warum gehst du nicht wieder zurück?«

»Es wird gleich besser.«

Er richtete sich auf, betrachtete die Wasserflasche, griff dann mit einer zitternden Hand danach.

Jetzt, wo er aufrecht saß, konnte sie sehen, dass er sich nicht rasiert hatte. Und Gould war einer dieser Typen, die sich eigentlich zweimal am Tag rasieren mussten.

»Geh nach Hause«, riet sie. »Bevor dich jemand sieht.«

Er hob die Wasserflasche an den Mund und trank sie zügig leer. »Ich habe doch gesagt, das wird gleich besser.« Er stand auf und knöpfte sein Hemd zu, steckte es in die Hose. Dann versuchte er, sein Haar platt zu drücken. »Na also.« Er zupfte an seinem Jackett. »Frisch wie der lichte Tag.«

»Nur wenn der lichte Tag nach Jack Daniel röche und sich dringend rasieren müsste.«

»Machst du dich über mich lustig?«

Sein Kragen war verdreht. Sie stand auf und zupfte ihn zurecht. »Ich sage dir bloß, dass du hier nicht nur Freunde hast, und Major Hoffman sucht vielleicht nur nach einem Grund, dich wieder loszuwerden. Hast du einen Elektrorasierer da?«

Er fuhr sich mit der Hand über die Wange. Es klang wie Sandpapier. »Man sollte keinen Ärger dafür kriegen, dass man kein Arschkriecher ist.«

Er schien ein wenig beleidigt sein, zu erfahren, dass nicht alle ganz begeistert von ihm waren.

»Ich habe dir doch nichts erzählt, was du nicht schon weißt«, sagte sie, setzte sich wieder hin und suchte in ihren Schubladen herum, bis sie ein Fläschchen Tylenol fand. Sie hob es hoch, sodass er es sehen konnte.

Er schüttelte den Kopf.

Sie ließ das Tylenol wieder fallen und stieß die Schublade zu. Mit einem Seufzen entschied sie, dass sie, wenn er so tun wollte, als könnte er arbeiten, genauso gut mit ihm über den Fall reden konnte. »Ich habe mit Harrisons Kollegen gesprochen, und sie sagen alle, dass sie ihn an dem Tag, an dem er zusammengebrochen ist, keinen Fisch haben essen sehen.«

Sie griff nach einem Stift und lehnte sich auf ihrem Stuhl zurück. »Deswegen habe ich angefangen mich zu fragen, ob es einen Zusammenhang gibt zwischen der Leiche, die gestern auf dem Friedhof gefunden wurde, Truman Harrison, und Samuel Winslow, der Fehldiagnose von vor drei Wochen.«

Gould setzte sich jetzt auf seine Tischkante. Er trug keine Socken. »Vielleicht«, sagte er. »Vielleicht auch nicht. Es könnte auch nur Zufall sein. Ein eigenartiges Zusammentreffen von Ereignissen.«

Elise griff nach dem Telefon und bat die Spurensicherung darum, Mr Harrisons Zuhause und Arbeitsplatz zu inspizieren und alle Beweise zu sichern. Seinen Spind. Fahrzeuge. Wo auch immer er Zeit verbrachte.

Kaum hatte sie aufgelegt, klingelte ihr Telefon.

John Casper.

»Dieser Typ, der gestern Abend angeliefert wurde, Jordan Kemp?«, fragte er. »Ich habe etwas gefunden, was Sie vielleicht interessiert. Können Sie vorbeikommen?«

»Ich bin in dreißig Minuten da.« Sie legte auf. »Ist dir nach Formaldehyd und Leichen?«, fragte sie Gould. Das Leichenschauhaus konnte sogar an einem guten Tag eine Herausforderung sein.

»Formaldehyd und Leichen?« Er zeigte ihr ein müdes Lächeln. »Das sind zwei meiner allerliebsten Sachen.«

Das Leichenschauhaus befand sich in einem Neubau am Rande der Stadt, neben dem Polizeilabor. Nicht besonders praktisch für die Polizei, aber man hatte den Platz gebraucht.

Elise und Gould folgten Casper zu einem begehbaren Kühlraum, vorbei an mehreren mit Laken bedeckten Umrissen, bis zur Leiche Jordan Kemps.

»Ich wollte, dass Sie das selbst sehen.« Casper deckte die Leiche ab, die mit dem Gesicht nach unten lag.

Elise beugte sich näher. Am unteren Rücken, knapp oberhalb des Pos, befand sich ein erhabener Kreis, ein wenig größer als ein Silberdollar.

»Teflon-Körperschmuck«, erklärte Casper. »Ich dachte, es wäre vielleicht das Symbol einer Gang.«

»Das ist nicht von einer Gang«, sagte Elise und richtete sich auf. »Haben Sie je vom Black Tupelo gehört?«

»Ist das nicht eine Bar?«

»Unter anderem. Eine Bar. Ein Massagesalon. Eine Fassade für die Prostitution. Es befindet sich in der Innenstadt, nah am Fluss.«

»Und was hat das mit diesem Körperschmuck zu tun?«, fragte Casper.

»Black Tupelo gehört einer Gullah-Frau namens Strata Luna.«

»Von der habe ich definitiv gehört«, sagte Casper.

»Das hier ist der Stamm eines Tupelobaums«, erklärte Elise und zeigte darauf. »Und diese drei Linien sind die Äste. Es ist eigentlich ein sehr einfaches, effektives Design.«

»Wollen Sie mir sagen, dass sie ihre Prostituierten *kennzeichnet*?«, fragte Casper mit Entsetzen in der Stimme. »So wie Kühe?«

»Das ist ein Mojo«, sagte Gould.

»Mojo?« Elise schaute ihn mit gerunzelter Stirn an. Wieso wusste er von Mojos?

Er starrte das Zeichen an, guckte unsicher.

»Wer hat dir das erzählt?«, fragte sie.

Er zuckte mit den Achseln. »Ich habe das bloß irgendwo gehört.«

»Ich weiß nicht, ob es ein Mojo ist, aber es ist definitiv ein *Logo*.«

Casper zog das Laken wieder hoch und bedeckte die Leiche. »Das ist nicht alles. Es gibt noch etwas, das Sie wissen müssen. Wir haben die Laborwerte zurück, und Sie werden nie erraten, was wir gefunden haben.«

Elise fürchtete, dass sie das sehr wohl könnte, wollte Casper aber den Spaß nicht verderben.

»TTX«, sagte Casper.

Elise verdaute diese Nachricht gerade noch, als ihr Handy klingelte.

Es war Major Hoffman. »Truman Harrison ist tot«, sagte sie. »Diesmal wirklich.«

12

Enrique und Flora sahen zu, wie Strata Luna ein kleines Kreuz aus hölzernen Eisstielen an den Baumstamm nagelte. Auf den Doppelgrabstein, der auf den Gräbern ihrer Töchter ruhte, schüttete sie lose Räuchermittel, mit deren Hilfe sie mit den Toten sprechen konnte. Nach einem kurzen Zischen und Brennen erfüllte der stechende Geruch von Salpeter und Kräutern die zunehmende Dunkelheit.

Es war spät. Schon nach der offiziellen Schließungszeit. Der Aufseher des Bonaventure Cemetery hatte das Tor geöffnet, damit Strata Luna in Ruhe die Gräber besuchen konnte.

Enrique stieß Flora mit dem Ellenbogen an. »Komm mit«, flüsterte er. Sie wandten sich ab und entfernten sich von der Frau, die ganz in Schwarz gekleidet war.

All die Male, die Enrique mit Strata Luna auf den Friedhof gekommen war, hatte er nie etwas Merkwürdiges beobachtet – und legte auch keinen Wert darauf. Was ihn betraf, konnten die Toten ruhig tot bleiben. Einmal hatte er gedacht, jemand wäre aus dem Grab zurückgekehrt und ihm war das Herz beinahe aus dem Brustkorb gesprungen. Aber dann hatte er herausgefunden, dass die Person sowieso nie gestorben war.

Er hasste die Toten. Aber die Untoten ...? Das war eine ganz andere Geschichte. Strata Luna war für Flora praktisch eine Mutter. Für Enrique sogar noch deutlich mehr ...

Er vermutete, dass Flora wusste, dass er Strata Luna manchmal in ihrem Bett Gesellschaft leistete. Nicht, dass die Frau in Schwarz sonderlich scharf auf ihn war. Er bezweifelte, dass sie jemals wirklich scharf auf irgendeinen Mann gewesen war, außer diesem Zaubermeister, Jackson Sweet. Nein, Enrique erbrachte bloß eine Dienstleistung.

Aber er beklagte sich nicht.

Strata Luna fand, er wäre jemand, den man ausbilden und formen konnte. Sie dachte, sie hätte ihn unter Kontrolle, aber da hatte sie unrecht. Niemand kontrollierte Enrique Xavier.

Es gab Dinge, die sie nicht über ihn wusste. Dinge, die Flora nicht wusste. Er hatte ein Leben außerhalb von Black Tupelo und Strata Luna. Ein geheimes Leben.

»Mir ist kalt«, flüsterte Flora. »Und die Mücken stechen mich.«

Enrique rieb ihren nackten Arm, um sie zu wärmen. »Du bist diejenige, die herkommen wollte«, erinnerte er sie.

Im Gegensatz zu Enrique wurde Flora vom Tod angezogen. Sie sah sich gern auf Friedhöfen um, und sie hatte all die verschiedenen Geister-Ausflüge in Savannah mehr als einmal mitgemacht.

»Komm mir jetzt nicht mit dem Scheiß, Enrique. Du wolltest, dass ich dabei bin.«

Er lachte – ein bisschen nervös.

Es stimmte. Er war nicht gern allein auf dem Friedhof, während Strata Luna mit den Toten sprach.

Flora zog an seinem Hemd. »Sehen wir nach Gracie.« Die Dunkelheit umschloss sie jetzt wie ein Mantel, und ihr Gesicht war kaum mehr auszumachen. Er wandte sich ab und ging in die entgegengesetzte Richtung. »Auf keinen Fall. Ich komme nicht mit zu Gracie.«

»Doch, bitte!«, jammerte sie mit einer Stimme, die ihn immer überredete. »Ich möchte sie sehen.«

Gracie war berühmt. Sie war vor über hundert Jahren gestorben. Mit sechs. Irgendwo stand eine lebensgroße Statue von ihr. Links? Rechts? Er war immer ganz verwirrt auf dem Bonaventure.

Eine Menge Leute behaupteten, die kleine Gracie auf dem Friedhof umherlaufen gesehen zu haben, was einer der Gründe war, warum Enrique Flora gebeten hatte, mitzukommen. Falls er Gracie begegnete, wollte er nicht allein ein.

»Sprich nicht über sie«, flüsterte er. »Sonst hört sie uns und kommt hierher.« Und wenn Strata Luna da drüben die Tür zwischen den Welten weit offen hielt, konnte man nicht vorhersagen, wer sonst noch alles auftauchte.

Flora lief davon. »Gracie!«, rief sie. »Oh, Gracie!«

Enrique rannte ihr hinterher und packte sie, er hielt ihr mit einer Hand den Mund zu.

Sie kannten sich seit Jahren und waren wie Bruder und Schwester. »*Halt die Klappe!*«, zischte er an ihrer Wange. Ihr Haar roch nach Blumen.

Flora bog seine Finger weg. »Psst. Hör nur«, sagte sie, immer noch ein Lachen in der Stimme. »Hast du das gehört?«

»Was?«

»Da bewegt sich irgendetwas.«

Enrique richtete sich in der zähen Dunkelheit auf, er bemühte sich zu sehen und zu hören. Hoch oben, vor dem Himmel, konnte er die dunklen Vorhänge aus herunterbaumelndem Spanischen Moos ausmachen. Die helleren Dinge am Boden waren Grabsteine und Friedhofsstatuen.

Er hoffte, keine von ihnen wäre Gracie.

Blöde Flora.

Er hörte ein Geräusch in der Ferne, dass ihm die Haare zu Berge stehen ließ, und sein Herz begann zu hämmern.

War das ein kleines Kind? Das redete? Lachte?

Jedenfalls klang es so. Ein kleines Kind.

O Mann.

Was tat er nur hier?

»Habt ihr zwei denn keinen Respekt vor den Toten?«, hallte Strata Lunas zornige Stimme aus der Dunkelheit. Sie war näher gekommen, ohne dass man ihre Schritte hatte hören können. »Ihr streitet und lacht und spielt Verstecken. Ihr solltet euch schämen.«

Schuldbewusst schwiegen sie beide wie gescholtene Kinder.

»Gehen wir zurück zum Wagen«, sagte Strata Luna. »Ich hoffe nur, ihr habt meinen Ruf an die Toten nicht verdreht, sodass er sich gegen uns alle wendet.«

13

Am Morgen nach dem Besuch im Leichenschauhaus saß Elise gegenüber von Major Hoffmans Schreibtisch, während Gould auf einem Sessel in der Nähe hockte.

»Ich könnte mehr Leute gebrauchen«, sagte Elise. Sie wollte mit dieser Anfrage nicht andeuten, dass Gould seine Arbeit nicht richtig machte, aber es gab schon Zeiten, in denen sie das Gefühl hatte, dass sie versuchte, den Fall ganz alleine zu knacken.

»Jordan Kemps Tod könnte immer noch im Zusammenhang mit Drogen stehen und von ihm selbst herbeigeführt worden sein«, sagte Hoffman mit ihrer weichen Südstaatenstimme. »Und bislang gibt es keine Verbindung zu Harrison. Bis wir diese Verbindung nachweisen können, wird es schwierig sein, zu rechtfertigen, Leute von anderen Fällen abzuziehen – aber ich werde sehen, was ich tun kann. Zumindest zeitweise.«

»Danke.« Elise war nicht überrascht. Tote Prostituierte waren keine Priorität. Das war nicht die Schuld der Majorin. So war die Welt einfach.

»Was ist mit dem anderen Typen, der im Leichenschauhaus zu sich gekommen ist?« Major Hoffman kratzte mit einem Löffel die letzten Reste Joghurt aus einem Plastikbecher. Ihre Nägel waren lang und rot; ihr Make-up war makellos. »Samuel Winslow?«

Major Hoffman war eine Schwarze in einer Position, die meist von Männern übernommen wurde. Jahrelang hatte die Regierung der Stadt Savannahs Verbrechensrate ignoriert. Als Hoffman zur Leiterin der Polizei gemacht wurde, schickte sie augenblicklich Fußstreifen in die Parks und touristischen Bereiche in der Innenstadt, sodass sie eine visuelle Präsenz schuf. Sie arbeitete auch an kreativen Möglichkeiten, sich mit der Rassenspannung in der Stadt auseinanderzusetzen.

»Die Leiche wurde eingeäschert und nach der ursprünglichen Obduktion sind keine weiteren ausführlichen Tests gemacht worden«, sagte Elise. »Die Laborwerte zeigen, dass er stark drogensüchtig war, es fand sich eine große Menge Heroin in seinem Blut, und auch Spuren von Morphium. Zu dem Zeitpunkt erschien das Ganze ziemlich offensichtlich als fehldiagnostizierte Überdosis.«

»Verständlich unter den gegebenen Umständen.«

»Noch etwas.« Elise zog ein Polaroidfoto aus ihrer Tasche und schob es über den Tisch. »Das hier befand sich auf dem Rücken von Jordan Kemp.«

Major Hoffman betrachtete das Foto und reichte es dann zurück. »Black Tupelo.«

»Genau.«

»Hatte der andere Prostituierte auch so ein Zeichen?«

»Nein. Und es gab auch keine Anzeichen, dass es entfernt worden wäre.«

»Ich habe in einer Stunde eine Pressekonferenz. Ist diese Black-Tupelo-Sache etwas, das wir veröffentlicht haben wollen? Was meinen Sie, Detective Gould? Sie sind sehr still.«

Er rutschte auf seinem Sessel hin und her. »Im Moment, denke ich, wir sollten es für uns behalten, bis wir mehr wissen.«

»Ich bin derselben Meinung. Was haben Sie jetzt vor?«

»Wir schauen unangemeldet bei Black Tupelo vorbei«, sagte Elise.

»Viel Glück, wenn Sie darauf hoffen, mit Strata Luna zu sprechen. Sie hat wenig für die Polizei übrig.«

Elise hatte Strata Luna nie getroffen, aber wie alle in Savannah war sie fasziniert von ihr. »Ich hoffe, sie überreden zu können.« Sie dachte nie groß über ihre eigene Vergangenheit nach, aber jetzt konnte sie nützlich sein.

»Ich gehe eher davon aus, dass Sie einen Gerichtsbeschluss benötigen werden«, sagte Major Hoffman.

»Was sie auch nicht williger machen würde, uns zu helfen.«

»Wie Sie wollen. Es kann jedenfalls nicht schaden, ihr erst einmal freundlich entgegenzukommen«, sagte die Majorin »Ich würde außerdem vorschlagen, dass Sie sich einmal um ein Gerücht kümmern, von dem ich gehört habe. Von einem Zombie mit dem Black-Tupelo-Logo.«

»Das musst du mir erklären«, sagte Gould, als Elise links abbog. »Wer genau ist Strata Luna?«

Sie fuhren in einem Streifenwagen in Richtung Flussufer und Black Tupelo.

»Du bist bestimmt schon mal an ihrem Haus vorbeigefahren. Eine Villa, weit entfernt von der Straße im viktorianischen Viertel. Es war einmal ein Leichenschauhaus.«

»Ein Leichenschauhaus?« Er stöhnte. »Warum nur überrascht mich das nicht?«

»Strata Luna verlässt das Black Tupelo nur selten. Und wenn doch, dann auf dem Rücksitz ihres Wagens, das Gesicht hinter einem Schleier verborgen.«

»Warum der Schleier? Ist sie so hässlich?«

»Ich schätze, sie ist eine ewig Trauernde. Sie hat zwei Kinder verloren. Oder vielleicht bedient sie auch nur die Folklore, die sie umgibt.«

»Und das wäre ...?«

»Strata Lunas Mutter war eine Gullah-Priesterin, und Strata Luna wuchs in einer Welt voll mächtiger Frauen auf, die eine eigenartige Kontrolle über Männer ausüben konnten. Ihre Mutter starb an einem Schwindsuchtsfluch, den eine eifersüchtige Nachbarin ihr auferlegte. Strata Luna und ihre beiden jüngeren Schwestern vollführten das geheime Ritual der geheiligten Kommunion, bei dem sie vom Herz ihrer Mutter aßen und deren Seele verbrannten und einsogen.«

»Oh, meine Güte.«

»Ich erzähle dir nur die Geschichte. Du kannst selbst entscheiden, ob es stimmt oder nicht. Jedenfalls waren die Mädchen nicht begabt, verfügten aber über das Charisma und die Schönheit ihrer Mutter. Sie begannen ihre Körper an Männer zu verkaufen, die nichts gegen den exorbitanten Preis einzuwenden hatten. Als Strata Luna etwa zwanzig war, hatten ihre Schwestern geheiratet, und Strata Luna leitete ihr eigenes Prostitutionsgeschäft. Sie glaubte nicht an Kredite, sparte aber am Ende genug Geld, um sich ein Lagerhaus in der Nähe des Flusses zu kaufen.«

»Black Tupelo.«

»Sie weigert sich, sich fotografieren zu lassen. Man sagt, wenn der Fotograf einen hochempfindlichen Film benutzt, kann man einen dunklen Schatten knapp neben ihrer Schulter sehen. Manche behaupten, das sei der Teufel, andere sagen, es sei die Seele ihrer Mutter, die nach ihrem Herzen sucht, denn ihr Geist ist gefangen zwischen zwei Welten.«

Gould schüttelte den Kopf.

»Was für ein Blödsinn.«

»Halt den Mund, hör zu und lern. Wie gesagt, Strata Luna hatte zwei Kinder, Mädchen. Beide sind tragisch ums Leben gekommen. Das erste Kind ertrank in einem Gartenbrunnen auf dem Grundstück ihrer Mutter, als es vielleicht acht oder neun Jahre war.«

»Mein Gott«, sagte er und klang plötzlich wirklich entsetzt über die Geschichte.

»Die andere hat vor etwa vier Jahren Selbstmord begangen. Man fand sie erhängt in einer Hütte auf St. Helena Island. Da war sie schon erwachsen. Etwa siebenundzwanzig oder achtundzwanzig, wenn ich mich richtig erinnere. Nach ihrem Tod begann Strata Luna, nur noch Trauerkleider zu tragen.«

Einen Block entfernt vom Fluss Savannah, in einem Bereich voller gemauerter Lagerhäuser, hielt Elise am Straßenrand. Sie schaltete den Motor aus und blieb mit der Hand auf dem Türgriff sitzen. »Eine der ganz bekannten Geschichten ist, dass Strata Lunas Mutter ihr beigebracht hat, wie man Zombies macht, und es heißt, dass ihre Prostituierten alle Zombies sind, die sie erschaffen hat.«

Gould lachte.

Sie stiegen aus dem Wagen.

»Noch lachst du«, sagte Elise. »Aber wenn du hier lange genug lebst, wird dir irgendetwas passieren, das dich zumindest zum Zweifeln bringt ... und dich die Kraft respektieren lässt, die der Geist über den Körper haben kann.«

»Ich will nicht niedermachen, was du sagst. Ich habe Massenhysterien miterlebt. Aber du kannst auch nicht erwarten, das ich irgendetwas, was du erzählt hast, als Tatsache ansehe.«

Sie lächelte ein wenig grimmig. »Natürlich nicht.«

Sie gingen über einen Kopfsteinpflasterweg, bis sie eine schmale Metalltür erreichten, die aussah wie ein Lieferanteneingang. In der Mitte der Tür befand sich ein diskretes Black-Tupelo-Logo.

»Das habe ich in letzter Zeit ein bisschen oft gesehen«, murmelte Gould leise.

»Ich habe das Gefühl, wir werden das noch viel öfter sehen.«

Es gab keinen Türgriff. Nur ein Schlüsselloch, eine Klingel und ein kleines Fenster, das mit Maschendraht gesichert war.

Gould klingelte.

»Man hat versucht, den Laden zu schließen, aber es ist schwer, jemand wegen Prostitution zu belangen«, sagte Elise. »Man muss sie schon direkt dabei erwischen.« Sie vermutete außerdem, dass eine Menge Polizisten sich nicht mit Strata Luna anlegen wollten – sie fürchteten, was sie ihnen und ihren Familien antun könnte.

Wie in einem winzigen Beichtstuhl, öffnete sich von innen eine Schiebetür hinter dem Fenster. »Ja?«, fragte eine Männerstimme.

Elise und Gould zogen ihre Marken hervor und hielten sie hoch, während Elise sagte, wer sie waren.

»Wollen Sie reinkommen?«, fragte die Stimme. Spanischer Akzent. Jung. Lebendig. »Klar, kommen Sie rein. Trinken Sie was. Hören Sie ein bisschen Musik.«

Elise trat ein, kam aus dem prallen Sonnenlicht in eine Dunkelheit, die sie orientierungslos machte, bis sich ihre Pupillen geweitet hatten. Gould stieß von hinten gegen sie.

Es roch nach vergorenem Bier und Zigarettenrauch. Aus einer Jukebox in der Ecke drang Bluesmusik.

»Kommen Sie. Setzen Sie sich. Sehen Sie!« Der junge Mann deutete mit einer weiten Armbewegung auf die Wand hinter der Bar. »Unsere Schanklizenz. Gerade erneuert. Das tun wir hier. Wir schenken alkoholische Getränke aus. Und wir haben auch Essen. Soll ich Ihnen eine Karte bringen? Es ist ein bisschen früh, aber ich kann den Grill anwerfen.«

Elise dachte, dass etwas zu essen vielleicht gar keine schlechte Idee wäre. Dann hätten sie die Gelegenheit, mit dem jungen Mann ins Gespräch zu kommen.

»Nein, danke«, sagte Gould.

Ihre Augen hatten sich an die Dunkelheit gewöhnt.

Hölzerne Nischen befanden sich an der Wand, der Bar gegenüber. In der letzten saßen zwei Frauen; sie redeten, tranken, rauchten.

»Vielleicht etwas zum Trinken«, sagte Elise. »Aber nichts Alkoholisches, wir sind im Dienst.«

»Eistee? Wir haben den besten Eistee in der Stadt.«

Elise setzt sich auf einen Barhocker. »Klingt gut.«

»Nehme ich auch.« Gould setzte sich auf den Barhocker neben ihr.

»Flora!«, rief der junge Mann einer der Frauen auf der anderen Seite des Raumes zu. »Eistee ... für die *Detectives*.«

Während sie auf ihren Tee warteten, zog Elise Abzüge der beiden Strichjungen hervor. Vergrößerungen der bei früheren Verhaftungen angefertigten Aufnahmen, die sie in der

Akte gefunden hatte. »Kennen Sie einen dieser beiden Männer?«

Der junge Mann nahm die Fotos und trug sie hinüber zu der Lampe über der Kasse. Nach ein paar Sekunden kehrte er zurück. »Nein.« Seine Stimme war neutral.

»Sind Sie sicher?«

»Absolut. Stecken sie in Schwierigkeiten?«, fragte der junge Mann.

»Sie sind beide tot.«

»Beide?«, fragte er und wirkte zum ersten Mal überrascht.

»Beide.«

»Scheiße. Das ist übel.« Er runzelte die Stirn und schüttelte den Kopf. »Echt übel.«

Der Tee kam. Eine hübsche Frau mit olivfarbener Haut und langem kastanienbraunem Haar stellte Elise ihr Glas hin. Als sie gerade das zweite Glas vor Gould abstellen wollte, erstarrte sie.

War sie von Gould fasziniert?

Einen Sekundenbruchteil später rührte sie sich wieder und stellte das Glas auf die hölzerne Bar.

Elise ließ keine Gelegenheit ungenutzt vergehen. »Kennen Sie einen dieser Männer?« Sie schob die Bilder über die Bar.

Die Frau warf einen kurzen Blick darauf, dann schüttelte sie den Kopf. »Nein. Nie gesehen.« Auch sie hatte einen leichten spanischen Akzent.

»Ist das alles?« Die Frage war an beide gerichtet, aber die Frau starrte weiter Gould an.

»Wo ist Ihre Toilette?«, fragte er und klang ein wenig panisch.

Der Barkeeper zeigte in die entsprechende Richtung und Gould verschwand.

»Ich bin Enrique«, sagte der junge Mann danach zu Elise. »Enrique Xavier. Wenn Sie irgendetwas brauchen, rufen Sie mich einfach.«

Elise spielte mit ihrer Serviette herum. »Enrique, ich habe mich gefragt, ob es möglich wäre, mit Strata Luna zu sprechen.«

»Strata Luna spricht mit niemandem.«

»Das habe ich gehört, aber im Licht dieser beiden möglichen Morde ... Ich dachte, sie könnte uns vielleicht bei den Ermittlungen unterstützen.«

Er schüttelte den Kopf. »Auf keinen Fall.«

»Warum fragen Sie sie nicht?«

»Sie wird Nein sagen.«

»Das Risiko gehe ich ein.«

Er zuckte mit den Achseln, griff nach einem Telefon neben sich, drückte eine Zahl.

»Ich hab eine Dame hier. Eine Polizistin«, sagte er in den Hörer.

Elise reichte ihm ihre Visitenkarte.

Er nahm sie. »Detective Sandburg. Möchte wissen, ob Sie mit ihr reden. Nur ein paar Minuten.« Er zündete sich eine Zigarette an, zupfte sich Tabak von der Zunge. »Ja, das habe ich ihr auch gesagt. Tut mir leid, Sie gestört zu haben.«

Elise beugte sich in Enriques Richtung. Jetzt war die Zeit gekommen, den Zauberer-Trumpf zu spielen. »Sagen Sie ihr, ich bin Jackson Sweets Tochter.«

Enrique zögerte, dann gab er die Information weiter. Elise beobachtete, wie sein Gesichtsausdruck sich veränderte und wusste, dass sie gewonnen hatte. Fünf Minuten später waren alle Arrangements getroffen.

Wo war Gould? Warum war er noch nicht von der Toilette zurück?

Über das Waschbecken gebeugt, warf David das nasse Papierhandtuch in den Mülleimer. Mit geschlossenen Augen ging er rückwärts, bis er gegen die solide Ziegelmauer stieß. Sein Herz hämmerte wie verrückt. In seinem Kopf hörte er ein eigenartiges Summen.

Mein Gott.

Das Mädchen von neulich Nacht.

Er konnte sich zwar nicht an viel erinnern, aber er war sicher, dass sie es war.

Herrgott.

Was hatte er getan? Was machte er nur? Das war wirklich großer Mist. Er war so professionell gewesen. Er war so ein guter Agent gewesen. Was ...?

»Was zum Teufel ist los?«, hörte er ein ärgerliches Flüstern.

Er öffnete die Augen und sah das Mädchen, Flora, einen Meter vor sich stehen.

»Du bist ein *Detective*? Ein gottverdammter *Detective*? Ist das irgendeine beschissene Falle?«

»Hör mal. Dass ich heute hier bin, ist bloß ein schräger Zufall. Und neulich Nacht – ich habe so was noch nie gemacht. Ich bin nicht sicher, wie das passiert ist.«

Sie rammte ihm einen Finger in die Brust und starrte ihn an. »Es gibt keine Zufälle. Und du bist ein Bulle!«

»Ich weiß nicht mal, ob ich noch weiter bei der Polizei

bleiben will.« Gott. Er gestand dieser Frau Dinge, die er noch nicht einmal sich selbst eingestanden hatte.

»Oh, ich verstehe«, sagte Flora. »Du hast eine *Midlife-Crisis.*«

»Nein. Ich habe bloß eine ganz normale Alltagskrise.«

»Weißt du, wie normal es ist, dass Männer Prostituierte bestellen, wenn sie das untere Ende der Abwärtsspirale erreichen? Dass sie die Gesellschaft von Fremden suchen? Dass sie von einer Frau in den Armen gehalten werden wollen, die sie nicht einmal kennen? Was meinst du wohl?«

»Wenn Freud hier wäre, könnte er die Sache sicher leicht erklären.«

Es klopfte an der Tür. »Gould?«, hörten sie Elises Stimme. »Ist alles in Ordnung bei dir da drin?«

Flora grinste schief und öffnete den Mund, um zu antworten.

In einer geschmeidigen Bewegung zog David sie an sich und drückte ihr eine Hand auf das Gesicht.

»Alles bestens!«, rief er. »Ich komme gleich.«

Elises Schritte verhallten. Er ließ das Mädchen los. Ihr Lippenstift war verschmiert. Sie war nicht mehr sauer. »Du wolltest mich nicht reinreiten?«, fragte sie mit einem scheuen Lächeln.

Scheiße. Wollte sie ihn jetzt erpressen? Er konnte die Schlagzeile schon vor sich sehen: YANKEE-BULLE UND BLACK-TUPELO-NUTTE. »Das geht nur dich und mich etwas an. Sonst niemanden.« Er wischte mit einem Finger über ihren verschmierten Lippenstift, er versuchte es in Ordnung zu bringen, dann wurde ihm klar, was er da tat, und er hielt inne.

115

»Wie wäre es, wenn ich heute Abend bei dir vorbeikomme?« Ihr Lächeln war jetzt breiter geworden.

»Mach dir nicht die Mühe.«

»Nicht beruflich. Ich glaube, du brauchst einen Freund.«

»Ich habe eine Katze.«

Sie lachte. »Ich hab ja neulich Nacht schon gesagt, du bist lustig.«

»Der große Scherzkeks – das bin ich.«

»Strata Luna hat sich damit einverstanden erklärt, sich mit mir zu treffen«, berichtete Elise David.

»Wie zum Teufel hast du das denn hinbekommen?«

Sie glitt von ihrem Barhocker. »Gemeinsame Bekannte.«

Sie gingen hinaus. David blieb in der Sonne stehen, jetzt erst wurde ihm klar, was sie gesagt hatte. »Du hast gesagt, mit *dir*, nicht mit *uns*.«

»Sie ist nur zu einem Treffen bereit, wenn ich allein komme. Das war ihre Bedingung.«

»Je nachdem, wo ihr euch trefft, sollten wir es hinbekommen, dass es so aussieht, als wärst du allein.«

»Strata Luna ist keine Gefahr. Ich gehe allein.«

Keine gute Idee. Überhaupt keine gute Idee. »Du redest über eine Frau, die das Herz ihrer Mutter gegessen hat.«

»Folklore.«

»Folklore, die du als Tatsache verkauft hast. Sagst du mir wenigstens, wo das Treffen stattfinden wird?«

»Kann ich nicht.«

Er starrte sie lange an. Glattes schimmerndes Haar. Wie eine geschmeidige schwarze Katze. »Ich hatte dich für klüger gehalten«, sagte er.

Hinter ihnen schwang die Tür auf.

Flora.

»Vielleicht wollen Sie die noch.« Sie reichte ihnen ihre stehen gelassenen Drinks, die sie in transparente Plastikbecher umgefüllt hatte.

Während sie ihn herausfordernd anlächelte, nahm David seinen Becher, komplett mit Strohhalm und Deckel.

»Hast du gesehen, wie sie dich angeschaut hat, als sie uns den Tee serviert hat?«, fragte Elise, als Flora wieder drinnen war. »Sie ist hingerissen von dir.«

»Hingerissen? Muss man nicht über neunzig sein, um das Wort zu benutzen?«

Wow. Elise hat wirklich abgefahrene Augen …

Sie waren ihm schon früher aufgefallen. Wem nicht? Aber hier im strahlenden Sonnenlicht konnte er die metallischen Fleckchen und Linien in ungefähr einer Million Farben strahlen sehen.

So gut sie konnte, äffte sie eine Südstaaten-Lady nach und fragte: »Wollen Sie mich etwa verhöhnen?«

Manchmal sprach Elise praktisch ohne Akzent. Andere Male, wie jetzt, konnte sie so südstaatlich sein wie ein Pfirsich aus Georgia. Der Akzent schien ein Werkzeug zu sein, das sie dann und wann zu einem bestimmten Zweck hervorholte.

Seine Mutter und Schwester würden sie lieben. Deswegen durften sie sich niemals treffen. Sie hätten sofort das Gefühl, es wäre ihre Aufgabe, sie beide zusammenzubringen, denn sie sahen es als ihre Pflicht an, für ihn eine Frau zu finden. Außerdem würden sie Elise von Davids Vergangenheit erzählen wollen. Und er wollte nicht, dass jemand davon erfuhr. Wenn niemand es wusste, erschien es unwirklicher.

»Sie hat gesagt, sie sei Jackson Sweets Tochter«, sagte Strata Luna.

Flora und Strata Luna standen im zweiten Stock von Black Tupelo am Fenster und sahen zu, wie die beiden Detectives über den Kopfsteinpflasterweg davongingen.

»Jackson Sweet?«, fragte Flora. »Der Zauberer?«

»Jackson war mehr als das.«

Die alte Frau roch nach Geheimnissen, nach stechenden Kräutern und reichhaltigem, lehmigem Boden. Der Duft sättigte ihr Haar. Ihre Kleidung. Er drang aus ihren Poren.

Flora interessierte sich nicht für Jackson Sweet oder die Polizistin.

Sie sahen zu, wie das Paar um die Ecke bog. »Er ist der Mann, von dem ich dir erzählt habe.«

»Du magst ihn.«

Eine Feststellung.

»Das tue ich.«

»Aber er ist Polizist.«

»Und?«

»Polizisten stehen nicht auf Leute wie uns, du dummes Mädchen.«

Flora starrte weiter in die Richtung, in der David Gould verschwunden war. »Er könnte mich lieben«, sagte sie sanft. »Jesus hat sich auch in eine Prostituierte verliebt.«

»Jesus dies, Jesus das«, schimpfte Strata Luna. »Alle reden immer über Jesus. Eine starke Frau braucht Männer nur, um Einweggläser zu öffnen und Sex zu haben.«

»Warst du nie verliebt?«

»Ich bin nicht einmal sicher, was Liebe ist, Schätzchen. Männer-Frauen-Liebe jedenfalls.«

»Und was ist mit Enrique?«

Die ältere Frau lachte ihr tiefes, sattes Lachen. »Enrique ist ein süßes, herrliches Kind, aber er ist mir nicht ebenbürtig, Schätzchen.«

Strata Luna nahm eine Bürste von der Ankleide; die Bewegung ließ ihr schwarzes Kleid rascheln. Sie zog die Bürste durch Floras Haar. Flora seufzte und schloss die Augen.

»Da war einmal ein Mann ...«, begann Strata Luna mit einem geheimen Lächeln in der Stimme. »Aber ich war zu viel für ihn.« Sie schnalzte mit der Zunge und schüttelte den Kopf. »Zu viel für ihn.«

»Jemanden, den ich kenne?« Flora spürte, wie sie sich entspannte.

»Vor deiner Zeit.«

Im Zimmer war es kühl, aber Flora konnte die schwüle Hitze Savannahs durch die Glasscheibe in der Nähe ihres Gesichts spüren, während die gleichmäßigen Bewegungen der Bürste sie immer ruhiger werden ließen.

»Wenn du es ernst meinst mit diesem Mann«, sagte Strata Luna, »kann ich dir helfen.«

»Ich meine es ernst.«

»Dann suchen wir die Zutaten für einen Zauber zusammen. Wie wäre das?« Strata Luna legte die Bürste weg und fuhr mit ihren Nägeln über Floras Kopfhaut. »Einen Lieb-mich-oder-stirb-Zauber.«

14

Was kommt als Nächstes?«, fragte Gould, als die Ampel grün wurde und Elise im Streifenwagen über die Kreuzung fuhr. »Fliegen wir nach Roswell, New Mexico, um nach Aliens zu suchen?«

Elise hatte es langsam satt, die Kultur der Stadt die ganze Zeit ihrem Partner erklären und gegen ihn verteidigen zu müssen. »Du musst ein wenig offener werden, wenn du hier leben willst.«

»Ich finde, wir sollten uns eher auf die ... *handfesteren* Aspekte konzentrieren.« Gould spielte am Radio herum, fand aber nur Rauschen. »Verflucht«, sagte er und schaltete es aus. »Warum kriegen immer wir die Autos ohne Musik? Und auch noch ausgerechnet heute?«

»Weil uns immer irgendjemand den einzigen Wagen mit einem funktionierenden Radio wegschnappt. Und außerdem glaube ich nicht, dass die Polizei das Hören von Musik als Priorität betrachtet.«

Bevor sie aus der Stadt herausfuhren, hielten sie bei Parker's Market, einer Tankstelle mit einem kleinen Supermarkt, wo sie sich Sandwiches kauften.

»Ich fahre«, bot Gould an, als sie zum Wagen zurückgingen.

»Schon okay«, sagte Elise. »Ich kenne den Weg.« Er zuckte mit den Schultern. »Wie du willst.«

»Und was ist jetzt eigentlich mit diesem Dorf, in das wir fahren?«, fragte Gould, als sie wieder unterwegs waren. »Willst du meine Gurke?«

Sie schüttelte den Kopf. »Chips?«

Die nahm er gern.

»Es heißt, dass dort ein junger Mann wohnt, der acht Monate nach seinem Begräbnis wieder nach Hause zurückgekehrt sein soll«, sagte sie ihm.

»Aha. Ein Gerücht. Ich liebe Gerüchte«, sagte er in einer Stimme, die gut dazu passte, dass er auch noch die Augen verdrehte.

»Sag nichts gegen Gerüchte.«

»Jedenfalls nicht hier, oder?«

Wollte er sie ärgern? Bei Gould war das oft nicht leicht zu sagen.

»Das Dörfchen, in das wir fahren, betrachtet sich als unabhängigen Staat«, erklärte sie. »Eigenständig. Sie haben einen König. Und sogar eine Website. Und gut für uns: Sie mögen Touristen.«

Sie aßen auf.

Gould knüllte die Einwickelpapiere zusammen und stopfte alles in eine braune Papiertüte. Als das Gespräch einschlief, versuchte er es noch einmal mit dem Radio, offenbar hoffte er auf einen besseren Empfang außerhalb der Stadt. Aber er war schlechter. Er seufzte, schaltete es wieder aus, und lehnte sich auf seinem Sitz zurück, um den Ausblick zu genießen.

Nach ein paar Abzweigungen und Sackgassen erreichten sie schließlich ein Schild, auf dem stand: SIE VERLASSEN JETZT DIE USA UND BETRETEN DAS KÖNIGREICH YORUBA, ERRICHTET VON DEN PRIESTERN DES ORISKA-VOODOO-KULT.

Gould starrte das Schild an. »Das ist doch wirklich abartig«, sagte er mit einer Mischung aus unwilliger Bewunderung und Gereiztheit.

Sie fuhren an einer Hütte vorbei, welche die Einfahrt des Dorfes markierte. Barfüßige, dunkelhäutige Kinder liefen über verdreckte Straßen. Alte Männer saßen im Schatten rostiger Eisendächer auf Stühlen und sahen zu, wie der Tag verging.

Die Leute waren freundlich, und Elise und Gould brauchten nicht lange, um den Weg zu der Hütte gewiesen zu bekommen, nach der sie Ausschau hielten. Wie alle anderen sah auch diese aus, als könnte sie nicht einmal einer steifen Brise standhalten.

Das Motorengeräusch verriet ihr Kommen, und ein Mann und eine Frau traten heraus, um sie zu begrüßen.

»Sechs Tage lag er im kalten Leichenschauhaus«, erklärte ihnen der schwarze Inselbewohner unter der Krempe seines zerfransten, verschwitzten Strohhutes hervor. »Dann haben wir ihn begraben. Acht Monate später kam er nach Hause geschlurft. So wie jetzt ...«

Er deutete auf einen jungen Mann von etwa siebzehn Jahren, der vor dem Haus seiner Eltern saß. Seine Füße waren nackt und staubig, sein Haar klebte an seinem Schädel, seine Schulterblätter zeichneten sich scharf unter dem dünnen Stoff seines T-Shirts ab.

»Er kann nicht selbst essen und sich nicht waschen«, sagte seine Mutter, nicht etwa leidgeprüft, sondern voller Akzeptanz. »Und unsere Freunde – sie kommen nicht mehr zu uns. Wegen Angel. Sie sagen, er sei verflucht. Sie sagen, er sei böse.«

»Haben Sie etwas dagegen, wenn wir mit ihm sprechen?«, fragte Gould.«

»Das bringt nichts. Er kann nicht reden. Ich glaube nicht, dass er auch nur weiß, wer wir sind. Er ist einfach aus Gewohnheit zurückgekehrt ... Können Sie sehen, wie er den Kopf hält? So abgeknickt?«

»Die Zombie-Haltung«, sagte Elise.

Die Mutter nickte. »Er kann ihn nicht höher heben. Nicht einmal, um zu essen. Aber er ist ein guter Junge. Wenn ich ihm sage, dass er ins Haus gehen soll, geht er ins Haus. Wenn ich ihm sage, dass er ins Bett gehen soll, geht er ins Bett. Er ist ein guter Junge. Niemand hätte einen Grund, ihm wehzutun.«

»Haben Sie irgendeine Vorstellung, wer ihm das angetan haben kann? Und warum?«, fragte Elise.

Der Mann und die Frau warfen sich einen ängstlichen Blick zu. Gould und sie waren Fremde, und Angels Eltern fürchteten, denjenigen zu verärgern, der ihrem Sohn so etwas Schreckliches angetan hatte. Wenn sie eine Vermutung hegten, wer es gewesen war, dann waren sie jedenfalls nicht wild darauf, sie zu teilen.

Die Detectives versuchten ein kurzes Gespräch mit dem ausgemergelten jungen Mann zu führen, aber nichts, was sie sagten, ließ ihn in irgendeiner Weise reagieren. Er war eine Hülle ohne Inhalt.

»Es scheint ihnen sehr wichtig zu sein, dass ihr Sohn ein guter Junge ist«, sagte Gould zu Elise, als die Eltern sie nicht mehr hören konnten.

»Fürchtest du, dass er zuvor nicht so ein guter Junge war?«

»Genau.«

»Die Voduns haben ihre eigenen Methoden, mit Verbrechern umzugehen«, sagte Elise. »Jemanden in eine geistlose

Puppe zu verwandeln ist eine effektive Art, ihn zu bestra-
fen.«

»Kein Gefängnis. Keine Kosten, außer für die Familie.«

»Was könnte er getan haben, das schlimm genug ist für
eine derart lebenslängliche Strafe?«

Gould langte in sein Jackett. »Vielleicht können wir es herausbekommen.« Er ging zurück zu dem Paar. »Hat Ihr
Sohn so etwas irgendwo an seinem Körper?«, fragte er und
zeigte den Eltern ein Foto des Black-Tupelo-Logos.

Die Eltern sahen erst einander an, dann Gould. »Sie müssen jetzt gehen.« Offensichtlich erkannten sie das Zeichen.
Und sie hatten Angst.

»Hat Ihr Sohn dieses Zeichen an sich?«, drängte Gould.

»Gehen Sie!« Der alte Mann erhob sich und deutete auf
ihren Wagen. Elise begann in diese Richtung zu gehen.
Gould folgte ihr.

»Möglicherweise war Angel ein Strichjunge im Black
Tupelo«, sagte Gould, als Elise und er über den losen Sand
zum Wagen gingen.

»Die Eltern haben mir auch zu sehr auf der vollkomme-
nen Unschuld ihres Sohnes bestanden «, nickte Elise. »Wenn
das stimmt, dann haben wir drei Prostituierte.«

»Zwei tot, einer bloß noch Gemüse.«

»Einer könnte auch an einer Überdosis Heroin gestorben
sein, die damit nichts zu tun hat.«

»Es wäre auch möglich, dass Angel von seiner eigenen Gesellschaft bestraft wird. Es könnte einfach nur ein Zufall
sein, kein Zusammenhang.«

Vor dem Wagen blieb Elise stehen. »Und dann haben wir
da auch noch Mr Harrison. Wie passt der dazu?«

»Gar nicht. Ich will nicht sagen, dass es keine Verbindung gibt. Ich will bloß sagen, dass er nicht dazupasst.«

»Die Opfer sind zu verschieden.«

»Was uns zurückbringt zu der Möglichkeit, dass die Verbrechen nichts miteinander zu tun haben«, sagte Gould.

»Könnte Harrison ein Unfall gewesen sein?«, fragte Elise. »Hat er vielleicht Gift genommen, das für jemand anderen bestimmt war?«

»Nehmen wir einen Augenblick lang mal an, dass sie alle miteinander zusammenhängen. Dann müssten wir uns fragen, was der Mörder damit bezwecken wollte, sein Vorgehen zu ändern. Es könnten verschiedene Dinge sein: Er könnte es auf die Aufmerksamkeit angelegt haben. Oder er will uns verwirren. Oder die Sache eskaliert.«

Im Wagen nahm Gould den Plastikdeckel von seinem Getränk. »Ich habe noch eine andere Idee.« Er schüttelte den Becher und das Eis rasselte. »Erinnerst du dich noch, wie Jeffrey Dahmer seinen Opfern Löcher in den Schädel gebohrt hat, während sie noch am Leben waren?«

»O ja.« Wie konnte Elise so etwas Schreckliches nur vergessen! Aber jetzt, wo Gould es erwähnt hatte, erinnerte sie sich auch wieder an alles, was sie über den Fall gelesen hatte. »Und dann hat er sie mit Batteriesäure gefüllt. Eklig.«

»Er hat versucht, Zombies zu erschaffen«, sagte Gould mit dem Mund voller Eis.

»Stimmt! Haben wir es mit so etwas zu tun? Versucht jemand, hirnlose Spielzeuge zu erschaffen? Geht es einfach um absolute Kontrolle?«

Elises Handy klingelte. John Casper.

»Ich habe alle Prostituierten überprüft, die wir in den

letzten zwei Jahren hier hatten«, sagte er zu ihr. »Raten Sie mal, wie viele das waren?«

»Ich würde vermuten, Standard wären etwa ein oder zwei im Jahr«, sagte Elise.

»Wir hatten zwölf in zwei Jahren.«

»Wow.«

Gould merkte auf, er hörte Elises Seite des Gespräches aufmerksam zu.

Die Zahl, die Casper ihr genannt hatte, war schwer zu glauben. Und noch bemerkenswerter war, dass es keinem aufgefallen war. »Todesursache?«, fragte Elise.

»In allen Fällen Drogen. Und wir reden über Straßendrogen wie Heroin. Kokain.«

»Zumindest steht das auf der Sterbeurkunde. Weswegen sich niemand genauer mit der Sache beschäftigt hat«, vermutete Elise.

»Genau«, sagte Casper.

Sie regulierte die Klimaanlage, während der Wagen im Leerlauf lief. »Könnten wir die Leichen exhumieren?«

»Da haben wir ein Problem. Die meisten von ihnen wurden eingeäschert.«

»Na klar«, sagte Elise. »Das ist am billigsten.«

»Vor allem, wenn der Staat die Rechnung zahlt«, setzte Casper hinzu. »Eine Menge dieser jungen Leute waren wahrscheinlich Ausreißer, keine Familie, kein Geld.«

»Perfekte Opfer, die niemand vermissen würde. Ich frage mich, wie lange das Ganze unentdeckt geblieben wäre, wenn Harrison nicht vergiftet worden wäre«, sagte Elise. »Aber was ist mit den Leichen, die nicht eingeäschert wurden?«

Sie hörte Tasten klappern. »Drei wurden zurück an ihre

Familien in verschiedenen Teilen des Landes geschickt. Eine nach Charleston.« Noch mehr Klicken. »Hier ist es. Einer, ein Typ namens Gary Turello, ist in Savannahs Laurel Grove Cemetery begraben. Wir haben alle seine Narben und Tattoos in der Akte. Einen Augenblick, ich sehe mal nach ...«

Mehr Klicken, dann Schweigen.

»Lassen Sie mich raten«, sagte Elise. »Black Tupelo.«

»Ja.« In dieser einen Silbe lag immense Befriedigung.

Sie warf Gould einen Blick zu, der fragend die Augenbrauen hochgezogen hatte. Sie nickte. »Wenn wir ihn wieder ausgraben, wie stehen unser Chancen, überhaupt noch Tetrodotoxin nachweisen zu können?«, fragte Elise.

»Man kann eine Menge Probleme haben, wenn man versucht, Proben aus einbalsamierten Leichen zu analysieren«, sagte Casper. »Es hängt davon ab, wie viel Einbalsamierungsflüssigkeit der Leichenbestatter verwendet hat. Und ob der Sarg leck war oder nicht. Ich habe schon Organe gesehen, aus denen man das Wasser wringen konnte wie aus einem Schwamm.«

»Besten Dank für diese Anschaulichkeit.«

»Keine Ursache. Turello wurde vor anderthalb Jahren begraben, aber ich würde sagen, es ist definitiv den Versuch wert.«

»Kann man versuchen, die Genehmigung schnell zu erhalten?«, fragte Elise.

»Ich werde die oberste Leichenbeschauerin beim Georgia Bureau of Investigation in Decatur anrufen«, sagte Casper zu ihr. »Sie ist diejenige, die unterschreiben muss, aber wenn man die Situation bedenkt, sollte das kein Problem sein.«

»Wie lange wird das dauern?«

»Ich vermute ein oder zwei Tage. Manchmal treffen wir auf Leute, die nicht wollen, dass wir ihre Lieben stören. Das ist verständlich. Wenn das passiert, dann müssen wir vor Gericht einen Antrag stellen, was länger dauern könnte.«

»Hoffen wir einfach mal, dass die Familie mitmacht«, sagte Elise. Sie bedankte sich bei ihm und legte auf.

In ihrem Zimmer oben im Black Tupelo suchte Flora all die Dinge zusammen, von denen Strata Luna gesagt hatte, dass sie sie für einen Liebeszauber brauchte: Jalape-Wurzel und Friedhofsstaub-Pulver, ein Stückchen braunes Papier aus einer Einkaufstüte. Wasserfeste rote und schwarze Stifte, eine neue Spule roter Faden, ein kleines rotes Flanellsäckchen, ein scharfes Messer.

Durch die Wand, aus dem Zimmer neben ihrem, drangen Sex-Geräusche.

Gedämpfte Stimmen. Lachen. Das hektische Quietschen einer Matratze.

Flora hätte auch arbeiten sollen, aber sie hatte Wichtigeres zu tun.

Auf das braune Papierstück schrieb sie sieben Mal in schwarzer Farbe den Namen *David Gould*. Dann drehte sie das Papier um neunzig Grad und schrieb *LIEB MICH ODER STIRB* sieben Mal in roter Farbe quer über seinen Namen.

Sie legte den Zettel in eine Schüssel mit ihrem eigenen Urin, dann wickelte sie das feuchte Papier um die Wurzel und presste es in Form. Anschließend folgten Friedhofsstaub-Pulver und der rote Bindfaden.

Sie wickelte den Faden immer wieder herum, bis das Papier ganz damit bedeckt war, dann machte sie ein paar große Knoten und ließ noch ein Stückchen Faden übrig zum Aufhängen.

Strata Luna hatte ihr gesagt, das Geheimnis bestünde darin, die Wurzel in das rote Flanellsäckchen zu stecken und es mit Urin feucht zu halten.

Die Finger zwischen zwei Knoten geschoben, schwang Flora die eingewickelte Wurzel vor und zurück.

»David Gould, lieb mich oder stirb. David Gould, lieb mich oder stirb.«

15

Strata Luna hatte sich bereit erklärt, Elise um vier Uhr nachmittags auf einem kleinen Friedhof in der Nähe einer Kirche auf St. Helena Island zu treffen, an einem Ort, der bedeutungsvoll für das Gullah-Erbe war. Außerdem war angeblich Jackson Sweet hier geboren worden.

Elise folgte einer groben Karte, die bei ihr zu Hause in einem Briefumschlag aufgetaucht war, der mit dem Black-Tupelo-Design versiegelt worden war. Die Kirche erwies sich als zweistöckiger Holzlattenbau, den Wind und Sand hatten grau werden lassen.

Ein langer schwarzer Wagen mit einem Nummernschild aus Georgia stand nicht weit von dem Gebäude entfernt, die vordere Stoßstange nur wenige Zentimeter vor einem Zaun, der mit Wein überwuchert war. Elise wendete ihren Wagen und setzte zurück; sie ließ gut zehn Meter Platz zwischen den beiden Fahrzeugen. Sie schaute über ihre linke Schulter und entdeckte Enrique am Steuer. Er lächelte und deutete in Richtung der Kirche, malte einen Kreis in die Luft, spazierte mit den Fingern durch die Luft.

Sie nickte, schaltete den Motor ab, stieg aus, fühlte unter ihrem Jackett nach dem Umriss ihrer SIG Sauer. Sie überprüfte ihre Tasche mit dem Handy.

Der Sand war lose unter ihren Füßen, als sie um die Kirche herumging.

War sie selbst auf einer ebensolchen Insel zur Welt gekommen?, fragte sie sich. Vielleicht sogar auf dieser?

Es war hart, nicht zu wissen, woher sie kam, und es war noch schwieriger geworden, als Audrey ihr Fragen über die Vergangenheit gestellt hatte, die Elise nicht beantworten konnte.

Anders als Thomas und Vivian, die eine Geschichte hatten, die sie teilen konnten.

Kirchenfenster waren zerbrochen. Die Eingangstür hing schief in den Angeln. Duftendes Mariengras wuchs auf dem Fundament, und große Eichen, mit ihren schwarzen Vorhängen aus Moos, warfen lange Schatten. Ein kräftiger Wind blies pausenlos vom Meer her.

Sogar tagsüber war es hier gruselig.

Elise entdeckte eine einzelne Fußspur und folgte ihr.

Auf der Ostseite des grauen Gebäudes befand sich ein kleiner Friedhof, dessen uralte, moosüberwachsenen Grabsteine unter den dichten großen Bäumen winzig wirkten.

Ein Blätterdach schwächte den Wind ein wenig ab und ein geschützter Bereich lag im Halbdunkel. Unter Elises Füßen wich der Sand nun Erde und einer dünnen Lage kleiner brauner Blätter. Parallele Spuren waren auf dem Boden zu sehen, vor vielen Jahren entstanden, als man die Särge noch auf Pferdewagen transportierte.

Elise folgte dem Trampelpfad. Sie bog ab, wenn er sich wand, und verlangsamte, als sie ein Schattenwesen in der Ferne entdeckte.

Sie ging vorsichtig näher, bis sie dicht genug dran war, um eine Frau zu erkennen, die neben einem großen Grabstein auf einer Zementbank saß.

Strata Luna.

Sie trug ein langes schwarzes Kleid und einen Hut mit einer weiten Krempe. Einen Augenblick lang hatte Elise das Gefühl, sie wäre durch die Zeit zurückgereist.

Mit behandschuhten Händen hob Strata Luna elegant den Schleier ihres Hutes. »Hallo, Elise.«

Ihr Gesicht wirkte beinahe königlich, mit hohen Wangenknochen und großen Augen unter dichten schwarzen Brauen. Volle rote Lippen auf elfenbeinweißer Haut.

Niemand kannte ihr Alter. Elise hatte nachgerechnet und wusste, dass sie mindestens fünfzig sein musste. Sie sah viel jünger aus.

Egal, welche Geschichten Strata Luna umrankten, die Erzählungen von ihrer fesselnden Anziehungskraft waren nicht übertrieben. Es hieß, dass die Männer in ihrer Jugend auf der Straße erstarrten und sich nicht mehr rühren konnten, bis sie vorübergegangen war. Elise glaubte das durchaus.

»Du bist also die Tochter von Jackson Sweet?«

Strata Lunas Stimme war ebenso mysteriös und hypnotisch wie der ganze Rest. Tief, langsam, gemessen, melodisch.

»Sagt das Gerücht. Folklore.«

»Hattest du die Gelegenheit, dich auszuprobieren? Hat jemand sein Wissen an dich weitergegeben?«

»Ich habe ein wenig gepanscht.«

Elise trat näher und setzte sich auf das andere Ende der langen Bank, es blieb fast ein Meter zwischen ihr und Strata Luna.

»Gepanscht? Das ist kein ernsthaftes Wort.«

»Es ist Jahre her. Ich war noch ein Kind.« – »Aber du hast es aufgegeben für ein praktisches Leben.«

»So in der Art.«

»Komm näher.«

Elise blieb, wo sie war.

»Du traust mir nicht.«

»Vertrauen und Dummheit gehen Hand in Hand.«

Die ältere Frau lachte, dann griff sie in eine tiefe Tasche ihres schwarzen Baumwollkleides. Sie zog ein kleines Bündel aus weißem Stoff heraus, um das mit einem langen Band eine Schleife geknotet war. »Ich habe etwas für dich. Ein *Wanga*.«

Ein Glücksbringer.

Möchtest du einen Lolly, meine Kleine?

Strata Luna stand auf und kam näher. Sie war eine groß gewachsene Frau, aber nicht übergewichtig. Lächelnd legte sie das *Wanga* um Elises Hals.

Es roch nach Kräutern.

»Es hat gute Kräfte«, sagte die Frau. »Es wird dich beschützen.« Sie streckte die Hand aus und berührte Elises Haar. »Dein Haar ist wie seins. Dunkel. Gerade. Und deine Augen. Lass mich sehen ...« Mit einer eleganten Bewegung legte sie ihre behandschuhten Finger unter Elises Kinn und hob ihr Gesicht ein wenig an.

Dann, als wäre sie gestochen worden, ließ sie die Hand fallen.

»Diese Augen ...«, sagte sie unangenehm berührt. »Sie sind sehr merkwürdig.«

Elise war an derartige Reaktionen gewöhnt, aber sie hatte erwartet, dass Strata Luna sich besser unter Kontrolle hätte. »Sie wissen sicherlich, dass ich ihretwegen auf einem Grab zurückgelassen wurde«, sagte Elise und versuchte leichtfüßig mit ihrer Vergangenheit umzugehen, wie immer.

»Fast jede Farbe findet sich darin.« Strata Luna starrte sie immer noch an, sie wirkte plötzlich zittrig und alt. »Und alle Farben zusammen ergeben Schwarz.« Sie wandte sich ab und setzte sich, als könnte sie Elise nicht mehr länger ansehen. Die Stille umgab sie, bis Elise schon fürchtete, dass die Frau nicht wieder sprechen würde.

»Kannten Sie Jackson Sweet?«, fragte Elise schließlich.

Strata Luna holte tief Atem und drückte die Schultern durch. »Schätzchen, wir haben zusammen getrunken«, sagte sie, und ihre Stimme war jetzt hell und fast schnippisch, wie die einer Frau mit starken Stimmungsumschwüngen. »Und wir haben miteinander gestritten. Er hat gesagt, ich wäre zu viel für ihn.« Sie warf Elise einen Blick zu. »Du bist seine Tochter.« Sie nickte. »Daran besteht kein Zweifel.«

Ein Schreck durchfuhr sie. Elise hatte die Geschichte nie geglaubt. Nicht wirklich. Nicht mit dem Herzen. Als sie jünger war, hatte sie sie bloß glauben wollen. Aber jetzt ... wo Strata Luna so sicher wirkte ...

»Hast du Kinder?«, fragt Strata Luna.

»Eine Tochter.«

»Töchter ...«, sagte Strata Luna nachdenklich, als würde sie sich an etwas erinnern.

Elise zog die Fotos hervor, die sie Enrique gezeigt hatte. »Kennen Sie einen dieser Männer?«

Strata Luna starrte sie einen Augenblick an. »Ich glaube, der hat für mich gearbeitet.« Sie tippte auf das Gesicht von Jordan Kemp. »Ich kann mich an seinen Namen nicht erinnern. Bei dem anderen bin ich mir nicht sicher.« Sie reichte die Fotos zurück. »Ich unterstütze eine Menge Menschen.

Manche von ihnen bleiben, manche gehen. Ich kann mich nicht an alle ihre Namen erinnern.«

»Jordan Kemp und Samuel Winslow.« Elise zog ein weiteres Foto hervor, auf dem die Tätowierung zu sehen war.

Strata Luna betrachtete es genau und lächelte. »Das ist das Werk von Genevieve Roy. Kannst du sehen, wie fein die Linien des Implantats sind? Nicht viele Menschen bekommen das hin.«

»Hat es einen Zweck?«, fragte Elise.

»Es ist ein *Mojo*«, erklärte Strata Luna. »Viele Leute, die für mich arbeiten, lassen es sich machen. Ich bestehe nicht darauf. Aber die meisten wollen es. Es verleiht ihnen Schutz, den sie sonst nicht hätten.«

»Offensichtlich nicht genug«, bemerkte Elise trocken.

»Weil das Design mir gestohlen wurde. Leute, die nichts mit Black Tupelo zu tun haben, lassen es sich stechen.«

»Status«, sagte Elise. Sie konnte sich eine derartige Evolution vorstellen.

Strata Luna wedelte mit der Hand. »Jetzt bedeutet es nichts mehr. Hast du noch weitere Fragen? Ich muss bald gehen. Enrique wartet.«

»Wir haben einige unerklärliche Vergiftungsfälle in Savannah. Die Opfer wurden mit Tetrodotoxin getötet«, erklärte Elise, sie drängte jetzt, denn ihr war klar, dass dies vielleicht ihre letzte Chance war, mit Strata Luna zu sprechen – zumindest in einer inoffiziellen, entspannten Umgebung. »Es geht das Gerücht, dass Sie Ihre ... Angestellten unter Drogen setzen, damit sie ruhig bleiben«, sagte Elise offen. »Und dass Sie dafür ein Geheimrezept haben. Einer der Inhaltsstoffe sei Tetrodotoxin.«

Strata Luna richtete sich auf, ihre dichten Brauen zogen sich in zorniger Irritation zusammen. »Wollen Sie mir Mord vorwerfen?«

»Ein Strichjunge hatte Ihr Zeichen an sich und Tetrodotoxin im Blut. Es ist nur logisch, dass wir Sie befragen.«

»Ein Escort Service. Das kann eine unangenehme Beschäftigung sein. Manchmal haben Neuzugänge – und selbst erfahrene Mitarbeiter – Schwierigkeiten, mit dem Unangenehmen umzugehen. Manchmal brauchen sie ein wenig Hilfe, um die Nacht zu überstehen. Das können die unterschiedlichsten Drogen sein. Ich helfe ihnen, aber nie gegen ihren Willen. Und ich würde niemals das Gift des Kugelfisches für diesen Zweck einsetzen. Du redest über Zombies und Voodoo.«

»Vielleicht will jemand auf seine eigene Art für Gerechtigkeit sorgen«, warf Elise ein.

Strata Luna zuckte mit den Achseln, als langweile sie die Wendung des Gespräches. »Ihr Polizisten sucht immer nach einem Grund, einem Motiv«, sagte sie. »Warum wollt ihr nicht die Wahrheit akzeptieren?«

»Was ist denn die Wahrheit?«, fragte Elise.

»Dass das Böse keinen Grund braucht, um zu existieren.«

»So kann ich nicht denken. Für mich gibt es auf alles eine Antwort.«

Die Frau schüttelte den Kopf. »Eines Tages wirst du es anders sehen.«

Elise hatte schon viel Böses in ihrem Job als Detective bei der Mordkommission gesehen, aber sie hatte das Gefühl, dass Strata Luna sie um Längen schlug.

Das Gespräch war beendet, sie erhob sich und reichte der

Frau eine Visitenkarte. »Danke, dass Sie sich mit mir getroffen haben. Wenn Ihnen etwas Wichtiges einfällt, rufen Sie mich bitte an.«

Strata Luna erhob sich. »Ich will dir etwas zeigen. Komm mit. Folge mir.«

Elise ging hinter ihr her, weiter in den Friedhof hinein, bis sie eine kleine Gruppe zerbrochener, moosüberwucherter Grabsteine erreichten. Die ältere Frau blieb stehen, nicht vor den Grabsteinen, sondern vor einer Mulde im Boden. Um diese Einbuchtung herum lagen ein Telefon, ein Spiegel, ein Kamm, einige Münzen, und eine volle Flasche Whiskey.

»Deswegen wollte ich, dass du heute herkommst«, sagte Strata Luna. »Das ist das Grab deines Vaters. Das Grab von Jackson Sweet.«

Die Luft schoss aus Elises Lungen.

Sie starrte die Mulde auf dem Boden an. In der Ferne, verborgen im Schatten, verkündeten Hunderte von Fröschen ihre Geheimnisse, die Lautstärke ihres Quakens stieg und sank hypnotisch.

»Es darf kein Zeichen das Grab eines Zauberers erkenntlich machen«, erklärte Strata Luna, und ihre Stimme schien aus einer Million Meilen Entfernung zu kommen. »Sonst graben die Leute seine Knochen für Mojos und Flüche aus. Sie würden ihn nicht in Ruhe lassen. Aber einige von uns wissen, wo Jackson begraben liegt. Und du weißt es nun auch. Siehst du das Loch?« Sie deutete darauf. »Zauberer kommen und graben hier.«

»Friedhofsstaub«, sagte Elise.

»Und jetzt müssen wir beide etwas zurücklassen. Man

kann nicht das Grab eines Zauberers besuchen, ohne einen persönlichen Gegenstand zu hinterlassen.«

Strata Luna zog ihre schwarzen Handschuhe aus und legte sie in die Nähe der Mulde.

Zuerst fiel Elise nichts ein, was sie anzubieten hatte. Das Handy? Natürlich nicht. Sie wühlte in ihren Taschen. Notizblock. Ausweis. Waffe.

Dann berührten ihre Finger einen Stift. Einen ganz normalen, alltäglichen Tintenkuli. Vielleicht musste er ein wenig schreiben.

Sie legte ihn auf einen von Strata Lunas Handschuhen.

»Ich habe noch etwas für dich«, sagte die Frau.

»Mehr kann ich nicht annehmen.«

»Es ist nicht wirklich von mir.« Sie zog eine kleine Ledertasche hervor und reichte sie Elise.

»Öffne sie ruhig. Es ist etwas, das deinem Vater gehört hat. Etwas, das du haben solltest.«

Das Leder war geborsten, schwarz und sehr alt; die kleinen Scharniere waren rostig.

Elise klappte die Schatulle auf. Darin lag eine Drahtgestellbrille mit dunkelblauen Gläsern.

Eine Zaubererbrille. Blaue Gläser hielten die bösen Geister fern und erlaubten es dem Träger, Dinge zu sehen, die andere nicht wahrnehmen konnten.

»Setz sie auf. Ich will sehen, wie sie dir steht.«

Sie schien sich so sicher zu sein, dass Jackson Sweet ihr Vater war.

»Ihr seid euch ähnlich«, bemerkte Strata Luna.

»Inwiefern?«

»Dein Vater war ein Bulle.«

»Jackson Sweet? Nein, war er nicht.« Elise hätte es gewusst, wenn Jackson Sweet Polizist gewesen wäre.

»Nicht nach deinen Regeln, aber nach denen eines Zaubermeisters. Er hat böse Menschen bestraft und gute belohnt. Das ist besser als das, was diese Idioten mit den Polizeimarken hier in Savannah zustande bringen.«

Ein selbst ernannter Gesetzeshüter? Ein Mann, der den Leuten Höllenangst einjagte und sie zwang, ihr Verhalten zu ändern oder sich dem Zorn eines weißen Zauberers zu stellen? War Elise deswegen Polizistin geworden? Lag es ihr im Blut? Weil sie Jackson Sweets Tochter war?

Fasziniert nahm sie die Brille aus dem Etui. Das Gestell war dünn und fragil. Vorsichtig klappte sie es auseinander und setzte es auf.

Die Schatten wandelten sich in ein bodenloses Schwarz. Der Himmel wurde grau. Sonnenlicht, das zwischen den Zweigen und Blättern hindurchfiel, warf gesprenkelte Halbmonde auf den Boden.

Schwindelerregend. Verunsichernd.

Lag das an diesen merkwürdigen, verzerrenden Gläsern? Oder an etwas anderem?

In diesem Moment glaubte Elise, was Strata Luna ihr sagte. Plötzlich hatte sie eine Vergangenheit, eine Geschichte.

Sie war zurückgelassen worden. Sie war weggeworfen worden, hatte sterben sollen. Aber wenn sie aus einer Welt der Zauberer und magischen Flüche stammte, dann konnte ihr Leben ohnehin niemals das sein, was andere Leute als normal betrachteten. Und wer wollte schon normal sein? Stattdessen hatte sie die Welt auf eine eigenartige, faszinierende Art kennengelernt.

Er hätte sie gewollt. Jackson Sweet hatte im Sterben gelegen, als Elise geboren wurde. Sonst hätte er sie gerettet. Behalten, großgezogen. Dessen war sie sich plötzlich sehr sicher.

Was war mit Audrey? Sollte sie es ihr sagen? Was würde sie davon halten? Wie würde sie auf die Neuigkeit reagieren, dass ihr Großvater Jackson Sweet war?

In der Mitte dieser eigenartigen, farblosen Welt stand Strata Luna und strahlte sie an. »Sieh nur, sieh nur, Jackson Sweet«, sagte sie. Die Worte waren an jemand Unsichtbaren gerichtet, der knapp hinter ihrer Schulter stand. »Du wirst nicht glauben, was die alte Strata Luna dir heute mitgebracht hat.«

Die beiden Frauen standen im Schatten und hörten den Fröschen zu. Schließlich verabschiedete sich Elise von Strata Luna. Sie nahm die Brille ab und ging in Richtung der Kirche und der Autos.

Strata Luna sah ihr nach, und plötzlich umfing sie ein Gefühl größter Einsamkeit.

Ein Gefühl der Einsamkeit und Angst.

Sie dachte an das unwillkommene Böse und erinnerte sich an eine andere Zeit, an eine Zeit, an die nicht zu denken sie sich stets bemühte – an die Nacht, in der ihre jüngste Tochter ertrunken war ...

Strata Luna war aus dem Haus gerannt, ihr weißes Nachthemd umwallte sie. Über die gefliesten Stufen, vorbei an den Hecken und Rosen und Magnolien, obwohl ihre nackten Füße bereits flüsterten, dass es zu spät war.

Der Nachthimmel war kobaltblau gewesen; die Bäume schwarze Silhouetten, still und unbewegt. Was sie sah, ließ ihr Herz mehrere Minuten stillstehen.

Da schwebte etwas im Wasser.

Stoff. Ein Nachthemd. Ebenholzfarbenes Haar. Das schönste, glänzendste ebenholzfarbene Haar, das ein Kind haben konnte.

Nein! Gott, nein!

Der Nachthimmel spiegelte sich im Wasser, eine Kinderhand reckte sich nach Mond und Sternen. Strata Luna taumelte in das Becken hinein, die Oberfläche zerbrach wie Glas.

Sie packte den Körper ihrer Tochter. Das Wasser zerrte an ihr, es kämpfte um das Kind, wollte es behalten. Strata Luna riss es schließlich los und drehte es herum.

Tot, tot, tot.

Die Leute behaupteten, Strata Luna hätte den Engel selbst getötet, mit ihren eigenen Händen, sie hätte ihn unter Wasser gedrückt, bis sich seine Lungen mit Wasser füllten. Manchmal glaubte Strata Luna, das wäre wahr, denn sie hatte den Tod ihres Kindes nicht vorhersehen können.

Auch das Böse war ein Teil des Lebens.

Es war der Schatten, der ihr folgte.

Der Schatten, dessen Rückkehr sie fürchtete.

16

David Gould nahm einen Frühflug aus Savannah, mit dem er in einer Stunde nach Suffolk County in Virginia gelangte. Dort würde sein Anwalt ihn abholen und sie würden sich mit seiner Frau und deren Anwalt treffen, um die Scheidungspapiere endgültig zu unterzeichnen. Wenn alles gut lief, war er am frühen Abend zurück in Savannah.

Es war noch dunkel, als er in den kleinen Pendlerflieger stieg. Bei sich hatte er nur eine Aktentasche mit Kopien der Scheidungspapiere und einigen Notizen zum TTX-Fall. Er versuchte sich einzureden, wenn die Scheidung erst einmal unterschrieben war, wäre alles vorüber. Er würde nicht mehr an Beth denken müssen.

Klar.

Der Flieger startete zehn Minuten zu früh.

Als David seine Stirn gegen das Fenster lehnte und den Flughafen unter sich schrumpfen sah, versuchte er sein Gehirn zu leeren, wie er es mal von jemandem gelernt hatte, der transzendentale Meditation unterrichtete. Aber dieses Mal klappte es nicht. Als er darüber nachdachte, war er sich gar nicht sicher, ob es jemals geklappt hatte, denn mittlerweile verstand er etwas, was er damals nicht begriffen hatte: Er konnte sich wirklich ganz schön gut selbst verarschen.

Man musste sich davor in Acht nehmen, eine eigene Wirklichkeit zu erschaffen, denn darin konnte man sich verlieren, dermaßen verlieren, dass es schwer war, in die Realität zurückzufinden.

Er hatte zwei Entschuldigungen für seine Beziehung zu Beth: sein jugendliches Alter und die Hormone. Beides zusammen konnte einen leichter aus dem Gleichgewicht bringen als harte Drogen.

David Gould und Beth Anderson waren Highschool-Sweethearts gewesen. Das allein hätte schon ein Warnsignal sein sollen, denn mit sechzehn sind die meisten Leute noch nicht, wer sie sein werden. Oft sind sie noch nicht mal nah dran.

Aber man glaubt das. Mit sechzehn glaubt man, alles zu wissen, und wenn dann auch noch Sex Teil der Gleichung wird, ist es teuflisch schwer, vernünftig zu bleiben.

Jetzt, als Erwachsener, konnte David seine Beziehung zu Beth als das erkennen, was sie gewesen war – eine rein körperliche Anziehung, so oberflächlich das auch sein mochte.

Die Oberflächlichkeit war etwas, was er damals nie zugegeben hätte. Äußerlich war Beth die perfekte Frau, mit allen Attributen, nach denen ein paarungswilliger Mann Ausschau hält.

Es war reine Biologie gewesen, sie hatten ihre Art erhalten wollen; Logik hatte damit nichts zu tun. Sie hatte die zwingend erforderlichen vollen Lippen. Das richtige Verhältnis von Hüfte zu Taille. Dunkles Haar. Blaue Augen. Schöne Haut, volle Brüste. Sie war so gesund. Lebendig. Sein Fortpflanzungsradar erkannte, dass sie eine gute Mutter sein würde, die gesunde, schöne Kinder zur Welt brächte.

Und das tat sie. Einen Jungen. Einen wunderschönen kleinen Jungen.

Es war eine ermüdende, belanglose Geschichte, fast

schon peinlich. Er war im zweiten Collegejahr, sie im letzten Jahr an der Highschool, als sie schwanger wurde.

Hatte sie gespürt, dass er sich von ihr entfernte? Hatte sie gewusst, dass er anfing, anderen Mädchen auf dem Campus nachzusehen? Hatte sie vermutet, dass er anfing, sie als zu jung, zu kindlich zu betrachten? War ihr aufgefallen, wie er sich veränderte? Dass ihre Interessen nicht mehr länger dieselben waren?

War sie absichtlich schwanger geworden?

All das waren Fragen, die er sich mit den Jahren gestellt hatte. Aber als sie es ihm sagte, hatte es keine Frage gegeben, sondern nur die Antwort darauf, was sie zu tun hatten, was sie sowieso immer vorgehabt hatten, nämlich in den Stand der Ehe zu treten.

Zwei Tage nach ihrem Highschool-Abschluss heirateten sie und Beth zog sofort zu ihm an die George Mason University in Fairfax, Virginia. Und als das Baby zur Welt kam, ein hübscher Junge mit blondem Haar und blauen Augen, war David glücklich, wahnsinnig glücklich.

Es hatte Warnsignale gegeben, aber er hatte sie übersehen. Beth kümmerte sich um Christians Bedürfnisse, aber sie kuschelte oder lachte nicht mit ihm. Sie schien ihr eigenes Kind abzulehnen, gab ihm die Schuld an einer unglücklichen Ehe.

David machte seinen Abschluss in Kriminalpsychologie und ging zum FBI. Beth war stolz darauf gewesen, und als er die Ausbildung hinter sich hatte, begannen sie davon zu sprechen, noch ein Kind zu bekommen.

Sein wunderschöner Junge ... Er las ihm im Lampenlicht eine Gutenachtgeschichte vor.

Deckte ihn zu, vertrauensvolle kleine Ärmchen schlangen sich um seinen Hals, das feine Haar roch noch neu und unschuldig.

Als FBI-Agent wurden seine Dienstzeiten unberechenbar. Er arbeitete lange. Beth war gelangweilt. Schwer depressiv. Sie verstand sich nicht mit den anderen FBI-Frauen, also konnte sie sich niemandem anvertrauen.

Die Ehe eines FBI-Agenten konnte so oder so verlaufen. Entweder sorgte der Job für eine starke Basis zu Hause oder er war der Grund für ihr Zerbrechen. Davids Ehe fiel in die zweite Kategorie.

»Du bringst mich nicht mehr zum Lachen«, klagte sie einmal.

»Das kann ich wohl. Das werde ich auch wieder tun.«

Aber es war zu spät.

Beth hatte eine Affäre.

Und eine Affäre schien nach der nächsten zu verlangen.

David war willens gewesen, ihres Sohnes wegen zusammenzubleiben. Er hatte Angst, Christian zu verlieren, aber sie hatte auf einer Scheidung bestanden. Wegen seines Jobs bekam sie das Sorgerecht, genau wie er befürchtet hatte. Christian konnte ihn jedes zweite Wochenende besuchen, in den Ferien würden sie sich abwechseln.

Das Flugzeug landete, riss David zurück in die Gegenwart.

Sein Anwalt holte in ab, Ira Cummings, ein ernsthafter und trauriger Mann. Ein guter Kerl.

Ira fuhr, so wie er alles andere tat: mit zügiger Effizienz.

Fünfundvierzig Minuten, nachdem Davids Flugzeug gelandet war, erreichten sie den Parkplatz des Gefängnisses

Sussex I, ein Hochsicherheitsknast, in dem sich Virginias zum Tode Verurteilte aufhielten.

Sie wurden erwartet, also mussten sie sich nur eintragen, dann führte ein Wachmann sie durch eine Reihe computergesteuerter Metallschiebetüren mit Schlössern, bis sie schließlich den Besucherraum erreichten. Der Wachmann blieb in der Nähe der Tür stehen, während Kameras sie aus jeder Ecke beobachteten.

Der lange rechteckige Tisch war am Boden festgeschraubt, die Stühle waren durch Ketten gesichert. Ein Mann in einem Anzug saß am einen Ende, eine Frau schaute zur Tür. David brauchte einen Augenblick, um die Frau als Beth zu erkennen.

Sie war fett.

Noch nicht monströs, aber sie hatte bestimmt zwanzig Kilo zugenommen. Sie trug einen orangefarbenen Overall, starrte auf die Tischoberfläche, und ihr Haar hing schlaff zu beiden Seiten des Gesichts herunter.

Sein Anwalt und er setzten sich ihr gegenüber.

Langsam hob sie den Kopf, bis sie ihm in die Augen starrte, sie strahlte Hass und eine herausfordernde Arroganz aus, ein Grinsen auf den Lippen.

Sie hatte gewonnen. Obwohl sie im Gefängnis saß, hatte sie gewonnen. *Du Hexe. Du böse, böse Hexe.*

Sie musste seine Gedanken gelesen haben, denn ihr Lächeln wurde ein wenig breiter.

***

Es war sein Wochenende mit Christian gewesen. Sie mochte es nicht, wenn David zu ihr nach Hause kam, also trafen sie

sich normalerweise an einem neutralen Ort wie McDonald's.
So kriegte Christian auch noch ein Happy Meal. Es sah alles
aus wie ein freundlicher kleiner Familienausflug.

Sie verspätete sich. Das war nicht ungewöhnlich. Es wäre
ungewöhnlicher gewesen, wäre sie pünktlich gekommen.

David holte sich etwas zu trinken und wartete, er starrte
durch das Fenster auf den Parkplatz, während Kinder hinter
ihm auf dem Innen-Spielplatz lärmten und kreischten.
Fünfzehn Minuten später rief er bei ihr zu Hause an. Keine
Antwort.

Sie ist bestimmt schon unterwegs.

Er wartete noch fünfzehn Minuten. Und eine weitere
Viertelstunde.

Dann warf er seinen Becher weg, stieg in den Wagen und
fuhr zu ihr nach Hause.

Es war viel los auf der Straße und er brauchte fast eine
halbe Stunde. Als er ankam, stand ihr Wagen nicht auf dem
Parkplatz.

Er klopfte an die Tür. Niemand antwortete.

Er drehte den Knauf. Offen.

Die Tür schwang auf, als hätte die Wohnung ihn erwartet.

Sein Herz begann in seiner Brust zu klopfen.

»Beth?«

Er wartete auf eine Antwort. Als er keine bekam, rief er
den Namen seines Sohnes.

Die Wohnung war still, abgesehen vom Summen des
Kühlschranks.

Sein Blick schoss durch die Küche und das Wohnzimmer,
dann lief er die mit Teppich beschlagenen Stufen hinauf.

Tropf, tropf, tropf. Aus dem Badezimmer.

Tropf, tropf, tropf. Ein laufender Wasserhahn.

Er ging durch den schmalen, mit Teppich ausgelegten Flur, folgte dem Geräusch.

Die Badezimmertür stand einen Spalt weit auf. Vorsichtig drückte er sie ganz auf. Langsam trat er ein.

Mit dem Gesicht nach unten, in der mit Wasser gefüllten Wanne, das blonde Haar um den Kopf ausgebreitet, lag sein Sohn.

Nein! Gott, nein!

David riss ihn aus der Wanne. Er drehte das Kind in seinen Armen herum, Wasser lief über ihn. Er versuchte ihn wiederzubeleben, aber es war zu spät.

Christians Haut war blau, seine Lippen fast schwarz.

Er war schon lange tot.

David stieß einen entsetzten Schrei aus und drückte das tote Kind an seinen Körper. Er war vor Trauer außer sich.

Ein Geräusch ließ ihn aufsehen.

Beth stand in der Tür, die Augen rot und verweint, sie umklammerte ihre Katze Isobel.

»W-was ist passiert? Was ist passiert?«, fragte David, der unbewusst sein totes Kind wiegte. Er konnte es nicht begreifen.

»Er hat gesagt, wenn ich den Jungen loswerde, heiratet er mich.«

Sie streichelte die Katze, drückte die Katze, neigte ihren Kopf in ihre Richtung.

»W-was? W-was redest du da?«

»Franklin. Er hat gesagt, wenn ich Christian loswerde, heiratet er mich. Also habe ich das getan. Dann habe ich ihn angerufen, damit er mich holt, aber er hat Nein gesagt. Er hat einfach aufgelegt.«

»D-du warst das? D-du hast unser Kind ermordet?«

Sein Tonfall verängstigte die Katze. Sie wand sich und sprang aus Beths Armen, lief aus dem Zimmer.

»Ich hatte keine andere Wahl«, sagte Beth.

An die nächsten paar Sekunden konnte er sich nicht erinnern. So war das bei einem Wutanfall.

Er wusste nicht, wie er vom Boden aus zu ihr gelangt war, aber plötzlich hatte er sie am Hals gepackt und drückte mit den Daumen auf ihre Luftröhre, er drückte der mörderischen Hexe die Luft ab.

Er hätte sie umgebracht, wenn die Polizei nicht gekommen wäre. Ihr Freund hatte sie angerufen, er sagte, er glaube, seine Freundin hätte ihr Kind umgebracht. Noch eine Minute, und David wäre auch im Gefängnis gelandet.

Sie umzubringen wäre es wert gewesen, ins Gefängnis zu gehen.

»Ich bin nicht sicher, ob ich die unterschreiben will«, sagte Beth von der anderen Seite des Tisches.

Die Anwälte sahen einander an.

Ihr Anwalt räusperte sich. »Kommen Sie, Beth. Unterschreiben Sie.«

David hätte nicht kommen müssen, aber er hatte gedacht, persönlich dabei zu sein, würde ihm den Abschluss verschaffen, der ihm die ganze Zeit fehlte.

Sie unterschrieb. Blatt für Blatt. Als sie fertig war, warf sie den Stift hin. Er glitt über den Tisch und fiel zu Boden. Ihr Anwalt musste ihn aufheben und betrachtete den Stift besorgt.

David unterschrieb ebenfalls, dann waren sie fertig.

»Du Arschloch! Es ist alles deine Schuld«, schrie Beth, das Gesicht vor Wut und Hass verzerrt. »Alles deine Schuld! Sieh nur, was du mir angetan hast! Ich hätte jemand Bedeutendes sein können! Ich hätte ein Model sein können. Schauspielerin.«

Sie reckte ihr Kinn vor, sie zeigte ihr pralles, elendes Gesicht. »Sieh mich jetzt an! SIEH MICH AN!«

Er wandte sich ab und verließ den Raum; seine Schultern sackten unter einem unglaublichen Gewicht zusammen, während sie ihm hinterherschrie.

17

Jemand klopfte an seine Wohnungstür.

Vor ein paar Stunden war David aus Virginia zurückgekehrt. Kaum hatten seine Füße wieder den Boden berührt, war er in den nächsten Schnapsladen marschiert, und mittlerweile war er ziemlich im Eimer.

Half nicht.

Machte es nur schlimmer.

Er konnte seinen Kopf nicht ausschalten. Wiederholung für Wiederholung.

Blitze.

Beth. Fett. In dem orangefarbenen Overall. Eine schlankere Beth, die in der Tür stand und Isobel hielt.

Christian.

David konnte das tote Gewicht seines Sohnes in den Armen spüren.

Er schluchzte. Biss sich in den Handrücken, unterdrückte den Laut.

Scheiße, Scheiße, Scheiße.

Jetzt ist es zu Ende, versuchte er sich einzureden, wobei er auf dem Boden vor und zurück wippte.

Ende, Ende, Ende.

Christian. Tot. Tot. Tot.

Ein weiteres Schluchzen, tief aus seinem Innersten. Klopf, klopf, klopf.

Tot, tot, tot.

»David?«

Eine Stimme an der Tür. Eine Frauenstimme. Wer? Beth?

»David, bist du da?«

Nicht Beth.

Er rappelte sich vom Fußboden auf. Wie war er dort gelandet?

Barfuß schlurfte er zur Tür und schaute durch den Spion. Jemand mit langen dunklen Haaren. Wer?

Er nahm die Kette ab, drehte den Schlüssel, öffnete die Tür.

Oh. *Die.* Flora.

»Hi«, sagte er.

Es war dunkel im Flur. Dunkel hinter ihm.

»Ich war auf der SCAD Kunstmesse im Forsyth Park«, sagte sie und hob etwas hoch, das in einem Rahmen steckte. »Das habe ich für deine Wohnung gekauft.« Sie drehte es um.

Eine Menge Farben. Leuchtendes Rot. Leuchtendes Blau. War das eine Katze? Er mochte Katzen. Wirbelnde, sich drehende Katzen.

»Toll«, sagte er und trat einen Schritt zurück. Das Zimmer kippte und er musste sich auf den Küchentresen stützen. »Scheiße«, murmelte er, schloss die Augen und lehnte seine schwere Stirn gegen die kühle Oberfläche.

Flora schloss die Tür, stellte den gerahmten Druck an die Wand, nahm ihre Handtasche von der Schulter und ließ sie auf den Boden fallen. »Was machst du nur mit dir?«

Sie hatte schon eine Menge Betrunkene gesehen, aber der Mann, von dem sie die letzten paar Tage geträumt hatte, war dermaßen besoffen, wie man es nur sein konnte, ohne direkt bewusstlos zu werden.

Er trug eine schwarze Stoffhose, die zu einem Jackett passte, das über der Lehne eines nahen Stuhls hing. Auf dem Jackett lag ein Lederholster mit einer Pistole. Er hatte auch Hemd und Krawatte abgelegt, sodass er jetzt nur noch ein weißes T-Shirt mit einem V-Ausschnitt trug.

»Oh, nein, vergiss es«, sagte sie, als sie bemerkte, wie er einen Flachmann zum Mund hob. Sie nahm ihm die Flasche weg und las die Aufschrift. »Gin. Kein Wunder, dass du riechst wie ein Weihnachtsbaum.« Sie ging zur Spüle und kippte den Rest in den Abfluss.

Er runzelte die Stirn und betrachtete sie, wie es nur Betrunkene konnten: mit gesenktem Kinn durch die Wimpern.

»Waren wir verabredet?«

»Ich habe bloß vorbeigeschaut. War wohl nicht schlecht, denn du scheinst mir wahrhaftig einen Babysitter brauchen zu können.«

Sie hatte keine Ahnung, was mit seinem Leben los war, aber irgendetwas schmerzte ihn. Sehr. Sie hätte sich von Strata Luna einen Entrümpel-mein-Leben-Bann für ihn mitgeben lassen sollen.

Er starrte sie weiter an, und Flora fragte sich, ob er sie überhaupt erkannte.

»Ich mag dich«, sagte er schließlich.

»Wie schön. Ich bin sicher, morgen wird es dir genauso gehen«, bemerkte sie trocken.

Er ließ den Tresen los und kam auf sie zu, er begann an den Knöpfen ihrer Bluse herumzufummeln. »Machen wir es dir doch gemütlich.«

Sie schob seine Hände weg. »Nein.«

»Warum nicht?«

Sie löste das Metallarmband und nahm ihm die Uhr vom Handgelenk. »Du bist derjenige, dem wir es jetzt gemütlicher machen.« Sie öffnete seinen Gürtel und löste ihn aus den Schlaufen der Hose. »Komm mit.« Sie ging rückwärts und zog ihn hinter sich her, in Richtung Schlafzimmer.

Er folgte, so gut er konnte.

Als sie das Bett erreichten, kippte er auf die Matratze und riss Flora mit sich. Er machte sofort die Augen zu.

Wie viel hatte er gesoffen, fragte sie sich. Mehr als das, was in dem Flachmann gefehlt hatte?

Sie gab ihm einen leichten Klaps auf die Wange. Keine Regung.

Sie schlug ihn noch einmal. Nichts.

Sie hatte ihn ausziehen wollen, bevor sie ihn in die Dusche stopfte. Aber das würde so nicht gehen. »David! David, komm schon. Du musst aufstehen.«

Er stöhnte.

»Komm mit.«

Sie zog an seinen Armen. »Steh auf.«

Erstaunlicherweise gelang es ihm, sich aufzurichten. Seinen Arm über ihre Schultern gelegt, marschierten sie zum Badezimmer.

Sie steckte ihn unter die Dusche, er lehnte seinen Rücken an die Kacheln. Irgendwie blieb er dort, obwohl seine Augen zu waren und sein Mund schlaff wirkte.

Auf dieser Welt waren wirklich alle im Arsch. Ärzte. Priester. Prostituierte. Bullen. Ganz egal, wer man war, was man tat, wie viel Geld man verdiente. Das Leben war hart.

Sie drehte das kalte Wasser auf.

Anfangs reagierte David gar nicht auf den eisigen Schwall, der sich über seinen Kopf ergoss und seine Klamotten durchnässte, aber schließlich stieß er einen lauten, entsetzten Schrei aus. Seine Augen öffneten sich und er wedelte mit den Armen.

»Mein Gott!«, brüllte er »Willst du mich umbringen?«

Gnadenlos ließ sie das Wasser weiter über ihn regnen. »Das schaffst du schon ganz alleine.«

18

Er ist niedlich.« Audrey starrte in die Ferne, während sie ihren gesüßten Eistee durch den Strohhalm trank.

»Unser Kellner?«, fragte Elise und folgte dem Blick ihrer Tochter.

»Ja. Glaubst du, er besucht das SCAD?«

»Die meisten Leute, die hier arbeiten, gehen aufs SCAD.«

Sie saßen auf hölzernen Schulstühlen an einem Marmortisch am großen Fenster des Gryphon Tea Room und schauten auf den Madison Square. Das Gryphon war eines der vielen Gebäude, die zum SCAD gehörten, dem Savannah College of Art and Design, und die nun renoviert worden waren. Bei der Renovierung des Gryphon hatte man das meiste original belassen, von den Apothekerschränken und -fliesen bis zu den Mahagoniwänden und dem Tiffanyglas.

Audrey liebte den Laden, und Elise bemühte sich, sie ein paar Mal im Jahr zum gemeinsamen Mutter-Tochter-Teetrinken hierher auszuführen.

»Da kommt er wieder«, flüsterte Audrey und beugte sich vor.

Audrey war in einem Alter, in dem ihre Stimmungen schnell schwankten, fast wie Zaubertricks. Schau nur, gute Laune – jetzt ist sie weg. Im Augenblick war sie lebendig, beinahe euphorisch – eine göttliche Kombination aus dem Restaurant, dem Koffein und ihrem Kellner. Elise war klug genug, zu wissen, dass sie in der Gleichung ganz bestimmt nicht vorkam.

Der Kellner huschte mit einem Tablett dekadent verlockender Desserts vorbei, unterwegs zu einem anderen Tisch. Elise stellte fest, dass sie sich viel mehr dafür interessierte, was der junge Mann herumtrug, als für den jungen Mann selbst.

»Findest du ihn nicht niedlich?«, fragte Audrey, als er außer Hörweite war.

Audrey trug mittlerweile Make-up. Einigermaßen konservativ, wenn man mal den blauen Lidschatten außer Acht ließ, der zu ihrem langärmeligen T-Shirt passte. Sie hatte ihr normalerweise lockiges Haar in der Mitte gescheitelt und mit irgendeinem Gerät geglättet. In ihrem Gesicht fand sich noch ein wenig Babyspeck, ihre Wangen waren weich, leicht gerundet. Ihre kurzen Nägel waren sorgfältig mit einem silbernen, glitzernden Nagellack bemalt worden.

Würde sie groß werden, fragte sich Elise. Thomas war ziemlich groß. Und was war mit ihrem Großvater? Denn mehr und mehr glaubte auch Elise selbst, dass sie die Tochter Jackson Sweets war. Sie hatte gelesen, dass Jackson Sweet über eins achtzig groß gewesen war. Es gab nur sehr wenige Fotos von ihm, aber Elise hatte zwei unscharfe Bilder in der Historical Society gefunden. Brütend, mit einem schmalen, langen Gesicht. Er hatte die Brille auf, die Strata Luna ihr überlassen hatte.

Elise griff nach der Teekanne. »Nicht mein Typ, schätze ich«, entgegnete sie auf Audreys Frage nach dem Kellner.

Audrey nahm eines der Sandwich-Häppchen von der kleinen Etagere. Sie betrachtete es genau und bog sogar das Brot hoch, um sicher zu sein, dass nichts darin war, was sie als ekelhaft betrachten würde. Was im Grunde alles sein konnte, denn Audreys Definition von »eklig« veränderte sich mit ihrer Laune. »War Dad dein Typ?« Die Frage kam hinterhältig locker daher.

Elise schenkte sich Tee ein und stellte die Kanne zurück auf das Tablett. »Früher schon.«

»Aber nicht mehr.«

»Na ja ... nein.«

Elise wusste, dass Audrey ihr die Schuld an der Scheidung gab. Vielleicht hatte sie schuld, mehr als alle glaubten. Das war eine Frage, die sie beschäftigte, seit Thomas und sie geheiratet hatten.

»Ist David Gould dein Typ?«, fragte Audrey mit einem gerissenen Grinsen.

»Gould?« Elise schnitt eine Grimasse und nahm eine rote Weintraube von der obersten Ebene der Etagere. »*David Gould?*«

»Ja, der ist doch ungefähr in deinem Alter, oder?«

»Ich schätze.« Sie schob sich die Weintraube in den Mund. »Und Single.«

»Geschieden, hat er, glaube ich, gesagt.«

»Siehst du. Du bist geschieden, er ist geschieden.«

Elise lachte und schüttelte den Kopf. »Audrey, wir sind uns überhaupt nicht ähnlich.«

»Ihr seid beide bei der Polizei. Beide Detectives. Du hast mir gesagt, einer der Gründe, dass Dad und du sich getrennt haben, wäre, dass ihr so verschieden seid. Du brauchst jemand, der ein Leben führt wie du.«

Elise hielt es für schlechten Stil, zu erwähnen, dass ihr Partner ein Alkoholproblem hatte und dass sich ihr Leben außerhalb der Arbeit in nichts ähnelte. Andererseits wusste sie auch, dass die Gedanken eines jungen Mädchens sonst wohin rasen konnten. Und sie wollte nicht, dass Audrey anfing, sich vorzustellen, dass aus ihr und Gould jemals *irgendetwas* werden könnte. So, wie es stand, waren sie ja kaum Partner im Job. »Daraus wird nichts«, sagte Elise. »Also schlag es dir aus dem Kopf.«

»Aber du hast Dad geheiratet, weil du glaubtest, ihr wärt richtig füreinander. Dann hast du festgestellt, dass ihr das nicht wart. Vielleicht musst du jemand finden, der dir ganz falsch erscheint. Vielleicht funktioniert es dann.«

Teenagerlogik. »Nicht alle Frauen brauchen einen Mann«, sagte Elise zu ihr.

Ein paar Guardian Angels auf Streife gingen mit ihren roten Mützen und Westen am Fenster vorbei.

»Wie alt muss man sein, um ein Guardian Angel zu werden?«, fragte Audrey.

»Sechzehn«, sagte Elise. »Würde dich das interessieren?«

Audrey schaute erst erstaunt, dann peinlich berührt, als wäre sie sich ihrer eigenen Neugier nicht bewusst gewesen. »Bloß nicht«, sagte sie genervt und zugleich gelangweilt. »Wieso sollte ich?« Und natürlich würde sie ganz bestimmt kein Interesse an einer Tätigkeit zeigen, die auch nur im Geringsten der ihrer Mutter ähnelte.

Elise hatte Audrey mit zum Tee genommen, in der Hoffnung, dass sie ihr von Jackson Sweet erzählen könnte, aber plötzlich schien es ihr nicht mehr der richtige Augenblick zu sein. Wenn Audrey gut gelaunt war, wollte sie nicht riskieren, sie zu verärgern. Und warum sollte sie ihnen beiden den Nachmittag verderben?

Als ihr Tee alle war, zahlte Elise und ließ für den Kellner

ein ordentliches Trinkgeld liegen. Dann spazierten Audrey und sie die Bull Street entlang, über den Madison und Chippewa Square in Richtung der Polizeiwache, wo Thomas seine Tochter abholen würde.

Die Temperatur war wunderbar. Weder zu heiß noch zu feucht. Eine von weißen Pferden gezogene Kutsche fuhr langsam vorbei, und die großen Fellfüße der Morgans klackten langsam und rhythmisch auf der Ziegelstraße. Die Azaleen blühten, und ein paar kurze Augenblicke konnte Elise beinahe glauben, dass alles in ihrem Leben in Ordnung kommen würde.

Sie wollten gerade über die Straße gehen, als Audrey abrupt stehen blieb. »Sieh nur!«

Um die Ecke kam ein schwarzer Wagen, die Fenster hinten waren getönt, sodass man nicht hineinsehen konnte. Der freundliche Enrique saß am Steuer.

»Strata Luna«, flüsterte Audrey beeindruckt, den Blick auf das lange Fahrzeug gerichtet, und ihr Mund blieb offen stehen. »Man sagt, sie hätte ihre *Töchter* umgebracht. Eine hätte sie ertränkt, die andere erwürgt. Das ist *so gruselig*.«

Ellenbogen in die Seiten gedrückt, wedelte Audrey eifrig mit den Händen, als würde sie gleich davonflattern. »O mein Gott«, keuchte sie. »Sie kommt hierher!« Sie packte Elises Jackenärmel und zog daran. »Schnell! Wir müssen uns beeilen!«

Das Auto hielt, und eine getönte Scheibe glitt langsam herab.

In der Dunkelheit des Wageninneren konnte Elise gerade eben Hut und Schleier ausmachen.

»Elise.« Strata Lunas melodische Stimme kam aus dem

dämmerigen Innenraum. »Ist das die Tochter, von der du mir erzählt hast?«

Audrey erstarrte.

Elise konnte ihre Überraschung spüren, vielleicht sogar ihre Ablehnung.

Elise stellte ihre naive, unschuldige Tochter der Frau vor, die sich am Herz ihrer eigenen Mutter gelabt hatte und ein Hurenhaus führte. Ein netter Abschluss eines gemeinsamen Ausflugs.

Sie steckten mitten in einer No-win-Situation. Wenn Audrey sich entschloss, die Begegnung ihrem Vater zu verheimlichen, würde sie ihn anlügen, wenn sie ihm davon erzählte, würde er richtig sauer werden.

»Erprobst du bereits deine Fähigkeiten, Kind?«, fragte Strata Luna, die ihr Gesicht weiter hinter dem schwarzen Schleier verborgen hielt.

»F-fähigkeiten?«

»Hat deine Mutter dir etwas beigebracht? Hat sie ihr Wissen an dich weitergegeben?«

»N-nein.«

»Elise, es ist deine Pflicht, sie einzuweihen«, sagte Strata Luna.

Audrey sah ihre Mutter an. »Das ist schon völlig in Ordnung. Ich will gar nichts von diesem ganzen Wurzelkram wissen.«

»Was tust du dann, Kind? Was beschäftigt deinen Geist und deinen Körper?«

»Ich mache Sport. Softball.«

»Spielst du gut?«

»Ziemlich gut.«

161

»Gewinnst du?«

»Manchmal.«

»Ich mache dir einen Talisman, damit du immer gewinnst. Du kannst ihn um den Hals tragen.«

»Audrey braucht keinen Talisman«, sagte Elise streng, während sie gleichzeitig an das Kräutersäckchen dachte, das Strata Luna ihr gegeben hatte. Sie trug es auch jetzt in ihrer Schultertasche bei sich. »Sie ist eine hervorragende Spielerin.«

»Meine Ohren hören, was du mir sagst«, entgegnete Strata Luna mit einem verschmitzten Lächeln in der Stimme. »Jede Mutter weiß, was das Beste für ihr Mädchen ist.« Sie hob eine behandschuhte Hand und vollführte eine Bewegung, als würde sie einen Luftkuss schicken. Das Elektrofenster schloss sich leise und Elise und Audrey sahen nur noch ihr eigenes Spiegelbild.

Sie schauten zu, wie der Wagen davonglitt.

Neben Elise krallte sich Audrey noch immer an ihrem Arm fest und flüsterte: »*Sweet Kitty.*«

19

Gary Turellos Grab war nur mit einem billigen Metallplätt-
chen gekennzeichnet. Im Grunde nur ein Stück Papier hinter einer dünnen Plastikfolie. Die Familie hatte sich damit
einverstanden erklärt, die Leiche exhumieren zu lassen, sofern ihr dadurch keine Kosten entstünden, inklusive der
Ausgaben für ein neues Begräbnis. Elise war erleichtert, dass
niemand das Bedürfnis verspürte, die ganze Angelegenheit
mitzuerleben.

»Er war siebzehn«, sagte sie zu Gould, der in einem kurzärmeligen Hemd und mit gelockerter Krawatte neben ihr
stand.

»Noch ein Kind«, stimmte er zu.

Sie hatte ein bisschen herumgeschnüffelt und herausbekommen, dass Turello ein Ausreißer war. Und wie viele Ausreißer, die pleite, verängstigt und obdachlos waren, hatte er
sich als Stricher verdingt. Es war ihm wahrscheinlich als ein-
fachster Ausweg erschienen.

Die Exhumierung fand am Nachmittag eines diesigen,
schattenlosen Tages statt. Es war heiß und schwül, die Temperatur betrug dreißig Grad, und die Luft war so schwer
und feucht, dass sich der Stoff von Elises Kostüm in Falten
legte. Der Duft von Magnolienblüten hing in der Luft. Bie-
nen summten zwischen Gräbern umher, die mit sterbenden
Blumen verziert waren, und Digitalkameras dokumentierten alles stumm.

Laurel Grove Cemetery war von breiten Wegen durchzogen. Vor langer Zeit, als es ganz normal war, früh zu sterben, kamen die Verwandten ständig her, deshalb gab es im Mausoleum Hallen, in denen die Besucher sitzen konnten.

Die Polizei in Savannah hatte versucht, die Exhumierung nicht zum Medienereignis zu machen, aber wie bei allen spannenden Dingen flüsterten die Leute einander Geheimnisse zu, die sich nicht bewahren ließen, und bald schon tauchten Nachrichtenleute und Reporter sogar noch aus Atlanta auf.

Zuvor war schon Cassandra Vince, die leitende Leichenbeschauerin aus dem GBI in Decatur, eingetroffen. Casper hatte sie am Flughafen abgeholt, und jetzt standen die beiden Leichenbeschauer nebeneinander. Abe Chilton, der Experte der Spurensicherung, war ebenfalls mit einigen seiner Leute hier.

Der Bagger dröhnte bedrohlich, als die Schaufel über dem Grab in Position ging. Alle traten ein wenig zurück, und Elise hörte das Jaulen der Hydraulik-Zylinder. Die Schaufel ruckte, hielt wieder zitternd, ruckte dann erneut, wie ein zackiges, ungeschicktes Ballett, bis die Zähne auf den Boden auftrafen und begannen, die Erde auszuheben.

Der Boden in Georgia hatte einen ganz eigenen Geruch. Lehmig und torfig, mit einem Hauch Holz und Brackwasser.

Als sie klein war, hatte Elise in der Bibliothek ein Buch namens *Tales of the Grave* entliehen. Darin war die Zeichnung einer Leiche, die versuchte, sich aus dem Sarg an die Oberfläche zu graben. Keine sonderlich beruhigende Gutenachtgeschichte.

»Stopp!« Der Aufseher winkte mit den Armen dem Baggerführer zu.

Sie ließen die graue Schutzhülle des Sarges im Boden und brachen das Siegel auf. Klebrige, gummiartige Reste kullerten vom Deckel, als er abgehoben wurde. Sie benötigten ein großes Gerät, um den Sarg aus der Kiste zu heben.

Elise hatte Thomas geholfen, einen Sarg für seinen Großvater auszuwählen. Der Totengräber hatte über die verschiedenen Modelle gesprochen, als wären es Autos. Elise und Thomas hatten einander angesehen und schallend gelacht. Völlig unpassend, aber gerade in derart emotionalen Augenblicken musste man ja manchmal hysterisch lachen. Thomas erzählte immer noch davon. »Weißt du noch, als wir uns beide beim Sargverkäufer totgelacht haben?«, fragte er manchmal.

Abe Chilton löste sich aus der Menge und näherte sich dem Sarg. Er klebte das Siegel der Spurensicherung dorthin, wo der Deckel auf das Unterteil traf. Zwei seiner Helfer dokumentierten das gesamte Vorgehen – vom ersten Moment, in dem gegraben wurde, bis zum letzten Siegel – mit einer Videokamera und 35-mm-Film.

Der Sarg wurde auf einen Pickup-Truck geladen und mit Ketten gesichert.

»Die Show ist vorbei«, sagte Gould und steckte die Hände in die Taschen seiner Anzughose.

Seine Worte trafen auf eine Wand aus Nachrichtengeiern, Kameramännern und Fotografen. Ein Reporter der *Savannah Morning News* sprang ihnen in den Weg, machte ein Foto, fragte dann nach ihren Namen.

Elise hatte nichts gegen die Medien, so wie manch andere

Polizisten. Sie fand, sie sollten eine gesunde, symbiotische Beziehung führen. Sie blieb stehen und sagte dem Reporter, wer sie waren. Aber als die Fragen sich der Leiche und der Exhumierung zuwandten, hob sie die Hände. »Eine Pressekonferenz wird in der Polizeizentrale abgehalten werden. Die Zeit wird heute noch bekannt gegeben.«

In ihrem verblassten gelben Saab fuhr Elise vorsichtig los. Sie bugsierte Gould und sich selbst durch die Menge, während die Klimaanlage blies und Spanisches Moos über die Windschutzscheibe schleifte.

Sie nahmen die 516 zum Southwest Bypass, um den Verkehr und die Ampeln an der Abercorn zu umfahren. Die Route sparte ihnen wahrscheinlich keine Zeit, aber es war weniger nervtötend und man musste nicht so viel warten. Fünfzehn Minuten später erreichten sie einen kleinen Parkplatz direkt vor einem einstöckigen Neubau. Dann betraten Gould und sie das Leichenschauhaus.

Elise hatte bereits zweimal Obduktionen exhumierter Leichen beigewohnt. Einmal bei einem Kind, das unerwartet gestorben war, ein anderes Mal hatte der dritte Mann einer Frau Rattengift zu sich genommen. Daraufhin waren ihre vorherigen Männer ausgegraben worden, und man stellte fest, dass beide ebenfalls Rattengift in ihrem Gewebe hatten.

Es war voll.

Abe Chilton war, zusammen mit seinen Leuten, da. Geleitet wurde die Obduktion von der obersten Leichenbeschauerin, Dr. Cassandra Vince, zusammen mit John Casper und seinen Kollegen. Zwei Assistenten saßen mit laufenden Videokameras auf Leitern, sodass sie gute Sicht hatten, als der Deckel des Sarges abgehoben wurde. Es gab sogar ein paar Studenten, die hofften, etwas zu lernen, oder sich einfach nur amüsieren wollten.

Alle trugen gelbe Wegwerfkittel.

»Man weiß nie, was man findet, wenn man so einen aufmacht«, erklärte John Casper den Anwesenden. »Manchmal ist die Leiche frisch wie an dem Tag, an dem sie begraben wurde. Manchmal ist sie – mumifiziert. Das ist alles von den Bestattungsunternehmen abhängig, und wie viel Einbalsamierungsflüssigkeit sie verwendet haben.«

Er atmete tief durch. »Also los. Sehen wir einmal nach Mr Turello.«

Casper durchtrennte das Siegel der Spurensicherung, dann öffnete er den zweigeteilten Deckel, eine Hälfte nach der anderen.

Kameras klickten, Blitze zuckten.

Er war in einigermaßen ordentlichem Zustand, fand Elise. Es gab eine paar Stellen im Gesicht, wo die Haut sich gelöst hatte und die Farbe dunkel war.

Gary Turello trug eine glänzende schwarze Lederhose und ein schwarzes Ramones-T-Shirt. An seinen Handgelenken fanden sich metallbesetzte Lederbänder, an seinen tätowierten Fingern steckten eine Menge Ringe. Neben ihm im Sarg lagen ein Päckchen filterlose Zigaretten, ein Zippo-Feuerzeug und ein roter CD-Spieler, zusammen mit mehreren CDs in ihren Hüllen. Sein Haar war so stark gegelt – oder verklebt – worden, dass es immer noch um sein eingesunkenes Gesicht aufragte.

Abe Chilton und seine Spurensicherungsleute traten vor, um einzutüten, was ging.

»Fast eine Schande, ihn zu stören«, sagte Elise leise.

Ein zustimmendes Murmeln folgte ihrem Kommentar.

»Ist das, was ich glaube, das es ist?« Gould deutete auf etwas.

Zwischen der Leiche und der Satinauskleidung des Sarges steckte ein kleines Glasröhrchen. Mit einer Pinzette hob einer der Spurensicherungsleute das Ding heraus und hielt es hoch.

»Ein Einmal-Pfeifchen.« Er betrachtete das Ende. »Mit einem Hit darin.«

Leises Murmeln.

»Bei der Trauerfeier war der Sarg wohl offen«, bemerkte Elise trocken.

»Ein bisschen was für den Weg.«

Ein junger Mitarbeiter steckte Glaspfeife und Marihuana in eine Tüte, während jemand anders alle gefundenen Gegenstände notierte.

Als Nächstes kamen die CDs.

»Wir werden auf allem nach Fingerabdrücken suchen«, erklärte Chilton.

»Fällt sonst noch irgendjemandem etwas Ungewöhnliches an den CDs auf?«, fragte Casper.

Sein Kollege las die Bandnamen vor, während er sie in die Tüte steckte. »INXS. Joy Divison. Gin Blossoms. Better Than Ezra. Ministry.«

»Worauf wollen Sie hinaus?«, fragte Elise.

»Das sind alles Gruppen, bei denen ein Bandmitglied Selbstmord begangen hat«, sagte Casper ihr.

»Wow. Da haben Sie recht«, bemerkte der Mann von der Spurensicherung.

Elise warf Gould einen Blick zu. Sie konnte in seinen Augen ihre eigene Frage lesen. Waren die CDs von einem Freund als Scherz zurückgelassen worden? Oder hatte Turellos Mörder die Beerdigung besucht?

Es waren zu viele Leute im Saal. Es wäre nicht klug, den Fall vor ihnen allen zu diskutieren.

Wir müssen darüber sprechen, wollte Elise ihm sagen.

Er zog die Augenbrauen hoch. *Später.*

Casper und der Mann von der Spurensicherung plauderten noch immer.

»Aber hieß es nicht, dass Michael Hutchence von INXS an autoerotischer Selbststrangulation draufgegangen wäre?«, fragte der Spurensicherer.

»Ich glaube, am Ende wurde auf Selbstmord entschieden«, entgegnete Casper.

»Sind Sie sicher?« Der Mann von der Spurensicherung tippte sich mit einem Finger ans Kinn, dann deutete er mit zur Seite gelegtem Kopf auf Casper. »Vielleicht meinen Sie auch diesen Typen von Max Under the Stars. Wie hieß er noch?«

»Jerome irgendwas.«

»Ja. Der hat sich auch erhängt.«

»Und dann sind da auch noch alle, die an einer Überdosis draufgegangen sind. Ein paar davon waren bestimmt auch Selbstmorde.«

»Und denken Sie nur an all die Leute, die einfach verschwunden sind.«

Casper nickte. »Selbstmord.«

»Kreativität sorgt für Instabilität. Oder ist es anders herum?«

»Jungs, Jungs, Jungs«, sagte Dr. Vince amüsiert. »Könnten wir mit dem Rock-Quiz aufhören und die Obduktion weiterführen?«

Casper wurde rot. »Ja, klar. Tut mir leid.« Beschämt sah er sich um.

Als alle Beweisstücke eingesammelt waren, nahmen die Helfer ihre Plätze ein, um die Leiche aus der Holzkiste auf den Edelstahltisch zu heben.

Bei einer normalen Obduktion wurden alle Kleidungsstücke mit einer Nummer versehen und katalogisiert, aber dies war keine normale Obduktion. John Casper und seine beiden Assistenten begannen die Kleidung zu entfernen. Zuerst die roten Turnschuhe.

Im Saal war es still, außer dem Ticken einer großen Industrieuhr an der Wand und dem Surren der Abluft des Untersuchungstisches.

Der menschliche Körper ist so beängstigend fragil, dachte Elise.

Am Saum beginnend schnitt die oberste Leichenbeschauerin die Hose auf. Die Schere war scharf, und es war nicht schwer, das Leder zu durchtrennen.

Das Material fiel herunter.

»Keine Unterwäsche?«, fragte Casper. »Was ist mit diesem Leichenbeschauer los?«

Das T-Shirt folgte, es enthüllte den zugeklammerten Y-Einschnitt auf der eingesunkenen Brust.

Elise erkannte den Körper als das, was er war: Ein Gefäß, in dem sich der Geist Gary Turellos befunden hatte.

Diese Obduktion konnte nicht so ausführlich sein wie die ursprüngliche, aber die Leichenbeschauerin hielt sich dennoch so genau wie möglich an die strengen Vorgaben.

Sie machten eine Reihe von Röntgenaufnahmen, die einem Fachmann übergeben wurden. Dann begann Dr. Vince mit ihrer äußerlichen Untersuchung.

»Was physische Beweise angeht«, sagte sie, »ist es praktisch unmöglich, etwas an einem einbalsamierten Körper wie diesem zu finden. Ganz sicher nichts, was vor Gericht standhielte.«

Organe, die schon einmal entnommen und zurückgelegt worden waren, wurden erneut aus der Höhlung des Körpers gehoben und gewogen. Die Leber, die für den Nachweis von Giften am wichtigsten war, war auf die Hälfte ihrer Originalgröße zusammengeschrumpft.

Zwei Stunden später waren sie fertig.

»Wann können wir mit Ergebnissen rechnen?«, fragte Elise.

»Das hängt von einer Menge Dinge ab«, sagte ihr Dr. Vince. »Wir werden mit einigen der billigeren, schnelleren Tests anfangen, wie Radioimmunoassay und Immunoassay mit Hilfe von Enzymen. Wenn uns das nicht weiterbringt, dann müssen wir die größeren, teureren Waffen auspacken, das Massenspektrometer und Gaschromatografie. Das dauert dann deutlich länger.«

»Wie viel länger?«

»Eine Woche. Vielleicht zwei. Tut mir leid, aber wir müssen uns an bestimmte Vorschriften halten.«

Elise und Gould dankten ihr und verließen den Obduktionssaal.

»Ich weiß, wie dringend du das alles wissen willst«, sagte Gould, als sie im Nebenraum allein waren, »aber ehrlich gesagt, bin ich schon ausgesprochen beeindruckt davon, wie schnell sie diesen Typen aus dem Boden und ins Leichenschauhaus gekriegt haben.«

Elise zog ihren Kittel aus und warf ihn in den entsprechenden Entsorgungsbehälter. »Wenn Turello ebenfalls zu den Opfern gehört, ist unser Mörder schon viel länger am Werk, als wir dachten. Dann hätten wir auch einen Haufen neuer Spuren, denen wir folgen können. Und was hat es mit diesen CDs auf sich? Was haben die zu bedeuten?«

»So weit sind wir aber noch nicht. Wir haben keine Ahnung, ob dieser Typ mit den neuen Verbrechen in Verbindung steht.«

»Aber wenn doch? Was ist, wenn der Mörder die CDs in den Sarg getan hat?«

»Als eine Art Begründung für den Mord vielleicht. Man könnte der Ansicht sein, dass Prostituierte sich selbst umbringen. Auf die langsame Tour. Und unser Mörder hat bloß nachgeholfen.«

»Oder es könnte eine Faszination für den Tod dahinterstecken.«

Sie schaute durch das Glas, die Leiche lag noch auf dem Tisch. Zwei Mitarbeiter eines Bestattungsinstituts in Savannah unterschrieben irgendwelche Formulare.

»Die Familie wird einen Gedenkgottesdienst abhalten«, sagte sie. »Dann wird er wieder begraben.«

Gould knüllte seinen Kittel zusammen und schmiss ihn in die Tonne. »Das ist wirklich traurig.«

»Ich weiß nicht«, sagte Elise. »Vor Jahren war es nicht ungewöhnlich, dass die Gullahs ihre Liebsten zweimal begruben.«

»Zweimal? Warum?«

»Die Leichen vermoderten in der Hitze so schnell, dass sie die Toten schnell begruben und dann ein oder zwei Jahre später, zu einem günstigeren Zeitpunkt wieder hervorholten, wenn alle Familienmitglieder und Freunde sich versammeln konnten.«

»Ah«, entgegnete Gould mit übertriebener Zufriedenheit. »Einfach nur ein weiterer dieser reizenden lokalen Bräuche.«

20

Ich habe gehört, die Leichen werden nicht mehr einbalsamiert, und Angehörige halten drei Tage Totenwache«, sagte Gould, als er neben Elise in Richtung des Konferenzraums im Savannah Police Department ging.

Es war am Tag nach der Exhumierung, und Major Hoffman hatte kurzfristig ein Meeting einberufen. Elise war misstrauisch, denn bislang hatte sich nichts wirklich Neues ergeben. Außer Harrisons Tod, der in keiner Verbindung zu den anderen zu stehen schien, hatten sie es immer noch mit einem Stricher zu tun, vielleicht zweien, und viel zu wenig Beweisen. Und die Polizei war immer noch pleite und hatte zu wenig Mitarbeiter.

Sie verpassten den Fahrstuhl. Da sie sowieso schon zu spät waren, lief Elise in Richtung der Treppen. »Die Bestattungsunternehmen beklagen sich über den Gestank und die möglichen gesundheitlichen Risiken.«

»Wenn ich sterbe«, sagte Gould, der neben ihr die Treppe hinuntereilte, »lasse ich mich mit einer Glocke begraben.«

»Nicht mit einem Handy?«, fragte Elise. »Ich habe gerade Werbung von einer Firma gesehen, die behauptet, dass sie auch noch zwei Meter tief im Boden kristallklaren Empfang bieten.«

»Handys sind unzuverlässig. Wir müssen uns wieder zurückbesinnen. Ich will eines dieser Dinger haben wie früher, als die Definition von ›Tod‹ noch unklarer war als heute. Wir sollten einfach beruflich umsatteln«, erklärte er ihr. »So

174

was wird weggehen wie warme Brötchen. Wir werden die gar nicht schnell genug herstellen können. Wie könnte man sie bloß nennen? Mal sehen ... Todesglocken? Sargglocken? Das gefällt mir. Oder Begräbnisglocken. Wie wäre es mit Begräbnisglocken?«

»Und der Werbespruch wäre: ›Wem die Begräbnisglocke schlägt.‹«

Es war einfach bloß Gequatsche. Gould blieb vor der Feuertür stehen und strahlte sie an, als hätte sie ihm plötzlich ein lang erhofftes Geschenk gemacht. »Genau.«

Im Konferenzraum bemerkte Elise einige Agenten des Georgia Bureau of Investigation, die sie kannte, außerdem waren da Abe Chilton, eine Frau von der Spurensicherung, sowie die lokalen FBI-Mitarbeiter und jemand aus der Presseabteilung. Starsky und Hutch – oder eigentlich Mason und Avery – waren auch da. Der Großteil der Anwesenden waren jedoch Polizisten, die mehr über den TTX-Fall erfahren sollten. Es ging gerade los, also setzten sich Elise und David auf zwei Stühle direkt hinter der Tür.

»Soweit ich weiß«, erklärte Major Hoffman den Anwesenden, »ist eine TTX-Vergiftung, als steckte der falsche Schlüssel in einem Schloss. Es kann nichts durch, weil das Schlüsselloch blockiert ist. Und weil TTX die Grenze zwischen Blut und Hirn nicht überschreiten kann, bleibt das Opfer bei Bewusstsein, während das gesamte Nervensystem praktisch abgeschaltet wird.«

»Das klingt wie Science-Fiction«, bemerkte Detective Mason.

»Vereinfacht gesagt ist TTX nichts anderes, als eine Vergiftung, die eine Art Pausentaste drückt«, erklärte Major

Hoffman. »Man ist wie tot. Ausgezeichnete Ärzte haben schon fälschlich gedacht, das Opfer sei tot.«

Einer der Streifenpolizisten wollte wissen, ob es erste Anzeichen gäbe. Jemand anderes fragte, was die Leute tun könnten, um sich zu schützen.

»Vor allem müssen wir aufmerksam sein«, entgegnete Major Hoffman. »Aufgrund der letzten Budgetkürzungen haben wir wenig Leute. Das heißt, wir sind auf die Hilfe der Bevölkerung angewiesen. Die Bürger Savannahs müssen unsere Augen und Ohren sein. Wenn irgendjemand irgendetwas auch nur im Mindesten Verdächtiges beobachtet, etwas, das nicht ganz richtig zu sein scheint, muss er sofort die Polizei verständigen. Dasselbe gilt für alle Polizisten. Wenn Sie auf Streife sind, bleiben Sie aufmerksam. Halten Sie die Augen offen. Trauen Sie Ihrem Gefühl und überprüfen Sie alles, was Ihnen eigenartig erscheint.«

»Benutzt man dieses Zeug wirklich, um Zombies zu erzeugen?«, fragte Detective Avery.

»Das ist genau die Reaktion, die ich nicht hören möchte«, entgegnete Major Hoffman streng. »Soweit ich weiß, handelt es sich um eine der Zutaten, zusammen mit anderen, weniger giftigen Bestandteilen. Man sollte dabei nicht vergessen, dass auf Haiti die Zombifikation oft als Strafmittel für Missverhalten eingesetzt wird. Es könnte sein, dass jemand hier Strafen für Dinge verhängt, die er als Verbrechen ansieht, vielleicht an sich, vielleicht an anderen.«

Major Hoffman zog den Medienrollwagen vor. Sie steckte ein Band in das Videoabspielgerät, griff nach der Fernbedienung, und schaltete Fernseher und Videorekorder ein.

Gould lieh sich Elises Stift und kritzelte etwas auf seinen Block.

»Ich hatte gerade Besuch vom Bürgermeister«, sagte Hoffman. »Der TTX-Fall macht ihm größte Sorge, und er hat mir etwas übergeben, was alle sehen sollten.«

Alle wussten, dass der Bürgermeister Savannahs niemals über Verbrechen sprach, außer, um zu betonen, dass Savannah nicht schlechter dastand als jede andere Stadt ähnlicher Größe. Aber jetzt, wo ein Wahljahr anstand, musste er sich entschieden haben, dass die Zeit gekommen sei, um Besorgnis zu zeigen.

Das Band lief.

Schlechte Qualität. Jemand hatte das mit einer billigen Kamera aufgenommen, in einem billigen Mietstudio, mit billiger Ausstattung.

Elise und David stöhnten gleichzeitig, als sie das Gesicht auf dem Bildschirm erkannten.

Harvey Ostertag von der *Ostertag Show*.

Die *Ostertag Show* wurde in Atlanta mit einem Mini-Budget gedreht. Eine Kamera. Schlechte Beleuchtung. Miese Mikrofone, sodass man die Stimmen kaum verstehen konnte. Es war zu gleichen Teilen peinlich und faszinierend, wie es nur grauenvolles Fernsehen sein konnte.

»Wie versprochen«, verkündete Ostertag, »sind hier Katie Johnson, Twila Jackson und Mercury Hernandez, alle extra aus Savannah, Georgia.«

Die Mädchen gingen in Position. Zwei ließen ein dickes, schweres Seil kreisen, während die Dritte sprang. Alle drei sangen im Chor:

Mal 'nen Kreis hier auf den Boden
Flüster' ein Geheimnis
Stadt jetzt greint
Bürgermeister weint
Singe nun das Totenlied

Aha. Kein Wunder, dass der Bürgermeister sich plötzlich für den TTX-Fall interessierte, dachte Elise.

Die Kamera schwenkte auf den Showmaster.

»Gruseligere Minigedichte als das, das Sie gerade gehört haben, hört man plötzlich überall in Savannah«, erklärte Ostertag. »Manche Leute vergleichen sie mit Kinderreimen. Aber andere verweisen darauf, dass sie große Ähnlichkeiten zu den Rhythmen von Bannflüchen aufweisen. Schwarze Magie. Eine Theorie besagt, dass das wiederholte Absingen dieser Flüche, durch die Kinder unbeabsichtigt, die Mächte des Bösen in eine unschuldige Stadt lockt.«

Major Hoffman schaltete das Band ab. »Wunderbar, oder? Wir sind es ja gewöhnt, von den Medien verhöhnt zu werden«, sagte sie, »aber Spott in der *Ostertag Show* ist ein neuer Tiefpunkt.«

Elise zog Goulds Block heran und las die Frage, die er zuvor aufgeschrieben hatte: *Gucken wir jetzt einen Porno?*

Er riss das Blatt von der Spirale und zerknüllte es, was recht laut war.

»Mr Gould«, sagte Major Hoffman. »Da Sie bisher bei diesem Zusammentreffen eine ausgesprochen passive Rolle hatten, könnten Sie uns vielleicht einmal mitteilen, was Sie von diesem Fall halten.«

Großer Gott. Das war ja wie in der dritten Klasse. *Gibt*

es etwas, was du deinen Klassenkameraden sagen möchtest, David?

Unruhe breitete sich aus. Mehrere Leute wandten sich um, um David höhnisch anzulächeln. Starsky und Hutch grinsten voll bösartiger Vorfreude.

Oh, was für eine widerlich gehässige Kleinstadt, dachte David. Die Hälfte der Leute im Saal begann schon zu sabbern.

»Genau genommen habe ich einige Profiling-Erfahrung«, erklärte David ruhig.

Hutch grunzte. Major Hoffman schaute streng in seine Richtung, und Hutch machte aus dem Grunzen ein Husten. »Ich würde gern hören, was David Gould zu sagen hat«, erklärte Major Hoffman. »Nehmen wir als Basis des Gesprächs einmal an, dass es sich bei allen Todesfällen um Morde handelt, alle durch denselben Mörder.«

David war nicht begeistert davon, derart vorgeführt zu werden. Andererseits wusste er, wovon er sprach, und hatte keine Angst davor, zu brainstormen und theoretisieren. »Erstens«, sagte er und lehnte sich auf seinem Stuhl zurück, »ist der Mörder ein Egomane.«

Starsky und Hutch starrten ihn genervt an. Wenn nicht so viele andere Leute dabei gewesen wären, hätten sie, da war David sich sicher, bestimmt einen sarkastischen Kommentar von sich gegeben: »Erzähl uns etwas, was wir nicht wissen.«

»Er sieht sich selbst als eine Art Puppenspieler, der alle Fäden in der Hand hält«, fuhr David fort. »Viele Leute töten aus Selbsthass oder mangelndem Selbstbewusstsein. Dieser Kerl tötet, weil er es für richtig hält. Er betrachtet seine Opfer höchstwahrscheinlich nicht einmal als Menschen.«

»Könnte es sein, dass er es zu seinem eigenen Vergnügen tut?«, fragte sich Elise laut. »Vielleicht einfach nur aus Langeweile? Denn warum sollte er sie sonst nicht einfach hinrichten? Ich verstehe das nicht.«

»Manche Leute erlangen sexuelle Erregung durch das Quälen«, schlug jemand vor.

»Aber wo ist das Vergnügen, wenn sie bloß komatös daliegen?«, fragte Elise. »Müssten sie dazu nicht schreien? Oder das Gesicht gequält verziehen? Diese Leute können überhaupt nicht reagieren.«

»Er liebt ihre *Unmöglichkeit*, zu reagieren«, erklärte David.

»Das könnte der Schlüssel sein«, sagte Elise gedankenvoll. »Vielleicht hat er eine Zeit im Leben durchgemacht, in der er sich selbst nicht wehren konnte.« Ihr Blick klärte sich, während die Idee Form annahm. »Möglicherweise in den Händen eines Erwachsenen.« Sie beugte sich vor. »So wie Geschwister Grausamkeiten einfach aneinander weitergeben.«

»Aber dies hier ist mehr als kindliche Grausamkeit«, wandte Major Hoffman ein.

»Natürlich, aber das Prinzip ist gleich«, sagte David. »Die Logik, oder mangelnde Logik, dahinter ist dieselbe. Sie geben die Sünde weiter, und sie wächst von einem zum Nächsten.«

Seiner Bemerkung folgte ein langes gemeinsames Schweigen.

»Das ergibt Sinn«, sagte Elise schließlich.

»Können Sie Vermutungen über sein Alter anstellen? Die Hautfarbe? Beruf? Ausbildung?« Die Fragen kamen von Starsky.

»Was die Hautfarbe angeht, bin ich unsicher, aber ich glaube, er ist ausgesprochen intelligent und recht gut gebildet, obwohl er vielleicht keinen Universitätsabschluss hat. Möglicherweise ist er in seinem Fachgebiet erfolgreich. Das Alter wird etwa zwischen zwanzig und fünfunddreißig liegen. Er pflegt wahrscheinlich schon seit Jahren einen Hass auf die Menschheit, möglicherweise seit seiner Kindheit.«

»Hass zusammen mit Ego ist eine gefährliche Kombination«, sagte Elise.

»Vielen Dank, Detective Gould«, sagte Major Hoffman mit einem freundlichen Lächeln. »Meine Großmutter hätte jetzt gesagt: Sie haben Ihr Licht unter den Scheffel gestellt.«

David fand ihr Lob im Angesicht von Starsky und Hutch extrem befriedigend.

»Ich hätte gern so schnell wie möglich eine schriftliche Fassung ihres Profils auf meinem Tisch«, setzte die Majorin hinzu.

Das hieß, dass er den Kram tatsächlich tippen musste. David hasste Berichte. Er hasste tippen.

»Detectives Avery und Mason.« Starsky und Hutch sahen Major Hoffman an.

»Ich teile Sie beide dem TTX-Fall zumindest zeitweise zu, sofern nötig. Sie assistieren den Detectives Sandburg und Gould in jeder Weise, die diese wünschen.«

David schaute Elise genervt an. Starsky und Hutch schauten einander genervt an.

Oje. Sie waren wirklich eine große, glückliche, kranke Familie.

21

Es ist der Geist des Totenbeschwörers!«, rief der TV-Prediger von seiner Kanzel. »Er hängt über der Stadt Savannah! Ein Geist, der die Toten anbetet! Der die Geister der Toten verehrt! Voodoo-Flüche, die die Diener des Teufels mit sich bringen! Er erschafft geistlose Wesen, die keinen Puls haben, die nicht atmen, aber am Leben sind!«

Ein Schriftzug erschien unten auf Elises Fernsehbildschirm. BRUDER SAMUEL VON DER KIRCHE SAMUELS. Es war spät. Fast Mitternacht, aber Elise konnte nicht aufhören, über die Theorien nachzudenken, die sie am Nachmittag in der Polizeizentrale entwickelt hatten.

»Ein Fluch liegt auf der schönen Stadt!«, rief der Mann im Fernsehen. »Wir müssen beten! Kinder des Teufels. Wir haben einen höllischen Geist in unser Haus gelassen! Weil wir das Christenwesen abgelehnt haben! Ich flehe euch an, vorzutreten und um Vergebung zu bitten, dem Teufel abzuschwören. Vertreibt die Totenwesen!«

Jetzt erschien eine weitere Einblendung unten auf dem Bildschirm: Ein Postfach, an das die Leute ihre Spenden schicken konnten.

Elise schaltete den Fernseher aus, griff nach ihrem schnurlosen Telefon und rief David an.

Er meldete sich nach dem ersten Klingeln. Er klang hellwach.

»Was weißt du über Nekrophilie?«, fragte Elise.

»Nekrophilie. Ein hübsches Wort für eine richtig kranke Krankheit.«

»Ich frage mich die ganze Zeit, warum würde der Mörder überhaupt jemand mit TTX unter Drogen setzen wollen?«

»Du glaubst, der Typ ist vielleicht ein Nekrophiler? Interessante Theorie. Aber Nekrophile stehen auf Tote, nicht auf Zombies.«

»Aber wie wir alle wissen, ist eine Leiche ziemlich schnell ziemlich eklig, vor allem in einer heißen, feuchten Stadt wie Savannah«, sagte sie.

»Also simuliert er den Tod. Damit er sich an dem Körper vergehen kann, bis das Opfer schließlich wirklich verreckt.«

»Und dann schmeißt er die Leiche weg wie Müll.«

»Reizend.«

»Ich glaube, wir müssen mal bei den Bestattungsunternehmen und Friedhöfen nachfragen. Im Leichenschauhaus. Wir müssen uns Mitarbeiterlisten geben lassen. Vielleicht war irgendjemand dort ungewöhnlich begeistert von den Toten.«

»Klingt nach einer tollen Aufgabe für Starsky und Hutch.«

»Du kannst meine Gedanken lesen.«

Das Taschenlampenlicht ließ die Kakerlaken in einer großen schwarzen Welle in die Dunkelheit huschen. Es gab Milliarden von ihnen, in jeder Nische und jedem Riss. Die Wände des Tunnels waren aus Ziegel, mit einer runden Decke. Vor Jahren hatte jemand sie weiß gestrichen, aber mittlerweile blutete das Rot wieder durch.

Tunnels befinden sich überall unterhalb Savannahs. Niemand redet über sie, aber sie sind da. Manche waren zusammengestürzt, manche wurden aufgefüllt. Alle sind versiegelt. Die meisten mit Ziegel und Mörtel, andere mit einem Tor, das man aber leicht aufkriegt, wenn man weiß, wie.

Ich wusste, wie. Ich achtete darauf.

Die Tunnels sind eine schwarze, verrottete, kranke Welt, die sich nur knapp unterhalb der Füße jener Gentlemen befindet, die in den exklusiven Oglethorpe Club gehen. Manchmal, wenn ich die President Street entlangschlenderte und an einem Abflussgitter vorbeikam, roch ich einen Hauch dieses widerlich verrotteten Gestanks und ich wusste, das Verderben war nah. Es war leicht, sich unter die Obdachlosen zu mischen. Es gibt eine Menge Obdachloser in Savannah. Sie treiben sich gern in der Stadt herum, auf dem Platz in der Nähe des Martin Luther King Boulevard.

Wenn man obdachlos ist, wird man unsichtbar. Die Leute, selbst die Bullen, schauen direkt durch einen hindurch. Touristen nehmen keinen Augenkontakt auf, weil sie fürchten, dass man sie anbettelt oder irgendetwas Irres sagt ...

Jetzt befand ich mich in einem Bereich des Tunnels in der Nähe des alten Candler Hospital. Es ist kein Krankenhaus mehr, sondern ein Altersheim oder so. Dennoch fand ich in der Nähe vom Candler immer, was ich brauchte, denn der Tunnel war voll mit entsorgten und vergessenen Krankenhaussachen wie alten, hölzernen Rollstühlen und rostigen Rollbahren.

Ich langte in meine Tasche und zog eine Karte von etwa 1800 heraus, die ich in der Georgia Historical Society gestohlen hatte.

Sich in den Tunneln zurechtzufinden war ein bisschen wie Monopoly zu spielen, nur mit größeren Spielsteinen.

Ich fuhr mit dem Finger über den Weg, der zum Bestattungsunternehmen Hartzell, Tate und Hartzell führte. Links. Dann rechts, dann links.

Rücke vor zur Schlossallee.

Ich schob die Karte zurück in meine Tasche, griff mir eine Rollbahre und ging weiter.

Das Bestattungsunternehmen befand sich in einer alten Villa mit einem Katakombenkeller, der meilenweit vom Rest des Hauses entfernt zu liegen schien. Wie alles andere an den Tunneln war auch der zugemauerte Eingang am Zerbröckeln.

Ich war schon einmal hier gewesen.

Es dauerte nicht lange, die Ziegel herauszubrechen und ein Loch zu schaffen, das groß genug war, um hindurchzukriechen – und ich bin nicht gerade klein.

Aber drinnen verlief ich mich beinahe – was für ein Labyrinth! Raum um Raum voll mit Einbalsamierungskram. Reihenweise Einbalsamierungsflüssigkeit. Schachteln mit Drainageschläuchen und Gesichtsformern. Ja, es stimmt. Sie konnten einen Toten lächeln lassen. Aber das kann ich auch.

Leise ging ich eine Treppe hinauf. Ich war auch hier schon einmal gewesen, deswegen fand ich den Kühlraum dann doch.

Und meinen Freund, Mr Turello.

Er sah gut aus, wenn man die Situation bedachte. Und glücklicherweise war er ein bisschen gefriergetrocknet. Er war viel leichter als an dem Abend, an dem ich ihn auf dem

185

verlassenen Grundstück in der Skidaway Road abgeworfen hatte.

Aber schwer war er trotzdem noch.

Ich war nicht ganz sicher, warum ich ihn hatte holen wollen.

Erstens fand ich es lustig. Es würde die Bullen beschäftigten. Diese beiden Detectives. Elise Sandburg. David Gould.

David Gould. Der war ganz sexy.

Wirklich richtig sexy, ehrlich gesagt. Ich hatte ihn laufen sehen, laufen, laufen. Als wäre jemand hinter ihm her, oder etwas.

Ich musste Turello quer über meinen Rücken legen, um ihn tragen zu können. Er war steif, aber trotzdem formbar. Ein bisschen wie eine billige Lederjacke, von der man jetzt schon genau weiß, dass sie nie geschmeidig werden wird, egal, wie oft man sie anhat.

Als ich ihn das erste Mal wegschaffte, stank er. Eklig wie eine tote Ratte. Jetzt roch er ... mysteriös. Wie der süße Duft der Einbalsamierungsflüssigkeit, aber auch ein bisschen wie Kompost.

Unten zerrte ich ihn durch die Öffnung, versiegelte sie wieder, legte ihn auf die Rollbahre, und los ging's.

»Irgendjemand wird den Schreck seines Lebens kriegen«, sagte ich zu Gary, als ich ihn über den unebenen Boden schob.

Jeder, der jemals einen Einkaufswagen mit einem defekten Rad hatte, weiß, wie nervtötend das sein kann. Gar nicht lustig. Überhaupt nicht lustig.

Aber dann vergaß ich meinen Ärger und lachte leise vor mich hin. Ich konnte mir das Chaos morgen früh vorstellen, wenn sie Gary nicht mehr finden konnten.

Psychiater würden vielleicht sagen, dass ich mich nach Aufmerksamkeit sehnte.

Dass ich als Kind nicht ausreichend Zuwendung bekommen hatte.

Da hätten sie recht.

22

Kurz nach Mitternacht kam Bestatter Benjamin Ming zur Arbeit und schloss den Lieferanteneingang des Bestattungsunternehmens Hartzell, Tate und Hartzell auf. Er griff um die Ecke und schaltete das Deckenlicht ein, während er die schwere Tür hinter sich ins Schloss fallen ließ.

Er ging direkt zu seinem Schreibtisch und sah nach, was in seiner Schicht zu erledigen war. Der alte Hartzell hatte ihn zwar schon angerufen, um es ihm zu sagen, aber Ben schaute immer lieber noch einmal nach.

Zwei Leichen.

Eine ganz normale Einbalsamierung und eine Aufarbeitung.

Gary Turello. Der Kerl, den sie ausgegraben hatten.

Ben hatte in den Nachrichten davon gehört. Er wurde wieder eingebuddelt, und Hartzell, Tate und Hartzell hatten einen Marmorgrabstein gespendet. Es war Werbung, aber trotzdem eine nette Geste, fand Ben.

Einbalsamiert werden sollte eine zweiunddreißigjährige Frau, die an Krebs gestorben war.

Ben zog sie aus dem Kühlraum und begann mit den Vorbereitungen. Er entkleidete die Leiche, dann streckte und massierte er die Arme und Beine vorsichtig, um sie zu lockern. Nachdem er den Körper gewaschen hatte, schnitt er eine Arterie im Leistenbereich und eine am Hals auf. Während das Blut über den Tisch in den Ablauf sickerte, kehrte er zurück zum begehbaren Kühlraum, um Mr Turello zu holen.

»Finch. Austin. Johnson«, las er von den Schildern an den Zehen ab.

Er richtete sich auf, die Hände in die Hüften gestemmt, und sah sich in dem kleinen Raum um.

Hmm.

Er überprüfte die Schilder noch einmal.

Er schaute unter die Laken.

Eine alte Dame.

Eine Frau mittleren Alters.

Ein Mann von etwa fünfzig.

Alle frisch. Die Frauen sollten nach der Trauerfeier eingeäschert werden, der Mann war für morgen vorgesehen.

Wo war Turello?

Bens Herz begann alarmiert zu schlagen.

War bei Hartzell, Tate und Hartzell eine Leiche verschwunden?

Die Sohlen von Davids Laufschuhen klatschten auf dem Bürgersteig, als er den bekannten Weg durch die Stadt nahm.

Er hatte drei Gründe, um vier Uhr morgens laufen zu gehen.

Erstens konnte er nicht schlafen.

Zweitens hatte er schon ein paar Tage keine Zeit zum Laufen gehabt.

Und drittens hoffte er, wenn er um eine solche Zeit laufen ging, Flora zu entwischen. Die schien plötzlich zu glauben, dass er ihr gehörte, nur weil sie überzeugt davon war, dass sie ihm neulich Nacht das Leben gerettet hatte.

Sie kam zu oft vorbei. Sie hinterließ Nachrichten auf seinem Handy.

David fand ihre Anwesenheit angenehm. Und sicherlich war sie eine Ablenkung ... aber war sie gut für ihn? War er gut für sie? Oder waren sie bloß zwei clevere, aber ziemlich verdrehte Leute, die sich verzweifelt aneinanderklammerten?

Wohl eher.

Als er sich Mary of the Angels näherte, ging er langsamer und bog nach links ab, er trat vom Bürgersteig in den Schatten eines Magnolienbaumes. Er hielt sich am Rand der Dunkelheit und näherte sich vorsichtig seiner Wohnung, hielt Ausschau nach einem Anzeichen von Flora.

Er bemerkte, unter dem Überhang der Eingangstür, einen Schatten, der sich bewegte.

Verdammt.

Er schaute an der Seitenwand des Hauses hoch zu seinem Zimmer, wo ein gedämpftes Licht brannte, und überlegte kurz, ob er einfach versuchen sollte, hinaufzuklettern und durchs Fenster einzusteigen. Schnell, wenn auch widerwillig, verwarf er die Idee, zumal sie überhaupt nicht cool war, sondern lächerlich.

Er trat aus dem Schatten und näherte sich dem mit Efeu überwucherten Gebäude. »Was soll's sein?«, fragte er. »Sex oder Reden?«

Jemand trat aus dem Schatten.

Dunkles, glattes Haar. Dunkle Augen. Helle Haut. Es war Elise.

»Ich schätze, du hast jemand anderes erwartet.«

»Vergiss, was ich sagte. Bloß ein alter Yankee-Spruch.« Er wedelte abwehrend mit der Hand. »Er soll ungefähr heißen: ›Was geht?‹«

Er wischte sich mit einem Arm über die verschwitzte Stirn. »Aber jetzt, wo ich die *Wer*-Antwort auf meine Frage kenne, wie wäre es mit dem *Was?* Wie in: Was machst du hier?«

»Es hat eine weitere interessante Entwicklung gegeben. Komm mit.« Sie nickte mit dem Kopf in Richtung des Hauses. »Lass uns drinnen reden.«

Er öffnete die Tür mit einem Schlüssel, der schwer und abgegriffen war. Nebeneinander eilten sie die Marmorstufen hoch und dann durch den Flur zu seiner Wohnung im zweiten Stock.

Drinnen, als sie die Tür hinter sich geschlossen hatte, drehte sie sich um und sah ihn an, die Arme über Kreuz gelegt.

»Weißt du noch, wie Gary Turello zu einem Bestattungsunternehmen gefahren werden sollte?«

»Wenn du mir jetzt erzählst, dass Turello in der Kühlschublade aufgewacht ist, dann weiß ich, dass das alles ein verrückter Traum ist, und Mary of the Angels ist in Wirklichkeit ein Irrenhaus.«

Isobel kam aus dem Schlafzimmer geschlichen, sie versuchte ganz locker zu wirken, war aber in Wahrheit extrem interessiert an ihrem Gast.

»Turello ist nicht zu sich gekommen. Aber er ist aus dem Bestattungsunternehmen verschwunden.«

David zog sein schweißnasses T-Shirt über den Kopf und wischte sich damit Hals und Brust. »Meinst du, sie haben ihn vielleicht aus Versehen eingeäschert?«

»Ist die logischste Erklärung, oder?«

Isobel umkreiste Elises Beine. Die beugte sich herunter, um die Katze zu streicheln.

Aber sie machte es falsch. Isobel mochte es gar nicht, leicht über den Rücken gestreichelt zu werden.

»Aber seit wann ist irgendetwas an diesem Fall logisch?« Er ging in Richtung Dusche. »Gib mir fünf Minuten«, sagte er über die Schulter. »Du kannst dich mit Isobel amüsieren. Sie lässt sich gern am Bauch kraulen.«

»Yankee-Spruch, so ein Quatsch«, sagte Elise, als sie mit Isobel allein war.

Hatte er auch gelogen, als er sagte, dass die Katze am Bauch gekrault werden wollte? Elise fürchtete sich ein wenig, es zu versuchen. Alle Katzen, die sie kannte, kratzten einen, wenn man ihren Bauch berührte.

Sie kraulte Isobels Kinn.

Das mochte sie.

Hinter dem Ohr.

Nicht so sehr.

Den Rücken herunter.

Das schien sie zu hassen.

Am Bauch.

Isobel ließ sich schwer zu Boden plumpsen, schnurrte und streckte sich, auf der Suche nach mehr.

Die Katze war genauso eigenartig wie ihr Besitzer.

»Es ist nicht ungefährlich, mitten in der Nacht joggen zu gehen«, sagte Elise zu David, als er mit nassen Haaren aus der Dusche kam. »Dass du Polizist bist, hat dabei gar nichts zu sagen. Jeder Jogger, ob Mann oder Frau, allein in der Nacht, ist ein mögliches Opfer.«

Er ignorierte das und schaute auf sie herab, er knöpfte sein Hemd zu. »Was hab ich dir gesagt?« Er deutete auf Isobel, die wie verrückt schnurrte. »Sie mag's am Bauch.«

Elise richtete sich auf. »Savannah ist eine Hafenstadt. Es gibt eine lange Geschichte von Verbrechen an den Unvorsichtigen und Dummen, bis zurück in die Piratenzeit. Hörst du mir überhaupt zu?«

Er steckte sein Hemd in die Hose. »Ich höre.«

»Ich möchte nicht, dass du weiter nachts joggen gehst.« Es war kein Befehl, es war eine Bitte.

»Das kann ich dir nicht versprechen.«

»Warum machst du so etwas? Du musst doch wissen, dass es gefährlich ist. Findest du das irgendwie toll? Oder bist du dir einfach nur egal?«

Einen Augenblick lang schien ihn etwas zu verlassen. Sie sah eine Leere in seinem Blick. Verzweiflung.

Dann war es weg.

»Ich habe Probleme zu schlafen«, sagte er und setzte sich auf das Sofa, zog Socken und Schuhe an. »Das Laufen hilft.«

»Wie lange hast du denn schon Schlafprobleme?«

Er knotete seine Schuhe zu und erhob sich. »Seit ich hergezogen bin, aber in der letzten Zeit ist es deutlich schlimmer geworden.«

»Wie viele Nächte pro Woche?«

»Jede Nacht.«

Er nahm seinen Wohnungsschlüssel und steckte ihn in die Tasche, zog sein schwarzes Jackett an. »Und zwar die ganze Nacht.« Bevor sie etwas dazu sagen konnte, steuerte er das Gespräch in eine andere Richtung.

»Komm mit«, sagte er. »Wir können später darüber sprechen.«

Die Straßen waren verlassen, und David und Elise brauchten nur ein paar Minuten von seiner Wohnung zum Bestattungsunternehmen. Als sie ankamen, standen bereits zwei Streifenwagen vor dem grünen Torbogen.

Officer Eve Salazar bewachte die Tür.

»Wie steht's?«, fragte Elise.

»Der Mann, der für das Einbalsamieren zuständig ist, ist zur Arbeit gekommen, um die Leichen vorzubereiten. Also anzuziehen und so.« Sie presste die Lippen aufeinander und schüttelte fatalistisch den Kopf. »Er konnte die Leiche nicht finden.«

»Anzeichen eines Einbruchs?«, fragte David.

»Nein. Das Gebäude hat eine ausgezeichnete Alarmanlage, die nicht ausgelöst wurde. Kein Anzeichen von irgendetwas. Nichts umgestoßen. Alles an seinem Platz. Bloß ein Toter fehlt.«

»Was ist mit der Spurensicherung?«

»Die haben wir noch nicht gerufen.« Sie beugte sich vor. »Wir wollten erst mal herausfinden, ob überhaupt ein Verbrechen begangen worden ist, und die Leiche nicht einfach nur falsch einsortiert wurde.«

»Gute Entscheidung.«

»Alle anderen sind unten, wo sie die Leichen haben.«

Officer Salazar deutete auf einen dunkelroten Teppich. »Gehen Sie die Treppe runter in den Keller. Dann rechts. Sie können es gar nicht verfehlen.«

»Diese Läden riechen immer gleich, findest du nicht?«, flüsterte David, als sie nach unten gingen. »Ganz schön schwer. Ein bisschen süß.«

»Wie ein reichhaltiges Dessert, bloß toter?«, fragte Elise.

»Genau.«

Drei uniformierte Polizisten standen im Raum, zusammen mit dem Besitzer des Bestattungsunternehmens und dem Einbalsamierer, dem die Leiche fehlte. Der Leiter der Firma, ein Mann namens Simms, hatte es immerhin geschafft, den obligatorischen dunklen Anzug anzuziehen.

Die Partner stellten einander vor.

»Ich kann es nicht erklären.« Der panische Blick des Geschäftsführers huschte von Elise zu David und wieder zurück.

Die Detectives sahen sich um. »Ist irgendetwas nicht am richtigen Platz?«, fragte Elise.

»Alles scheint in Ordnung zu sein.«

Sie verhörten den Einbalsamierer, einen ernsthaften kleinen Mann namens Benjamin Ming. Er hatte ihnen nicht viel mehr zu sagen als das, was sie ohnehin schon längst wussten.

Elise spazierte hinüber in das nebenan gelegene Krematorium. David und der Firmenchef folgten.

Es war kühl im Raum. Sie betrachtete die Thermometer an dem Gerät.

Sie zeigten nichts an.

»Wie lange dauert es, bis der Ofen nach der Benutzung abkühlt?«

»Stunden«, sagte ihr Simms. »Der Ofen ist in den letzten Tagen nicht benutzt worden. Ihre Kollegen haben mich schon dasselbe gefragt. Warum versuchen Sie, uns die Schuld zu geben? Seit dieser scheußlichen Sache mit dem Bestattungsunternehmen, wo nicht eingeäscherte Leichen in jeder Ecke herumlagen, stehen wir alle unter Generalverdacht. Ich verwahre mich dagegen. Ich bin hier das Opfer. Zusammen mit dem armen Mr Turello.«

»Niemand wirft Ihnen irgendetwas vor«, sagte David. »Wir müssen über alle Möglichkeiten nachdenken, um herauszufinden, was wir ausschließen können. Wenn versehentliche Einäscherung nicht infrage kommt, können wir unsere Ermittlungen auf andere mögliche Szenarien konzentrieren.«

Der Bestattungsunternehmer zog ein Taschentuch aus einer in der Nähe stehenden Schachtel und wischte sich beide Seiten des Gesichts. »Tut mir leid. Wir sind stolz darauf, einen makellosen Ruf zu haben. Ich führe das Unternehmen in der dritten Generation, und so etwas ist uns noch nie passiert. Niemals.«

Er tat Elise leid. Normalerweise war er derjenige, der ruhig und konzentriert blieb, der die aufgeregten Hinterbliebenen tröstete. »Mr Simms«, sagte sie ebenso freundlich wie ernsthaft, »hatten Sie jemals einen Angestellten, der ... den Toten *besonders* zugetan erschien?«

Er runzelte die Stirn. »Was meinen Sie damit?«

»Wir meinen Nekrophile«, sagte David. »In Ihrem Geschäft haben Sie doch bestimmt schon einmal davon gehört.«

»Natürlich.« Der Firmenchef war entgeistert. Wütend. »Aber ich kann Ihnen ganz sicher sagen, dass niemand – NIEMAND – in meinem Betrieb jemals ...« Seine Stimme versagte. Er konnte nicht weitersprechen.

»Wir brauchen eine Liste von allen, die derzeit für Sie arbeiten«, sagte David. »Plus alle, die in den letzten drei Jahren hier tätig waren. Reinigungskräfte, Gärtner. Alle.«

Elise forderte die Spurensicherung an, um Beweise zu sichern, dann wandten sie sich den traditionelleren Fragen zu.

War irgendjemand Verdächtiges gesehen worden?

Wollte irgendjemand Hartzell, Tat und Hartzell schlecht dastehen lassen?

Es folgte der Austausch von Visitenkarten und Telefonnummern. »Rufen Sie uns an, wenn Ihnen etwas einfällt«, sagte Elise zu Simms. »Wir melden uns wieder.«

»Du weißt, was die Leute sagen werden, oder?«, fragte David, als sie wieder draußen waren. Sie zwinkerten beide und kniffen wie die Vampire die Augen im grellen Morgenlicht zusammen.

»Dass Gary Turello auferstanden und ganz alleine rausmarschiert ist?«, fragte Elise.

»Genau.«

»Wir müssen noch einmal mit Strata Luna reden«, sagt sie. »Mal sehen, ob sie Turello kannte. Ich würde es vermuten.«

»Dann los. Ruf sie an.« David zog eine Sonnenbrille aus der Jacketttasche und setzte sie auf. »Aber diesmal komme ich mit.«

23

Ist das hier das Logo Ihres Ladens?«

Der zottelhaarige Junge hinter der Kasse betrachtete die CD, die Elise ihm hinhielt. »Yep.«

Neben ihr legte Gould weitere eingetütete CDs auf den Glastresen. »Fällt Ihnen irgendetwas Eigenartiges an denen auf?«, fragte er.

Der Junge schaute sie an. »Ist das so eine Art Test?«

»Sehen Sie genau hin.« Gould ließ nicht locker.

Der Verkäufer spielte nervös mit den Härchen an seinem Kinn.

»Na ja ... oh, hey, ich verstehe. Es sind alles Selbstmörder! Ist es das?«

»Das stimmt«, sagte Elise. »Aber wichtiger noch, sie haben alle Ihren Sticker drauf. Würden Sie oder irgendein anderer Mitarbeiter sich möglicherweise daran erinnern, wenn jemand die vor etwa anderthalb Jahren gekauft hätte?«

»Wow.« Er kratzte sich am Kopf. »Es ist schwierig genug für mich, noch zu wissen, was letzte Woche passiert ist.«

Ein anderer Junge kam aus dem Hinterzimmer. Er war mächtig gepierct und trug metallverzierte Lederarmbänder.

»Hey, Tobias. Komm mal.« Der Junge an der Kasse schaute die Detectives an. »Tobi ist der Manager. Er arbeitet hier schon lange.« Über die Schulter rief er: »Guck dir die mal an, ja?«

Der verschlafen aussehende andere Junge ließ sich reichlich Zeit.

Der Mitarbeiter deutete auf die CDs. »Kannst du dich erinnern, wer die gekauft hat?«

»Wer seid ihr?« Der Manager musterte Elise und Gould misstrauisch.

Sie zeigten ihre Marken und stellten sich vor. Das beruhigte ihn ein wenig.

»Ich kann mich nicht erinnern. Tut mir leid.«

»Könnten Sie vielleicht nachsehen, ob Sie den Verkaufsbeleg noch haben?«, fragte Elise. »Vor allem, wenn sie alle zur gleichen Zeit gekauft wurden?«

»Ach, ich weiß nicht ...«

»Vielleicht in den Steuerunterlagen?«, drängte Gould. »Ich bin sicher, Sie bewahren die Kassenbons auf.«

»Sie reden über eine Menge Zeug«, sagte er zweifelnd. »Das könnte lange dauern.«

»Es ist wirklich wichtig«, sagte Elise zu ihm.

»Ich versuch's, aber ich weiß nicht ...«

Gould zeigte ihm die Fotos von Winslow, Turello und Harrison.

Negativ.

Elise reichte dem Manager ihre Karte. »Wenn Sie was finden oder Ihnen noch etwas einfällt, rufen Sie uns an.« Sie bedankten sich bei beiden für ihre Zeit. Dann gingen Gould und sie hinaus auf den Parkplatz, vorbei an einem kleinen Spielplatz. In der Mitte des Baskettballfeldes sprangen drei junge Mädchen Springseil.

Frau mit schwarzem Schleier
Babys in dem Bett
Küsst sie auf die Stirne
Jetzt sind beide weg.

»Wie herzerwärmend.« Gould schaute sie über das Wagendach hinweg an. »Ist nicht bald Zeit für unser Treffen mit der Priesterin des Todes?«

Elise hatte eine Verabredung mit Strata Luna treffen können, diesmal bei der Frau zu Hause. Als sie fragte, ob ihr Partner mitkommen könnte, war Strata Luna überraschenderweise sogar einverstanden gewesen.

Die Detectives stiegen in den Wagen und fuhren in den Victorian District, wo sie an der Straße parkten und zu Fuß zur Villa gingen. Elise meldete sich über die Gegensprechanlage, und sie wurden eingelassen, das schwarze schmiedeeiserne Tor schwang weit auf.

Die Partner traten durch die Öffnung, zerbrochene Muscheln knirschten unter ihren Füßen.

»Was nie ein Mann zuvor gesehen hat«, sagte Gould.

»Mensch«, korrigierte ihn Elise. »Inzwischen sagen sie sogar bei Star Trek politisch korrekt: *Mensch*.«

»Weil der liebe James T. Kirk noch zur martinigetränkten Swingergeneration gehörte, als Frauen bloß Trophäen waren«, setzte Gould hinzu.

»Mit großen Brüsten.«

»Unbedingt.«

Sie plauderten, ohne dass einer von ihnen sonderlich darauf achtete, was sie sagten, und betrachteten dabei beide die üppige Umgebung, während sie nebeneinander am Beginn einer geraden Auffahrt standen, wo am Rand große Eichen wuchsen, deren weitreichende Äste einen gewölbten Baldachin bildeten. Am Ende der Auffahrt stand eine rosafarbene Vorkriegsvilla mit schwarzen Verzierungen.

Atemberaubend.

Hinter ihnen schloss sich das Tor mit einem Klicken.

»Beunruhigendes Geräusch«, murmelte Gould.

Der allgegenwärtige Enrique empfing Elise und Gould an der Tür. Er lächelte und führte sie durch einen dunklen Flur in einen abgelegenen Hof, wo Strata Luna im Schatten an einem runden Kaffeetisch saß. Sie trug das übliche lange schwarze Kleid, aber keinen Hut, keinen Schleier, keine Handschuhe. Elise stellte ihren Partner vor.

Keiner wirkte sonderlich beeindruckt vom anderen.

»Ich hoffe, Sie mögen warmen Tee«, sagte Strata Luna, und nahm Gould nicht weiter zur Kenntnis. Sie schien ihn nur zu tolerieren, weil er mit Elise kam.

Eine Porzellanteekanne stand auf einem Tablett in der Mitte des Tisches. Daneben ein Teller mit kleinen Keksen, Zuckerwürfel mit einer silbernen kleinen Zange, Kaffeesahne.

Sie wurden behandelt wie Besucher, nicht wie Detectives, was Elise ein wenig unangenehm war. Sie warf Gould einen Blick zu und fragte sich, ob er dachte, was sie dachte – dass die ganze Situation einen Hauch von der tollen Teeparty des Hutmachers bei Alice im Wunderland an sich hatte.

Er bemerkte ihren Blick jedoch nicht, er war abgelenkt, weil er über den Hof hinweg einen großen, reich verzierten Brunnen ansah.

War das der Brunnen, in dem Strata Lunas Tochter ertrunken war?

In der Mitte stand die Statue eines jungen Mädchens. Elise hatte gehört, dass irgendwo auf dem Grundstück ein lebensgroßes Denkmal für das ertrunkene Kind errichtet worden war.

Während sie den dunklen, exotischen Tee tranken, befragte Elise Strata Luna nach dem Stricher Gary Turello. Gould zog ein Foto des Toten hervor.

»Er hat mal für mich gearbeitet, aber mehr kann ich Ihnen nicht sagen.« Strata Luna reichte das Foto zurück.

»Hatte er vielleicht Freunde, mit denen wir reden könnten?«, fragte Gould.

»Ich weiß es nicht. Das ist die Wahrheit. Was haben Sie gesagt, wann ist er gestorben?«

»Vor eineinhalb Jahren.«

Strata Luna runzelte die Stirn und schaute verwirrt. Und zum ersten Mal vielleicht auch ein wenig betroffen. »Glauben Sie, sein Tod hat etwas mit den Morden zu tun? Aber wieso sollte das der Fall sein? Es ist doch so lang her.«

»Wir vermuten einen Zusammenhang«, sagte Elise zu ihr. »Wir haben bloß noch nicht die nötigen Beweise, um sicher zu sein.«

Gould konzentrierte sich weiter auf Strata Luna. »Sie wirken besorgt«, bemerkte er offen.

»Natürlich bin ich besorgt«, sagte sie in abwehrendem Ton. »Alle in der Stadt sind besorgt.«

»Können Sie uns sagen, mit wem er vielleicht befreundet war?«, fragte Elise erneut. »Oder die Namen von Leuten, die vielleicht irgendetwas über ihn wissen?«

Strata Luna schüttelte den Kopf. »Ich weiß das nicht, meine Liebe. Ich lasse mich nicht mit meinen Angestellten ein.«

»Und was ist mit Enrique?«, versuchte Elise sie in einen Widerspruch zu verwickeln. »Mit ihm scheinen Sie sich recht gut zu verstehen.«

»Das ist etwas anderes.« Strata Luna winkte mit einer Hand, die lange Fingernägel hatte. »Er ist mehr wie Familie.«

»Und Flora Martinez?«, fragte Gould in einem eigenartigen Ton.

»Sie ist wie eine Tochter.«

Bevor Elise weiter darüber nachdenken konnte, fuhr Strata Luna fort. »Es gibt jemanden, mit dem Sie vielleicht reden sollten. Ich habe schon vor ein paar Tagen an ihn gedacht. Er heißt James LaRue. Er kommt manchmal ins Black Tupelo, treibt sich mit meinen Mädchen herum, stellt Fragen.«

»Was für Fragen?«, erkundigte sich Elise.

»Nach mir.«

»Das ist doch sicher nicht so ungewöhnlich. Die Leute sind eben neugierig.«

»Nachrichtenleute, ja. Reporter, ja. Aber ein ehemaliger Wissenschaftler? Was will er wissen, fragte ich mich. Schließlich habe ich mich bereit erklärt, mit ihm zu telefonieren.«

»Und?«, fragte Elise.

»Er hat gesagt, er beschäftigte sich mit Tetrodotoxin. Er schriebe ein Buch. Aber ich glaube, er wollte jemanden finden, bei dem er Tetrodotoxin *kaufen* kann. Er hat angedeutet, ich würde es als Droge benutzen.« Sie hob das Kinn und schaute an ihrer Nase entlang herunter. LaRue war ihrer nicht wert. »Menschen wollen mich aus den vielfältigsten Gründen treffen. Manche sind neugierig. Manche suchen eine Geschichte. Andere wollen sich bloß die Zukunft vorhersagen lassen.«

»Sie machen Weissagungen?«, fragte Elise.

»Früher. Vor Jahren, als ich kaum mehr war als ein Kind. Ich habe ein paar Leuten recht guten Rat zu Aktien und Lottozahlen gegeben. Menschen, die von meinen früheren Erfolgen gehört haben, haben mir große Summen für meinen Rat gegeben. Aber so etwas mache ich nicht mehr.«

»Warum haben Sie damit aufgehört?«, fragte Gould. »Ich würde annehmen, die Zukunft vorherzusagen, ist weniger unangenehm, als ... ein Escort Service.«

»Die Menschen sind intuitiv, aber nur wenige wissen, wie sie diese Macht nutzen können, und ich gehöre dazu. Ich konnte den Tod meiner eigenen Kinder nicht vorhersehen. Ich konnte Aktienkurse und Lottozahlen vorhersagen, aber ich konnte nicht diejenigen retten, die mir am meisten bedeuteten.«

Alle drei schwiegen. Schließlich sah Strata Luna über den Tisch hinweg Gould an. »Es ist ein wundervoller Brunnen, nicht wahr?«

Gould schaute erneut vorbei an den Topfpflanzen, den Weinranken, dem Magnolienbaum, zum Brunnen. Strata Lunas direkte Aussage ließ ihn seine Tasse beinahe umstoßen.

Er erwischte sie gerade noch, während sie auf der Untertasse klapperte.

»Haben Sie Kinder, Detective Gould?«, fragte Strata Luna

auf eine Art, die gleichermaßen gezielt und ausweichend wirkte. »Lebendig oder tot? Denn wir müssen immer der Toten gedenken.«

Fragte sie jeden nach Nachwuchs, überlegte Elise.

Gould riss seinen Blick von dem Denkmal los. Er starrte Strata Luna lange an, bevor er mit seiner eigenen Frage auf sie losging. »Sie haben zwei Kinder verloren, nicht wahr? Zwei Mädchen?«

»Ich hatte zwei Töchter«, sagte Strata Luna. »Beide sind tot. Deliliah ist ertrunken, Marie hat sich erhängt.« Sie starrte ihn an, Wut in der Stimme. »Aber das wissen Sie ja schon, warum also reden wir über mich?«

»Das ist mein Job«, sagte Gould, der sich nicht von ihr einschüchtern ließ.

»Ich weiß, was die Leute sagen. Sie sagen, ich hätte sie getötet. Glauben Sie das auch? Wollen Sie das implizieren? Wollen Sie ein Geständnis?«

Gould zwinkerte, ihm wurde offensichtlich klar, dass er zu weit gegangen war. »Die Frage war unangemessen. Es tut mir leid.«

Seine Worte hätten jeden täuschen können. Aber Strata Luna war eine aufmerksame Frau. Sie würde wissen, dass er es nicht ernst meinte.

»Würde eine Mutter ihr eigenes Kind töten?«, fragte Strata Luna.

»Das passiert«, sagte Gould angespannt.

Die plötzliche Feindseligkeit zwischen den beiden war spürbar. Sollte sie sich einmischen, überlegte Elise. Oder es laufen lassen?

»Nicht diese Mutter.« Strata Luna deutete mit einem Finger auf sich selbst. »Diese Mutter würde niemals ihre eigenen Kinder töten.«

»Ich habe gesagt, es tut mir leid.«

»Worte sind wirklich. Selbst wenn man sie nicht sehen, nicht festhalten kann. Wenn man sie erst einmal in die Welt entlässt, haben sie Kraft. Sagen Sie niemals Worte, die Sie nicht meinen.«

Gould saß in der Falle. Er konnte keine Antwort geben, die die Frau beruhigen würde. Elise hatte sich gerade entschieden, dass es Zeit war, sich einzumischen, als Strata Luna weitersprach.

»Sie müssen aufhören, sich selbst zu zerstören«, sagte sie zu ihm.

Sie brach den Blickkontakt ab.

Gould schaute plötzlich aufmerksam in seine leere Tasse. »Habe ich etwas verpasst? Haben Sie meine Teeblätter gelesen?«

Er machte immer aus allem einen Scherz.

»Ich versuche, die Menschen zu führen«, sagte Strata Luna. »Ich versuche, sie vor dummen Fehlern zu bewahren.«

Gould stellte seine Tasse zurück auf die Untertasse. »Danke für den Rat.« Seine Stimme klang gleichmäßig, aber Elise fiel der leichte Sarkasmus auf.

Er erhob sich.

»Ich habe ein paar Fragen an Enrique.«

»Er sollte im Haus sein, sofern er nicht einkaufen ist.« Strata Luna deutete hinter ihren Rücken. Sie war offenkundig froh, Gould los zu sein. »Sehen Sie sich ruhig um. Ich habe nichts zu verbergen.«

»Ich komme in einer Minute«, sagte Elise zu ihm. Gould nickte und ging davon.

»Er könnte ein paar Lektionen Selbstdisziplin gebrauchen«, sagte Strata Luna, als er gegangen war.

»Detective Gould ist schon okay«, sagte Elise, die selbst überrascht war, festzustellen, dass sich ihre Meinung über ihn gebessert hatte. Er kam jetzt gut alleine klar, und manchmal musste ein Detective nun einmal harte Fragen stellen, um die richtigen Antworten zu erhalten. Seine Taktik war gut gewesen, sie war bloß nicht aufgegangen.

»Danke, dass Sie uns empfangen haben«, sagte Elise und erhob sich.

Strata Luna streckte den Arm aus und packte ihr Handgelenk, sie drückte fest zu. »Setz dich.«

Elise blieb stehen. »Nehmen Sie Ihre Hand weg.« Jetzt war sie dran, sich mit Strata Luna anzulegen.

Die Frau ließ los, ihr wurde offensichtlich klar, dass ihre strenge Art nicht gut angekommen war.

»Ist Ihnen etwas wegen Gary Turello eingefallen, was Sie vergessen haben uns zu sagen?«, fragte Elise, die Stimme jetzt distanziert und businesslike.

»Nein.«

Elise sah auf die Uhr. »Dann muss ich gehen. Sie haben meine Karte. Melden Sie sich, wenn Ihnen etwas einfällt.« Sie ging davon.

Strata Lunas nächste Worte ließen sie innehalten. »Deine Mutter war eines meiner Mädchen.«

Elise hatte das Gefühl, als hätte ihr jemand in den Bauch geboxt. Sie holte Atem und drehte sich um.

»Ihr Name war Loralie«, sagte Strata Luna. »Sie war wunderschön. Exotisch. Beliebt bei den Männern. Oh, tut mir leid, das wolltest du bestimmt nicht hören.«

Elise wartete.

Strata Luna nahm einen Keks und drehte ihn in verschiedene Richtungen. »Weißt du, als ich erfuhr, dass du auf einem Friedhof zurückgelassen worden warst, habe ich überlegt, dich selbst zu adoptieren. Aber ich wusste, sie würden jemandem wie mir kein Baby geben. Nicht einmal ein Baby mit Teufelsaugen.«

War sie absichtlich gemein, fragte sich Elise. »Warum haben Sie sich nicht gemeldet, als die Polizei die Bürger um Hilfe bat?«

»Was hätte das gebracht, bei einer Prostituierten als Mama? Deine beste Chance bestand darin, ein Rätsel zu bleiben. Und Jackson Sweet lag im Sterben ...«

»Wo ist sie jetzt?« Elises Herz klopfte. Ihre Hände waren klamm. »Loralie?«

»Sie lebt ein neues Leben, das nichts mit dem zu tun hat, was sie einst war. Ein Leben, das nichts mit dir zu tun hat.«

Elise hätte ihrer biologischen Mutter gegenüber anders empfunden, wenn sie auf eine normale Art zur Adoption freigegeben worden wäre. Aber was für eine kranke Idee war es, ein Kind auf einem Friedhof zurückzulassen? »Ich will ihren vollen Namen.«

»Ich kann ihn dir nicht nennen. Ich muss sie erst um Erlaubnis fragen.« Strata Luna nahm einen Schluck Tee, der kalt geworden sein musste. »Möchtest du, dass ich das *für dich tue*?«

Für dich tue?

Ihre Wortwahl war ausgesprochen beunruhigend. »Worum geht es? Was wollen Sie von mir? Erst erzählen Sie mir von Jackson Sweet. Jetzt erwähnen Sie den Namen einer Frau, von der sie behaupten, sie sei meine Mutter. Warum genau haben Sie sich mit diesem Besuch einverstanden erklärt?«

Strata Lunas Hochmut schwand. »Meine Töchter sind tot.« Sie sah auf zu Elise. In ihren Augen standen Tränen. »Du bist eine Verbindung in meine Vergangenheit. In eine bessere Zeit. Eine Zeit, lang bevor das Böse nach Savannah kam.«

»Weißt du, was das ist?« Flora berührte die gekräuselte grüne Kante eines roten Blattes an einer buschigen Pflanze auf einem bestimmt sechzig Zentimeter hohen Stamm.

David schaute nervös über die Schulter, denn er fürchtete, dass Elise gleich käme. Er hatte die Teeparty verlassen, um Strata Luna und ihren schmerzhaft präzisen Erkenntnissen zu entkommen. Aber statt Enrique zu finden, war er Flora begegnet – die offensichtlich nach ihm Ausschau gehalten hatte.

»Es heißt Lolli-Buntnessel«, sagte ihm Flora, obwohl er nicht gefragt hatte. Obwohl es ihn nicht im Geringsten interessierte. »Wegen der Form. Normalerweise wachsen sie nicht so.«

»Ich verstehe.«

»Strata Luna hat ein Jahr gebraucht, um diese hier zu kultivieren.«

»Merkwürdig«, sagte David. »Irgendwie Marke Tim Burton.«

»Tim wer?«

»Der Regisseur«, sagte er, aber er wusste, dass sie ihm nicht folgen konnte.

»Man nennt es Formschnitt.«

»Sprich nicht mit Strata Luna über mich, okay? Ganz egal, wie unwichtig die Information erscheinen mag.«

»Ich muss mit ihr nicht sprechen. Sie weiß es einfach.«

Er grunzte ungläubig.

»Lass uns nicht streiten.« Flora lächelte und kam näher. Sie drängte ihn gegen eine Wand. Sie legte ihre Hände auf seine Hüften und drückte sich an ihn.

Er zog das Foto Gary Turellos heraus und hielt es ihr vors Gesicht. »Hast du den schon mal gesehen?«

»Da-vid.« Sie lachte.

»Ich meine es ernst.

»Das ist Gary Turello. Aber jetzt steck das weg.« Sie griff nach dem Foto und warf es über ihre Schulter.

»Du kanntest ihn?«

»Wir waren nicht befreundet oder so. Er war in der Punk-szene, jede Woche hat er sich ein neues Piercing machen las-sen.«

»Erinnerst du dich noch an irgendetwas anderes?«

»Er hatte nichts gegen das ganze kranke Zeug. Wenn ein Kunde auf harte Sachen stand und Schläge oder Fesselspiele oder Blut trinken wollte, haben wir ihm immer Turello ge-schickt.«

»Kannst du dich an irgendwelche seiner Kunden erin-nern?«

»Ich habe sie nie gesehen. Und im Gegensatz zu dir, mein naiver Freund, verwenden diese Leute immer falsche Na-men, und die Treffpunkte ändern sich ständig. Einen Abend ist es vielleicht ein leeres Lagerhaus, am nächsten der Keller einer leer stehenden viktorianischen Villa.«

»Sonst noch was?«

»Soll ich heute Abend zu dir kommen?« Als er nicht antwortete, wanderten ihre Hände an seinem Körper hoch, bis sie sich hinter seinem Kopf verschränkten, ihre Finger gruben sich in sein Haar. Sie zog sein Gesicht zu sich heran.

Erst wehrte er sich, aber dann neigte er doch den Kopf und drückte seine Lippen auf ihre.

Er küsste Flora, als Elise auftauchte.

»Gould?«

Flora und er schossen auseinander.

Flora grinste ihn schief an. »Ich gehe besser.« Sie eilte davon und ließ David mit Elise allein.

»Hast du gerade mit Flora Martinez geknutscht?«, fragte Elise deutlich entsetzt.

David wischte sich über den Mund und hob dann die Hand. »Bloß ein Kuss«, sagte er, abgelenkt durch den roten Lippenstift auf seinen Fingerspitzen.

»Hat sie dich angegriffen?«

»Wir ... haben so eine Art Beziehung.«

Diesem Geständnis folgte ein langes Schweigen.

»Du bist mit einer von Strata Lunas Prostituierten zusammen?«, fragte Elise schließlich.

»*Zusammen* ist nicht wirklich das richtige Wort ...«

»Was ist denn dann das richtige Wort? *Zahlst du dafür?* Für die in Anspruch genommenen Dienstleistungen?«

»Wir sehen einander. Das würde es besser treffen.«

»Ich gehöre nicht zu den Leuten, die große Probleme mit Prostituierten haben, es sei denn, es geht um unschuldige

Kinder«, sagte Elise. »In diesem Fall wäre ich für die Todesstrafe, wenn das möglich wäre.«

»Flora ist ein guter Mensch.«

Sie hob das Foto Gary Turellos auf und gab es ihm zurück. »Jenseits jeder Moral, sie ist zu nah an dem Fall dran.«

»Es ist einfach so passiert.« Er steckte das Foto ein.

»Hat sie sich nach unserem Besuch im Black Tupelo an dich herangemacht?«

Er konnte erkennen, dass sie willens wäre, das zu akzeptieren.

»Ich wusste, dass sie dich mag«, sagte Elise.

»Ich habe sie bestellt. Vor dem Black Tupelo.«

»Was?«

»Ich habe mir eine Prostituierte bestellt.«

»Mein Gott, Gould! Bist du wahnsinnig?«

»Möglich.« Er dachte einen Augenblick nach. »Möglich.«

»Du bist ein Polizist.«

»Ich war betrunken.« Vollkommen besoffen, das war er gewesen.

»Das sollte niemals eine Entschuldigung sein.«

Da hatte sie recht. »Ich weiß.« Er sah zu Boden. Bloß nicht in Elises Augen.

»Ist das nicht toll?«, fragte er und hob mit den Fingerspitzen eines der gekräuselten Blätter auf. »Man nennt das Formschnitt.«

»Ich wusste nicht, dass du Hobbygärtner bist.«

»Würdest du nicht auch sagen, dass es ein bisschen Tim Burtonesk ist?«

»Prä-*Sleepy Hollow*?«, fragte sie.

»Das ist doch klar, oder nicht?«

Er konnte sie mit seiner Ablenkungstaktik nicht an der Nase herumführen. Aber sie machte trotzdem mit. Das gefiel ihm an seiner Partnerin. Sie wusste, wann sie drängen musste, und wann sie damit besser aufhörte. Aber dann betrachtete er sie etwas genauer und ihm wurde klar, dass sie noch mit etwas anderem beschäftigt zu sein schien als bloß seiner Beziehung zu Flora.

»Alles in Ordnung?«, fragte er.

Sie atmete tief durch. »Bloß einer dieser Tage, an denen ich ein bisschen zu viele Informationen auf einmal kriege.«

24

James LaRue schob seine Hand zwischen T-Shirts und Unterwäsche in der obersten Schublade seiner Kommode, bis seine Finger eine Kiste in der Größe einer Zigarettenschachtel berührten. Man sagte, die Unterwäscheschublade wäre eine der ersten Stellen, an denen Einbrecher nachsahen, wenn sie einen heimsuchten. Aber wenn sie James' Vorrat fanden, würden sie es höchstwahrscheinlich für Kokain halten, ein bisschen davon schnupfen, und nach einer Minute wären sie tot.

Er zog die Schachtel vorsichtig aus ihrem Versteck und trug sie durch den Flur und das Wohnzimmer in die Küche, wo er den Deckel anhob.

Auf einer Watteunterlage befand sich ein kleines Glasröhrchen, in dem weißer kristalliner Puder enthalten war. Daneben lag eine Nähnadel. James nahm das Glasröhrchen heraus und hielt es auf Augenhöhe.

Tetrodotoxin. TTX. In diesem kleinen Röhrchen befand sich genug, um alle Einwohner einer Kleinstadt zu töten.

Vorsichtig nahm er den Gummistopfen heraus, dann schob er die dünne Nadelspitze hinein, tippte auf das Ende, damit die Reste herunterfielen, und zog sie heraus. Dann verschloss er das Röhrchen wieder. Er rührte mit der Nadel in einem Glas Wasser, wischte die Nadel sauber und legte sie zusammen mit dem Glasröhrchen zurück in die Schachtel, die er auf dem Tresen stehen ließ.

Eine herunterhängende Kette stieß gegen seine Schläfe. Er zog daran und schaltete den Deckenventilator ein.

Er hob das Glas und bewunderte die Klarheit des Wassers.

James war nie wild auf Extremsportarten gewesen. Als Jugendlicher war er einer von den zerbrechlichen Klugscheißern gewesen. Er war weder Bergsteiger noch Höhlentaucher, aber er hatte einen Weg gefunden, diesen Abenteuermangel zu kompensieren, ohne auch nur sein Haus verlassen zu müssen.

Einer der größten Nachteile von Tetrodotoxin war seine mangelnde Konsistenz. Keine zwei Körnchen waren gleich, keine zwei Körnchen enthielten dieselbe Menge des Gifts. Aber für James und eine Handvoll anderer Risikofreudiger war genau das ein Teil der Anziehungskraft. Die Natur hatte das Sagen. Nicht der Mensch. Und es richtig zu dosieren war, ganz egal, wie vorsichtig man vorging, immer lebensgefährlich.

James hob das Glas an die Lippen. Kühle Flüssigkeit drang in seinen Mund. Ein, zwei Schlucke. Er hatte einmal fünf genommen und es fast nicht überlebt. Mittlerweile kam er etwas besser damit klar. Fünf wären wahrscheinlich eine ziemlich coole Erfahrung, aber im Augenblick wollte er nur ein kleines Hoch.

Andererseits hatte er den ganzen Tag gesoffen. Er war nicht sicher, was der Alkohol für eine Wirkung haben würde.

Seine Lippen begannen zu kribbeln und eine bekannte Wärme breitete sich in seinen Venen aus. Mit einer langsamen, gezielten Bewegung setzte er das Glas auf dem Küchentresen ab. Schweiß breitete sich auf seinem Körper aus und plötzlich verspürte er den Drang, sich zu übergeben.

Auch das geht vorüber, sagte er sich, war aber schon nicht mehr in der Lage, über seinen kleinen Lieblingsscherz zu lachen.

In seinen Ohren klingelte es und sein Atem wurde schneller und flacher. Seine Beine gaben nach und er sackte zusammen, seine Knie knallten auf den Boden. Er knickte ein und entfaltete sich wieder, bis er flach auf dem Rücken lag. Paralysiert.

Seine Zunge füllte seinen Mundraum. Er testete sie, versuchte zu sprechen.

Er konnte nicht einmal eine schwache Vibration in seinem Hals zustande bringen. Er lag einfach da und starrte hoch zum Deckenventilator, der über seinem Kopf kreiste.

Der Rand der Ventilatorblätter war dick mit Staub überzogen.

Rotieren.

Drehen.

Wirbeln.

Wenn er sich intensiv genug konzentrierte, konnte er die Bewegung des Ventilators im Geiste verlangsamen, bis er die einzelnen Blätter ausmachen konnte. Oder er konnte ihn schneller drehen, bis er zu einem verschwommenen soliden Objekt wurde, das die Luft durchschnitt.

Er dachte an die Aerodynamik und an Flugzeugflügel, und wie erstaunlich das Fliegen war. Er war ein Wissenschaftler, aber so etwas beeindruckte ihn noch immer.

Seine Forschungen hatten unter Kollegen eine Kontroverse in Gang gesetzt, die auch jetzt, nach Jahren, noch nicht beendet war, wobei über die Hälfte der Wissenschaftler, denen er begegnete, ihn behandelten, als sei er ein Witz. Er hatte einmal geglaubt, Tetrodotoxin könnte die Welt retten.

Er hatte sich vorgestellt, damit den Alterungsprozess aufhalten zu können. Er hatte gehofft, schwerem, chronischem Schmerz und sinnlosem menschlichem Leid ein Ende zu bereiten. Er hatte sogar gehofft, TTX könnte letztendlich Astronauten in einen Dämmerschlaf versetzen, während sie tief ins All vordrangen.

Jetzt benutzte er es nur noch, um high zu werden.

Sein Traum war vorüber. Erledigt. Zu Ende. Sein Leben Verschwendung. Gottverdammte Verschwendung.

Wie er immer sagte: Was dich nicht umbringt, verbittert dich.

Eine Hand am Steuer, warf Elise einen schnellen Blick auf die Karte auf dem Beifahrersitz neben sich. Es war am Morgen nach ihrem Besuch bei Strata Luna, und sie ging dem Hinweis auf James LaRue nach. Er schien kein Telefon zu haben, und im Internet gab es nur ein paar wissenschaftliche Ausführungen, aber keine Adresse.

Schließlich hatte sie ein Grundstück auf Tybee Island ausfindig machen können, das einem J.T. LaRue gehörte, und nun fuhr sie über einen unbefestigten Weg, mitten in einem Dickicht. Palmlilien und höher aufragende Palmen wucherten in einem Bett aus Ilex und Wachsgagel. Riesige Eichenbäume waren von dicken Ranken umschlungen, und das herunterhängende Spanische Moos sorgte für zahlreiche tiefdunkle Ecken.

In diesen düsteren Bereichen huschten Glühwürmchen herum wie kleine Geister, und verwirrte Grillen zirpten panisch, weil sie den Tag für die Nacht hielten. Der erdige Geruch brackigen Wassers drang langsam durch die Klimaanlage herein, bis das Innere des Wagens roch wie eine Latrine.

Der Großteil der Küsten South Carolinas und Georgias war eher überbebaut. Tybee Island war dem entgangen, als die Leute zu sich kamen und begriffen, dass Chatham County ein einziger Golfplatz würde, wenn sie nichts dagegen unternahmen. Aber die Grundstückspreise waren trotzdem über die Jahre gestiegen, bis Tybee ausschließlich von Reichen bewohnt wurde, und von Leuten, die hier schon so lange Besitz hatten wie LaRue.

Sie hatte Gould zurückgelassen, ohne ihm zu sagen, wo sie hinwollte. Diese ganze Flora-Martinez-Geschichte machte sie immer noch wahnsinnig, und sie brauchte etwas Zeit, damit klarzukommen – obwohl eine Ewigkeit vielleicht nicht reichen würde. Und Gould mitzunehmen wäre sowieso eine Verschwendung von Einsatzstunden gewesen. Derjenige, nach dem sie suchte, war ein Wissenschaftler in Frührente, der ihnen hoffentlich die bitternötigen Informationen über Tetrodotoxin geben konnte; er war kein Verbrecher.

Sie erreichte eine Weggabelung und bog nach rechts ab, fuhr eine halbe Meile weiter. Dort endete der Weg vor einer Hütte, im Grunde eher einer Art Gartenhaus. Die armen Kerle mit einem Abschluss in Mathematik oder irgendwelchen anderen naturwissenschaftlichen Fächern schienen wirklich übel dran zu sein. Andererseits traute sie auch ihrer Wegbeschreibung nicht ganz und fürchtete, dass sie irgendwo falsch abgebogen war.

Sie schaltete den Motor aus und ging über durchgetretene Holzstufen zur Tür, um zu klopfen. Die innere Tür hinter der Fliegentür stand offen und sie entdeckte unscharfe Umrisse eines Polstersessels und die Ecke eines Tischs. In der Luft hing der Geruch von Schimmel und Moder.

Sie schob eine Hand in ihre Jackentasche, ihre Finger berührten den rauen Stoff des *Wanga*, das Strata Luna ihr gegeben hatte. War sie wirklich auf die Bestätigung durch das Amulett aus gewesen? Oder hatte sie nach ihrer Waffe gesucht? Elise, die Polizistin, würde sagen, ihre Waffe, aber die Tochter eines Zaubermeisters war nicht so sicher, ob das stimmte.

Aus dem Inneren des Hauses kam das Geräusch eines Sturzes, dann ein gedämpfter Fluch und Schritte. Eine Silhouette erschien auf der anderen Seite des Fliegengitters. Die Tür schwang quietschend auf.

Ein Mann.

Etwa dreißig, ohne Hemd, barfuß; er trug eine uralte Jeans, die gerade noch an seinem dürren Körper Halt fand. Aus seinen Poren drang der Geruch von Schweiß und Alkohol. Sein Haar war dunkel, wild und verfilzt. Trotz seines Aufzuges hatte er etwas – eine merkwürdige, überhebliche Arroganz, falls man das so nennen konnte, obwohl er in Hygienedingen derart zurückgeblieben war.

Er war eines dieser wunderbaren Wesen, die manchmal aus der Mischung von dunklem und hellem Blut erwachsen. Seine Haut war golden, seine Augen waren blau. Im Augenblick allerdings blutunterlaufen. Er starrte sie an, während er sich krampfhaft an der Tür festhielt, ganz offensichtlich war er total zugekifft.

Elise zog ihren Ausweis heraus, stellte sich vor, klappte dann das Ledermäppchen wieder zu und steckte es ein. »Ich suche nach Professor LaRue«, sagte sie. »Er lebt hier ir-

219

gendwo, aber ich fürchte, ich bin falsch abgebogen. Wissen Sie vielleicht, wie ich von hier zu ihm kommen kann?«

»LaRue?«, fragte der Mann und zog seine dicht gewachsenen dunklen Augenbrauen nachdenklich zusammen, während er sich mit der Hand über das unrasierte Kinn strich. »Hier gibt es niemand, der so heißt.« Er schwitzte erkennbar. Wassertröpfchen hingen an den Enden seiner Haare.

»Vielleicht sind meine Informationen auch falsch. Ich hatte den Eindruck, er hätte sich auf einen Familienbesitz hier auf Tybee Island zurückgezogen. James LaRue.«

»LaRue. Vielleicht kommt mir der Name doch bekannt vor. Vielleicht können wir es rauskriegen.«

Er machte mit einer Hand eine Geste, winkte sie herein. Dann wandte er sich um und schlurfte in die Dunkelheit zurück. Er bewegte sich, als hätte er Magenkrämpfe.

Der Kerl war total high.

Sie öffnete die Fliegentür, blieb aber im Türrahmen stehen. Instinktiv empfand sie den Drang zu verschwinden, aber sie hatte keinen logischen Grund, sich zu fürchten.

Er strahlte eine Dunkelheit aus, die Drogensüchtige oft an sich haben. Es war eine lähmende, beängstigende Hoffnungslosigkeit. Der Mann vor ihr war total im Eimer. Noch viel schlimmer als David Gould.

»Er ist ein Experte für Tetrodotoxin«, erklärte sie. »Vielleicht haben Sie von den Vergiftungswellen in Savannah gehört?«

Während sie sprach, spitzte sie die Ohren, um herauszufinden, ob noch jemand anderes hier war. Ihr Blick streifte mit routinierter Geschicklichkeit und Offenheit durch das kleine Zimmer.

Sie tat zwei Schritte hinein und stand sofort in der Küche, die in den Wohnbereich überging. Aus der Küche führte ein Flur höchstwahrscheinlich ins Schlafzimmer.

Gab es noch andere Räume? Von außen war das schwer zu erkennen gewesen.

Er schlurfte zu einem Holztisch, auf dem das Einwickelpapier von Fast Food und aller möglicher Müll herumlagen, blieb stehen, und warf ihr über eine bucklige Schulter einen Blick zu. »Ich habe keine Zeitung und höre keine Nachrichten.«

Diesmal tastete sie nicht nach dem *Wanga*, sondern nach ihrer Waffe. In seinem derzeitigen Zustand wirkte er ziemlich harmlos, aber vielleicht war sie auch aus Versehen mitten in eine Drogenküche geraten. Da waren schon Leute umgebracht worden. Und an die Alligatoren verfüttert. Sie begann ihre emotionale Entscheidung, Gould zurückzulassen, zu bereuen.

»Es ist heiß«, sagte der Mann. Er stellte das Offensichtliche fest, wie es Betrunkene oder Bekiffte eben tun.

»Wenn Sie nicht wissen, wo LaRue wohnt, dann gehe ich besser wieder.«

»Ich zeichne Ihnen eine Karte.«

»Sie wissen also, wo er wohnt?«

»Setzen Sie sich.« Er deutete auf den Tisch.

»Schon in Ordnung, ich kann stehen.«

Er ging zur Spüle und drehte das Wasser an. »Was haben Sie gesagt, warum suchen Sie nach LaRue?«

»Er ist ein Fachmann für Tetrodotoxin.« Er füllte ein Glas mit Wasser, dann reichte er es ihr. »Sie sehen so aus, als könnten Sie etwas zu trinken gebrauchen.«

»Danke.« Sie nahm das Glas. Es sah sauber aus.

Er schlurfte noch ein wenig herum, fand einen Kaffeebecher, schüttete aus, was sich darin befand, und füllte ihn mit Leitungswasser. Er trank und schenkte sich noch zweimal nach, bevor er sich einen Stuhl an den Tisch zog.

Er wühlte in dem ganzen Müll und riss dann eine Ecke einer braunen Einkaufstüte ab, auf die er eine Karte zeichnete.

»Man kann sich hier draußen leicht verfahren«, erklärte er und malte dicke schwarze Linien als Straßen.

»Hier ist Norden.« Er deutete auf das obere Ende des Zettels. »Das ist die Straße, die sie gekommen sind, am Sumpf entlang.« Das Wasser schien ihn ein bisschen belebt zu haben. Seine Bewegungen waren nicht mehr so verwaschen, seine Stimme wirkte kraftvoller.

»Das hier ist die Weggabelung, an der sie rechts abgebogen sind. Erinnern Sie sich?«

»In meiner Wegbeschreibung stand, dass ich nach rechts fahren sollte. Hätte ich nach links gemusst?« Sie hob das Glas an den Mund und nahm einen Schluck. Dann noch einen.

Er starrte sie viel länger an, als höflich war. »Nein«, sagte er schließlich.

»Nein?« Sie verstand nicht, was das heißen sollte. Da bemerkte sie das eigenartige Kribbeln in ihren Lippen und ihrem Mund. Das Kribbeln verwandelte sich in eine brennende Hitze, die sich durch ihre Luftröhre in ihrem Bauch breitmachte.

Schweiß drang ihr aus jeder Pore, und nach wenigen Sekunden lief ihr ein Bach über das Rückgrat und durchnässte den Bund ihrer Hose.

Aus einer Art Beobachterposition war sie sich des Glases bewusst, das ihr aus den Fingern glitt. Sie versuchte es fester zu fassen, aber ihr Körper gehorchte ihr nicht mehr.

Das Glas zersplitterte auf dem Boden.

Es fiel ihr schwer zu atmen, ihre Lungen wollten sich nicht mehr weiten.

Sie stellte sich vor, wie sie eine Hand an den Hals hob, konnte das aber nicht.

Der Boden kippte unter ihr weg.

Das Zimmer drehte sich. Immer weiter ... bis ihr Gesicht auf dem dreckigen Holz des Küchenbodens aufschlug. Ihr Körper wurde zu Boden gepresst, er schien zehnmal so viel zu wiegen.

Es war so eine Erleichterung, sich in der Horizontalen zu befinden, so eine Erleichterung, den Sturz hinter sich zu haben.

Ihre Augen standen weit offen. Sie versuchte zu zwinkern, konnte es aber nicht.

LaRue – denn natürlich war das heruntergekommene Männchen vor ihr LaRue – kniete sich neben ihr auf den Boden, sodass er ihr in die offenen Augen schauen konnte. Sein Gesicht nur wenige Zentimeter von ihrem entfernt, sagte er: »Ich habe festgestellt, die beste Möglichkeit, mehr über TTX herauszubekommen, ist die eigene Erfahrung.«

Sie würde sterben.

Wie eigenartig.

Aus irgendeinem Grund fand sie die ganze Angelegenheit wahnsinnig komisch. Sie hätte gelacht, wenn ihr das möglich gewesen wäre. Schade, denn eigentlich hätte sie es gut gebrauchen können, mal wieder richtig zu lachen.

»Ich bin nicht der, den Sie erwartet haben, was?«, fragte LaRue. »Ich bin nicht, was Sie von einem Harvard-Absolventen erwartet haben? Schon in Ordnung. Machen Sie sich nichts draus. Ich war noch nie, was die anderen erwartet haben. Ich nehme das nicht persönlich.«

Sie wusste, dass Menschen oft Chamäleons glichen, sich stetig veränderten, nicht waren, was sie zu sein schienen, sogar sich selbst gegenüber. Sie hätte sich gerne entschuldigt, wollte erklären, dass es nicht sein Aufzug oder die Umstände waren, die sie in die Irre geführt hatten, sondern sein Alter. Sie hatte jemand viel älteres erwartet.

»Schließen Sie die Augen«, sagte er, immer noch auf dem Boden neben ihr.

Er streckte den Arm aus und drückte ihre Augenlider mit den Fingerspitzen zu.

»Wehren Sie sich nicht. Wenn Sie dagegen ankämpfen, ist es schlimmer. Schließen Sie einfach die Augen und genießen Sie die Reise. Das ist alles«, sagte er mit einer beruhigenden Stimme. Er half ihr, führte sie auf neues Terrain. Ihr ganz persönlicher Timothy Leary. »Sehen Sie, schon besser, oder? Viel besser. Beim ersten Mal ist es am schlimmsten, weil man nicht weiß, was man erwarten soll, und weil man eine Scheißangst hat. Ein bisschen wie Sex«, sagte er mit einem Lachen. »Beim zweiten Mal wird es besser. Sie werden sehen.«

Zweites Mal?

Sie spürte etwas seitlich an ihrem Gesicht, ein Gefühl, das sie nicht recht einordnen konnte. Aber dann begriff sie, dass er ihre taube Wange streichelte, während er besänftigenden Unsinn murmelte. Er flüsterte Worte, die sie beruhigen und hypnotisieren sollten, als versuchte er, sie von einem schlechten Acid-Trip herunterzuholen.

Es funktionierte.

Sie begann sich zu entspannen.

Sie begann zu schweben.

Sie schwebte aus ihrem Körper heraus, hoch, hoch unter die Decke, wo sie sich auf dem Boden sehen konnte. Mit James LaRue neben sich, einen Arm um ihren Kopf gelegt, und seine Finger streichelten ihre Wange.

»Es ist, als wenn man tot spielt, nicht wahr?«, flüsterte er verführerisch.

Sie schaute auf sie beide hinunter, und seine Worte kitzelten sie im Ohr, berührten ihr Haar. »So nah ein lebender Menschen eben herankommen kann.«

Er war verrückt. Absolut und vollkommen verrückt.

»Lassen Sie locker«, lockte er. »Sie müssen locker lassen.«

Sie ließ locker.

25

Elise stieß sich einmal kräftig mit den Beinen ab und durchbrach die Oberfläche des schwarzen Sumpfwassers. Eine fahle Brise hauchte über ihre Wange. Das hypnotische Quaken der Frösche umflutete sie.

Sie brach mit dem Gesicht himmelwärts am Ufer zusammen, lag da und atmete schwer. Die Ventilatorblätter kreisten über ihr, sie mühten sich, die schwere, stickige Luft in Bewegung zu setzen.

Sie war, wo sie die ganze Zeit gewesen war: In der Küche von LaRues Hütte, den harten Boden unter sich, der gegen ihre Schulterblätter drückte.

Sie probierte, ob sie sich bewegen konnte, hob ihren Kopf ein paar Zentimeter, ließ ihn sinken. Sie bewegte ihren Arm und hörte etwas knirschen, erinnerte sich vage an das zerbrochene Trinkglas.

LaRue.

Wo war er?

Ihr Kopf brummte, als sie automatisch nach ihrer Waffe griff.

Mühsam schob sie ihre Hand unter die Jacke.

Noch da.

Ihre Feinmotorik hatte unter der Droge gelitten, und sie mühte sich mit dem Druckknopf am Lederholster ab, bevor sie die Waffe ziehen konnte. Sie rollte sich auf die Seite und stützte sich ein wenig hoch, stabilisiert mit einer Hand.

Die plötzliche Bewegung verursachte ihr Übelkeit.

Sie lauschte, in ihren Ohren klingelte es. Mit gezogener Waffe sah sie sich um, dann erhob sie sich, die Hand mit ihrer Pistole zitterte.

»LaRue?« Ihre Stimme war ein leises Krächzen.

Langsam durchsuchte sie die Hütte. Sie sah nach, ob Bad und Schlafzimmer leer waren, die Türen knallten zu, während sie von einem Zimmer ins nächste schlurfte. Sie kehrte in die Küche zurück und sah nach draußen. Ihr Wagen war noch da.

Sie griff in die Tasche und spürte die rauen Kanten ihrer Schlüssel.

Ihre Finger waren klebrig.

Sie hob die Hand und sah, dass ein Glassplitter zwischen zwei Knöcheln steckte. Sie zog ihn heraus und klopfte weitere Glassplitter von ihrer Jacke.

Auf dem Boden, wo sie gelegen hatte, sah sie getrocknetes Blut.

Sie hatte sich von LaRue übertölpeln lassen.

Wie peinlich.

Elise wollte nach Hause fahren, duschen, ins Bett kriechen. Stattdessen motivierte sie sich dazu, sich noch einmal in LaRues Haus umzusehen. Ohne Durchsuchungsbefehl konnte sie nichts anrühren. Sie musste den Drang unterdrücken, die Bücher zu öffnen, die in den Regalen standen, seine E-Mails zu lesen.

Ihr Handy klingelte.

Sie zog es heraus und starrte es eine Weile an, bevor sie es schließlich ans Ohr hob.

Gould.

Das Signal war schlecht, seine Stimme knisterte.

»Wo zum Teufel steckst du?«, konnte sie schließlich ausmachen.

»Ich bin ins Land der Goblins verschwunden ...« Die Worte waren nur ein heiseres Flüstern.

»Was? Ich kann dich nicht hören.«

Dann sagte er, dass er den ganzen Nachmittag über versucht hatte, sie zu erreichen.

Elise sah auf die Uhr; sie hatte vier Stunden verloren.

Das Funknetz verschwand und das Gespräch brach ab.

Sie versuchte ihn zurückzurufen, bekam aber keine Verbindung. Sie schaltete das Handy aus und steckte es in die Tasche. Ein großer Kraftaufwand für nichts und wieder nichts.

Sie steckte ihre Waffe in das Schulterholster, ließ die Jacke offen stehen und das Holster unverschlossen. Bevor sie das Haus verließ, sammelte sie etliche Glassplitter auf und wickelte sie in die falsche Karte, die LaRue gezeichnet hatte.

Dann trat sie hinaus auf die Veranda vor dem Haus und sah sich um. War er dort draußen und beobachtete sie? Wartete er darauf, dass sie verschwand?

Ihre Reifen waren in Ordnung. Er hatte sie weder zerstochen noch die Luft herausgelassen.

Mit den eingewickelten Glassplittern in der Tasche setzte sie sich auf den Fahrersitz.

Es war spät geworden.

Bald würde es dunkel werden.

Nachdem sie die Türen verriegelt hatte, zwang sie sich, langsam loszufahren. Die Übelkeit war verschwunden und sie dachte, dass wieder alles in Ordnung wäre, bis sie plötzlich am Steuer aus dem Halbschlaf aufschreckte und mitten auf einer verlassenen Straße stand, ohne genau sagen zu können, wie lange sie schon hier war.

Sie drehte die Klimaanlage des Wagens im Leerlauf hoch, ließ sich davon ins Gesicht blasen, und fuhr nach Savannah. Irgendwann hielt sie an und zog ihr Handy heraus. Das Signal war ausgezeichnet. Sie hatte mindestens zehn Nachrichten von Gould, die er den Nachmittag über hinterlassen hatte. Die letzte bestand darin, dass er nach Hause ginge und sagte, sie sollte sich bei ihm melden, sobald sie seine Nachrichten hätte.

Sie rief sein Handy an, dann seine Privatnummer, beide Male Anrufbeantworter.

Sie war nur einmal in seiner Wohnung gewesen, aber Mary of the Angels war leicht zu finden. Das kannten alle Einwohner Savannahs. Ein trostloses, fesselndes Stück Architektur mit einer düsteren Vergangenheit, das sich an eine Ecke des Historic District klammerte.

Sie hatte Probleme mit der Zeit, hatte das Gefühl, sich gerade erst entschieden zu haben, zu Gould zu fahren, als sie auch schon da war – sie hielt auf dem Parkplatz neben dem vierstöckigen Gebäude.

Es war dunkel geworden.

Keine Sterne.

An der Haustür fand sie Goulds Namen auf dem Klingelschild und drückte den Knopf.

Keine Antwort.

Sie lehnte sich an die Steinmauer und schloss die Augen, ihre Beine zitterten. Warum war sie hergekommen? Warum war sie nicht zur Polizei gefahren?

Sie konnte nicht nachdenken.

Schlafen. Sie wollte bloß schlafen. Würde sie es überhaupt

zurück zu ihrem Wagen schaffen? Konnte sie allein nach Hause fahren?

Sie drückte noch einmal den Knopf ... und ließ nicht mehr los.

Eine Stimme knisterte durch die Gegensprechanlage.

»Ja.«

Gould. Genervt.

Elise beugte sich vor zum Lautsprecher. »Lass mich rein.«

»Elise?« Seine Gereiztheit war verschwunden. Jetzt klang er verwirrt. »Ich war unter der Dusche. Komm rauf.«

Die Tür summte und Elise taumelte hinein. Sie nahm den Fahrstuhl in den zweiten Stock, ging durch einen dunklen Flur mit rotem Teppich und Wandleuchten zur 335. Die Tür war offen.

In der Wohnung hörte sie die Dusche laufen. Eine kleine Pfütze befand sich neben ihren Füßen auf dem Holzboden. Die einzige Beleuchtung war ein kleines Lämpchen über dem Herd. Daneben summte eine Klimaanlage am Fenster.

Die Wohnung lag an einer Ecke und wäre tagsüber wahrscheinlich hell gewesen, wären die Fenster nicht von Efeu überwuchert gewesen. In der Nähe der Fenster stand ein weich gepolsterter Schaukelstuhl. Sie lief darauf zu und sackte hinein, mit einem tiefen Seufzen ließ sie den Kopf in den Nacken fallen.

Etwas landete auf ihrem Schoß. Sie schaute hinunter und entdeckte Goulds Siamkatze. Wie hieß sie noch?

Die Katze begann laut zu schnurren. Elise streichelte ihren weichen Pelz und schloss die Augen.

Was für ein wunderbarer, friedfertiger Ort ...

David trocknete sich ab, zog ein weißes T-Shirt und eine Jeans an, ging dann zurück in den Wohnbereich. Elise saß in einer dunklen Ecke und Isobel auf ihrem Schoß schnurrte wie verrückt. Der kleinen Szene haftete tatsächlich etwas Beruhigendes und Häusliches an.

David öffnete den Kühlschrank. »Ein Bier?«, fragte er über die Schulter.

Sie murmelte eine Ablehnung.

»Cola?«

Wieder nichts.

»Ich habe Neuigkeiten.« Er griff sich eine Diät-Cola, öffnete sie und trank. »Im Großbereich gab es im letzten Jahr vier weitere nachweisliche Fälle von Vergiftungen durch unbekannte Stoffe. Alle in verschiedenen Gerichtsbarkeiten. Deswegen hatte es niemand bemerkt.«

Er setzte sich auf einen Hocker an den Küchentresen, stellte einen nackten Fuß auf eine Querstrebe, sodass viel Platz zwischen ihm und Elise blieb. »Wenn der Fall nicht vor Gericht kommen wird, bewahren die meisten Leichenschauhäuser keine Gewebe- oder Blutproben auf, aber ich hab sie gebeten, doch noch einmal nachzusehen. Wenn sie zum Beispiel noch ein Stückchen Leber finden, können sie einen weiteren Test nach selteneren Giften vornehmen und sich dann bei uns melden.«

Er nahm noch einen Schluck Cola. »Alkohol kann auch tödlich sein. Wenn also ein Alkoholiker stirbt und seine Leber übel aussieht, würde man nicht weitersuchen, sondern einfach denken, dass er schlicht an einer Alkoholvergiftung verreckt ist.«

Seine Partnerin schien sich für die Informationen, die er weitergab, nicht im Geringsten zu interessieren.

»Ich kann mich nicht an den Namen deiner Katze erinnern.«

»Isobel.«

»Isobel. Das ist ein hübscher Name.«

»Vergiss mal die Katze für einen Augenblick. Wo warst du?«

»Bei dem TTX-Spezialisten.«

»Ohne mich?«

»Blöde Idee, ich weiß.«

»Ist er bereit, uns zu helfen? Hatte er irgendwelche wichtigen Informationen?«

»So weit sind wir nicht gekommen.«

Er runzelte die Stirn. Benahm sie sich komisch? Ein bisschen absurd? »Was ist passiert? Was hat er gesagt?«

»Er hat mir ein Glas Wasser angeboten.«

Sie wippte vor und zurück und streichelte weiter die Katze. »Rückblickend weiß ich schon, dass es dumm von mir war, das anzunehmen, denn *ich glaube, es war Tetrodotoxin drin.*«

Für einen Augenblick blieb die Zeit stehen.

David hörte im Geiste noch einmal ihren letzten Satz.

Ich glaube, es war Tetrodotoxin drin. Das hatte sie gesagt. Genau das hatte sie gesagt.

Er stellte seine Coladose hin und stieg vom Barhocker. Er machte das Deckenlicht nur selten an, weil es so grell und gnadenlos war und seine Bude nackt aussehen ließ.

Aber jetzt schaltete er es ein.

Elise hob den Arm schützend vor ihr Gesicht. »Kannst du das ausmachen?«

Er durchquerte das Zimmer und kauerte sich vor sie hin.

Jede Zelle konzentrierte sich auf Elise. »Erzähl mir, was passiert ist«, sagte er ruhig.

Die Katze stieß alarmiert ein kleines Miauen aus, sprang von ihrem Schoß und verschwand durch den Flur.

»Jetzt hast du Isobel Angst gemacht«, schalt ihn Elise.

Sie hatte einen Schnitt auf einem Handrücken. Er blutete nicht mehr, sah aber aus, als müsste er vielleicht genäht werden. »Warum hast du nichts gesagt?« Er nahm ihre Hand. »Wie ist das passiert?«

»Ich habe einen Schluck genommen. Das Glas ist runtergefallen. Es ist zerbrochen. Ich bin darauf gestürzt. Da lag ich, als du versuchtest, mich anzurufen. Wie gelähmt.«

»Mein Gott.«

Das Deckenlicht störte sie noch immer. Sie blinzelte in die Helligkeit hinein.

Er nahm ihr Kinn mit einer Hand und drehte ihr Gesicht zum Licht, betrachtete ihre Augen. Ihr Gesicht, umrahmt von dunklem Haar, war aschgrau. Selbst ihre Lippen waren farblos.

Sie zuckte zurück.

»Deine Pupillen sind geweitet.«

»Mein Nervensystem ist total durcheinander, aber ich bin nicht high.«

Er nickte. Sie schien bei Sinnen. Erschöpft, aber bei Sinnen. »Du solltest im Krankenhaus sein.«

»Und die Medien von der Sache Wind bekommen lassen? Nein, danke. Es geht mir gut.«

Er wollte ihr glauben. »Vielleicht muss das auf deiner Hand genäht werden.«

Sie betrachtete die Wunde, drehte die Hand hin und her. »Meinst du?«

»Hast du schon einen Bericht geschrieben?«

Sie schüttelte den Kopf. »Noch nicht.«

»Wo ist LaRue jetzt?«

»Ich weiß es nicht. Er war weg, als die Wirkung der Droge vier Stunden später nachließ.«

Davids Gefühle hatten so lange auf Eis gelegen, dass er jetzt, als eine Welle der Verzweiflung und Wut ihn trafen, nicht recht wusste, wie er damit umgehen sollte.

Er sprang auf und wandte sich ab. Er verbarg sein Gesicht. Zu viel Wirklichkeit. Wenn LaRue in diesem Augenblick im Raum gewesen wäre, hätte David ihn umgebracht.

Die Intensität seiner Reaktion machte ihm Angst.

Reiß dich zusammen, Gould.

Konzentrier dich.

Schieb es jetzt beiseite und tu, was du tun musst.

Er holte tief Atem und drehte sich wieder um.

»Elise ...« Er hielt inne, schluckte, dann fragte er: »Musst du auf eine Vergewaltigung untersucht werden?«

Sie schaute überrascht, als wäre das etwas, woran sie noch gar nicht gedacht hatte. »N-nein.«

»Bist du sicher? Kannst du dich erinnern, was in diesen vier Stunden geschehen ist?«

Sie wirkte unsicher. »Ja ... und nein.« Sie bemühte sich, alles zusammenzufassen. Er vermutete, dass sie im Geiste mögliche Anzeichen einer Vergewaltigung durchging.

»Ich war da, aber auch wieder nicht.« Sie dachte noch etwas darüber nach. »Nein«, sagte sie schließlich. »Das ist nicht nötig.«

»Okay. Gut.« David stieß den Atem aus und entspannte sich ein wenig. »Aber wir müssen dich zur Polizei bringen.

Du musst Anzeige erstatten. Wir müssen diesen Typen schnappen. Einkassieren. Mein Gott. Er ist wahrscheinlich derjenige, der all diese Leute umgebracht hat.«

»Ich weiß nicht. Das kommt mir zu einfach vor. Zu offensichtlich.«

»Es müssen nicht alle Verbrechen schwer zu lösen sein. Und schon gar nicht, wenn der Täter ein verdammter Vollidiot ist.«

Sie schloss die Augen und lehnte sich zurück. »Zu wütend«, sagte sie, die Stimme schwach vor Erschöpfung. »Mir ist nicht nach Streiten.«

»In Ordnung. Tut mir leid.« Er hob die Hände, als wollte er jemand Unsichtbares vor sich erwürgen. »Ich bin bloß sauer.« Er ließ die Hände sinken.

Er durchquerte das Zimmer, griff zum Telefonhörer und begann eine Nummer zu wählen. »Ich schicke die Spurensicherung zu LaRue. Sie müssen unter...« Er unterbrach sich mitten im Satz, um mit demjenigen zu sprechen, der am anderen Ende der Leitung war; er erklärte, was er erledigt haben wollte.

»Du solltest zu LaRue fahren und die Durchsuchung überwachen«, sagte Elise, als David aufgelegt hatte.

»Ich fahre dich in die Zentrale.« Er griff wieder nach dem Hörer. »Ein Nachtbesuch bei LaRue scheint mir genau das Richtige für Starsky und Hutch zu sein.«

Nachdem er Starsky angerufen hatte, um ihm eine verkürzte Version dessen durchzugeben, was geschehen war, verfrachtete er Elise in seinen Wagen und fuhr zur Polizeiwache.

Sie war nicht daran gewöhnt, auf der Opferseite des

Schreibtischs zu sitzen. Es kam ihr eigenartig und ein wenig surreal vor, und die Reste der Droge in ihrem Blutkreislauf ließen alles wie einen Wachtraum erscheinen. Nachdem sie die zu unterschreibenden Formulare unterschrieben hatte, schickte man sie ins Labor, um ihr sechs Proben Blut zu entnehmen.

Während Gould im Aufenthaltsraum auf sie wartete, wurden Abstriche genommen aus ihrem Mund, von ihren Lippen, Händen und anderen Stellen an ihrem Körper. Danach steckte man sie fünfzehn Minuten lang unter die Dusche, falls ein Körnchen TTX auf ihrer Haut verblieben war. Anschließend bekam sie einen sauberen Kittel, ihre eigenen Sachen waren jetzt Beweisstücke.

Ein Pflaster reichte für ihre Hand.

Auf dem Weg nach Hause hielt David vor einem chinesischen Restaurant, ließ den Wagen im Leerlauf vor der Tür stehen und rannte hinein. Zwei Minuten später kehrte er mit einer weißen Papiertüte zurück. »Ich habe vorbestellt«, erklärte er, stieg wieder in den Wagen und reichte ihr die Tüte.

Zu Hause bei Elise setzten sie sich im Wohnzimmer auf den Fußboden und aßen direkt aus den Schachteln.

Sie trug den grünen Kittel, den sie im Labor bekommen hatte, und ihr Haar war noch nass vom Duschen. Gould trug die Jeans und das T-Shirt, das er vorhin übergeworfen hatte. Sein Haar war getrocknet.

Elise öffnete ihren Glückskeks.

Aha, dachte sie. Die generische Weissagung Nummer 75. *Gute Taten lohnen sich.* Sie sollte auch Glückskekse texten. Sie könnte sich viel bessere ausdenken.

236

»Verdammt«, sagte sie. »Schade, dass ich das nicht früher gelesen habe.«

Gould hielt inne, Stäbchen in der Hand. »Was?«

Elise tat so, als läse sie von dem Zettelchen ab. »Unstillbarer Durst führt zu übergroßem Wissen.«

Er stellte sein Essen beiseite und legte die Stäbchen darauf, dann öffnete er seinen Glückkeks und steckte sich die Hälfte in den Mund, während er den kleinen Zettel glatt strich. »›Ein Weiser verweigert Süßigkeiten von Fremden‹.«

»Ha-ha.« Sie zog ihm den Zettel zwischen den Fingern weg. »Du musst mich auch immer übertrumpfen, oder? Was steht da wirklich drauf?«

Er versuchte ihr den Zettel wegzunehmen, aber sie drehte ihm den Rücken zu und presste ihn an den Bauch. »Vergangenes ist niemals wirklich vergangen.«

»Hmm«, sagte Gould. »Ein Glückskeks, der tut, als sei er Faulkner. Ich glaube, das Zitat heißt in Wirklichkeit: ›Die Vergangenheit ist niemals tot. Sie ist nicht einmal vergangen‹.«

»Glaubst du, das stimmt?«

»Leider ja.«

Es war spät. Nach Mitternacht.

»Wo schläfst du?«, fragte Gould und sah sich neugierig in dem Zimmer um.

»Oben. Im zweiten Stock. Warum?«

»Ich lasse dich nicht alleine mit TTX im Blut.«

»Das ist völlig unnötig.« Die Vorstellung, dass Gould es sich bei ihr zu Hause gemütlich machte, war ihr ein bisschen zu persönlich. Sie hatten sich in einer Nanosekunde von ich-kenne-dich-kaum zu Schlafgästen verwandelt.

Das Telefon klingelte. Abe Chilton von der Spurensicherung.

»Ich bin jetzt bei LaRue«, erklärte er. »Wir sind fast fertig mit dem Einsammeln von Beweisen.«

»Haben Sie irgendetwas gefunden, was TTX sein könnte?«, fragte Elise.

»Nichts Offensichtliches.«

»Irgendwelche Spuren LaRues?«

»Nein. Aber, wie geht es Ihnen? Soll ich vorbeikommen? Brauchen Sie Gesellschaft?«

»Mein Partner ist hier«, sagte sie.

»Gould?« Chilton klang überrascht. »Da halten Sie die Augen auf. Ich habe da so Sachen gehört.«

Sie konnte kaum glauben, dass er auch einstimmte. »Was für Sachen?«

»Dass er ziemlich instabil ist, zum Beispiel.«

Sie warf Gould einen Blick zu. Er sammelte die leeren Essensbehälter ein und stopfte sie in eine Tüte. Im Moment sah er so stabil und häuslich aus wie der Familienvater in einer Komödie aus den Fünfzigerjahren.

26

Die Ränder von Elises Traum waren dunkel und unklar, als schaute man durch eine Kameralinse ohne Tiefenschärfe. Sie ging eine Straße an einer aus Ziegel gemauerten, mit Graffiti beschmierten, Wand entlang, Wasser lief über den Boden. Sie trat in ein Schlagloch und verschwand bis zu den Knien.

Die Straßenlampen waren aus und die ganze Gegend hatte eine düstere, apokalyptische Atmosphäre.

Sie spürte etwas an ihr Bein stoßen und schaute hinunter, um zu sehen, dass eine im Wasser treibende Leiche gegen sie gestupst war.

Die Leiche klammerte sich an sie, schlang ihre Arme um ihren Knöchel. Elise riss sich los und begann die dunkle Straße entlangzurennen.

Jetzt bemerkte sie, dass die Umrisse, die sie für ausgeschaltete Laternen gehalten hatte, in Wahrheit Menschen waren.

Wie auf Befehl begannen sie neben ihr herzulaufen, bis die Straße voll mit dunklen Umrissen war, die zum Fluss eilten.

Was sollte das bedeuten? Sie hatte das Gefühl, die Antwort wäre irgendwo in ihrem Traum. Wenn sie nur den Fluss erreichen könnte ...

Sie erwachte. Sie war sich plötzlich ihres Schlafzimmers bewusst, ihres Bettes, der offenen Tür, des Kissens unter ihrem Kopf.

David lag im Dunkeln in Elises Haus und lauschte.

War er eingeschlafen? Er glaubte es nicht, war aber nicht sicher.

Irgendwo tickte eine Uhr und ein kleiner Motor lief.

Ihr Haus bestand aus staubigen Fluren und zerbrochenem Putz, der das hölzerne Skelett freigab. Sehr wenig Möbel. Ein paar Teppiche hier und da, aber nicht genug, um das Echo zu verhindern.

Sie war noch bei der Arbeit.

Er versuchte, ihren Atem zu hören.

Stille.

»Elise?«, flüsterte er.

Keine Antwort.

Er warf die leichte Decke zur Seite und rollte sich von der Luftmatratze, die sie in die Ecke ihres Schlafzimmers gelegt hatten. In der Dunkelheit hastete er hinüber an ihr Bett.

Niemand.

Im Schein der blauen Nachtlampe ging er durch den Flur und dann die Treppe mit dem geschwungenen Geländer herunter ins Erdgeschoss.

Er stand einen Augenblick da. Straßenlicht fiel durch hohe, vorhanglose Fenster.

Er bemerkte Zigarettenrauch.

Folgte dem Geruch in ein kleines Wohnzimmer am vorderen Ende des Hauses.

»Komm rein«, sagte Elise aus der Tiefe des Raumes.

Er hörte ein Grummeln unter seinen Füßen, dann fuhr ihm ein kalter Luftstrahl ins Gesicht, als die Klimaanlage ansprang.

Es war dunkel im Zimmer, das Licht fiel durch Spitzenvorhänge und endete auf einem gemusterten Teppich. Die Spitze der Zigarette glimmte rot. Wenn sie inhalierte, konnte man ihr Gesicht sehen, dann verschwand es wieder im Schatten.

»Ich wusste nicht, dass du rauchst«, sagte er.

»Tue ich auch nicht.« Sie streifte die Asche in einen Aschenbecher. »Nicht besonders häufig jedenfalls, nur manchmal.«

»Zum Spaß?«

»Nicht wirklich zum Spaß. Eher, um den Tod an der Nase herumzuführen.«

»Im Grunde lädst du ihn dann doch eher ein. Hast du was dagegen, wenn ich das Licht anmache?«

»Lieber nicht.«

Es war hell genug, um zu erkennen, dass sie in einem Polstersessel saß, ihre nackten Beine hingen über die Lehne, und sie trug eine Art Bademantel. Die Möbel waren dunkel und formlos, sie bevölkerten das Zimmer wie große, ununterscheidbare Felssteine.

Er tastete umher, bis er das Sofa ihr gegenüber berührte. Sie schien meilenweit weg zu sein, während sie still dasaß und rauchte.

»Das Haus gehört mir seit fünf Jahren«, sagte sie. »Dieses Wohnzimmer und das Schlafzimmer meiner Tochter sind das Einzige, was ich fertig bekommen habe.«

»Umbauen ist ganz schön anstrengend.«

»Ich habe einfach den Schwung verloren, als mir klar wurde, dass Audrey nicht herkommen will, ob ihr Zimmer nun nett eingerichtet ist oder nicht.«

Die Klimaanlage schaltete sich wieder aus, und es wurde still im Haus.

Sie griff nach dem Aschenbecher, zog ihn heran, tippte die Asche hinein, nahm einen Zug, streifte erneut Asche ab. »Das Leben ist voller Überraschungen«, sagte sie. Ihre Stimme klang ein wenig heiser. »Findest du nicht?«

»Es geschehen Dinge, auf die wir uns nicht vorbereiten können.«

»Manche Leute sagen, erst das macht das Leben lebenswert.«

»Ich habe ein paar Überraschungen erlebt, die ich lieber ausgelassen hätte«, gab er zögernd zu.

»Zum Beispiel?«

»Nichts, worüber ich reden wollte.«

»Wirklich? Ich habe festgestellt, dass ich im Dunkeln Dinge sagen kann, die ich im Hellen niemals zugeben würde.«

»Ich bin derselbe Mensch bei Tag und Nacht.«

»Das ist nicht besonders mysteriös.«

Sie drückte die Zigarette aus. Er konnte sehen, wie die Spitze in mehrere kleine rote Stückchen zerfiel und dann erlosch.

Er zuckte mit den Achseln, obwohl es zu dunkel war, als dass sie seine Bewegung erkennen konnte. »Ich bin ein langweiliger Typ.«

Sie lachte. »Das willst du die Leute nur glauben machen.«

Sie benahm sich komisch. Warum auch nicht, nachdem, was sie gerade durchgemacht hatte? Und bei dem, was sie noch im Blut hatte.

»Alles in Ordnung?«, fragte er.

»Ich konnte nicht schlafen. Nur mal als Tipp: Mach keine Vier-Stunden-Nickerchen. Das bringt einen echt durcheinander.«

Was du nicht sagst. Er konnte sowieso nur selten schlafen.

»Ich gehöre einer Traumanalyse-Gruppe an«, sagte sie. »Wir treffen uns ein paar Mal im Monat und analysieren unsere Träume.«

»Klingt ein bisschen zu sehr nach New Age für mich.«

»Es gibt Leute, die der Meinung sind, dass man die Zukunft in den Träumen erkennen kann. Ich glaube das nicht. Aber ich glaube, man kann vielleicht an das Unterbewusste herankommen. Ich würde gern Probleme mithilfe von Träumen lösen. Vielleicht sogar Verbrechen.«

»Wie könnte man denn das?«

»Bevor man einschläft, stellt man sich eine Frage oder konzentriert sich auf ein Rätsel, und manchmal fällt einem dann die Antwort ein, während man schläft. Aber die Antwort kommt aus dem Innersten.«

Er nickte. »Das hat Sinn. Die Kraft des Unbewussten nutzen.«

Sie hielt inne, riss ein Streichholz an und entzündete eine neue Zigarette, dann schüttelte sie das Feuer aus.

Er wünschte, sie würde nicht rauchen.

Er beobachtete die Spitze ihrer Zigarette. Konnte seinen Blick gar nicht davon lösen. »Du solltest nicht rauchen. Das ist schlecht für dich.«

Sie nahm einen Zug und das Glimmen erhellte für einen Augenblick ihr Gesicht. »Du musst reden. Du bist doch auf dem besten Weg, dich selbst hinzurichten. Was bewegt dich, Gould? Warum hast du beim FBI aufgehört?«

David wurde klar, dass er sich versteckt hatte. Er hatte sich versteckt in seinem neuen Leben, in der Stadt Savannah, dem

Polizeidienst, bei Elise. Weil sein neues Leben nichts mit dem alten zu tun hatte.

Bloß stimmte das nicht. Das war es, was er nicht begriffen hatte. Alles hing miteinander zusammen. Alles.

Plötzlich wollte er es ihr erzählen. Nicht, weil es dunkel war und es im Dunkeln einfacher war. Er wollte, dass sie es wusste.

Vielleicht weine ich. Heule wie ein Baby.

Was würde seine Partnerin davon halten?

Sein Herz klopfte so heftig in seiner Brust, dass sein T-Shirt zitterte.

Am Ende sagte er es einfach. Denn das war die einzige Möglichkeit, so etwas zu handhaben.

Er erzählte Elise von seiner Ex-Frau. Und dann sprach er die Worte aus, die er so oft gedacht, aber nie gesagt hatte. »Ich habe meinen Sohn tot aufgefunden. In der Badewanne. Ertrunken. Sie war es. Meine Frau. Sie hat ihn absichtlich ertränkt.«

Eine Zeit lang sagte Elise gar nichts. Was sollte man dazu auch sagen? Ehrlich? Stille war besser als Lügen oder Worte, die nichts bedeuteten.

Draußen fuhr ein Reinigungsfahrzeug vorbei. In Savannah musste es die saubersten gottverdammten Straßen geben – und die schmutzigsten Geheimnisse. Ha-ha. Wer wollte behaupten, dass er keinen Humor mehr hatte?

»Warum weiß ich nichts davon?«, fragte sie schließlich mit ganz normaler Stimme.

Gott sei Dank. Denn wenn sie jetzt berührt gewesen wäre, wenn sie ihm erzählt hätte, wie leid es ihr täte, um was für eine schreckliche Tragödie es sich handelte, wäre er zerbrochen. Und das wollte er nicht.

»Du kennst doch das FBI.« Er bemühte sich um Lässigkeit. »Sie wollten nicht, dass irgendetwas auf sie abstrahlt, also haben sie es unter den Teppich gekehrt. Beth hat ihren Mädchennamen benutzt und mein Name wurde nie an die Presse gegeben. Ganz einfach. Es ist nie passiert. Zumindest nicht mir.«

Und was alle anderen anbetraf, hatte er nie einen Sohn gehabt.

»Danke, dass du mir das erzählt hast«, sagte sie leise.

»Ich will kein Mitleid von dir.« Bitte, Gott. Nicht das.

»Ich weiß.«

Brach ihre Stimme? Bloß ein bisschen?

Tu das nicht. Ich kann weinen wie ein Wahnsinniger, wenn ich erst mal loslege. Ich kann weinen wie ein Wahnsinniger und nie mehr aufhören.

»Alles ganz normal?«, schlug er hoffnungsvoll vor.

»Alles ganz normal.«

Elise hörte zu, wie das Straßenreinigungsfahrzeug um die Ecke bog, es war ein beruhigendes Geräusch, als hörte man die Stadt leise atmen, während sie still ihren Bewohnern beim Schlafen zuschaute.

Eine derart umfassende Leugnung der Geschehnisse konnte nicht gesund sein. David hatte nie die Gelegenheit gehabt, angemessen zu trauern. Plötzlich war ihr klar, warum er darauf aus war, sich zu zerstören. Sein unsoziales Auftreten. Das Saufen. So wie er sich bei Strata Luna benommen hatte. Strata Luna, die ebenfalls die Leiche ihres ertrunkenen Kindes gefunden hatte.

Elise konnte jetzt sogar verstehen, dass er sich eine Prostituierte bestellt hatte. Es schien auf eine eigenartige Weise

245

sogar eine noble Geste zu sein. Er hatte sich nach menschlichem Kontakt gesehnt, wusste aber, dass er selbst nichts zu geben hatte – also hatte er jemanden angerufen, der nichts von ihm erwarten würde. Bloß war sein Plan nach hinten losgegangen. Flora Martinez war auf die Trauer und Verzweiflung angesprungen. Frauen, selbst Prostituierte, suchten nach Männern, die sie schützen und heilen konnten.

»Man versucht immer, damit klarzukommen«, sagte er mit angespannter Stimme. »Man versucht immer, eine Möglichkeit zu finden, die einen Sinn ergibt. Aber es gibt keine.«

Elise dachte an das, was Strata Luna an jenem Nachmittag auf dem Friedhof gesagt hatte. Dass das Böse keinen Grund brauchte, um zu existieren. Es stimmte. »Morde an Kindern können niemals einen Sinn haben«, sagte Elise zu ihm.

Er musste das Mitgefühl in ihrer Stimme bemerkt haben. »Ich sollte dir nicht leid tun«, sagte er leise in der Dunkelheit. »Ich will dir nicht leid tun.«

»Tust du nicht«, log sie.

Sie fragte sich, wie er früher gewesen war.

»Ich war mal anders«, sagte er zu ihr. »Ich war mal lustig.«

»Du bist immer noch lustig.«

»Ich meine *lustig* lustig.«

»Ich auch.«

»Diese Geschichte mit Flora. Ich werde ihr sagen, dass ich mich nicht mehr mit ihr treffen kann.«

Vielleicht war dieses Gespräch ein Wendepunkt für ihn.

»Ich war kein besonders guter Partner«, stellte er traurig fest.

»Du warst in Ordnung.« Sie musste bei der Wahrheit bleiben.

»Dass du allein zu LaRue gefahren bist. Das hätte nicht passieren sollen.«

»Es ist vorbei. Ich bin am Leben. Und es war meine Entscheidung.«

»Ich werde mich bessern«, versprach er. »Ab jetzt. Ich schwöre es.« Er machte eine Pause, dachte nach. »Wir werden ein gutes Team sein«, sagte er plötzlich und klang zufrieden. »Wir werden es Starsky und Hutch richtig zeigen.«

27

Wie fühlst du dich?«, fragte David.

Er saß am Küchentisch, wo Elise und er die Stunden vor Anbruch der Dämmerung damit verbracht hatten, ein Brainstorming zu veranstalten, sein Laptop stand aufgeklappt vor ihm.

Mit dem Rücken zum Porzellanspülbecken stellte Elise ihren Kaffeebecher auf den blau gefliesten Küchentresen und ließ ihn ein Lächeln sehen, von dem er vermutete, dass es vor allem alle Proteste ersticken sollte, die er vielleicht vorbringen wollte. Denn, ganz ehrlich gesagt, sah sie übel aus. Nicht übel auf eine schlechte Weise. Mehr Virginia-Woolf-mäßig.

Er hatte schon immer etwas übrig gehabt für Frauen mit dunklen Ringen unter den Augen.

Bevor Elise antworten konnte, klingelte Davids Handy. »Ich habe gerade davon erfahren«, sagte Major Hoffman mit besorgter Stimme. »Wie geht es Detective Sandburg?«

»Hier, Sie können sie selbst fragen.« David reichte Elise sein Handy. Er hörte zu, während Elise der Majorin versicherte, es ginge ihr gut, und sie müsste nicht freihaben. Nach einem längeren Schweigen, gefolgt von einem Augenrollen, legte sie auf. »Probleme?«

»Sieht so aus, als wollte die *Savannah Morning News* heute Vormittag ein Interview mit dem leitenden Detective im TTX-Fall führen.«

»Wieso kann die Presseabteilung das nicht machen? Das ist doch deren Job.«

Sie reichte ihm das Handy zurück. »Das macht mir nichts aus. Außerdem kann ich so darauf achten, welche Informationen wir an die Öffentlichkeit weitergeben.«

David klappte seinen Computer zu. »Nichts lässt einen Tag besser anfangen, als eine Begegnung mit der Presse.«

Elise ging nach oben, um sich umzuziehen, während David vergebens versuchte, sich im Bad im Erdgeschoss herzurichten. Er spritzte sich Wasser ins Gesicht. Fuhr sich mit einem Waschlappen über die Achselhöhlen.

Er musste duschen. Sich rasieren.

Sehnsüchtig und misstrauisch betrachtete er die beiden Zahnbürsten in dem Becher auf dem Waschbecken. Eine war rot. Die andere hatte einen Plastik-Alligator als Griff. Nach einer kurzen Überlegung öffnete er die Badezimmertür. Er holte gerade tief Luft, um Elise die Frage nach einer Zahnbürste nach oben zu rufen, als sie vor ihm auftauchte.

»Hast du eine Extra-Zahnbürste?«, fragte er in normaler Lautstärke.

Sie drückte sich an ihm vorbei, öffnete eine Schublade und reichte ihm eine neue, noch eingepackte Zahnbürste.

»Ich stehe ewig in deiner Schuld.«

»Absolut.«

Zwei Minuten später fuhren sie los. Sie wollten noch schnell bei David vorbei, damit er sich ein paar frische Klamotten überwerfen und Elise ihren Wagen holen konnte.

Zumindest hatten sie das vorgehabt, bis Elise die Haustür öffnete.

Sie erstarrte.

David stieß von hinten gegen sie und schaute dann über ihren Kopf hinweg.

Auf den Stufen stand ein ordentlich gekleideter Mann mit einer Khaki-Hose und einem weißen Polohemd. Neben ihm ein Mädchen von etwa dreizehn, Kopfhörer um den Hals, mit einem Panda-Rucksack, einem Stoffelefanten unter einem Arm, und einem tragbaren CD-Player in der Hand.

Audrey. Elises Tochter. David hatte sie einmal getroffen. Nein, zweimal. Die größte Ähnlichkeit zwischen Mutter und Tochter war ein gewisses Grundmisstrauen.

Im direkten Gegensatz zu Davids zerknittertem T-Shirt, seiner alten Jeans und dem unrasierten Gesicht, sahen die Leute vor ihm aus, als kämen sie direkt aus einer Kaufhauswerbung. Ihre Klamotten waren sauber und neu und frisch gebügelt. Audreys strategisch abgewetzte Jeans war teuer, und mit ihren weiß schimmernden Joggingschuhen war niemand jemals beim Joggen gewesen.

Elise stieß ein leises Keuchen aus. Sie klang wie jemand, dem gerade, als das Flugzeug abhob, einfiel, dass der Gasherd noch an ist.

»Audrey!« Sie holte Atem. »Thomas.«

Der Mann schaute erst Elise an, dann David. Sein Blick blieb an ihm hängen. »Hast du vergessen, dass Audrey heute kommt?«, fragte er mit Erstaunen in der Stimme, die Brauen überrascht zusammengezogen, während er sich zögernd zwang, den Blick von David zu lösen und wieder Elise anzusehen.

David war fasziniert. Das war also Elises Ex-Mann. Gott. Kein Wunder, dass sie ihn verlassen hatte. Was zu der Frage führte: Was hatte sie jemals an ihm gefunden?

David konnte gar nicht aufhören, ihn anzustarren.

Der Kerl war beinahe hübsch, aber Elise schien nicht unbedingt auf Typen mit hübschen Gesichtern zu stehen.

Und dann war da auch noch Audrey ...

Dreizehn. David rechnete schnell nach. Elise musste sie mit siebzehn oder achtzehn bekommen haben. Ein verwundbares Alter. Da beging man noch Dummheiten. Er wusste das selbst am besten.

»Ich habe es nicht vergessen«, sagte Elise eilig. »Natürlich habe ich das nicht vergessen.«

Während sie sprach, schaute Thomas immer wieder zu David hinüber.

Er glaubt, Elise und ich würden miteinander schlafen, wurde David klar.

Das war richtig komisch. Wenn Elises Tochter nicht dabei gewesen wäre, hätte David noch einen draufgesetzt. Stattdessen erklärte er ganz einfach, was lief. »Das hier.« David deutete mit dem Finger auf sich, dann auf Elise, dann wieder auf sich. »Bloß geschäftlich.«

Elise war so entsetzt gewesen, den Besuch ihrer Tochter vergessen zu haben, dass sie gar nicht bemerkt hatte, wie Thomas auf David reagierte. Jetzt erst stellte sie ihren Partner vor.

»Aber es ist noch nicht einmal sieben Uhr«, bemerkte Thomas immer noch deutlich misstrauisch. »Und wo ist dein Wagen? Ich habe deinen Wagen nicht gesehen, als wir kamen. Er ist doch nicht geklaut worden, oder? Ich habe dir ja gesagt, das ist hier eine üble Gegend. Jedes Mal, wenn ich die Karten mit den Verbrechensraten in den *Savannah Morning News* sehe, ist der Historic District voll mit Einbrüchen und Tätlichkeiten.«

»Meinem Wagen geht es bestens.«

Würde sie ihnen sagen, was geschehen war, fragte sich David? Würde sie ihnen erklären, warum er hier war und warum ihr Wagen bei ihm stand?

»Wir arbeiten da an diesem Fall ...«, sagte Elise.

Thomas runzelte die Stirn und sah sie an. »Du siehst erschöpft aus. Ich dachte, du würdest leiser treten.«

»Ich weiß, ich weiß. Aber es ist so, wir haben da diese ... Situation ...«

»So ist das immer. Es ist immer irgendeine Situation.«

Die Missbilligung war verschwunden. Das Misstrauen war verschwunden. Das Einzige, was blieb, war Sorge.

Oje, der Kerl liebt sie immer noch, wurde David klar. *Er versteht sie nicht, aber er liebt sie.* Davids Meinung von Thomas verkehrte sich ins Gegenteil.

»Was ist mit deiner Hand passiert?«, fragte Thomas.

»Ich hab mich geschnitten.« Elise nahm die Hand hinter den Rücken. »Ist nicht schlimm.«

»Ist der Fall diese Voodoo-Zombie-Sache?«, fragte Audrey. Ihre Augen hatten sich geweitet.

»Es ist kein Voodoo«, sagte Elise. »Und es gibt keine Zombies.«

»Die anderen in der Schule sagen, jemand verwandelt Leute in Zombies.«

»Das stimmt nicht.«

David mischte sich ein, er hoffte, ihr den Rücken stärken zu können. »Das stimmt wirklich überhaupt nicht«, sagte er und schüttelte den Kopf.

»Gestern ist ein Mädchen beim Sport ohnmächtig geworden, und alle sind durchgedreht. Sie haben gesagt, sie wäre ein Zombie. Und jetzt laufen die Jungs rum, halten sich die Finger ans Handgelenk und schreien: ›Ich habe keinen Puls! Ich habe keinen Puls!‹«

»Das reicht, Audrey!«, unterbrach sie Thomas. »Du weißt doch, was ich dir vorhin gesagt habe.«

Audreys kurzer, begeisterter Exkurs endete. »Tut mir leid, Dad«, sagte sie und ließ die Schultern hängen.

»Wo wollt ihr jetzt hin?«, fragte Thomas Elise.

»In die Zentrale.«

Audrey stieß ein leises Ich-bin-jetzt-schon-gelangweilt-Stöhnen aus.

»Du kannst mitkommen«, sagte Elise zu ihrer Tochter mit der künstlichen Begeisterung, die Mütter einsetzen, wenn sie genau wissen, dass das Kind ganz bestimmt nicht machen will, was man vorhat. »Wir holen uns ein paar Krispy Kremes auf dem Weg. Die magst du doch. Wir könnten ein Picknick-Frühstück auf dem Friedhof machen.«

Während sie noch in der Tür standen, zog der fiese Gestank der Papiermühle in ihre Richtung, und füllte Davids Nebenhöhlen. Er hatte vor Jahren gehört, dass die Gase sogar den Lack von Autos zerstören konnten. Wieder eines dieser reizenden Savannah-Gerüchte, die niemand richtig begründen konnte.

»Ich will aber nicht zur Polizei.« Audrey schaute ihren Vater bittend an. »Muss ich?«

»Audrey ...«

»Dad.« Sie verdrehte die Füße, um seitlich auf ihren Schuhen zu stehen. »*Bitte?*«

Sie starrte ihn an, als versuchte sie, etwas telepathisch zu kommunizieren. Als sie keine Antwort erhielt, musste sie die

Worte aussprechen. Sie flüsterte durch zusammengepresste Zähne. »Weißt du noch, was du mir zu Hause gesagt hast?«

Plötzlich war peinlich offensichtlich, dass das Kind seine Mutter überhaupt nicht hatte besuchen wollen. Dass sie nur gekommen war, weil ihr Vater sie gezwungen hatte.

David stand direkt hinter Elise, leicht nach rechts versetzt. Er konnte ihr Gesicht nicht sehen, aber er konnte spüren, wie sie erstarrte.

Er legte eine Hand auf ihre Schulter. Thomas bemerkte die Geste und starrte ihn an. David ließ die Hand sinken.

»Vielleicht wäre es ein anderes Mal besser«, sagte Thomas. »Wenn weniger los ist.«

Audrey entspannte sich und ihr Gesicht begann zu strahlen. Sie sah ihren Vater dankbar an.

»Da hast du vielleicht recht«, sagte Elise hölzern. »Wenn weniger los ist.«

»Ich ruf dich an.« Thomas griff nach Audreys Hand. »Lass uns gehen, Schatz. Dann kann deine Mutter arbeiten.«

Audrey wirbelte herum und begann davonzulaufen, ihr Panda-Rucksack hüpfte auf und ab. Sie waren schon halb auf dem Bürgersteig, als Thomas sich zu ihr herunterbeugte und etwas sagte. Audrey wandte sich um und winkte weit ausholend. »Wiedersehen, Mom.« Und dann zu David: »Wiedersehen, Mr Gould!«

Sie drehte sich um und lief hinter ihrem Dad her, dann an ihm vorbei, auf einen weißen SUV am Straßenrand zu.

Elise starrte ihnen hinterher, als sie davonfuhren. »Strafaufschub.«

»Wahrscheinlich wollte sie etwas mit ihren Freundinnen machen«, sagte David und suchte nach einem Stückchen

Wahrheit, das ihr half, sich besser zu fühlen. »In diesem Alter sind Freundinnen wichtiger als Familie. Familie zählt gar nicht.«

Elise antwortete nicht. Stattdessen drehte sie sich um und schloss die Tür hinter ihnen ab.

Er hoffte, dass sie jetzt nicht anfing zu weinen.

Er hasste es, wenn Frauen weinten. Dann fühlte er sich nutzlos. Und das tat weh. Er mochte es nicht, wenn etwas wehtat.

»Oh, Scheiße, Scheiße, Scheiße!«, rief er, als sie die Straße erreichten und er seinen Wagen sah.

Die Scheibe auf der Fahrerseite war eingeschlagen.

Er schaute hinein.

Das CD-Autoradio war weg.

»Scheiße, Scheiße, Scheiße!«

Er stapfte im Kreis, bis er wieder zum Auto zurückkam. Nein, er hatte sich das eingeschlagene Fenster nicht eingebildet.

»Was *zum Teufel* ist in dieser Stadt eigentlich los? Thomas hat recht. Ihr habt hier wirklich ein Problem. Ein echtes Problem. Direkt vor dem Haus einer Polizistin. Wie frech ist denn das?«

»Mach es einfach so wie ich«, sagte Elise ruhig, als passierte so etwas jeden Morgen. Vielleicht war das auch so.

»Was denn?«, fragte er.

»Lass das CD-Autoradio nicht wieder einbauen, und schließ deinen Wagen nicht ab. Dann schlagen sie das Fenster nicht ein.«

»Man richtet sein Leben also auf die Kriminellen aus? Das ist doch Wahnsinn.«

»Wahnsinnig, aber effektiv.«

»Ich rufe heute noch meine Autoversicherung an. Ich lasse mir ein neues Fenster *und* einen CD-Player einbauen. Und eine Alarmanlage.«

Sie schaute ihn skeptisch an. »Oh, natürlich, eine Auto-Alarmanlage ist hier ja nur ein Wiegenlied.«

»Ich wollte sagen: Grillenzirpen.«

Er holte ein Handtuch aus dem Kofferraum, wischte mit ein paar Bewegungen die Glaskrümel vom Sitz, dann schmiss er das Handtuch hinter den Fahrersitz. Zwei Minuten später waren sie unterwegs zu ihm nach Hause. David griff in Richtung des Radios, dann ballte er die Faust vor dem schwarzen Loch, das ihn aus dem Armaturenbrett anstarrte. Er hörte gerne einen Lokalsender auf dem Weg zur Arbeit, um zu wissen, wie es um die Hysterie in der Stadt stand.

»Du musstest heiraten, oder?«, fragte David und warf Elises Profil einen schnellen Blick zu, während er sich durch den morgendlichen Verkehr kämpfte.

»Musste heiraten? Aus welchem Jahrhundert kommst du denn? Niemand muss mehr heiraten.«

»Du weißt schon, was ich meine.«

»Findest du das lustig?«

»Ich bin überrascht, ich finde es nicht lustig. Du wirkst wie jemand, der genau weiß, was er will, und keine Fehler macht.«

»Audrey war kein Fehler.«

»Ich spreche doch nicht von Audrey. Ich spreche von Thomas.«

»Mach dich nicht lustig über mein Leben.«

»Das tue ich nicht.«

»Tust du doch.«

Er hielt an einer roten Ampel. »Wie lange warst du verheiratet?«

»Ein Jahr.«

»Hast du ihn je geliebt? Oder war es bloß eine Teenager-Romanze?«

»Das geht dich nichts an.«

»Tut es doch. Du bist meine Partnerin.«

»Wann ist dir das denn aufgegangen?«, fragte sie, und war insgeheim froh, dass er endlich daraufgekommen war. Das war gut. Es ging voran. Letzte Nacht hatte er sich ihr anvertraut. Sie war mehr als bereit, dasselbe zu tun. »Ich dachte, ich liebe ihn«, gab sie zu. »Ich war verwirrt.«

»Du warst selbst noch ein Kind.«

»Siebzehn.«

»Ein verwirrendes Alter.«

Nicht, dass das Leben jetzt weniger verwirrend gewesen wäre.

Es wurde grün. Er schaute nach anderen Autos und fuhr dann über die Kreuzung. »Ich habe ein paar interessante Sachen über dich gehört«, sagte er lässig. Zu lässig.

»Zum Beispiel?«

»Dass du so eine Art Voodoo-Priesterin wärst.«

Sie lachte gepresst. »Wer hat dir denn *das* erzählt?«

»Die Leute reden.«

»Tja, sie reden Scheiße. Du solltest wissen, das Savannah Police Department ist wie eine exzentrische Tante, die eine Menge Geschichten zu erzählen hat, von denen die meisten unwahr sind.«

»Das ist bloß eine romantische Art zu sagen, dass unheimlich viel getratscht wird«, sagte David.

»Ihr Yankees seid immer so geradeheraus. Was wäre Savannah ohne die Romantik? Bloß irgendeine Hafenstadt.«

»Weißt du, dass manche Leute sogar ein bisschen Angst vor dir haben?«, fragte er.

»Hast du Angst vor mir?«

»Nein.«

»*Hattest* du am Anfang Angst?«

»Natürlich nicht.«

Jetzt war die Zeit gekommen, ihm alles zu erzählen. »Ich bin überrascht, dass du nicht schon die ganze Geschichte gehört hast.« Sie vermutete, dass er das mittlerweile hatte, zumindest irgendeine Variante davon. Aber wie bei allem Firmentratsch war es immer das Beste, zurück zur Quelle zu gehen.

»Ich habe gehört, dass du als Kind ausgesetzt wurdest. Auf einem Friedhof. Dass du die Tochter irgendeines berühmten Hexenzauberers bist.«

»*Kräuter-Zauberer* ist das richtige Wort, aber die meisten Leute sagen Zaubermeister oder Hexendoktor. Niemand weiß genau, wo ich gefunden wurde. Auf einem Friedhof? Ja. Auf einem Grab? Vielleicht. Wessen Grab? Das weiß niemand.«

»Das ist verdammt cool.«

»Cool? Das habe ich noch nie gehört. *Eigenartig. Abartig. Gruselig.* Das höre ich normalerweise.«

»Und dann wurdest du adoptiert?«, fragte er auf der Suche nach mehr Information.

»Die Geschichte wird ziemlich schnell langweilig«, gestand sie. »Ich wurde von einer netten religiösen Familie adoptiert und wuchs in einem traditionellen Haushalt auf. Mein Vater arbeitete als Buchhalter, bis er sich zur Ruhe setzte, und meine Mutter war zu Hause.«

Was sie David nicht erzählte, war, dass die Leute Angst vor ihr hatten. Die Familie hatte sie adoptiert, weil niemand sonst Elise haben wollte, und sie es für christlich hielten. Nicht, weil sie noch ein Kind hatten haben wollen. Und obwohl ihre Eltern freundlich und tolerant blieben, war sie immer eine Wohltätigkeitsveranstaltung gewesen, nie ein echter Teil der Familie.

»Brüder? Schwestern?« Er erreichte Whitaker und bog nach links ab.

»Zwei Schwestern und einen viel älteren Bruder. Alle sind mittlerweile verheiratet und weggezogen. Meine Eltern sind in Rente, haben ihr Haus verkauft und sind nach Tucson gegangen.« Sie waren in Kontakt geblieben. Weihnachtskarten. Manchmal ein Anruf. »Aber wir stehen einander nicht besonders nahe.«

Wieder links, dann umkreiste er den Forsyth Park. »Du hast nie richtig dazugepasst?«

»Genau. Meine Adoption war kein Geheimnis, aber ich kannte die Details nicht. Als ich sieben war, habe ich mich mit meiner Schwester Maddie gestritten, und sie erzählte mir, dass ich auf einem Friedhof gefunden worden war, auf einem Grab. Erst habe ich ihr nicht geglaubt, aber sie war nicht sonderlich fantasievoll, und es war eine ziemlich wilde Geschichte, also habe ich schließlich meine Mutter gefragt und sie hat gesagt, dass es stimmt.«

Er fuhr auf den Parkplatz neben Mary of the Angels und

hielt neben Elises Wagen, dann schaltete er den Motor aus. »Und der Zauberer?«

»Sein Name war Jackson Sweet. Als ich gehört habe, dass er mein Vater sein könnte, war ich wie besessen davon, alles über ihn herauszufinden. Plötzlich hatte ich eine Geschichte, und noch dazu eine verdammt interessante. Als ich auf der Highschool war, habe ich eine Menge Beschwörungsformeln von einer alten Frau gelernt, die bei uns in der Straße wohnte.«

Während ihre Schwestern sich nach der Schule mit irgendwelchen Hobbys beschäftigten, widmete sich Elise in dieser Zeit dem, was sie damals für ihre Aufgabe in der Welt gehalten hatte. Die alte Frau hatte keine lebenden Verwandten mehr, also war sie froh, Elise alles beibringen zu können, was sie wusste. Sie war krank und hatte nach einem Nachfolger gesucht, um ihre Kenntnisse weiterzugeben.

Sie lebte in einer Hütte, deren Tür- und Fensterrahmen blau gestrichen waren, um böse Geister abzuhalten. Elise hatte nie den wahren Namen der Frau erfahren. Alle nannten sie bloß Peppermint, wegen der Pfefferminzstäbchen, die sie immer im Mund hatte.

Ihre Fähigkeit, Bannflüche auszusprechen, ob sie nun funktionierten oder nicht, wurde Elises beste Abwehr ihren Geschwistern gegenüber. Sie musste nur ein paar Sachen zusammensuchen, und die beiden wurden ganz nett und freundlich.

»Ich habe eine Barbie – also eigentlich Skipper, Barbies kleine Schwester – benutzt, um meinen ersten Zauber durchzuführen.«

Er lachte.

260

»Flüche muss man ernst nehmen. Sie funktionieren. Zumindest einige.«

Er wandte ihr sein Gesicht zu, den linken Arm auf das Steuer gestützt. »Wie kannst du das sagen? Du bist eine Polizistin. Ein Detective. Deine Tage werden bestimmt durch Logik.«

»Nicht alles auf der Welt ergibt einen Sinn. Man kann nicht alles erklären. Unsere Augen, unsere Erinnerungen, täuschen uns ständig. Das weiß jeder gute Detective.«

»Hast du jemals einen Zauber ausgesprochen, der wahr wurde?«, fragte er immer noch mit einem Lächeln. Immer noch ein Ungläubiger. Das war der große Unterschied zwischen einem Nordlicht und einem Südstaatler. Ein Südstaatler hätte ihr geglaubt.

Elise war eine verliebte Siebzehnjährige gewesen, die bereit war, alles zu geben. Thomas war wieder und wieder an ihr vorbeigegangen, ohne sie wahrzunehmen. Aber nachdem sie den Bann gesprochen hatte, bemerkte er sie ... und hatte sie immer wieder angesehen, als könnte er nicht anders, als würde er magisch von ihr angezogen.

Nachdem sie Thomas in die Falle gelockt und ihnen eine entsetzliche Ehe eingebrockt hatte, zu der es nie hätte kommen dürfen, entledigte sich Elise ihres Notizbuchs, aller Kräuter, jedes Fetzen Papiers, auf dem es um Zauberei ging, egal wie harmlos. Damals hatte sie versucht, sich davon zu überzeugen, dass es sowieso keine Hexerei und keine Zaubersprüche gäbe. Sie war ganz einfach Thomas aufgefallen, weil sie ihn mit dem Fieber und der Intensität leidenschaftlichen Verknalltseins angestarrt hatte.

»Ich rede nicht von irgend so was Komischem wie Kopfschmerzen verschwinden lassen«, sagte David. »Komm schon. Du willst mir doch nicht erzählen, dass du jemals wirklich etwas gezaubert hast. Etwas, bei dem du hundert Prozent sicher bist.«

»Doch, allerdings. Bei einem Menschen.«

»Wem?«

»Thomas.«

»Was hast du dem armen Kerl angetan?«

»Ich habe ihn sich in mich verlieben lassen.«

28

David starrte zum Bürofenster hinaus über den Colonial Park Cemetery hinweg.

Ein interessanter Ort. Ein Schild in der Nähe des Eingangs legte Zeugnis davon ab, dass eine Gelbfieberepidemie für einen Großteil der Gräber verantwortlich war. Wahrscheinlich lagen dort etliche Leute, die im Mary of the Angels gestorben waren.

Er entdeckte Elise und einen Fotografen der *Savannah Morning News*. Natürlich wollten sie ein Foto auf dem Friedhof, das sie neben dem TTX-Artikel drucken konnten.

»Wir sind in Savannah«, hatte Elise mit einem Lächeln gesagt, als sie versuchte, ihn zu überreden, sich mit ihr zusammen fotografieren zu lassen. »Wo sonst sollen Sie das Foto aufnehmen?«

Nicht weit weg sprangen ein paar Kinder Seil. Er konnte nicht hören, was sie sangen, aber er konnte sich leicht den Inhalt ihres Liedes ausmalen.

Frau mit schwarzem Schleier
Babys in dem Bett
Küsst sie auf die Stirne
Jetzt sind beide weg.

Die Bürotür ging auf und zu. Er wandte sich um und sah Elise, die einen Stapel Papier auf ihren Schreibtisch warf. »Heiß heute«, sagte sie.

Er schaute wieder zum Fenster hinaus, auf den Friedhof, und erwartete beinahe, sie auch dort zu sehen.

Drehte er jetzt durch? Manchmal fühlte es sich so an. Als schien sein Gehirn nicht mehr richtig zu funktionieren.

»Wie war's?«, fragte er und betrachtete ein paar uralte, verschimmelte Grabsteine.

»Okay, schätze ich. Du weißt doch, wie diese Zeitungsgeschichten laufen. Ich habe ihr Informationen gegeben. Sie musste sie nur aufschreiben, aber ich bin sicher, morgen werde ich irgendeinen Unfug lesen, den ich nie gesagt habe.«

»Die kriegen es einfach nicht hin. Ich glaube, das wollen sie auch gar nicht. Das gehört zur Arbeitsplatzbeschreibung.«

Sie wühlte in ihrer Tasche und zog ein Polaroid heraus, reichte es ihm.

»Testbild.«

Elise stand vor einem Grabstein. Irgendwo hinter ihrer Schulter schien der Name Christian zu schweben.

Zu viel Wirklichkeit. Der Friedhof. Der Name. Direkt nachdem er sich Elise anvertraut hatte.

Christian war auf einem kleinen Friedhof in Ohio beigesetzt worden, in einem Sonderbereich für Kinder. *Die Spielecke*, oder irgend so was Schreckliches. Es war alles so gottverdammt schnell gegangen, dass David nicht gewusst hatte, was zu tun war. Seine Mutter hatte irgendetwas anderes vorgeschlagen, aber nichts war ihm richtig vorgekommen.

David hatte ihn in der Nähe haben wollen, obwohl er es immer noch nicht geschafft hatte, sich dazu durchzuringen, das Grab zu besuchen. Aber die *Spielecke* war ganz falsch. So viel wusste er jetzt. Frivol. Naiv.

Er heftete das Polaroid an die Pinnwand, neben das Foto, das man an seinem ersten Tag von Elise und ihm gemacht hatte.

Er brachte also ein paar ungeklärte Angelegenheiten mit. Manchmal gab es Ereignisse im Leben eines Menschen, die nie akzeptiert werden konnten.

Er würde niemals den Mord und den Tod seines Sohnes verarbeiten können. Er wollte das auch gar nicht, aber er wusste, dass er einen Weg finden musste, diese schmerzhafte Vergangenheit in sein derzeitiges Leben zu integrieren, sie aus dem Versteck zu locken, damit sein Kind, ob lebendig oder tot, ein Teil dessen sein konnte, was er jetzt war.

Bislang hatte seine Methode, damit umzugehen, darin bestanden, die Tür zuzuschlagen, aber dadurch war es ihm auch unmöglich gewesen, irgendwelche Gefühle anderer Art zu empfinden. Außerdem stand ihm jedes Mal ein schwerer Absturz bevor. Denn wann immer er gezwungen war, wieder zu durchleben, was geschehen war, oder wann immer sein Hirn unbeaufsichtigt zurückmarschierte, war der Schock unfassbar.

Ein Überraschungsangriff. So war das. Und Überraschungsangriffe waren niemals gut.

Er hatte jeden Tag mit dem Tod zu tun, aber er konnte nicht mit dem Tod seines eigenen Kindes klarkommen.

»Alles in Ordnung?«, fragte Elise.

»Kopfschmerzen.«

»Wahrscheinlich die Hitze. Willst du ein paar Advil?«

»Danke, ich habe welche.«

Kurz nach der Beerdigung, während er aus dem Haus war, hatten seine Schwester und seine Mutter alle Sachen seines Sohnes eingepackt. Spielzeug. Klamotten. Bücher.

Alles weg.

Wo waren Christians Sachen jetzt? Auf einem Regal in einem Secondhand-Shop? Auf einer Müllhalde? Bei dem Gedanken wurde ihm richtig übel.

Der Boden kippte weg.

So viele Dinge schmerzten ihn so sehr.

Ihm begann schwarz vor Augen zu werden. Er ignorierte es. Er war vollauf mit der Welle des Elends beschäftigt.

»David?«

Elises Stimme kam vom anderen Ende eines langen Tunnels.

Plötzlich wurde ihm klar, dass er stürzte, aber er schien nichts dagegen tun zu können. Er hörte Elises besorgtes Rufen, und war sich entfernt der Tatsache bewusst, dass sie auf ihn zuging.

Dann lag er auf dem Boden und schaute zur Decke.

Die Handschellen, die er hinten am Gürtel trug, drückten in seinen Rücken. Seine Pistole und das Holster wurden in seine Rippen gepresst.

»Soll ich einen Krankenwagen rufen?«

Sie klang besorgt. Die ruhige, kontrollierte Elise. Sie war eine Polizistin, ein Detective, sie sollte nicht so ängstlich klingen.

Alles wird in Ordnung kommen. Alles wird gut werden. Ganz, ganz prima.

Als er nicht antwortete, entschied sie an seiner Stelle. »Ich rufe einen Krankenwagen.«

»Nein!« Er packte sie am Arm, vielleicht ein bisschen zu fest. Er ließ locker. »Nein, es ist alles in Ordnung.«

»Kribbelt es in deinem Mund so eigenartig?«, fragte sie atemlos. »Hast du Atemprobleme?«

Kein Wunder, dass sie so in Panik war. Sie dachte, es wäre Tetrodotoxin – dabei war er wahrscheinlich nur *ohnmächtig* geworden.

»Es ist kein TTX«, sagte er langsam. »Nichts in der Art.«

»Was dann? Tut es dir irgendwo weh? Im Arm? In deiner Brust?«

»Ich glaube, ich bin nur ...«, konnte er wirklich sagen: *ohnmächtig* geworden? »Mir ist schwindelig geworden, und ich hatte Sehstörungen ...«

Sie lehnte sich zurück. »Gould, willst du mir erzählen, du wärst ohnmächtig geworden?«

»Nennen wir es doch einen *Blackout*, okay?«, flüsterte er schwach.

Einer seiner Dauergegner, diesmal Hutch, erschien in der Tür. »Hey, das war ja eine Drecksbude, in die ihr uns geschickt habt.« Er war total geladen. »Dieser LaRue war wohl mal einer dieser affigen Wissenschaftler aus Harvard, aber jetzt wohnt er wie ein Tier in diesem Drecksloch.«

David schloss die Augen.

Der Detective entdeckte ihn schließlich auf dem Fußboden. »Meine Güte, Gould. Machen Sie ein Schläfchen?«

29

Er kam auf mich zu.

Ein Schatten in den Schatten.

Er kam immer bei Nacht.

Der süße Junge. Der süße, süße Junge. So ein hübsches Gesicht.

Er konnte mich nicht sehen, denn ich versteckte mich.

Niemand konnte mich sehen. Ich war unsichtbar.

Es war leicht gewesen, Enrique zum Brunnen zu locken. Er war diese Anweisungen gewöhnt und misstraute mir nicht.

Er tat stets, was ich ihm sagte.

Als er nah war, trat ich aus dem Schatten, erschreckte ihn.

»Die zwei Detectives«, sagte er besorgt. »Ich fürchte, sie könnten mir Fragen stellen, von denen ich nicht weiß, wie ich sie beantworten soll.«

»Du machst dir zu viel Sorgen.«

»Du hast sie doch nicht umgebracht, oder? Gary Turello und Jordan Kemp?«

»Natürlich nicht. Wie kannst du so etwas nur glauben?«

»Es tut mir leid.«

»Ich bin nicht böse auf dich. Ich sollte es sein, aber ich bin es nicht.«

Er lächelte. Enrique mit seinem hübschen Gesicht. Den schönen Zähnen. Er tat immer, was man ihm sagte, aber Enrique war schwach. Wenn die Polizei ihn zum Verhör holte, würde er reden. Am Ende würde seine Loyalität nur ihm allein gelten.

»Ich werde dich nie mehr bitten, etwas zu tun, was du nicht tun willst«, sagte ich.

Früher hatte ich so getan, als wäre etwas über mich gekommen. Als hätte ein Fluch mich in etwas anderes verwandelt. Ein neues Wesen. Aber dann war es mir klar geworden. So ist es, menschlich zu sein. So ist es, am Leben zu sein.

Die Gerüche.

Wunderbar.

Der *Hunger*.

Das *Verlangen*.

So viel Zeit verschwendet.

»Komm spielen«, flüsterte ich. »Lass uns durch den Brunnen waten.«

Ein Lächeln umspielte seine Mundwinkel, aber er rührte sich nicht.

Die Ziegelmauer war breit. Ich lief los, sprang hinauf, still und geschmeidig wie eine Katze, dann glitt ich leise ins Wasser.

Er würde mir folgen.

Ich hörte ein Platschen hinter mir und lächelte.

Das Wasser war nicht tief. Kaum einen Meter.

Ich ließ mich auf die Knie sinken, dann rollte ich mich auf den Rücken und ließ mich treiben. Etwas berührte meine Hand, und mir wurde klar, dass es ein Fisch war.

Sterne. Am samtschwarzen Himmel.

»Ich habe es niemandem verraten«, sagte Enrique. »Und ich werde das auch nicht tun. Niemals. Das weißt du, oder? *Dein Geheimnis ist sicher bei mir.*«

»Psst«, flüsterte ich. »Sieh nur die Sterne. Sieh dir die Sterne an.«

»Sie sind schön«, flüsterte er.

Ich rollte mich auf den Bauch. »Sieh weiter hin.« Mit den Füßen auf dem Boden des Brunnen stieß ich mich ab und schwebte an Enriques Seite. »Sieh immer weiter hin.«

Er tat immer, was man ihm sagte.

Ich konnte seine Augen sehen, ich konnte die Sterne in seinen Augen sehen. Die Augen in seinem hübschen, hübschen Gesicht.

Ich zog das Messer heraus. »Siehst du die Sterne an?«, fragte ich ihn.

»Ich sehe sie.«

Ich konnte das Echo des Lächelns in seiner Stimme hören, als ich ihm den Hals durchschnitt.

Dein Geheimnis ist sicher bei mir.

Heißes Blut lief über meine Finger. Klebrig. Es roch süß und bitter und metallisch, alles zugleich.

Ich hatte diesen Augenblick seit Tagen geplant, deshalb wusste ich, was zu tun war. Ich arbeitete entschlossen, und bald war alles genauso, wie ich es vor mir gesehen hatte. Ich füllte seine Kleidung mit Steinen, damit er sank. So würde er wenigstens ein paar Tage nicht gefunden werden.

Als ich fertig war, kletterte ich aus dem Brunnen, das Wasser tropfte von meinen Sachen. Mir war heiß und kribbelig, meine Nervenenden sangen. Ich konnte die Würmer riechen, die im Erdboden unter meinen Füßen hausten. Ich konnte das Salz in der Luft schmecken, aus dem Marschland meilenweit entfernt. Ich konnte die Menschen in der Sicherheit ihrer Häuser und Betten vögeln hören.

Ich streichelte mich durch meine tropfnassen Sachen und dachte an Detective Gould.

Das Salz in der Luft verwandelte sich in den Geschmack seiner Haut; das Flüstern in seine sanften Worte und sein Stöhnen sexueller Befriedigung.

Ich eilte durch die Dunkelheit. In meinem Bett zog ich die nassen Sachen aus und kroch unter die Decke, ich legte meine Arme um Mr Turello, zog ihn an mich und flüsterte süße Geschichten vom Tod in sein Ohr.

30

James LaRue war *auf der Flucht*.

Auf der Flucht.

Er mochte diesen Satz. Es klang wichtig.

Seine panische Flucht aus Savannah war knapp gewesen. Überall Polizisten, alle starrten seinen Wagen misstrauisch an. Nach einer Stunde panischer Fahrt Richtung Big Easy war er vom Highway 95 abgebogen und hatte den Rest des Weges auf Nebenstraßen zurückgelegt.

Das war aufregend.

Wie in einem Film. Oder zumindest im Fernsehen.

James LaRue, der Supergangster.

Für jemanden, der sein ganzes Leben lang verspottet und gedemütigt worden war, klang das nicht schlecht.

Nicht, dass er immer ein anständiger Kerl gewesen wäre. Teufel, nein. Schon mit elf hatte er sich das erste Mal auf die Seite der Düsternis begeben.

Er war immer neugierig gewesen und hatte nichts dagegen gehabt, irgendetwas umsonst mitzunehmen, also hatte er im Müll hinter einem Bestattungsunternehmen herumgewühlt und einen Haufen Polaroids gefunden.

Von Leichen.

Das familiengeführte Bestattungsunternehmen stand vor der Schließung und bereinigte seine Akten. Aber was für den einen nur Müll war, war ein Schatz für jemand anders.

Er zog sein Kapuzen-Sweatshirt aus und füllte es mit den Fotos, dann knotete er die Ärmel eng zusammen. Er radelte nach Hause und schüttete den Schatz in seinen Schlafzimmerschrank. Dann kehrte er nachts mit Müllsäcken zurück, um noch mehr Beute abzutransportieren.

Die Fotos waren ein Hit bei seinen Schulkumpels.

Er hätte sie für fünf Eier pro Stück verscherbeln können. Stattdessen behielt er sie alle, jedes Einzelne. Sie füllten vier Schuhschachteln, die er hinten in seinem Schrank aufbewahrte. Sein Lieblingsbild war die frontale Nacktaufnahme eines Teenagermädchens mit eingedrücktem Schädel, wobei aber der Rest des Körpers makellos geblieben war.

Manchmal ließ er seine Kumpels einen Blick auf seine Privatsammlung werfen, aber er lernte schnell, dass er das lieber nicht wiederholen sollte.

Gib niemandem dein Geheimnis preis, sonst ist es kein Geheimnis mehr.

Einer der Jungs, Shawn Hill, bekam von den Fotos Alpträume und erzählte am Ende seinem Vater von dem Schatz im Schrank. Riesenärger. Ein lebensverändernder Moment.

Alles nur, weil ein paar Schnappschüsse weggeworfen worden waren. Müll war Müll. Öffentlicher Besitz, wenn ein Mitglied der Öffentlichkeit ihn haben wollte. Er hatte nichts Unrechtes getan.

Sein Vater war entsetzt. Angeekelt. Verwirrt.

Es war ihm peinlich.

Sein alter Herr hatte eines der neumodischen Erziehungsbücher gelesen, verfasst von einem selbst ernannten Experten in Kindererziehung. In dem Kapitel »Wie man ein ungezogenes Kind bestraft«, regte der Autor an, dass die Strafe stets mit der Untat in Zusammenhang stehen sollte. Wenn man also einen Hund hatte, der eine Katze totgebissen hatte, würde man den Hund mit der toten Katze schlagen.

Als Strafe für die Polaroid-Geschichte wurde James zwei Wochen lang in seinem Schlafzimmerschrank eingeschlossen, und zwar *mit den Polaroids*.

Abgefeimt.

Krank.

James' Vater war kein böser Mann, nur ahnungslos. Wie hätte er wissen sollen, dass derjenige, der sein Buch über Kindererziehung geschrieben hatte, am Ende wegen Kinderpornografie im Gefängnis landen würde?

In Erwachsenenzeit waren zwei Wochen nicht viel. Für ein Kind war es lebenslänglich.

In dem Schrank veränderten sich die Dinge. Obwohl es dunkel war, konnte James die Fotos im Geiste vor sich sehen. Er konnte die Toten sehen.

Sie wurden seine Freunde. Seine Begleiter.

Danach war es nie mehr so wie vorher.

Er war nie mehr so wie vorher.

Was nicht unbedingt schlecht sein *musste*.

Ein Psychiater hätte wahrscheinlich gesagt, die Zeit im Schrank hätte ihn verstört, ihm vielleicht sogar Schaden zugefügt. Aber das stimmte nicht. Sie hatte seinen Geist gereinigt. Ihn gestärkt.

Möglich, dass er danach ein klein wenig besessen vom Tod war.

Aber etwas hatte sich nicht verändert. Er wollte es seinem Vater recht machen, musste es ihm recht machen. James hätte jetzt viel mehr Spaß daran gehabt, auf der Flucht zu sein, wenn sein Vater nicht noch am Leben gewesen wäre.

James stellte sich vor, wie er in seinem Wohnzimmer vor dem Fernseher saß. Und plötzlich füllte James' Gesicht den Bildschirm. Und das Herz seines Vaters würde einen Schlag aussetzen, denn er hatte erwartet, dass sein Sohn als Wissenschaftler internationale Berühmtheit erlangen würde, als jemand, der seine Kenntnisse verwandte, um die Welt zu verbessern, aber nicht als Flüchtiger.

James hatte es versucht. Er hatte es wirklich, wahrhaftig versucht.

Er wusste, er sollte zu Hause anrufen, er sollte seinem Vater sagen, dass alles in Ordnung wäre, aber die Bullen würden das Haus unter Beobachtung halten. Das wäre das Erste, was sie unternahmen. Sie würden auch seine ehemaligen Kollegen und Bekannten im Auge behalten. Freunde, falls er welche hätte.

Eigenartig, wie man sogar unter den eigenen Leuten ein Aussätziger sein konnte.

Also musste er allein bleiben.

Er musste verschwinden.

Dafür war New Orleans ideal. Und wenn es etwas ruhiger geworden war, würde er auf die Bahamas fliegen, und dann weiter nach Haiti. Von dort aus würde er seinen Dad anrufen. Er würde ihm sagen, dass alles okay wäre. Er würde versuchen, ihn zu überzeugen, dass er nichts Unrechtes getan hatte.

Er hätte es nicht machen sollen. Im Rückblick war ihm klar, dass es eine schlechte Idee gewesen war. Aber er war zu dem Zeitpunkt nicht ganz bei Sinnen gewesen. Und wenn er nicht bei Sinnen war, tat er unberechenbare Dinge. Verrückte, lächerliche Sachen.

Manchmal, wenn er nach einem ganz besonders wilden Ritt überlegte, konnte er sich nicht mehr erinnern, was er getan hatte, wo er gewesen war.

Wer er gewesen war.

Als er New Orleans erreichte, verhielt sich James genauso, wie er Leute in Filmen hatte untertauchen sehen.

Er benutzte seine Kreditkarte nicht. Er schnitt sich die Haare. Färbte sie blond. Rasierte sich nicht mehr. Trug eine Sonnenbrille. Und andere Klamotten.

Eine ganz neue Person. Das fühlte sich gut an. Es war großartig, sich selbst neu zu erfinden. Ein neues Leben zu beginnen ...

Aber nach nur wenigen Tagen auf der Flucht nahm dieser Effekt ab. Er war es leid, sich immer neue Orte zum Schlafen suchen zu müssen, er hatte es satt, dreckig zu sein und durch die Straßen New Orleans zu streifen.

Dann wurde er ausgeraubt.

Das war der Tropfen. Der Tropfen, der das Fass zum Überlaufen brachte.

»Gebt ja nicht alles auf einmal aus!«, rief er den drei Schlägertypen hinterher, als die mit seinem Portemonnaie die Straße entlang davonliefen.

Es reichte.

Er marschierte in eine Polizeiwache in New Orleans.

»Ich bin James LaRue«, erklärte er der Polizistin am Empfangstresen.

Seine neue Persönlichkeit musste funktioniert haben, denn sie schien ihn nicht zu erkennen. Sie starrte ihn einfach nur an und wartete darauf, dass er sagte, was er wollte.

»Wenn Sie mich im Computer nachschlagen, werden Sie

sehen, dass ich in Savannah, Georgia, wegen eines Schwerverbrechens gesucht werde.«

Sie rief Kollegen heran.

Zwei weitere Officer tauchten auf, ein riesiger farbiger, und ein weißer, der aussah, als verbrachte er jede freie Sekunde im Fitnessstudio.

»James LaRue«, bestätigte die Polizistin, nachdem sie im Computer nachgesehen hatte. Sie betrachtete erst ihn, dann den Bildschirm. »Aber Sie sehen nicht so aus wie der Mann in unserer Datenbank.«

Ein weiterer Polizist kam herbei, schaute auf den Bildschirm, betrachtete dann James. »Er könnte es sein. Haben wir Fingerabdrücke?«

»Nicht in der Datenbank. Er hatte nie zuvor Ärger.«

»Haben Sie einen Ausweis?«, fragte der farbige Polizist.

James klopfte die Taschen der ausgebeulten braunen Hose ab, die er in einem Secondhand-Laden gefunden hatte, und zuckte dann mit Achseln. Er breitete die Hände aus. »Ich bin überfallen worden.«

»Haben Sie Anzeige erstattet?«

»Ich erstatte jetzt Anzeige. Kommen wir nicht ein wenig vom Thema ab?«

»Ich denke, wir sollten besser mal einen unserer Identifikations-Fachleute herunterholen«, sagte der Farbige.

»Warum sollte ich behaupten, ich wäre jemand, der ich nicht bin?«, fragte James. »Vor allem jemand, der wegen eines Schwerverbrechens gesucht wird?«

»Passiert andauernd«, sagte die Frau zu ihm. »Sie könnten einfach ein Profi-Geständiger sein, der nach Aufmerksamkeit giert, die er als Kind nicht von seinen Eltern bekommen hat. Oder Sie wollen vielleicht umsonst nach Savannah.«

Na wunderbar. Er war in einer ganz neuen Betrügerwelt gelandet.

»Sie könnten irgendwo LaRue begegnet sein. Sie könnten in seinem Auftrag hier reinmarschieren.«

Bis sie ihn eindeutig identifizieren konnten, steckten sie ihn in eine kleine Zelle, gaben ihm zu essen, ein Kissen und eine Decke.

Nach dem, was James durchgemacht hatte, war das wie ein Fünf-Sterne-Hotel.

31

Elise faltete die Zeitung zusammen und warf sie auf den Schreibtisch. Das Friedhofsfoto war ein wenig gewollt, aber die Reporterin hatte einen ordentlichen TTX-Artikel geschrieben, die Fakten stimmten, und die Hotline des Savannah Police Department stand in großen Ziffern auf der Titelseite.

Klatsch. Klatsch. Klatsch.

Das Geräusch kam von draußen zum Bürofenster herein.

Elise sah hinaus, wo David und Audrey auf dem Friedhof Ball spielten. Sie steckte ihren Computer in die Tragetasche und ging zu ihnen hinaus.

»Die Werferin hat sich am Arm verletzt«, erklärte Audrey. »Also werde ich ein paar Spiele lang werfen. Ist das nicht cool?«

»Ist die Werferin nicht eine gefährliche Position?«, fragte Elise. »Hat sich da nicht letztes Jahr jemand die Nase gebrochen?«

»Ich muss üben.« Audrey schlang ihre Finger um den Softball. »Viel.« Sie warf David den Ball zu, der in einem weißen kurzärmeligen Hemd am Boden kauerte, sein Jackett und seine Krawatte hatte er über einen Grabstein gehängt.

Er fing den Ball und richtete sich auf, dann schüttelte er seine nackte Hand.

»Das reicht mir ohne Handschuh.«

»Mom, übst du mit mir? Vielleicht morgen oder übermorgen?«

Elise hatte in ihrem ganzen Leben noch keinen Ball geworfen. »Wie hieß sie noch? Das Mädchen, das sich die Nase gebrochen hat. Camille? Haben sie nicht gesagt, wenn der Ball sie noch etwas fester getroffen hätte, dann wäre ihre Nase bis ins Gehirn hochgerutscht und sie hätte sterben können?«

»Mom!« Audrey stöhnte genervt. »Übst du nun mit mir oder nicht?«

»Okay.« Und da das Leben keinen Sinn ergab, wäre Elise wahrscheinlich diejenige, die am Ende mit einer gebrochenen Nase dastünde.

Sie betrachtete ihren Partner. Der kannte sich ganz offensichtlich einigermaßen mit Handschuhen und Bällen aus. »Sollen wir dich nach Hause fahren?«, fragte sie. Sein Wagen war noch in der Werkstatt.

»Gerne.« Er griff nach seinem Jackett und seiner Krawatte.

Es war spät am Nachmittag, und von der Stadt bis in die Vororte waren die Straßen voll. Sie nahmen jede rote Ampel mit und atmeten genug Kohlenmonoxyd ein, um alle Kanarienvögel im Staate Georgia ums Leben zu bringen. Audrey, immer noch ganz begeistert über das Werfen, redete die ganze Zeit und hechtete aus dem Wagen, kaum dass Elise am Straßenrand vor Thomas' Haus gehalten hatte.

»Ich bin die neue Werferin!«, rief sie, ließ ihren Handschuh ins Gras fallen und rannte auf Vivian zu, die mit je einem Baby auf jeder Hüfte im Vorgarten umherlief.

Vivian reichte Toby an Audrey weiter, dann kam sie zu ihnen herüber und setzte sich im Schneidersitz auf den Rasen, sodass sie durch das offene Fenster auf Davids Seite mit ihnen reden konnte. Im Hintergrund drücke Audrey ihren Mund auf Tobys Bauch und pustete. Das Baby packte ihr Haar mit beiden Fäusten und lachte begeistert.

»Wir haben in zwei Wochen ein Nachbarschaftsfest mit Barbecue«, sagte Vivian, wippte den kleinen Tyler auf ihrem Knie auf und ab und schnitt Grimassen für ihn. »Es wäre nett, wenn ihr kommt. Beide. Ihr müsst euch auch mal ein bisschen Spaß gönnen, Elise«, setzte sie hinzu, als erwartete sie Widerspruch.

»Oh, ich habe Spaß«, murmelte Elise. »Jede Menge Spaß.«

Ein Nachbarschaftsfest. Ein Haufen Unbekannter, die herumstanden und versuchten, etwas gemeinsam zu haben. In diese Welt passte Elise nicht. Eine Welt, die so tat, als geschähe nie etwas Schlimmes. Aber andererseits, war ihre Welt tatsächlich realer? Eine Welt, in der jeden Tag entsetzliche Dinge geschahen.

Vivian versuchte es mit einer neuen Taktik. »Versuchen Sie doch, sie dazu zu bewegen, einmal freizumachen«, bat sie David. »Versuchen Sie, sie dazuzukriegen, zu kommen.«

David war auf dem Beifahrersitz in sich zusammengesackt. Er schaute mit zusammengekniffenen Augen in den Sonnenuntergang und hatte den Arm auf den Rand des Fensters gelegt. »Ich finde, es klingt nett«, sagte er entgegenkommend. »Aber ich kann sie auch nicht ändern.«

Plötzlich fühlte sich alles viel zu normal an. Elise fand das ein wenig verunsichernd. »Wir versuchen zu kommen«, log sie.

Nach zu viel Babytalk und einer Menge Gewinke fuhren Elise und David davon, in Richtung Zivilisation und höherer Verbrechensrate.

»Du hast nicht vor, da hinzugehen, oder?«, fragte David.

»Ich weiß nicht ... vielleicht. Mal sehen, wie viel zu tun ist.«

»Klar.« Er gab ein Geräusch von sich, das andeutete, dass er es besser wusste.

Wurde sie mit den Jahren offensichtlicher? »Ich mag Vivian wirklich gern«, sagte Elise. »Aber ich bin nicht gut im Smalltalk. Ich hasse es.«

»In Wirklichkeit willst du sagen, du hast Angst davor.«

»Es ist doch nicht zu fassen, dass du mich jetzt belehren willst. Du. Mr Unsozial.«

»Wenn du gehst, komme ich mit. Dann können wir über die Arbeit reden, wenn es zu unangenehm wird.«

»Oh, das wäre ja toll. Vielleicht sollten wir auch noch ein paar Tatortfotos mitbringen, die können wir dann herumzeigen.«

»Großformatige Hochglanzbilder. Ja, das wäre nett.«

Elise bog nach links ab und fuhr auf den Parkplatz eines Sportartikelgeschäfts. »Ich brauche einen Handschuh«, war ihre Antwort auf Davids fragenden Blick.

Drinnen machte er eine Faust und boxte in die Mitte eines ledernen Baseballhandschuhs.

»Dieser scheint einigermaßen anständig zu sein.« Er zog ihn aus. »Hier. Versuch mal.«

Elise schob ihre Finger in den Handschuh. Ihre Hand heilte gut. Die Spezialpflaster waren weg, jetzt hatte sie nur noch zwei ganz normale. »Er passt nicht ganz drauf.«

»Das soll er auch nicht.«

»Er ist steif.«

»Der wird weicher. Du musst damit arbeiten. Du willst

keinen kaufen, der zu weich ist, sonst knickt er dir immer ein. Wie fühlt er sich an?«

Sie ballte eine Faust und schlug damit in die gepolsterte Handfläche. »Ich weiß nicht. Wie sollte es sich anfühlen?«

»Okay.« Er ließ die Schultern sinken und die Arme hängen. »Ich kann damit leben, dass du noch nie Softball gespielt hast, aber doch wohl wenigstens Fangen.«

Sie boxte wieder in den Handschuh. »Nein.« Die Faust passte gut in den Handschuh. Sie bewegte die Hand, drückte die Fingerspitzen gegen die Nähte.

»Was hast du denn stattdessen gemacht? Und jetzt erzähl mir nicht, dass du mit *Puppen* gespielt hast, mit Barbies.«

Elise dachte daran zurück, wie sie versucht hatte, ihre Schwester zu verfluchen. Sie hatte sich eine Puppe mit braunen Haaren besorgt. Sie hatte ihr das Haar geschnitten, damit es aussah wie Maddies. Dann hatte sie ein X aus schwarzen Fäden über den Mund geklebt, ein paar Kräuter verbrannt, und einen Fluch gelesen, den ihr die alte Zaubertante die Straße runter beigebracht hatte. Es war einer ihrer frühen Fehlschläge gewesen.

»Doch«, sagte sie zu David. »Ich habe mit Puppen gespielt.«

»Hmmm.« Er kniff die Augen zusammen und betrachtete sie. »Irgendwas verschweigst du mir.«

»Also, du glaubst, der Handschuh ist okay?« Sie zog ihn aus und klemmte ihn unter den Arm. »Was ist mit dem hier?« Sie nahm einen roten Handschuh aus dem Regal. »Der gefällt mir. Oder der hübsche Blaue da?«

»Der braune Handschuh ist besser.«

»Aber teurer.«

»Bei einem Handschuh kriegt man, was man bezahlt.«

Sie legte den roten Handschuh zurück und nahm einen Ball.

»Das ist ein Hardball. Du brauchst einen Softball. Hier.« Er angelte einen aus einem Drahtkorb. »Noch etwas ...« Er ging das Regal entlang, bis er eine kleine braune Flasche gefunden hatte. »Handschuhfett. Du musst den Handschuh fetten, den Ball hineinlegen, und ihn dann zubinden, damit er eine gute Form bekommt.«

»Wieso ist das alles so kompliziert?« Sie schüttelte entgeistert den Kopf. »Wir wollen bloß ein bisschen hin und her werfen. Es ist ein *Spiel*.«

»Spielen ist harte Arbeit.«

David suchte auch einen Handschuh für sich selbst aus. Das dauerte noch länger, denn er war wählerischer, als er es bei Elise gewesen war.

»Bleib mal da stehen.«

Er warf langsam und tief in ihre Richtung.

Sie hatte keine andere Wahl, als zu versuchen, den Ball aufzuhalten, und sie erwischte ihn gerade eben noch mit dem obersten Ende ihres Handschuhs. Sie warf ihn nicht zurück.

»Ich habe den Eindruck, du hast jede Menge Ball gespielt. Wieso hast du dann nicht schon einen Handschuh, der dir passt?«, fragte Elise, als sie zur Kasse gingen. »Der schon geformt ist wie deine Hand?«

»Das habe ich, irgendwo. Vielleicht bei meiner Mutter in Ohio, oder in einem Lager in Virginia.«

»Ich kann mir überhaupt nicht vorstellen, wie es ist, wenn das Leben so zerstreut ist.«

»Es sind nur *Sachen*. Einfach bloß Gegenstände.«

Er warf den Ball hoch und fing ihn mit dem Handschuh auf. »Du kommst mir auch nicht besonders materialistisch vor.«

»Nein, aber ich gehe vom Gefühl her an meine Sachen heran. Wie mein Auto. Es hat über hundertfünfzigtausend Meilen auf dem Tacho. Ich weiß, ich sollte mir ein neues kaufen, aber emotional bin ich dazu nicht bereit. Ich kann nicht loslassen. Ich habe es so lange, dass es ein Teil von mir geworden ist. Eine Erweiterung meiner Persönlichkeit.«

Er stellte sich an und legte den Handschuh mit einem Ball darin auf das Förderband. »Dein Wagen ist ein Haufen Scheiße.«

»Aber es ist *mein* Haufen Scheiße.« Sie dachte darüber nach, was sie gerade gesagt hatte. »Im übertragenen Sinne.«

»Natürlich.«

»Ich werde mich wahrscheinlich auch in diesen Handschuh verlieben, wenn ich ihn lange genug benutze. Vor allem, wenn er letztendlich die Form meiner Hand annimmt, und nur von meiner Hand.«

Sie konnte schon spüren, wie sie stolz darauf war. Vor allem mochte sie, wie er roch.

Ihre Einkäufe wurden getrennt eingebongt.

»Manche Menschen glauben, dass Dinge ihrem Besitzer Energie entziehen«, sagte Elise, nachdem sie bezahlt und sich eine Plastiktüte genommen hatte. »Und wenn sie genug absorbiert haben, dann geben sie wieder welche zurück.«

David blieb stehen, während die Automatiktür sich öffnete. »Heißt das, ein Teil von mir liegt irgendwo auf dem Boden einer Kiste im Gartenhaus meiner Mutter, zusammen mit meinen Matchbox-Autos und Mikroskopen?«

Das Bild, das er verwendete, ließ ihn eine eigenartige Trauer in der Brust empfinden. »Ich denke, du solltest nach diesem Handschuh suchen.«

Er lachte.

»Das war kein Scherz.«

»Ich weiß.«

Elises Handy klingelte.

Die Zentrale. Ihr kurzer Ausflug in die Normalität war zu Ende.

Man hatte James LaRue verhaftet, und im Augenblick wurde er zurück nach Savannah verfrachtet.

32

Ihr Besuch ist da.«

James LaRue steckte seine Hände durch die kleine rechteckige Öffnung, sodass der Wachmann ihm die Handschellen anlegen konnte. Die schwere Zellentür wurde geöffnet, das Scheppern von Metall auf Metall hallte hohl.

LaRue trat heraus, seine Slipper verursachten ein Schlurfen auf dem schimmernden Zementboden. Er wurde durch eine Reihe Türen in einen kleinen, hell erleuchteten Raum geführt, in dem sich oben an drei Wänden Videokameras befanden, die vierte war an einem Überwachungsfenster aus verstärktem Glas.

Am Tisch saß Detective Elise Sandburg. Neben einem Mann mit dunklem Haar und einem wütenden Gesicht.

Sie waren beide angezogen, als müssten sie noch auf eine Beerdigung.

War das ein Omen?

Er setzte sich ihnen gegenüber. Genervt stellte er fest, dass es nicht leicht war, auf dem Stuhl Platz zu nehmen, weil er mit einer kurzen Kette am Boden festgemacht war.

So. Da war sie also. Die Frau, die er unter Drogen gesetzt hatte.

Einen Augenblick lang war er abgelenkt durch ihre eigenartigen Augen. Sie waren vielfarbig, und dunkle Linien durchschnitten sie.

Sie war attraktiv, woran er sich gar nicht hatte erinnern können, weil er selbst so high gewesen war. Sie war auch ziemlich cool. Riss sich zusammen. So wie man es von einem Detective erwartete.

Der Mann … der war heftiger. Er hatte den Blick von jemandem, der irgendetwas dringend brauchte, vielleicht Alkohol. Vielleicht Drogen. Vielleicht auch verschreibungspflichtige Medikamente, wie sie Ärzte austeilten, die gern besonders glückliche Patienten hatten.

LaRue durchfuhr eine Welle der Panik.

Das geschah ihm in letzter Zeit öfter.

Wie dumm das von ihm gewesen war. Wie ungeheuer, ungeheuer dumm. Aber zu dem Zeitpunkt war es ihm logisch erschienen. Komisch, wie so etwas lief. Der Mann – er würde es bestimmt verstehen. Er hatte bestimmt auch unter Drogen schon eine Menge dummer Sachen angestellt.

War es möglich, dass LaRue mit Mördern im Gefängnis enden würde? Mit Pädophilen? Wo Biester mit kahlrasierten Schädeln und einer Menge Tattoos Typen wie ihn vergewaltigten?

Er sah von einem zum anderen und hoffte, nicht so verzweifelt dreinzuschauen, wie er sich fühlte.

»Hey …« Er schaute auf zum Wachpersonal.

Es war eine große, knallhart dreinschauende Frau, die er immerhin schon ein paar Mal zum Lächeln gebracht hatte. »Könnte ich etwas zu trinken bekommen?«, fragte er. Und dann erkundigte er sich bei seinen Besuchern: »Möchten Sie auch etwas? Eine Cola? Ich lade Sie ein.«

Detective Sandburg schüttelte den Kopf und sagte mit einem schiefen Lächeln auf den Lippen: »Ich verzichte.«

LaRue zuckte innerlich zusammen. Oh, Scheiße. Letztes

Mal, als er ihr etwas zu trinken angeboten hatte, war Tetrodotoxin drin gewesen.

»Ich auch«, sagte der Mann.

Sie war sauer. Natürlich war sie sauer. Sie waren beide sauer. Und warum auch nicht? Aber es war ja nicht so, als hätte er sie umgebracht. Er hatte ihr keinen Schaden zufügen wollen.

»Okay.«

Er wedelte nervös mit den gefesselten Händen in der Luft, als wollte er seinen dummen Vorschlag beiseite schieben, und mit ihm die Zeit, die er bereits verschwendet hatte.

Sie waren wichtige Leute. Hatten viel zu tun.

»Verschwenden Sie nicht unsere Zeit, LaRue.«

Wow. Offensichtlich konnte der Typ Gedanken lesen.

»Tut mir leid«, sagte LaRue. »Und Sie sind?«

»Detective Gould.«

»Nett, Sie kennenzulernen.« Er schob die Hände über den Tisch, seine Handschellen klapperten.

Gould lehnte sich auf seinem Stuhl zurück. »Ich schüttele niemandem die Hand, der meinen Partner vergiften wollte.«

Doppelscheiße. »Ich weiß gar nicht, wovon Sie reden.« LaRue zog die Hände zurück.

»Sie können sich nicht erinnern, meiner Partnerin ein Glas Wasser mit Tetrodotoxin darin gegeben zu haben?«

LaRue schüttelte den Kopf.

»Aber sind Sie nicht Fachmann für das Zeug?«, fragte Gould

»Na ja, schon.«

»Und haben Sie nicht manchmal auch welches im Haus?«

»Hey, ich kann doch auch nichts dafür, wenn sie irgendwo welches gefunden hat, als sie bei mir herumschnüffelte.«

»Sie meinen, ein Glas mit Wasser, in dem TTX war, ist meiner Partnerin einfach so gegen den Mund geflogen? Haben Sie ihr nicht etwas zum Trinken angeboten? Haben Sie ihr nicht in Wahrheit das Glas gegeben?«

Das war schlimm. Sehr schlimm. Was auch immer geschah, LaRue musste sie überzeugen. Der Rest seines Lebens konnte davon abhängen ...

»Sie können nichts davon beweisen.«

»Ich habe die Glassplitter eingesammelt«, sagte Elise. »Und ins Labor geschickt. Raten Sie mal, was die dort gefunden haben?«

Er stieß den Atem aus. Scheiße, Scheiße, Scheiße.

»Tetrodotoxin«, sagte sie. »Auf einem Glas aus ihrem Haus. Einem Glas, das sie mir gegeben haben.«

»Lügen Sie uns nicht an«, sagte Gould. »Denn wir wissen schon alle Antworten.«

»Nicht alles. Sie können nicht alles wissen.«

»Das werden wir ja sehen.«

Sie verhörten ihn drei Stunden lang.

Gott sei Dank rauchte niemand, denn das Zimmer war klein und so etwas hätte dann auch noch LaRues Asthma in Gang gesetzt. Das Verhör lief ungefähr so, wie man es erwartete. Sie trieben ihn in die Enge, vor allem der Mann. LaRue konnte seinen Hass regelrecht spüren.

Er fragte nach dem Warum, Wo, Wer? Die Stunden vergingen, und er konnte spüren, wie sie immer frustrierter wurden. Sie waren hergekommen in der Hoffnung, dass er verantwortlich war für die Tetrodotoxin-Morde, und er hatte ihnen nichts gegeben, was diese Theorie stützte. Sie waren enttäuscht.

Tut mir leid, euch nicht weiterhelfen zu können, ihr Schnüffler.

Sie änderten die Richtung.

»Was können Sie uns über Tetrodotoxin berichten?«, fragte Detective Sandburg.

LaRue hätte die Arme über Kreuz gelegt, wenn das möglich gewesen wäre. Stattdessen lehnte er sich auf seinem Stuhl zurück, die Hände im Schoß. Er schaute von einem zum anderen. »Nichts.«

»Nichts?«, fragte Detective Gould höhnisch.

»Ich möchte nicht über Tetrodotoxin reden.«

Gould verspannte sich wieder. Er beugte sich vor. »Was Sie wollen, interessiert gerade überhaupt niemanden.«

»Ich werde nicht über Tetrodotoxin reden«, sagte LaRue und zuckte mit den Schultern.

»Was müsste ich tun, um Sie doch dazu zu bewegen?«, fragte Gould.

»Ist das eine Drohung?«

»Natürlich nicht«, log der Mann und schaute hoch zu einer Kamera in einer Ecke. »Ich würde doch niemals jemandem drohen, der meine Partnerin vergiften wollte.«

»Mein Wissen hat einen Preis«, sagte LaRue.

Gould stieß ein ungeduldiges Geräusch aus.

»Niemand im Land weiß mehr als ich, wenn es um Tetrodotoxin geht«, fuhr LaRue geschmeidig fort. »Und Sie sollten dieses Wissen nutzen. Meine Ausbildung war nicht billig. Wir sind in den USA. Wir stehen auf Kapitalismus. Ich habe ein Produkt. Ich verkaufe ein Produkt. Sie kaufen das Produkt.«

»Sie wollen *Geld?*«, fragte Gould ungläubig. »Es werden Leute ermordet, und Sie wollen Geld?«

»Oh, und Sie sind wohl *kostenlos* Detective?«

Elise legte die Arme über Kreuz. »Er will, dass wir die Anklage fallen lassen.«

LaRue lächelte sie an. Sie war niedlich. Wirklich niedlich.

»Ihr Ego ist beeindruckend«, sagte Gould. »Aber Sie sind nicht der einzige Tetrodotoxin-Experte im Land. Glauben Sie nicht, dass wir mit den anderen Fachleuten schon Kontakt aufgenommen haben? Also bleibt Ihnen kein Verhandlungsspielraum. Das können Sie vergessen. Sie können uns sowieso nichts sagen, was wir nicht schon wissen oder anderswo herausbekommen.«

Er bluffte. Entweder das, oder er hatte keine Ahnung. Niemand wusste so viel über Tetrodotoxin wie LaRue. Er schaute Gould durch seine Wimpern an. »Sie haben *nicht die geringste* Ahnung von Tetrodotoxin. Nicht die geringste. Sie glauben, Sie wüssten alles, aber das tun Sie nicht. Es gibt eine Geheimgesellschaft, ein großes Untergrundnetzwerk von Leuten, die süchtig sind nach TTX.«

»Warum würde jemand aus Spaß ein Gift zu sich nehmen?«, fragte Detective Sandburg.

»Weil es spannend ist. Wie jemand vielleicht Fallschirmspringen geht oder schnell Auto fährt. Denn dann ...«

Er fuhr sich mit der Zunge über die Lippen und ärgerte sich gleich danach über sich selbst. Sie würden denken, dass er wegen seiner eigenen Sucht wieder rauswollte.

»Es ist keine körperliche Abhängigkeit«, sagte er eilig. »Es ist eine geistige. Es ist ein High wie nichts anderes, weil es nur einen Schritt vom Tod entfernt ist. Ich verstehe das. Ich kenne all die süßen Wege, die Ebenen, auf die TTX einen trägt.«

Er rutschte auf seinem glatten Stuhl hin und her. »Sie wissen, wie es ist. Sie wissen, wovon ich rede«, sagte er zu Detective Sandburg. »Haben Sie nicht das Gefühl, als wären Sie dem Tod von der Schippe gesprungen? Hätten den Tod besiegt? Hat es Ihnen nicht das Gefühl von Macht verliehen, in einer Welt, in der so viel außerhalb unserer Kontrolle liegt?«

»Wissen Sie, Mr LaRue, ich hätte es nicht als eine angenehme Erfahrung beschrieben. Aber vielleicht liegt das daran, dass ich sie nicht freiwillig auf mich genommen habe.«

Würde sie ihm das je verzeihen? »Ich war im Arsch an dem Tag. Voll im Arsch.«

»Das sollte niemals eine Entschuldigung sein«, entgegnete Detective Sandburg.

Er stand kurz davor, sie zu verlieren.

»Ich habe eine Idee«, sagte Gould. »Warum bleiben Sie nicht einfach hier, und wenn wir Ihre Hilfe brauchen, dann wissen wir ja, wie wir Sie erreichen können.«

Es funktionierte nicht. Es funktionierte nicht!

Tränen der Angst und Frustration stiegen in seine Augen und alles verschwamm. Er durfte nicht im Gefängnis enden, wo ihn die Perversen anglotzten, als wäre er ein schmackhaftes Dessert, das sie noch nicht probiert hatten. Oder schlimmer noch, dass sie schon längst probiert hatten. Wieso nur hatte er sich gestellt? Wieso hatte er nicht vorhergesehen, was ihm das eintragen würde? Gott, er war naiv wie ein Zehnjähriger.

Er beugte sich vor und flüsterte, während er Detective Sandburg direkt in die Augen starrte – denn er hatte das Gefühl, bei ihr noch die größte Chance auf Sympathie zu haben: »Können Sie sich vorstellen, wie es für mich wäre, im Gefängnis zu sein? Wo die Tiere den Zoo leiten? Sehen Sie mich an! Ich bin Wissenschaftler! Ich bin ein Intellektueller! Ich kann mich nicht gut wehren.«

Wollten sie, dass er bettelte? Er hatte nicht mehr das geringste Fünkchen Stolz übrig. Er würde betteln, wenn sie das wollten. Die gottverdammten Bullen.

Seine Nase lief. Ihm blieb nichts anderes übrig, als seine beiden Hände zu heben und den Schnodder an den orangefarbenen Ärmel seines Overalls zu schmieren.

Die Detectives nickten einander zu, es war eine unheimliche, stumme Form der Kommunikation, und erhoben sich.

Detective Sandburg beugte sich vor und stützte die Hände auf den Tisch. »Wir machen Ihnen einen Vorschlag«, sagte sie. »Wenn Sie mit uns zusammenarbeiten, wenn Sie alle unsere Fragen beantworten, dann werde ich mir *überlegen*, die Anzeige zurückzuziehen.« Sie stieß sich vom Tisch ab. »Wir lassen Sie jetzt ein paar Minuten allein. Sie können ja mal darüber nachdenken.«

»Er könnte trotz allem mit den Morden zu tun haben«, sagte Elise draußen im Flur, nachdem die Tür zum Verhörzimmer hinter ihnen zugefallen war. »Er könnte mit jemand anderem zusammengearbeitet haben.«

»Das ist möglich«, sagte David.

»Wir könnten ihn rauswerfen und beschatten lassen«, schlug Elise vor. »Wenn er was mit der Sache zu tun hat, werden wir das ziemlich schnell rausfinden, weil er uns zu seinem Komplizen führt. Und wenn nicht, dann könnte er uns tatsächlich bei dem Fall helfen.«

»Hast du schon vergessen, was er dir angetan hat?«

»Es könnte das Risiko wert sein. Ich bin durchaus willens, die Anzeige zurückzuziehen, um herauszukriegen, was er vorhat.«

»Vielleicht musst du das nicht.« David wandte sich zur Tür. »Vielleicht ist der kleine Scheißer jetzt bereit, endlich auszupacken.«

LaRue saß noch genauso da wie eben.

»Wollen wir unser Gespräch fortführen?«, fragte Elise.

Er starrte stumm auf die schimmernde Oberfläche des Tischs.

David und sie setzten sich.

Statt LaRue zu fragen, ob er eine Entscheidung getroffen hatte, ging Elise die Sache weniger demütigend an. »Warum fangen wir nicht noch einmal von vorne an?«, schlug sie freundlich vor.

Er antwortete nicht.

Sie begann trotzdem, ihm Fragen zu stellen.

Ganz normale Erkundigungen, damit er sich entspannte. Wo er geboren worden war. Seine Ausbildung. Wo er seine Abschlüsse gemacht hatte.

Das Ego war ein erstaunliches Ding, und es überraschte Elise immer wieder, festzustellen, wie sehr Menschen es genossen, von sich selbst zu erzählen, selbst wenn sie von der Polizei verhört wurden.

Es gab normalerweise immer einen Moment, in dem sich etwas löste, und plötzlich nahm das Verhör ein Eigenleben an. Kaum hatten sie als Thema LaRues Forschungen am Wickel, stolperte er in die Falle und schien ganz zu vergessen, mit wem er redete.

Sie hatte schon zweimal Mörder diesen Punkt erreichen sehen, die so fasziniert davon waren, ihre eigene Geschichte zu erzählen, dass sie Geständnisse ablegten, ohne es auch nur mitzubekommen.

»Ich habe erwartet, mittlerweile berühmt zu sein«, sagte LaRue. »Tetrodotoxin sollte ein neues, besseres Morphium sein, die Antwort auf schlimmste Schmerzen. Eine neue Möglichkeit, Patienten zu sedieren. Es böte sogar die Chance, Astronauten in einer Art Langzeitschlaf ins All zu schießen.«

»Und was kam dazwischen?«, fragte David.

»Budgetkürzungen. Meine Gelder an der University of North Carolina wurden gestrichen.«

»Autsch.«

»Das ist drei Jahre her. Ich kann gar nicht glauben, dass ich seitdem praktisch nichts getan habe.« Er seufzte schwer. »Meine wissenschaftliche Arbeit war mein Leben. Das war alles, was ich kannte. Aber mir ist erst klar geworden, wie wichtig sie mir war, als ich sie verlor. Ich durchlebe eine Identitätskrise. Wenn ich nicht mehr länger dieser Mann bin, wer bin ich dann?

Haben Sie eine Vorstellung davon, wie es ist, sich jahrelang auf ein Ziel zuzubewegen, sich vollständig auf dieses Ziel zu konzentrieren, sicher zu sein, wenn man nur hart genug arbeitet, dann würde man es schließlich auch erreichen, nur damit einem dann alles weggenommen wird, wofür man gearbeitet hat? Das ist gottverdammt noch mal entsetzlich, das ist es. Es ist eine verfluchte Tragödie.«

»Was ist mit Tetrodotoxin?«, fragte Elise. »Was können Sie uns darüber erzählen, außer dem Offensichtlichen?«

»Die Leute fürchten sich vor allem, was sie nicht verstehen, und die Leute fürchten sich eben auch vor Tetrodotoxin. Deswegen haben sie ja auch meine Gelder gestrichen. Sie haben es auf mangelnde Finanzierung geschoben, aber es ging einfach alles zu schnell.«

»Vielleicht waren sie auch nicht so begeistert davon, dass Sie das Zeug benutzten, um high zu werden«, bemerkte David trocken.

LaRue starrte ihn mit gerunzelter Stirn an. »Ich gebe zu, dass ich es auch damals schon genommen habe, aber ich konnte es nicht ausreichend stabilisieren, um menschliche Versuche anzustellen. Und ich konnte meine Studenten auch schlecht bitten, Versuchskaninchen zu spielen. Meine Kollegen behaupteten immer wieder, dass es niemals kontrolliert genug sein würde, um zum Einsatz am Menschen zu kommen. Ich musste ihnen das Gegenteil beweisen.«

»Wir brauchen von Ihnen die Namen von allen, die Sie kennen, die in dieser Untergrundbewegung der TTX-User sind. Absolut alle.«

»Die meisten sind Uni-Studenten. Harmlose Jugendliche.«

Jetzt ruderte er zurück. Er wollte niemanden anschwärzen. Im Grunde ein netter Charakterzug.

»Wir wollen bloß mit ihnen reden«, sagte Elise. Sie schob ihm ein Blatt Papier über den Tisch, dann einen Stift.

»Schreiben Sie alle Namen auf, die Ihnen einfallen.« Es dauerte fünf Minuten. Als er das Blatt zurückgab, standen sechs Namen darauf. »Sind das alle?«, fragte Elise.

»Das sind alle, die mir jetzt einfallen.«

David verspannte sich. Sie konnte sehen, dass er aus LaRue noch mehr Namen rausquetschen wollte. Sie faltete das Blatt. »Damit können wir schon mal anfangen.«

Dann begann er über Tetrodotoxin zu sprechen, er berichtete ihnen Dinge, die sie wussten, und andere, die sie nicht wussten.

»Das Gift greift das ummantelte periphere Nervensystem an, überschreitet aber nicht die Grenze zwischen Blut und Gehirn. Das heißt, die geistigen Fähigkeiten des Opfers werden nicht beeinflusst. In den falschen Händen könnte TTX das perfekte Mittel zur Folter sein. Stellen Sie sich vor, Sie könnten jemandem alles antun und sagen, während derjenige bei vollem Bewusstsein ist.«

»Vielleicht wurden Ihre Gelder deswegen gestrichen.«

»TTX ist überall. Jeder kann es sich besorgen. Jeder kann es herstellen. Ich habe etwas Wichtiges getan. Ich habe versucht, etwas Gutes daraus zu erschaffen.«

Elise öffnete ihre Aktentasche und zog ein kleines Foto von Truman Harrison heraus. Sie legte es vor LaRue auf den Tisch. »Erkennen Sie diesen Mann?«

»Ich habe sein Bild in der Zeitung gesehen.«

»Haben Sie ihn je getroffen?«

»Nein.«

Als Nächstes kam ein Schwarz-Weiß-Foto von Jordan Kamp, vom Friedhof.

»O Mann. Das ist ja wirklich übles Zeug.« Er deutete auf das Foto. »Sie glauben doch nicht, dass ich etwas damit zu tun habe, oder?«

»Kannten Sie ihn?«, fragte David.

»Haben Sie ihm vielleicht TTX verkauft?« Die Frage

wurde wie nebenbei eingeschoben. Elise vermutete, dass LaRue das Gift auch dealte, und hoffte, ihn reinlegen zu können.

»Ich habe niemals jemandem TTX verkauft. Das sollten wir mal klarstellen.«

»Kannten Sie Jordan Kemp?«

»Ich habe ihn ein paar Mal gesehen.«

»Wo?«

»Im Black Tupelo.«

»Sie gehen ins Black Tupelo?«, fragte David.

»Nicht aus den Gründen, die Sie jetzt annehmen.«

»Was ist mit Strata Luna?«, drängte Elise. »Haben Sie die jemals kennengelernt?«

»Nein.«

»Sind Sie sicher?«

»Ich habe es versucht. Ich wollte sie kennenlernen. Wer will das nicht? Schließlich habe ich diesen Jungen, Enrique, überzeugt, sie für mich anzurufen.«

»Sie haben also mit ihr telefoniert.«

»Ja.«

»Worüber?«

»Ich habe Gerüchte gehört, dass sie wüsste, wie man Zombies macht. Totaler Quatsch, da bin ich sicher, aber ich dachte, sie wüsste vielleicht etwas über Tetrodotoxin, das ich nicht wusste. Man kann es mit verschiedenen anderen Dingen mischen, und die Ergebnisse sind sehr unterschiedlich. Es hängt von dem Cocktail ab. Es ist schwierig, die Menge echten TTX' zu dosieren, weil die Stärke sehr unterschiedlich ausfallen kann. Aber es ist immer gut für eines von drei Dingen: Man wird high, gelähmt, oder stirbt.«

»Was halten Sie aus wissenschaftlicher Sicht von den Fällen in Savannah?«

»Das ist kein reines TTX. Reines TTX lähmt, ja, aber nicht *tagelang*. Bei Tetrodotoxin wacht der User nach ein paar Stunden auf, oder er stirbt.«

Elise bemerkte den Augenblick, in dem ihm klar wurde, dass er sich selbst bezichtigt hatte. Vor der Kamera. Und drei Leuten.

Sie schaute zu ihrem Partner herüber. Der lächelte.

Elise war jetzt ein wenig alarmiert, als ihr klar wurde, wie dicht sie an jenem Tag bei LaRue davor gewesen war, zu sterben.

»Mehr müssen wir jetzt eigentlich nicht wissen, oder?«, fragte Gould.

»Ich *kannte* die Stärke des Tetrodotoxins, das ich Ihnen gegeben habe!«, sagte LaRue panisch, und seine Handschellen klapperten. »Ich *wusste*, dass es nicht genug war, Sie umzubringen!«

»Das klingt wie ein Geständnis«, sagte Gould höhnisch. »Sollen wir jemanden reinrufen, damit Sie eine eidesstattliche Aussage machen können?«

»Ich dachte, Sie würden die Anklage fallen lassen.«

»Ich habe gesagt, wir würden es uns überlegen«, sagte Elise.

»Ich habe Ihnen alles erzählt, was Sie wissen wollen.«

»Ja, aber Sie haben auch gestanden, dass Sie mich fast umgebracht haben. Sie sind ein kluger Mann. Ganz sicher können Sie nicht erwarten, dass wir verantwortungsbewussterweise jemanden mit ihrer Vorgeschichte einfach so gehen lassen.«

»Eine Vorgeschichte des versuchten Mordes«, setzte Gould hinzu.

»Sie brauchen mich!«, sagte LaRue. »Sie wissen, dass Sie mich brauchen!« Er schaute hinüber zu der Wärterin, dann zurück zu Elise. »Es ist doch noch nicht vorbei, oder? Sie kommen zurück, oder? Ich habe Ihnen heute geholfen. Ich kann Ihnen wieder helfen.«

»Wir werden darüber nachdenken und Ihnen Bescheid geben.«

Er sprang auf.

Gould schoss hoch, er war sofort bereit, ihn niederzustrecken, wenn es nötig wäre. Die Wärterin trat vor und stand jetzt links von LaRue.

»Wann?«, fragte er und schaute von Gould zu Sandburg. »Wann melden Sie sich wieder bei mir?«

»Schwer zu sagen«, sagte Sandburg zu ihm.

LaRue starrte sie an.

DIESE KUH!

Sie genoss es, sie hatte Spaß daran, ihn im Dunkeln zu lassen, mit ihm zu spielen. Sein Ärger richtete sich auf Detective Gould. Was wusste dieser Wichser schon, dachte LaRue hasserfüllt. Ihn hatte nie jemand verspottet, über ihn hatte nie jemand gelacht.

Als hätten sie sich im Stillen verabredet, wandten die Detectives sich um und gingen davon.

LaRue hob seine Handschellenhände beschwörend in Richtung ihrer sich entfernenden Rücken. »Die fallen über mich her!«, schluchzte er.

33

Am Abend nach dem Verhör LaRues holte Elise Audrey von der Schule ab. Im Garten hinter dem alten viktorianischen Haus grillten sie Spieße mit Pilzen, Tofu und Mangos, dann spazierten sie zu einem Café in der Nähe und holten sich einen Frozen Joghurt.

Hinterher übte Elise auf dem Pulaski Square mit Audrey das Werfen.

Auf dem Weg zurück zu Elise gingen sie an einem Stand vorbei, der ärmellose Kinder-T-Shirts mit einem Kugelfische-verboten-Design vorne drauf verkaufte.

»Ganz niedlich«, dachte Elise.

Das rot-weiße Zeichen war scheinbar aus dem Nichts aufgetaucht. Man konnte es auf den Fenstern und Türen aller Restaurants in der Stadt finden, selbst bei McDonald's. Es ähnelte dem Nichtraucher-Schild, bloß zeigte es statt einer Zigarette einen mit einer roten Linie diagonal durchgestrichenen Kugelfisch. Darunter stand: HIER WERDEN KEINE EXOTISCHEN FISCHE ANGEBOTEN. Viele Restaurants hatten Fisch sogar komplett von der Karte gestrichen.

»Das ist wirklich cool.« Audrey hob ein T-Shirt hoch und suchte nach der Größe.

BESUCHEN SIE SAVANNAH, WENN SIE SICH TRAUEN.

Woher kamen diese Dinger so schnell, fragte sich Elise? Gab es eine geheime Fabrik irgendwo in den USA, die immer im Standby war, nur um Souvenirs für jede Katastrophe herzustellen, die sich irgendwo ereignete?

Noch beliebtere Artikel waren Latex-Handschuhe. Da immer noch nicht klar war, wie das TTX verabreicht worden war, hatte man den Leuten geraten, sich oft und gründlich die Hände zu waschen und alle Wunden abzudecken. Die Öffentlichkeit hatte daraufhin begonnen, sich mit Wegwerfhandschuhen einzudecken.

Das Letzte, was Elise gehört hatte, war, dass die Handschuhe jetzt als schick galten, wobei lila und rot die »richtigen« Farben waren. Vor Ort konnte man keine mehr kaufen, sogar die langweiligen, fleischfarbenen waren alle, und jetzt verscherbelten Leute aus anderen Ecken des Landes, und sogar internationale Anbieter, die Dinger schachtelweise bei eBay, wo man für eine Kiste bis zu 50 Dollar kriegen konnte.

Das bewies, dass man niemals den Preis für guten Geschmack oder Gesundheit festlegen konnte.

»Wie viel?«, fragte Elise den Händler.

»Dreißig Dollar.«

»*Dreißig?*«

Für ein T-Shirt?

»Zwanzig.«

Elise zog ihre Geldbörse hervor und entnahm ein paar Scheine. »Wie wäre es mit fünfzehn?«

Die Frau steckte das Geld schnell ein, bevor ein Tourist es sah. »Wir haben Amulette passend zum Shirt«, sagte sie mit einer ausholenden Handbewegung.

In einem Körbchen in der Ecke lagen *Wangas*. Das weiße T-Shirt über einen Arm gefaltet, nahm Audrey ein *Wanga* hoch, schnupperte daran und zuckte zurück. »Bäh.« Sie hielt es Elise unter die Nase.

Schwefel.

Elise kannte Schwefelsäure – ein Hauptbestandteil vieler Zaubermixturen.

Sie hatte Leute an Straßenecken schon *Wangas* für viel weniger verkaufen sehen, aber man musste vorsichtig sein. Diese angeblichen *Wangas* konnten voll mit Blättern und Gras aus dem eigenen Garten sein. Nichts Vernünftiges, ohne Schutzwirkung. Ein falsches *Wanga* zu tragen, wäre, als führe man mit einem defekten Sicherheitsgurt oder einem kaputten Airbag. Unglücklicherweise gab es immer irgendwelche Geier da draußen, die Geld am Unglück anderer verdienen wollten.

»Wie können Leute nur so etwas tragen?« Audrey schnitt eine Grimasse. »Die stinken.«

»Das ist es wert, wenn man sich dann sicherer fühlt.«

»Dad sagt, diese Sache beutet nur die Ängste der Leute aus.«

»Es ist nicht immer das Schlechteste, wenn Menschen glauben, ein Säckchen Kräuter würde sie beschützen«, entgegnete Elise. »Sie erleben dann ein Gefühl der Kontrolle in einer Situation, in der sie vielleicht keine haben.«

Audrey warf das Amulett zurück in das Körbchen. »Danke für das T-Shirt, Mom.« Audrey zog das Shirt mit dem Kugelfisch-Logo über ihr Tank Top, und sie gingen weiter.

Elise griff in ihre Tasche und zog das *Wanga* heraus, das sie die letzten paar Tage bei sich getragen hatte.

Audrey starrte es an. »Wo hast du das denn her?«

»Strata Luna hat es für mich gemacht.«

»*Wirklich?*«

»Möchtest du es haben?«

Elise wurde plötzlich klar, dass sie sich besser fühlen würde, wenn Audrey das Amulett trüge. Es könnte ihr ein bisschen Schutz bieten.

Audrey nahm es und schnupperte daran. »Es riecht jedenfalls nicht so schlimm.«

»Die Kräuter, die sie benutzt hat, überdecken den Schwefel.«

Audrey reichte es zurück. »Nein, danke.«

Die Tatsache, dass ihre Mutter ein *Wanga* trug, verunsicherte Audrey offensichtlich. Was würde sie denken, wenn sie von Jackson Sweet erfuhr?

Dieser Gedanke brachte Elise wieder auf ihren letzten Besuch bei Strata Luna. Würde die ihr den vollen Namen ihrer biologischen Mutter verraten? Und wenn ja, was würde Elise damit anfangen?

Noch drei Blocks, dann waren sie zu Hause.

Ihr gemeinsamer Abend war eine Art Erfolg, aber als Elise Audrey in den Vorort zurückfuhr, dachte sie an die Reaktion ihrer Tochter auf die *Wangas*, und wieder wurde sie an alles erinnert, was sie voneinander unterschied. Nicht, dass sie erwartete, dass ihre Tochter wäre wie sie. Das war egoistisch und unrealistisch. Audrey lebte in einer traditionellen, praktischen Welt, während Elise konstant versuchte, zwei Kulturen in Einklang zu bringen, von denen sie keiner ganz angehörte. Sie könnte zwar sagen, dass sie nicht an Flüche und *Wangas* glaubte, aber auf einem primitiveren Level tat sie das eben doch. Sie verstand die Kraft der Mythen; eine Gewalt, die man niemals außer Acht lassen durfte.

Elise setzte Audrey ab, dann fuhr sie durch die dunklen, stillen Straßen zurück. Zu Hause fand sie einen Briefumschlag mit dem Logo des Black Tupelo vor ihrer Tür. Darin steckte ein einzelnes Blatt Papier mit dem Namen Loralie und der Adresse des Savannah Carmelite Monastery, in großen schwarzen Buchstaben.

34

Elises Telefon klingelte mitten in der Nacht.

Es war die Zentrale des Savannah Police Department.

»Ich weiß, dass Sie heute freihaben«, sagte die Frau, »aber hier ist ein Aufkleber, auf dem steht, wir sollen Sie anrufen, wenn Leichen gefunden werden.«

Elise notierte die Informationen, bedankte sich bei der Kollegin und legte auf. Dann rief sie Gould an. Sein Wagen war noch in der Werkstatt, doch seine Wohnung lag auf dem Weg. »Ich hol dich ab«, sagte sie zu ihm.

Gould wartete auf der Vordertreppe, als sie kam. Er rannte auf ihren Wagen zu und sprang auf den Beifahrersitz, während sie schon wieder losfuhr.

Unterwegs zu der Adresse, die die Kollegin ihr genannt hatte, berichtete Elise ihm die wenigen Details, die sie erfahren hatte. »Eine Leiche wurde im Hof des Secret Garden Bed and Breakfest aufgefunden, das im Moment unbenutzt ist und renoviert wird.«

»Geschlecht des Opfers?«

»Männlich.«

»Ungefähres Alter?«

»Keine Angabe.«

Elise konnte deutlich erkennen, dass sie näher kamen. Blaulichter blitzten stumm. Straßen waren abgesperrt worden, der Verkehr wurde umgeleitet.

Sie parkten zwei Block von der Absperrung entfernt, dann sprangen Elise und David aus dem Wagen, Taschenlampen in der Hand. Ihre Türen knallten zu und ihre Schuhe donnerten hohl über den Zementbürgersteig, als sie eilig in Richtung der Lichter liefen.

Obwohl es mitten in der Nacht war, kamen Leute aus ihren Häusern, um zu gaffen. Sie drängten sich auf dem Bürgersteig an der Straße; Elise und David konnten Bruchstücke ihrer Gespräche hören.

»Hast du etwas gesehen?«, fragte eine junge Frauenstimme.

»Ich habe gehört, jemand hat eine Leiche gefunden.«

»Ich habe gehört, der Kopf wäre abgehackt worden.«

»Ich habe gehört, jemand ist durch den Brunnen gewatet und darüber gestolpert.«

»O Mann. Das ist krank! Richtig krank!«

»Nicht über den Kopf, du Idiot. Über die Leiche.«

»Das ist trotzdem krank.«

Jemandem, der nicht bei der Polizei arbeitete, musste die ganze Angelegenheit chaotisch erscheinen, aber Elise registrierte automatisch die Trennlinien, die gezogen worden waren, um die Zeugen im Zaum zu halten, bis man ihre Aussagen hatte aufnehmen können. Das Savannah Police Department bediente sich dabei der sogenannten Zwei-Kreis-Methode. Die äußere Grenze galt für die Presse und die Neugierigen, die innere für die paar Leute, die man durchließ. Detectives und Streifenpolizisten befragten mit Notizblöcken in der Hand die Anwohner.

Eine der Polizistinnen bemerkte Elise und Gould. »Ausgesprochen eigenartig«, flüsterte sie. »Es war dunkel da drinnen. Die Tore waren zu, aber ein paar Kids sind reingeschlichen, um im Brunnen zu waten. Einer von ihnen ist über die Leiche gestolpert und dachte, es wäre ein Kumpel, der ihm einen Streich spielt, aber sie blieb einfach da liegen. Es stellte sich heraus, dass sie mit Steinen beschwert war.«

»Ohne Kopf?«, fragte Elise.

»Nein, aber der Hals war durchgeschnitten.«

Elise warf David einen Blick zu. *Das ist nicht unser Mann*, dachten sie beide.

»Was ist mit Licht?«, fragte Gould. Polizeiwagen mit eingeschalteten Scheinwerfern standen da und dort, aber das reichte nicht, um den Tatort angemessen zu beleuchten.

»Wir lassen einen Generator aufbauen.«

»Wo ist die Leiche jetzt?«, fragte Elise.

»Immer noch im Brunnen«, sagte die Polizistin. »Oder vielleicht sollte ich Teich sagen. Es ist ein Riesending – mehr weiß ich nicht. In der Mitte gibt es eine Art Insel mit einer steinernen Bank. Da habe ich ihn hingezogen.« Sie leuchtete sich mit der Taschenlampe an. »Sehen Sie nur.«

Ihre Hose war von den Oberschenkeln an nass. Wenn sie das Gewicht verlagerte, quietschten ihre schwarzen Lederschuhe, und das Wasser sickerte heraus.

»Die Schuhe kriege ich nie wieder hin. Ich wünschte, ich hätte gewusst, dass er tot ist. Dann hätte ich mir nämlich nicht die Mühe gemacht. Und jetzt werde ich ihn auf ewig riechen. Ich weiß nicht, ob das in meinen Nebenhöhlen klebt oder an meinen Klamotten.«

Die Detectives bedankten sich bei ihr und gingen hinüber zu der Ziegelmauer.

Elise schaltete ihre Taschenlampe an, als sie durch das schmiedeeiserne Tor gingen, das mit Engelchen verziert war.

»Ich habe dieses Haus immer geliebt.« Elise war ein paar Mal während der alljährlichen Frühlingsbesichtigung des Gartens hier gewesen. »Unter normalen Umständen ist es atemberaubend.«

»Aber jetzt nun wirklich nicht ...«

Das Erste, was sie traf, war der süße Duft der Magnolien, gemischt mit dem Gestank des Todes. Wasser plätscherte und Farn wuchs auf feuchten Steinmauern. Es gab Buchsbäume und Trompetenblumen, Wassermohn und Hibiskusbäume. Zwischen den Pflanzen und Bäumen standen verschiedene Statuen, von Engeln bis Fröschen.

David untersuchte das Gelände mit einer Hochleistungstaschenlampe. »Wow«, sagte er und hielt inne, um den verdrehten Stamm eines Jerusalemdorns zu bewundern. In der Ferne zirpten Grillen und ein Windspiel gab ein leises, zartes Geräusch von sich.

Elise stellte erleichtert fest, dass Abe Chilton Dienst hatte. Anderen Spurensicherern musste sie sagen, was sie einsammeln sollten. Abe wusste, was er zu tun hatte.

David und sie waren so schnell hergelangt, dass die Vorbereitungen noch im Gange waren. Es war nicht ihre Schicht, aber Mason und Avery fehlten noch, also übernahmen Elise und David vorläufig das Kommando.

»Achtung, Tageslicht!«, rief jemand.

Das Dröhnen eines Generators übertönte die Grillen und das Windspiel. Alle drehten ihre Rücken in die Richtung der Stimme. Eine Sekunde später erfüllte blendend grelles Licht das Gelände.

Zwei Sanitäter standen in der Mitte des Brunnens und starrten die Leiche zu ihren Füßen an. Sie schauten auf, als das Licht anging, kniffen die Augen zusammen, und hoben die Arme, um sich vor der Helligkeit zu schützen.

»Wasser«, murmelte Chilton. »Ich hasse Wasser.«

Wasser zerstörte Beweise.

»Wir haben versucht zu entscheiden, ob ich da rüber soll oder die herkommen«, sagte Chilton.

»Am besten gehen wir zur Leiche«, sagte Elise.

Da das Opfer sowieso schon aus dem Wasser gezogen worden war, machte das wahrscheinlich keinen Unterschied, aber Elise fand es immer besser, zu viele Informationen zu haben, als zu wenige.

»Da sind Sie ja.«

Chiltons Assistent rannte auf ihn zu, glücklich wie ein kleines Hündchen, ein Paar Anglergummistiefel in der Hand. Chilton nahm sie und hielt sie hoch. »Sollen wir Strohhalme darum ziehen?«

Elise hörte ein Platschen und wandte sich um. Sie konnte sehen, wie Gould zur Mitte des Brunnens watete, das Wasser reichte ihm bis über die Knie und färbte seine Jeans dunkel.

»Nehmen Sie sie ruhig«, sagte sie.

Chilton trug einen Anzug und entsprechende Schuhe, Elise Nylonsandalen und eine der einfachen Baumwollhosen, wie Teenager sie anhaben. Fast schon Strandklamotten.

Sie schwang ihre Beine über die Steinmauer und trat ins Wasser.

»Sie sind ein Schatz«, sagte Chilton.

Er seufzte zufrieden und zog die Gummistiefel an. Dann setzte er sich auf die Zementmauer, die den Brunnen umgab, hob die Beine hinüber, und platschte durch das Wasser,

311

wobei er einen großen, grauen Kasten mit sich trug, der aussah wie eine Anglerkiste.

»Ich brauche mehr Licht«, sagte Chilton, als er in der Mitte war. Der Bewuchs war dicht, und der einzelne Strahler in der Nähe des schmiedeeisernen Tores konnte ihn nicht durchdringen. Augenblicklich wurden alle Taschenlampen auf die Leiche gerichtet.

Nackt.

Männlich.

Um die zwanzig.

Moos hatte sich um den Oberkörper geschlungen. Eine Wasserlilie klebte an einem Unterarm.

»Deutliche Verwesungsspuren.« Chilton piekste die Leiche mit einer behandschuhten Hand. »Der Kerl ist kein Frischfisch.«

Andererseits konnte eine Leiche sich in dem lauen, flachen Wasser bei warmem, feuchtem Wetter schnell zersetzen.

»Hat er sich bewegt?«, fragte jemand. »Hat das noch jemand gesehen? Ich glaube, er hat sich bewegt.«

Einer der Sanitäter zuckte zurück und fiel mit einem Klatschen ins Wasser.

Nach allem, was in letzter Zeit geschehen war, überraschte es nicht, dass die Leute misstrauisch waren, was einen absoluten und wahrhaftigen Tod anging. Aber diese Leiche hatte einen aufgeschlitzten Hals und war unter Wasser gewesen ... da gab es nicht viel Raum für Zweifel.

Der Sanitäter kam aus dem Brunnen geklettert, tropfnass.

»Der rührt sich nicht«, sagte Gould. »Da.« Er ließ seinen Taschenlampenstrahl schnell über das Opfer streifen. Der

Lichtstreifen sorgte für eine optische Täuschung, sodass es erschien, als würde die Leiche sich bewegen.

Licht und Schatten.

Jemand seufzte erleichtert.

Aber nicht Elise. Sie richtete ihren eigenen Taschenlampenstrahl auf das Opfer. Obwohl das Gesicht geschwollen war, wusste sie, dass sie es schon einmal gesehen hatte. Erst vor Kurzem.

Enrique Xavier.

35

Es gab Zeiten, in denen das historische Ziegelgebäude, in dem sich die Polizeizentrale befand, selbstständig ein- und auszuatmen schien. Es wirkte, als hätte es einen eigenen Rhythmus und Puls. Man gewöhnte sich nach einer Weile daran, aber wenn der Rhythmus aus dem Takt geriet, dann fiel es auf. Es war wie ein Schwarm Amseln, die plötzlich aufhörten zu piepsen. Oder wenn ein Herzschlag-Monitor nur noch die flache Linie zeigte.

Die Veränderung war es, auf die man aufmerksam wurde.

Elise saß in ihrem Büro und drückte das Telefon ans Ohr, sie hoffte, beim dritten Mal Glück zu haben und Strata Luna direkt dranzubekommen. Aber dem war nicht so.

Musste sie wirklich eine Vorladung vor Gericht beantragen, um sie zu einem Verhör hierher zu beordern?

Da bemerkte Elise eine gewisse Leere in der Luft. Sie legte auf. Saß bloß da, fühlte in sich hinein.

Das Gefühl erinnerte sie an die Stille, mit der das Auge eines Hurrikans über einen hinwegzog. Nach stundenlangem, endlosem Lärm, nachdem der Wind scheinbar ewig unter die Dachsparren gekrochen war und durch die Fensterritzen gepfiffen hatte, nachdem er jeden losen Fetzen gefunden und herumgewirbelt hatte – Stille.

Man wusste, dass man Zeit hatte, die Tür aufzureißen und hinaus in das hohle, echolose Licht zu rennen.

Elise öffnete ihre Bürotür.

Der Flur war still und leer.

Der Fahrstuhlmotor surrte. Von unten konnte sie ein Ansteigen der Geräusche hören.

Menschen.

Redeten. Flüsterten.

Der Fahrstuhl hielt im zweiten Stock. Die Tür ging auf und Strata Luna trat heraus.

»Detective Sandburg.« Die Worte kamen durch den schwarzen Schleier. Sie klang aufgeregt, eilte herüber, ihr Kleid blähte sich. »Sie müssen etwas tun. Sie müssen denjenigen verhaften, der diese schreckliche Tat begangen hat. Enriques Mörder darf keine weitere Sekunde in der Freiheit genießen.«

So viel zu einer Vorladung. »Wir tun alles, was wir können«, sagte Elise zu ihr, wohl wissend, dass ihre Worte nicht reichen würden, um die aufgeregte Frau zu beruhigen. Sie warteten auf die Laborwerte, und natürlich suchten sie nach TTX, aber im Augenblick betrachteten alle den Fall Xavier als zusammenhanglos.

David Gould kam um die Ecke und tauchte am Ende des langen Flures auf. Als er Strata Luna entdeckte, blieb er stehen, den Kaffeebecher halb zum Mund gehoben.

Der Lärm unten nahm zu. Bald schon würden die Leute in den zweiten Stock quellen, weil sie plötzlich unbedingt hier eine Fotokopie machen mussten.

»Gehen wir in mein Büro«, sagte Elise.

Als sie alle drei drinnen waren, schloss David die Tür und Elise rückte ihrer Besucherin einen Sessel zurecht, während die Neonröhre an der Decke sie in einen grünen, zuckenden Schein tauchte.

Strata Luna setzte sich, dann hob sie mit beiden Händen

den Schleier. Auf ihrem Gesicht zeigten sich, wie zu erwarten, Anzeichen von Stress und Trauer.

»Hätten Sie etwas dagegen, wenn wir Ihre Aussage aufnehmen?«, fragte Elise.

»Deswegen bin ich hier.«

Es war nicht üblich, eine Aussage in den persönlichen Büros aufzuzeichnen, aber unter den gegebenen Umständen, und weil alle Strata Luna kannten, hielt Elise es für besser, zu bleiben, wo sie waren. Da sie nicht mit einer Videokamera ausgerüstet waren, rief David unten an und konnte einen Stenografen zu fassen kriegen, sodass Strata Lunas Auskünfte vor Gericht Bestand haben würden. Fünf Minuten später begannen sie mit dem Gespräch, und ein junger Stenograf klickte vor sich hin, während ein kleiner Kassettenrekorder auf dem Schreibtisch vor Strata Luna lief.

Das Interview begann mit dem Üblichen: Name, Alter, Adresse, Telefonnummer.

Dann begann Elise mit den Fragen, die im Zusammenhang mit dem Fall standen. »Hat Enrique Xavier für Sie gearbeitet?«, fragte sie.

»Natürlich hat er das.«

»Wissen Sie, ob jemand ihm hätte Leid antun wollen?«

Strata Luna zog ein Taschentuch aus einer tiefen Tasche ihres schwarzen Kleids. »Ich stelle mir immer wieder dieselbe Frage.« Eine Träne rann über ihre Wange. »Könnte es jemand gewesen sein, den er kannte?« Sie wischte sich mit einer zitternden Hand die Träne weg. »Können Sie so etwas feststellen? Zum Beispiel daran, wie die Leiche aufgefunden wurde?«

»Sie meinen, war es ein Verbrechen aus Leidenschaft?«, fragte David.

»Ja.«

»Es ist noch ein bisschen früh für derartige Spekulationen«, sagte Elise. »Denken Sie an jemand Bestimmtes?«

David zog einen Stift und einen Notizblock aus seiner Hemdtasche. »Wissen Sie jemanden, der zu einer solchen Tat fähig wäre?«

Das Auftauchen seines Notizblockes schien Strata Luna innehalten zu lassen. Die Tränen verschwanden, und sie riss sich zusammen. »Nein.«

»Wann ist Ihnen aufgefallen, dass Enrique verschwunden war?«, fragte Elise. Sie konzentrierte sich wieder auf die üblichen Fragen.

»Vor drei Tagen.«

»Drei Tage?«, fragte David mit übertriebener Überraschung.

Elise setzte mit einer eigenen Frage nach. »Und Sie haben es nicht der Polizei gemeldet?«

»Ich habe wenig Vertrauen in das Savannah Police Department.«

»Warum sind Sie dann hier?«, fragte David.

»Enrique ist tot!«

»Kehren wir noch einmal zurück«, sagte Elise in der Hoffnung, sie zu beruhigen. »Sie haben gesagt, er sei seit drei Tagen verschwunden. Fanden Sie das nicht ein wenig merkwürdig?«

»Manchmal geht er weg. Aber er kommt immer zu mir zurück.«

»Er geht, ohne Ihnen Bescheid zu sagen?«

Strata Luna steckte ihr Taschentuch ein, dann gab sie zu: »Wir haben uns gestritten.«

»Wie meinen Sie denn das, gestritten?«, mischte sich nun David ein.

»Im Bett, wir haben uns im Bett gestritten.«

David warf Elise einen Blick zu. *Okay, damit habe ich nicht gerechnet.*

»Wollen Sie damit sagen, Enrique wäre mehr gewesen, als Ihr Angestellter?«, fragte Elise.

»Ja.«

»Er war Ihr Freund?«, fragte Elise.

»Was für ein blödes Wort.«

»Okay, wie wäre es mit *Lover?* War er Ihr Liebhaber?«

»Ich hasse dieses Wort beinahe genauso. Manchmal hatten wir Sex.« Sie zuckte mit den Achseln. »Das ist alles.«

»Sie haben zwei Kinder verloren, nicht wahr?«, fragte David langsam, als müsste er nachdenken und seine nächste Frage vorbereiten.

»Das habe ich Ihnen schon gesagt«, entgegnete Strata Luna.

»Und eines dieser Kinder wurde tot in einem Brunnen gefunden – nicht wahr?«, fuhr David fort.

Strata Luna runzelte die Stirn, sie wirkte unsicher und gereizt, ihre Trauer trat in den Hintergrund. »Das stimmt.«

»Und jetzt wird Ihr Liebhaber tot in einem Brunnen aufgefunden. Finden Sie das nicht einen ziemlich eigenartigen Zufall?«

David traute Strata Luna nicht. Alles an dieser Frau war ein großspuriger Akt, von ihrer schwarzen Kleidung bis zum Schleier vor ihrem Gesicht, der ihr gezielt einen Schein von verborgener, einsamer Trauer verlieh.

Ablenkungsmanöver, wie die eines Zauberers. Man schaut

irgendwohin, während auf der anderen Seite etwas Entscheidendes geschieht.

Ich will euch leid tun. Ich hatte so ein schlimmes Leben.

Hatte sie ihre eigenen Kinder getötet?

Vielleicht. Vielleicht auch nicht. David wusste bloß, dass sie nicht echt war.

Er kannte Trauer. Er verstand Trauer. Und man trug sie nicht vor sich her wie eine verdammte Signalfahne.

Strata Luna starrte ihn an, trotzig, die Tränen waren jetzt vergessen. Waren auch die Teil des Schauspiels gewesen?

»Ich empfinde nichts als merkwürdig«, sagte sie kühl. »Und es gibt keine Zufälle.«

Das hatte Flora auch zu ihm gesagt. Gott. Das Mädchen hatte eine Gehirnwäsche bekommen.

»Sie haben bereits zugegeben, sich gestritten zu haben«, sagte David. »Aus Leidenschaft – um es mal so zu sagen. Sind Sie sicher, dass Enrique Sie nicht verlassen wollte?« Das würde eine Frau wie Strata Luna sicherlich in die Luft gehen lassen.

»Enrique würde mich niemals verlassen.«

Was für ein Ego. »Mir fällt nur eine Möglichkeit ein, da ganz sicherzugehen«, sagte David.

Aus dem Augenwinkel konnte er sehen, wie Elise versuchte, ihn auf sich aufmerksam zu machen; er sollte den Druck rausnehmen. Aber er ignorierte sie.

»Wollen Sie damit sagen, ich hätte Enrique getötet?« Strata Luna sprang auf, den Kopf in den Nacken geworfen, den Rücken empört durchgedrückt.

Schauspielerei?

Sie beugte sich vor, und einen Augenblick lang dachte

David, sie würde ihn schlagen. Stattdessen fegte sie mit ihrer Hand über seinen Schreibtisch und ließ Zettel, Stifte, Akten und Kaffee durch die Luft fliegen.

Elise keuchte.

»Sie sind so ein dummer Mann.« Strata Lunas Oberlippe krümmte sich vor Ekel und Hass. »Aber andererseits sind alle Männer dumm.«

David blieb sitzen. Lauwarmer Kaffee durchtränkte seine Hose und sein Hemd. Er fragte: »Sie mögen Männer nicht, oder? Ihnen bedeutete Enrique auch nicht so viel, oder? Er war bloß angenehm.«

»Sie sollten ja wissen, was angenehm ist.«

Ah, Flora. Strata Luna wusste also um ihre eigenartige Beziehung. Das war nicht überraschend.

Die Gullah-Frau ragte über ihm auf und holte tief Atem. »Detective David Gould« – sie sprach die nächsten Worte sehr deutlich aus –, »ich verfluche Sie.«

Das Tastenklappern stoppte.

Während der Stenograf mit offen stehendem Mund dasaß, senkte Strata Luna den Schleier wieder vor ihr Gesicht und verließ das Zimmer.

Nach einem Augenblick streckte David den Arm und schaltete den Kassettenrekorder mit einem lauten *Klick* aus.

***

Flora saß am Steuer des Lincoln Continental, putzte sich die Nase und warf das Taschentuch auf den großen Haufen auf dem Boden. Sie hatte heute nicht kommen wollen, aber Strata Luna hatte jemanden gebraucht, der sie zur Polizeiwache fuhr. Dann hatte sie sie im Wagen warten lassen, was wahrscheinlich gut war, denn sie konnte gar nicht aufhören zu weinen. Jedes Mal, wenn sie glaubte, endlich damit fertig zu sein, fing sie wieder von vorne an. Sie hatte schon Kopfschmerzen. Ihr Gesicht tat weh. Sie konnte nicht mal mehr durch die Nase atmen.

Sie drehte den Rückspiegel in ihre Richtung und betrachtete sich, und sah, dass ihr Gesicht gerötet und geschwollen war. Obwohl David ihr gesagt hatte, dass sie nicht mehr zu ihm kommen sollte, musste sie ihn unbedingt sehen, aber nicht, wenn sie so schrecklich aussah.

Die Beifahrertür flog auf und Strata Luna setzte sich in den Wagen.

Flora beugte sich über den Sitz und begann die nassen, zusammengeknüllten Taschentücher einzusammeln.

»Fahr!«, befahl Strata Luna. »Fahr einfach los. Nach Bonaventure. Ich muss meine Kinder besuchen.«

Flora ließ die Taschentücher liegen, richtete sich auf und drehte den Schlüssel in der Zündung. »Hast du David gesehen?«, fragte sie und fuhr los.

»Ich habe ihn gesehen«, sagte Strata Luna.

»Und?«

»Ich denke, es ist Zeit, dass du dir einen neuen Freund suchst.«

***

Kurz nachdem Strata Luna aus dem Gebäude gestürmt war, klingelte Elises Telefon.

»Ich habe Neuigkeiten«, erklärte Cassandra Vince, die

oberste Leichenbeschauerin. »Mithilfe eines Massenspektrometers konnten wir Spuren von Tetrodotoxin in Gary Turellos Leber nachweisen.«

Das war die Information, die sie brauchten, um die alten Todesfälle mit den neuen in Verbindung zu bringen. Es bedeutete, dass jemand seit wenigstens eineinhalb Jahren Menschen mithilfe von Tetrodotoxin ums Leben brachte.

36

Obwohl David nie ein Problem gehabt hatte, sich an den Tag zu erinnern, an dem sein Sohn geboren worden war, entgingen ihm die meisten anderen Geburts- und Jahrestage. Aber solche Gedächtnislücken gehörten der Vergangenheit an. Er würde niemals den Tag vergessen, an dem Christian gestorben war.

Jetzt, allein in seiner Wohnung, musste er sich eingestehen, dass er unterbewusst gewusst hatte, dass der Jahrestag nahte, obwohl er nicht die entsprechenden Worte in seinem Kopf zusammengesetzt hatte. Er hatte das Datum nicht einmal auf seinem geistigen Kalender angestrichen, wo er dann jeden Tag ausgekreuzt hätte.

Vielleicht wäre das besser gewesen. Vielleicht hätte er dann damit umgehen können, als es so weit war. So hatte ihn sein Vermeiden des nahenden Jahrestages verwundbar gemacht.

Es war weniger als zwei Tage her, dass Strata Luna sie in der Zentrale besucht und ihn verflucht hatte. In dieser Zeit hatten sie in der Stadt nach Flora gesucht, da sie hofften, ihre Aussage aufnehmen zu können, aber sie hatte sich gedrückt, war ihnen immer einen Schritt voraus gewesen.

Und außerdem war da Elise. Sie machte sich so verdammte Sorgen wegen des Fluches. David fand, ihre Sorge und Besessenheit hatten ungefähr so viel Sinn wie die Befürchtung einer Alien-Invasion. Und wenn Flüche doch, unwahrscheinlicherweise, Wirkung zeigten? Tja, er war schon vor Jahren verflucht worden. Kam es da auf einen mehr noch an?

Um neun Uhr am Abend empfand er das intensive Gefühl einer Vorahnung. Eine erdrückende Klaustrophobie, die nicht von außen kam, nichts mit seiner Wohnung zu tun hatte.

Er war der Käfig. *Er* war der Hort der Düsternis.

Um neun Uhr dreißig war er kurz davor, durchzudrehen.

Blondes Haar schwebte in der Badewanne.

Blonder Junge. Blondes Baby.

Zieh ihn heraus. Dreh ihn um.

Blaue Lippen.

Blaue Hände.

Kleine blaue Hände.

Davids Hals schnürte sich zu. Seine Augen brannten.

Er hatte sich so wacker gehalten, aber es war nur ein Trick gewesen. Das begriff er jetzt. Er hatte es einfach nur vergraben. Er hatte es verdrängt, weil er es nicht ertragen konnte. Seine Therapeutin hatte recht gehabt. Und jetzt hatte er eine Minute weggesehen, und als er wieder zurückschaute, war es da. Direkt da. Direkt vor ihm.

Schwebend blondes Haar.

Sein Leben. Sein beschissenes, beschissenes Leben.

Wie konnte ein Mensch so viel Schmerz ertragen? Es schien ganz unmöglich.

Ich sollte tot sein.

Er sollte explodieren, oder sein Herz sollte einfach aufhören zu schlagen.

Ich muss hier raus.

Er musste raus aus seinem eigenen Kopf, er musste irgendwie seinen Gedanken entkommen, denn wenn ihm das nicht gelang, würde er vielleicht an dieser Stelle stecken bleiben. Und der Schmerz würde nie aufhören.

Er musste laufen. Weglaufen.

Sein Herz schlug und seine Hände zitterten, als er sich seine tiefblauen Shorts und ein graues T-Shirt überzog.

Die dunklen Straßen hießen ihn willkommen.

Duftend.

Feucht.

Die Hitze des Tages klebte am Asphalt.

Das kannte er. Das konnte er.

Rennen.

Vergessen.

Das rhythmische Klatschen seiner Joggingschuhe lullte ihn langsam ein, entspannte ihn, beruhigte ihn.

Versetzte ihn in Trance.

Wie weit konnte er laufen?

Bis morgen. Und zum Tag danach. Und dem nächsten.

Er stellte sich vor, auf der Oberfläche eines riesigen Globus zu laufen. Rund um die ganze Welt, ohne anzuhalten. Er brauchte kein Essen, kein Wasser, keinen Schlaf.

Er war eine Maschine.

Maschinen dachten nicht. Maschinen fühlten nichts.

Seine Füße trafen auf die Straße

Zwölfter Mai. Zwölfter Mai. Zwölfter Mai.

Nicht denken. Nicht denken. Nicht denken.

Friedhofsstaub vor dieser Tür
und auf diesem Bett,
wach am nächsten Morgen auf
und dein Geist ist weg.

Zwölfter Mai. Zwölfter Mai. Zwölfter Mai.

Ich beobachte ihn.

Aus meinem Versteck sehe ich ihn näher kommen. Er läuft mitten auf der Straße. Scheint ein wenig zu taumeln.

Atmet schwer.

Sein Shirt ist schweißnass, sein Haar tropft. Er wirkt außer sich, verwirrt. Ein bisschen wahnsinnig vielleicht. Aber das ist nichts Schlimmes.

Armer David. Armer Junge.

Lass mich dir helfen.

Ich kann dem Schmerz ein Ende bereiten.

Ich kann alles verschwinden lassen.

David lief zwei Stunden.

Er konnte sich nicht daran erinnern, wie er zu seiner Wohnung zurückgefunden hatte, aber plötzlich war er da, er stand vor der Haustür von Mary of the Angels.

Neben ihm raschelte es in den Büschen. Er nahm einen leichten Hauch Pisse wahr, dann schaute er auf und sah Flora dort stehen.

»David«, flüsterte sie mit kleiner, zitternder Stimme.

Sie sah traurig aus. Voll Schmerz und Trauer.

»Wir haben versucht, dich zu finden«, sagte er.

Ihr Gesicht strahlte, dann erlosch das Licht wieder. »Für meine Aussage. Ich kann im Moment nicht darüber reden. Und ich weiß sowieso nichts.«

»Kleine, anscheinend unwichtige Details können manchmal helfen, einen Fall zu klären.«

»Ich kann nicht über Enrique sprechen. Er war wie ein

Bruder für mich. Wir sind zusammen in die Grundschule gegangen. Ich weiß, du willst mich nicht sehen, aber ...« Sie hob eine Hand vor den Mund und unterdrückte ein Schluchzen.

Er hielt die Tür auf. Sie traten in den Flur und gingen die Treppe hoch.

In seiner Wohnung klammerten sie sich aneinander. Sie standen einfach nur da und hielten sich fest. Bald fielen ihre Kleidungsstücke auf den Boden und sie bewegten sich in Richtung Schlafzimmer.

»Lass mich mit dem Denken aufhören«, bettelte Flora.

Kleine blaue Lippen.

Kleine blaue Hände.

»Nur für eine kurze Zeit«, sagte sie. »Ich will vergessen. Ich muss vergessen.«

Sie taumelten zum Bett und er stürzte in sie hinein.

Tief und dunkel.

Vergessen. Vergessen. Vergessen.

Mit jedem Stoß kam er dem Vergessen näher.

David schlief und Flora wollte ihn nicht wecken. Sie folgte der Spur ihrer Klamotten und zog sich im Wohnzimmer zügig an, während Davids Katze Isobel auf dem Sofa saß und sie misstrauisch anstarrte. Seit dem Mord an Enrique war Flora bei Strata Luna gewesen. Sie hatte versprochen, um Mitternacht zu Hause zu sein. Es war nach drei.

Flora gefiel es gar nicht, dass Strata Luna sich plötzlich so aufführte, als gehörte sie ihr. Die Frau hatte sie immer gern gemocht, aber Enrique war derjenige, dem ihr Herz gehört hatte.

327

Flora überprüfte ihr Handy.

Verdammt. Drei Anrufe von Strata Luna, einer vor weniger als einer Stunde.

Sie schlich aus der Wohnung, die Tür schloss sich mit einem lauten *Klick*. In der Mitte des Flures durchschritt sie einen kalten Fleck und hielt inne.

Enrique?

Sie wartete.

Lauschte.

Die Gänsehaut nahm ab. Was war das für ein Geruch? Ein bisschen nach Kräutern. Nach Erde. Ein bisschen wie das Cologne, das Enrique trug ...

Flora hatte immer schon einen Geist sehen wollen, und jetzt, wo Enrique tot war, hoffte sie, er würde sie besuchen kommen. Aber dann würde er bestimmt nicht im Mary of the Angels herumhängen, sagte sie sich, und ging weiter. Nicht Enrique, der geradezu Todesangst vor dieser Bude gehabt hatte.

Draußen in Savannah war es ruhig, abgesehen von den Straßenreinigungsfahrzeugen.

Flora stieg in ihren Wagen und knallte die Tür zu.

Der Geruch war jetzt intensiver. Beinahe überwältigend.

»Enrique?«, fragte Flora laut. »Bist du das?«

Ein Schatten fiel vom Rücksitz aus über sie. Eine behandschuhte Hand drückte sich auf ihren Mund, etwas Scharfes legte sich an ihre Kehle.

Flora langte mit beiden Händen hinter sich und tastete nach den Augen.

Etwas Scharfes bohrte sich in ihr Fleisch. Ein langer Schnitt, dann konnte sie nicht mehr atmen, keinen Laut

328

mehr von sich geben. Sie konnte eine Hitzewelle auf ihrer Brust spüren, als das Blut die Baumwolle ihres Oberteils durchnässte. Gleichzeitig verwandelten sich ihre Hände und Finger in Eis.

Sie versuchte zu sehen, wer ihr den Hals durchgeschnitten hatte, aber ihre Augen versagten den Dienst. Letztlich war auch alles egal. Nichts war mehr wichtig. Nicht Strata Luna. Nicht das Black Tupelo. Nicht einmal David Gould.

Im Film flüsterten Sterbende immer den Namen ihres Mörders. Aber das war nicht richtig, begriff Flora jetzt. Denn in jener letzten Minute war man bereits an einem anderen Ort. Und plötzlich verstand man, dass die Welt nur ein Haufen dummer Leute war, die dummes Zeug taten ...

37

Ein Telefonat mit jemandem namens Schwester Evangeline hatte Elise eine grobe Vorstellung von Loralies derzeitigem Leben vermittelt, und eine Einladung zu einem Besuch.

Obwohl es ein Klischee war, war es doch auch verständlich, dass jemand, der ein schweres Leben hatte, den Entschluss fasste, sich hinter Klostermauern vor der Welt zu verstecken. Elises biologische Mutter war nicht die Erste, die sich in der Not an so einen Ort flüchtete. Elise selbst hatte ein paar Leute gekannt, die im Kloster wohnten, bis sie ihr Leben wieder auf die Reihe bekamen, aber sie kannte niemanden, der unbefristet blieb, ohne zum Orden zu gehören.

Das Savannah Carmelite Monastery befand sich in Coffee Bluff an einer unbefestigten Straße, die von der Back Street bis zum Forest River führte. Während Elise über den zugewucherten Weg rumpelte, dachte sie zurück an ihren unglückseligen Besuch bei LaRue. Das Wetter war ähnlich, heiß und feucht, und sie hatte keinen Menschen mehr getroffen, seit sie von der Back Street abgebogen war.

Sie hielt mit laufendem Motor vor einem offen stehenden Eisentor, die Klimaanlage lief. In der Ferne, am Ende einer geraden, flachen, unbefestigten Auffahrt, umrahmt von Bäumen und Büschen, stand ein ausladendes zweistöckiges Kolonialgebäude aus Ziegel. Es sah ein bisschen aus wie ein altes Krankenhaus oder eine Schule.

Sollte sie das wirklich machen?

Den Großteil ihres Lebens hatte sie sich gefragt, wie ihre

wirkliche Mutter war, aber heute würde sie sich das nicht mehr fragen können. Und manchmal war das Ungewisse besser als Gewissheit.

Elise gab Gas und fuhr mit dem Wagen zwischen den Säulen hindurch, die eine Grenze markierten, an der die wirkliche Welt endete und die Abgeschiedenheit und Gegenkultur begannen. Vielleicht würde sie ihren Besuch bereuen, aber ihr blieb nichts anderes übrig.

Früher hatten die Karmeliter keinerlei Kontakt zur Außenwelt gehabt. Wenn tatsächlich mal ein Besucher kam, musste er oder sie durch ein eisernes Gitter, das aussah wie in einem Beichtstuhl, mit den Nonnen sprechen. Die Zeiten hatten sich geändert, jetzt konnte man sich ins Gesicht sehen.

Eine alte Nonne in einem braunen Habit nahm Elise am Eingang in Empfang und stellte sich als Schwester Evangeline vor.

»Sie erwartet Sie«, sagte die Nonne und führte Elise durch eine Kapelle zu einem Seitenausgang hinaus. Am Ende eines kurzen Wegs stand eine kleine Holzhütte mit einer roten Tür. Auf beiden Seiten der Tür befanden sich Fenster mit weißen Scheiben, davor grüne Blumenkästen voll roter Petunien.

Elises Mutter befand sich in diesem Haus.

Es wurde immer surrealer.

»Die Hütte stand seit Jahren leer, als Loralie zu uns kam«, sagte die Nonne. »Das Leben der Karmeliter dreht sich um das Beten, und obwohl wir den Kontakt mit der Außenwelt meiden, haben wir abgestimmt und entschieden, dass wir sie nicht wegschicken könnten. Wir wurden immer weniger und die Hütte stand leer ... Das war vor zwanzig Jahren«, sagte sie mit einem verschwörerischen Gesichtsausdruck.

Elises Herz klopfte, und es fiel ihr schwer, sich darauf zu konzentrieren, was die Frau sagte. Sie zeigte ein schwaches, abgelenktes Lächeln, das nichts anderes war, als eine höfliche Lüge.

»Ich lasse Sie den Rest des Weges allein zurücklegen«, sagte Schwester Evangeline und blieb stehen. Sie schob die Hände unter den braunen Stoff, dann wandte sie sich ab und ging langsam zur Kapelle zurück.

Elise starrte die rote Tür an.

Sie wünschte sich, Schwester Evangeline wäre nicht gegangen. Sie wünschte, sie selbst wäre gar nicht erst gekommen. Sie wünschte, sie hätte vorher mit der Frau dort drinnen gesprochen. Am Telefon. Als Eisbrecher.

Bevor ihre panischen Gedanken sie vollkommen überrollten, trat sie vor und klopfte – ein wenig zu laut.

Eine Stimme aus dem tiefsten Inneren des kleinen Häuschens rief sofort, dass sie eintreten solle.

Elise öffnete die Tür, blieb aber mit einem Fuß auf der Schwelle stehen, den anderen auf den Steinen vor dem Haus. Drinnen war es dunkel, und Elises Augen mussten sich erst daran gewöhnen.

Ein großes Zimmer. Ein Tisch in einer entfernten Ecke. Dort saß jemand.

»Schließ die Tür.«

Die Stimme war heiser, wie von jemandem, der Halsschmerzen hatte, oder von jemandem, der mit einer Zigarette im Mundwinkel auf die Welt gekommen war.

Elises Atem war unregelmäßig und kurz; ihre Handflächen feucht.

Als Detective war sie über die Jahre einer Menge gefährlicher Leute begegnet, ohne dass ihr Puls aussetzte oder der Blutdruck zunahm, aber das hier war das Schwerste, was sie je getan hatte.

Während es im Zimmer langsam heller wurde und sie mehr erkennen konnte, trat sie hinein. »Danke, dass du bereit warst, mich zu sehen.« Ihre Stimme war angespannt, aber niemand, der sie nicht kannte, hätte es bemerkt.

Die Frau, die ihre Mutter war, entzündete mit einem kleinen Butan-Feuerzeug eine Zigarette und warf dann das Feuerzeug auf den Tisch. Es war zu schnell gegangen, als dass Elise einen Blick auf sie hätte werfen können. Schulterlanges Haar. Möglicherweise dunkel. Das war alles.

»Als Strata Luna anrief«, sagte Loralie, »habe ich Nein gesagt. Ich habe ihr gesagt, ich könnte dich nicht treffen, ich könnte dich nicht sehen, aber als ich daran dachte, dich *nicht* zu sehen ... na ja, ich hätte es bereut. Und ich schulde es dir.«

Allerdings.

Elise ging durch das Zimmer, die Sohlen ihrer Schuhe klangen hohl auf dem hölzernen Boden.

Es gab nicht viele Möbel. Keine Bilder an den Wänden. Keine Teppiche. Nichts absorbierte die Geräusche.

Der Tisch war schmal und klein. Elise zog den einzigen anderen Stuhl heran – eine zerbrechliche, fragile Antiquität – und setzte sich mit zitternden Beinen.

Loralie lehnte sich zurück und legte die Arme über Kreuz,

sie hielt die Zigarette zwischen zwei Fingern. »Sie hatte recht. Du siehst aus wie er.«

Jetzt konnte Elise erkennen, dass das schmale Gesicht der Frau von krausem grauem Haar umgeben war, ihre Augen waren von einem verblichenen Haselnussbraun. Sie sah aus wie sechzig, konnte aber kaum über fünfzig sein.

Ganz normale Augen, bemerkte Elise. Ein ganz normales Gesicht. Verhärtet, leicht verstaubt. Vom Leben zurückgelassen. Nein, nicht nur das. Sie war jemand, der alles schon akzeptierte – was Elise noch viel schlimmer fand.

»Eigenartig, oder?« Loralie nahm einen langen Zug und blies dann mit blassen Lippen den Rauch Richtung Decke. »Mich zu sehen. Ich wusste immer, wer du warst, also musste ich mich nie fragen.« Sie klopfte die Asche in einen Glasaschenbecher voller Kippen.

Hatte sie seit Stunden hier gesessen und eine Zigarette nach der anderen geraucht, während sie auf Elise wartete?

»Strata Luna hat mich verflucht, als ich mit dir schwanger war. Hat sie dir das erzählt?«

»Nein.«

»Sie sagte, das wäre, weil ich ihren Mann in Versuchung führte.«

»Jackson Sweet?«

»Ja, bloß war Jackson Sweet niemandes Mann. Er war ein freier Geist. Es war nicht meine Schuld, dass er mich wollte. Und ich hätte ihn, verdammt noch mal, ganz sicher nicht abgewiesen.« Sie stieß eine einzelne Lachsalve über die Absurdität dieser Idee aus.

Das Zittern war vergangen. Eine Ruhe, die Elise manchmal in Krisenzeiten überkam, hatte sie erfüllt und half ihr, die Situation zu überstehen. Alles hatte sich verlangsamt. Sie hatte jetzt Zeit nachzudenken, zu analysieren, zu reagieren.

»War Jackson Sweet mein Vater?«

»Damals war ich keine Prostituierte. Und ich hatte seit fast einem Jahr mit keinem anderen Mann geschlafen. Es kann gar nicht sein, dass du das Kind von irgendwem anders als von Jackson bist.«

Elise holte tief Atem. Okay. So war das also. Jetzt war ihre Herkunft ein für alle Mal klar. »War der Fluch der Grund, dass du mich auf einem Friedhof zurückgelassen hast?«

»Ich hatte die ganze Schwangerschaft über Angst. Ich war bloß ein junges Mädchen. Und wenn jemand so Mächtiges wie Strata Luna einen verflucht, dann nimmt man das ernst. Ich ging zu Jackson und bat ihn, den Fluch aufzuheben, aber er lachte bloß. Er sagte, Strata Luna hätte keine Macht über ihn oder sein Kind. Aber dann wurde er krank und ich hatte Angst, dass der Fluch irgendeine Grenze überwunden hatte und bis zu ihm gelangt war. Und als du geboren wurdest und ich deine Augen sah, drehte ich ein bisschen durch und dachte, er hätte auch sein Kind erfasst. Ich dachte mir, wenn ich dich weggab, wenn ich dich als Opfer anbot, würde Jackson gesund werden.«

»Wie haben Jackson Sweets Augen ausgesehen?« Sie konnten nicht wie Elises gewesen sein, sonst hätten sie Loralie keine Angst gemacht.

»Braun. Dunkelbraun. Ich habe keine Ahnung, woher du deine Augen hast. Niemand in meiner Familie hat solche Augen. Jackson hatte eine Großmutter, die eine Zauberin war. Die Leute erzählten, sie hätte quadratische Pupillen gehabt. Ich habe mal ein Foto von ihr gesehen, aber ihre Augen waren hinter dunkelblauen Gläsern verborgen. Hinter derselben Brille, die sie Jackson vererbt hatte.«

Die Elise jetzt hatte. »Was hast du getan, nachdem er gestorben war?«

»Ich wollte, dass alles aufhörte, und wurde schwer krank, weil ich mich nicht um mich kümmerte. Ich habe viele schlimme Dinge getan, viele Drogen genommen. Ich habe mehrere Jahre auf der Straße gelebt und endete schließlich in einem Irrenhaus. Dort gab es eine Nonne, die mir von diesem Ort erzählte. Sie dachte, ich könnte hier vielleicht eine Weile bleiben, denn ich hatte kein Geld und konnte nirgends hin.«

Und seitdem war sie hier ... »Hast du je gehen wollen?«

»Ich habe ein paar Mal darüber nachgedacht, aber es ist nett hier. Friedlich. Sicher. Ich kümmere mich um das Grundstück und erhalte dafür Kost und Logis.«

»Darf ich mir eine nehmen?« Elise deutete auf die Zigaretten.

Loralie schob das Päckchen und das Feuerzeug über den Tisch. »Du solltest nicht rauchen.«

»Das hat mir neulich schon mal jemand gesagt.« Elise schüttelte eine Zigarette heraus und zündete sie an. Kein Filter. Loralie nahm das Rauchen ernst.

»Möchtest du etwas trinken?«, fragte Loralie und legte ihre Hände auf den Tisch, sie war bereit, sich hochzustemmen. »Vielleicht Wasser?«

Elise schüttelte den Kopf und zupfte ein Stückchen Tabak von ihrer Zunge. Das Nikotin gelangte direkt in ihren Blutkreislauf und ließ ihr Herz schneller schlagen.

»Du sollst wissen, dass ich an dich gedacht habe.« Loralie

ließ sich in ihren Stuhl zurücksinken, zog eine frische Zigarette heraus und entzündete sie an der vorherigen. Der Rauch wurde dichter. »Ich wusste, es ging dir gut. Ich wusste, du warst bei einer guten Familie, und dass du ein besseres Leben hattest als du mit mir gehabt hättest.«

Das stimmte. Die Familie, die sie aufgenommen hatte, war nie gemein zu ihr gewesen. Elise hatte bloß nie zu ihnen gepasst, sich nie eingefügt. Was eigenartig war, denn Menschen sind ausgesprochen anpassungsfähig. Es war, als hätte sie, wie eine vom Aussterben bedrohte Tierart, stur an einem unbekannten Erbe festgehalten.

Sie wechselten das Thema und Elise erzählte ein bisschen von sich und Audrey. Dann war das Gespräch vorüber. Loralie sagte, es wäre Zeit, dass Elise ginge.

Elise drückte ihre Zigarette aus. Sie war stark gewesen, und ihr war ein wenig schwindelig. »Vielleicht komme ich mal wieder auf Besuch.« Sie konnte ein paar Dinge aus der Außenwelt mitbringen. Eine Stange Zigaretten. Pralinen und Schokolade.

Loralie sah sie an, ohne auch nur zu zwinkern. »Es wäre besser, wenn nicht«, sagte sie offen. »Das war schwer für mich.«

Elise war enttäuscht, verstand aber. Loralie versteckte sich vor der Welt und ihrer Vergangenheit. Sie hatten beide nach einem Abschluss gesucht, und der war jetzt erfolgt. Jetzt war es vorüber.

»Könntest du mir ein Bild schicken?«, fragte Loralie. »Von dir und Audrey? Und wenn du Strata Luna siehst, sag ihr, dass ich ihr nichts mehr übel nehme. Sie hat im Leben viel durchmachen müssen. Ein Fluch kann wirklich auch nach hinten losgehen, nicht wahr? Statt sich auf mich zu stürzen, hätte sie ihre Fenster- und Türrahmen blau anmalen und einen Bann sprechen sollen, damit das Böse nicht zu ihr kam.«

Elise ging.

Während sie die überwucherte Straße zurückfuhr, rief David sie auf dem Handy an.

»Gerade ist eine Leiche auf Tybee Island aufgefunden worden«, sagte er.

Der Tag wurde ja immer besser.

38

Tybee Island gehörte nicht zum offiziellen Bereich des Savannah Police Department, aber die kleinen Vororte baten bei verdächtigen Todesfällen oft um Unterstützung.

David folgte der Wegbeschreibung, die sie bekommen hatten, und steuerte den zivilen Polizeiwagen über eine nasse Asphaltstraße.

»Da.« Elise deutete auf einige andere Autos.

Dieser Teil der Insel war sandig, es gab sehr wenig Bewuchs. Ein paar Stängel Schlickgras wuchsen störrisch hie und da zwischen Palmlilien.

Ein Team der Spurensicherung des Georgia Bureau of Investigation war vor Ort, und ein großer Bereich war abgesperrt worden. Man hatte drei Planen gespannt, um Schatten und Ruhe zu haben.

»Noch keine Reporter«, sagte David, schaltete den Motor aus und stieg aus dem klimaanlagengekühlten Wagen. Er hatte sein Auto nicht allzu entfernt geparkt, damit er und Elise verschwinden konnten, wenn die Schaulustigen kamen.

»Sie haben großflächig abgesperrt«, sagte Elise zufrieden. »Das wird Neugierige fernhalten.«

Sie näherten sich einem der Officer, die Wache standen.

»Was ist passiert?«, fragte David. »Wer hat die Leiche gefunden?«

»Eine Familie aus der Gegend, die am Strand spazieren gehen wollte.«

»Männlich oder weiblich?«, fragte Elise.

»Weiblich.«

David warf Elise wieder einen Blick zu. Sie konnte sehen, was er dachte. Noch ein Opfer, das nicht zu der üblichen Vorgehensweise des TTX-Mörders passte.

Der Sand war feinpudrig und tief. Gould und sie wateten hindurch, bis sie schließlich auf einen festen Bereich gelangten, wo gerade Ebbe herrschte.

Ein Mitarbeiter des Bureau löste sich aus der Menge und betrachtete David und Elise misstrauisch.

Sie öffneten ihre Jacken, um ihre Marken zu zeigen, dann ließen sie die Aufschläge wieder zufallen. »Savannah Police Department.«

»Ich bin Agent Spaulding vom Georgia Bureau of Investigation, Mordkommission.« Er reichte jemandem in der Nähe einen Zettel. »Die Leichenbeschauerin braucht ewig«, beklagte er sich und deutete mit einem Kugelschreiber über die Schulter in Richtung der Frau, über die er sprach. »Sie glaubt, sie sei Dr. Quincy oder so.«

Agent Spaulding spreizte die Beine und wippte in typischer Militär-Pose ein wenig vor und zurück. Mit einem Klemmbrett in der Hand fragte er: »Wie schreibt man Ihre Namen?«

Sie buchstabierten ihre Namen und nannten ihre Ausweisnummern.

Er notierte die Informationen, dann betrachtete er sie beide, während er auf einem Ende des Kugelschreibers herumkaute. Schließlich konzentrierte er sich ganz auf David. »Sie sind der Yankee, oder?«

»Wenn mich meine Geschichtskenntnis nicht verlässt«, erwiderte David, »dann gibt es seit über hundert Jahren keine Yankees mehr in diesem Land.«

»Yep«, sagte der Agent und verpasste Elise einen Blick, der offenbar ausdrücken sollte, dass sie auf derselben Seite standen. »Das ist der Kerl, von dem ich gehört habe.«

»Und was sagen die Leute so?«, fragte David.

»Gehen wir«, sagte Elise zu ihrem Partner, bevor der etwas sagte, was besser unausgesprochen blieb, und am Ende ein Disziplinarverfahren am Hals hatte. Spaulding gehörte ganz offensichtlich zu der kleinen Minderheit von Ermittlern, die aus Statusgründen diesen Beruf ergriffen hatten, und hatte das Gefühl, David würde ihm sein Männer-Territorium streitbar machen.

David weigerte sich, in ihre Richtung zu schauen. »Ich wette, Sie sagen, ich bin unhöflich. Das ist es, oder?«

Er klang nicht wütend, bloß amüsiert. Aber er *war* wütend. Das konnte Elise sehen.

»Das stimmt«, gab der Agent zu.

»Und dass ich kein Mannschaftsspieler bin.«

»Das haben Sie gesagt, nicht ich.«

»Und dass ich mich nicht für die Fälle interessiere, die ich bearbeite.« Jetzt nahm Davids Stimme zu, sein Zorn wurde offensichtlicher, selbst für jemanden, der ihn nicht gut kannte. »Und dass ich instabil bin. War instabil auf der Liste?«

»Verschwinden Sie!«, sagte Spaulding zu ihm. Dann sah er Elise an. »Schaffen Sie Ihren Partner weg.«

»David.« Sie hoffte, dass sie ihn nicht am Hemdkragen davonschleppen müsste. »Komm jetzt.«

Er nickte. Ohne dem Agenten auch nur einen einzigen weiteren Blick zu gönnen, wandten sie sich ab und gingen Richtung Tatort.

Elise dachte schon, es wäre überstanden, als David sich umdrehte. »Hey, Kumpel!«, rief er. »Der verdammte Bürgerkrieg ist zu Ende! Er ist *zu Ende!*«

Major Hoffman würde begeistert sein, wenn sie die Beschwerde auf den Tisch bekam, dachte Elise, als sie sich umwandten und weitergingen.

»Tut mir leid«, sagte David. »Aber ich habe die Schnauze voll von diesem Blödsinn.«

Es sah so aus, als wäre die Leiche noch nicht bewegt worden. Nackt. Gesicht nach oben. Aufgedunsen und verblasst. Sandverklebt.

Es wurden Fotos gemacht, Agenten zeichneten Diagramme der Körperposition.

Das GBI hatte gute Spurensicherer. David und sie waren nicht hier, um den Tatort zu beurteilen, sondern nur, um zu beobachten und Vorschläge zu machen und ihre Hilfe anzubieten, wenn das sinnvoll erschien.

Eine junge Frau mit einem blonden Pferdeschwanz trug Khakishorts und ein weißes T-Shirt, auf dem hinten in schwarzen Buchstaben LEICHENBESCHAUER stand.

Das Opfer hatte langes dunkles Haar, das Gesicht war grotesk angeschwollen und entstellt, der Körper verdreht, wahrscheinlich vom Auf und Ab der Wellen. Es würde nicht leicht sein, die Todesursache festzustellen.

Alle waren damit beschäftigt, die Lage der Dinge zu besprechen, vom Tidenhub bis zu der Frage, wie lange die Leiche im Wasser gewesen war.

»Jetzt die andere Seite«, verkündete die Leichenbeschauerin mit einer Polaroidkamera in der Hand. Die Leiche wurde auf den Bauch gedreht.

Kameras klickten.

»Was ist das?« Jemand deutete auf etwas.

Elise und David beugten sich vor.

Auf dem unteren Rücken der Leiche, halb verborgen unter dem Sand, befand sich das Black-Tupelo-Design.

Elise sah David an. Er starrte die Leiche an.

Sie zog ihr Handy heraus und rief in der Zentrale an. »Hi, Eli. Ich möchte gern wissen, ob in den letzten paar Tagen jemand vermisst gemeldet wurde. Mich interessieren vor allem Frauen.«

Sie wartete, während er die Informationen abrief.

Es stellte sich heraus, dass es jemanden gab. Sie bedankte sich und legte auf.

David starrte immer noch die Leiche an, das Logo auf dem Rücken.

»Verschwinden wir von hier«, sagte sie zu ihm.

Er reagierte nicht.

»David.« Sie packte ihn am Arm.

Er hob den Kopf, einen verträumten Ausdruck auf dem aschgrauen Gesicht. Vögel umkreisten sie und schrien.

»Wir müssen gehen«, sagte sie entschlossen.

Schließlich hörte er, was sie sagte. Er nickte benommen und taumelte hinter ihr her. Nebeneinanderher trotteten sie durch den Sand zum Wagen. »Es ist Flora, nicht wahr?«, fragte er schließlich.

»Strata Luna hat sie gestern Nacht vermisst gemeldet«, sagte Elise zu ihm. »Wir haben davon nichts erfahren, weil noch nicht genug Zeit vergangen war, dass es eine offizielle Vermisstenanzeige würde.«

»Ich wusste es. Ich meine, ich hatte von Anfang an so ein

Gefühl. Als ich die dunklen Haare sah, hatte ich einfach so ein Gefühl.«

»Prostituierte leben ein ungewöhnliches Leben«, sagte Elise auf der Suche nach etwas Beruhigendem. »Sie verschwinden immer mal wieder, nur um dann aufzutauchen und zu fragen, was das ganze Theater soll.«

»Sie sollten die Leiche ziemlich schnell identifizieren können«, sagte er oberlehrerhaft.

Sie nickte. »Dann wissen wir Bescheid.«

»Ich war vorletzte Nacht mit ihr zusammen.« Er schaute auf, um Elises Reaktion zu sehen.

Sie musste Abscheu gezeigt haben, denn er wiederholte, was er gerade gesagt hatte, diesmal mit einem schiefen, selbstironischen Lächeln.

»Ich dachte, du wolltest aufhören, dich mit ihr zu treffen«, sagte Elise. »Ich dachte, du *hättest* aufgehört, dich mit ihr zu treffen.«

»Sie hat auf mich gewartet, als ich nach Hause kam. Es ist einfach so passiert.«

Er schaute in Richtung des Tatorts. In Richtung einer verdrehten Leiche, die vielleicht Flora war. Er schloss die Augen und legte den Kopf in den Nacken, als versuchte er, das Bild aus seinem Gedächtnis auszulöschen. »Mein Leben ist so im Arsch«, flüsterte er. »Ich weiß auch nicht ... Manchmal fühlt es sich an, als wäre ich ein Magnet für solche Sachen.« Er richtete sich auf und sah sie an, als hätte sie vielleicht eine Antwort darauf. »Wie heißt noch mal dieses ›Peanuts‹-Kind? Das, über dem immer diese Dreckwolke schwebt?«

»Pig Pen?«

»Ja. Das bin ich. Aber statt Dreck ist es Schicksal, das mir folgt.«

Sie hätte die Möglichkeiten durchgehen sollen, sie hätte im Geiste eine Liste der Leute aufstellen sollen, die sie verhören würden. Sie hätte zumindest versuchen sollen, dass er sich besser fühlte, aber das Einzige, woran sie denken konnte, war der Fluch, den Strata Luna ihm auferlegt hatte.

Sie hatte immer angenommen, dass Flüche nur funktionierten, wenn der Empfänger auch daran glaubte. Wie eine Art Placebo. Aber jetzt war sie nicht mehr so sicher, denn David hatte recht. Sein Leben war total im Arsch.

39

Starsky, vom Duo Starsky und Hutch, klopfte an die offene Bürotür. »Wir haben eine positive Identifikation der Leiche von Tybee Island«, sagte er und klammerte sich an den Türrahmen.

David drehte sich auf seinem Stuhl so, dass er dem Detective den Rücken zuwandte.

»Flora Martinez«, verkündete Starsky.

Eine große Schwere breitete sich in Davids Bauch aus. Obwohl er gewusst hatte, dass sie es sein würde, hatte er unterbewusst doch gehofft, dass es nicht so wäre. »Danke für die Info«, sagte David und starrte den Fisch-Bildschirmschoner vor sich an.

Gott. Flora. War der Mord an ihr seine Schuld? Hatte er irgendwie mit dem TTX-Fall zu tun? Oder war es das Ergebnis ihres gefährlichen Lebens und hatte weder mit ihm noch mit den Ermittlungen etwas zu tun?

»Das war nicht alles«, sagte Starsky. »Das GBI beschäftigt sich mit der Sache. Sieht aus, als wollten sie dich unten für eine Befragung haben.«

Das überraschte David nicht. Ihn überraschte nur, wie schnell sie ein paar zufällige Pünktchen miteinander verbunden hatten.

Er erhob sich, krempelte seine Ärmel herunter, zog sein Jackett an. Als er in den Flur trat, bemerkte er, dass Hutch nur ein paar Meter weiter herumlungerte und sich praktisch die Hände rieb.

Der Yankee wurde fertiggemacht.

Es war ein langer Weg von seinem Büro im zweiten Stock zum Verhörzimmer. Ein Spießrutenlaufen.

Neugierige Kollegen standen in den Türen. Die Leute warteten an den Wasserspendern und vor den Toiletten. Bekannte und unbekannte Gesichter tauchten in seinem Gesichtsfeld auf. Vor ihm war der Flur still. Aber kaum war er vorbeigegangen, begannen sie zu flüstern.

Davids persönliche Geschichte schien ein Eigenleben entwickelt zu haben, sie war ein Lebewesen geworden, welches das Ziegelhaus erfüllte. Alle redeten über David Gould, sie diskutierten und debattierten über das Thema.

»Ich kann gar nicht verstehen, wieso sie ihn überhaupt hierher geschickt haben, wo er doch unter psychiatrischer Aufsicht stand.«

»Das heißt doch gar nichts«, argumentierte jemand anderer. *»Die Hälfte aller Kollegen sollte zu einem Therapeuten gehen.«*

Ha-ha-ha.

»Hast du von seinem Kind gehört?«

»Er hat ein Kind?«

Eine Geschichte wie Davids konnte nicht ewig ein Geheimnis bleiben. Die Wahrheit war ihm letztlich bis nach Savannah gefolgt.

»Hatte. Es ist tot. Seine Frau hat es ermordet. Deswegen ist er beim FBI ausgestiegen. Er ist zusammengebrochen. Durchgedreht. Sie haben ihn zurück nach Hause geschickt, nach Cleveland. Aber Cleveland wollte ihn auch nicht. Also, was sollten sie machen? Da haben sie ihn zu uns geschickt.«

Nicht zuhören, sagte sich David. Aber er konnte nicht anders. Sie genossen das alle viel zu sehr. *Nicht nachdenken.*

Auch dagegen konnte er nichts machen.

Er war ein Außenseiter. Das weiße Pferd in einer schwarzen Herde. Das Tier, das die anderen Pferde umbrachten, weil es anders war. Nicht nur, weil er aus dem Norden war. Einige seiner Kollegen hatten ein perverses Vergnügen daran, einen Ex-FBI-Agenten abstürzen zu sehen.

Im Verhörzimmer wartete Agent Spaulding vom Georgia Bureau of Investigation auf ihn. Starsky und Hutch waren ebenfalls eingeladen worden.

Toll. Seine drei Lieblingskollegen würden ihn verhören. Ein richtiger David-Gould-Fan-Club.

Den Arschlöchern hätte es unangenehm sein sollen, einen der ihren derart in die Mangel zu nehmen, aber obwohl sie nicht grinsten, hatte David das Gefühl, dass sie große Mühe hatten, ihre Erregung zu verbergen.

Er setzte sich. Eine Kamera und zwei Kassettenrekorder wurden eingeschaltet. Nachdem sie Tag und Uhrzeit aufgesagt hatten, dazu Davids vollständigen Namen und Geburtsdatum, wandte sich Spaulding den richtigen Fragen zu.

»Sind Sie im Augenblick in psychiatrischer Betreuung?«

»Das war ich bis vor Kurzem.« David lehnte sich zurück. »Ich persönlich glaube, jede Polizeizentrale sollte einen Vollzeit-Therapeuten an Bord haben.«

»Nehmen Sie Medikamente?«

»Nein.«

»Nein?« Spaulding zog einen Umschlag heran. »Man hat uns Zugriff auf Ihre Akte gewährt, und es scheint, als hätte man Ihnen empfohlen, dass Sie Paxil in hoher Dosierung nehmen, und dazu ein Beruhigungsmittel für einen noch unbestimmten Zeitraum.«

»Ich hatte das Gefühl, das nicht mehr zu brauchen.«

Spaulding nickte. »Interessant. Und Sie haben einen Abschluss in Psychiatrie?«

»Lassen Sie doch den Unsinn.«

Spaulding verwendete eine ganz übliche Verhörtechnik, um an Informationen heranzukommen. Ködern und Wechseln. Man wechselte das Thema, kam mit irgendwas von links, dann kehrte man wieder zum Hauptthema zurück.

David hatte die Methode selbst oft angewandt. Natürlich geschickter.

»Kannten sie Flora Martinez?«, fragte Spaulding.

»Ja.«

»Wie gut?«

Spaulding saß David gegenüber am Tisch. Starsky am anderen Ende, während Hutch an der Wand neben der Tür lehnte.

»Recht gut.«

»Waren Sie nicht Kunde von Mrs Martinez?«

»Ich würde mich nicht als Kunden bezeichnen. Wir waren Bekannte.«

»Aber Sie – ein Detective bei der Mordkommission des Savannah Police Department – haben ihre Dienste in Anspruch genommen. Stimmt das etwa nicht?«

David bemerkte zufrieden, dass Spaulding einen dieser birnenförmigen Körper bekam, die oft Detectives heimsuchten, die zu viel Zeit hinter dem Steuer damit verbrachten, Fastfood zu essen.

»Einmal.«

»Nur einmal?«

Spaulding legte einen kleinen aufgeschlagenen Kalender

auf den Tisch. »Dieser Kalender gehört dem Opfer, Flora Martinez. Sind das nicht Ihr Name und Ihre Adresse auf Seite dreiundzwanzig?«

David beugte sich vor. »Ja.«

»Und Ihre Telefonnummer?«

»Ja.«

»Eigenartig, dass ein einzelner ...«

David war sicher, dass er *Fick* gesagt hätte, wenn das Verhör nicht aufgenommen worden wäre.

»... *Austausch* ... Ihnen einen Platz in Ihrem Adressbuch verschaffte.«

»Ich habe sie einmal gebucht. Danach wurden wir ... Freunde.« Nicht das richtige Wort. Was waren sie gewesen, Liebhaber? Auch nicht das richtige Wort.

»Ist es nicht vielmehr so, dass Flora Martinez von Ihnen besessen war? Dass sie oft vor Ihrem Haus parkte und darauf wartete, dass Sie kamen oder gingen?«

»Besessen? So würde ich das nicht nennen. Sie mochte mich, weil ich Detective bin. Manche Frauen stehen auf so etwas. Ich bin sicher, Sie wissen, was ich meine.«

Der GBI-Agent war genau der Typ, der versuchte, mit seiner Marke Frauen ins Bett zu kriegen.

Spaulding legte ein kleines Plastiktütchen auf den Tisch. Nachdem er ein Paar Latex-Handschuhe übergezogen hatte, öffnete er die Tüte und nahm ein Stückchen roten Flanell heraus. Der stechende Geruch alten Urins erfüllte das kleine Zimmer, und alle außer Spaulding zogen sich zurück.

Das Flanell erwies sich als kleiner Beutel. Spaulding öffnete ihn und zog etwas heraus, das in feuchtes Einkaufstütenpapier gewickelt war. »Wir haben das bei den Habseligkeiten des Opfers gefunden.« Er entrollte den Zettel und breitete ihn auf dem Tisch aus.

Davids voller Name war immer wieder darauf geschrieben worden. Quer dazu standen die Worte *Lieb mich oder stirb*, ebenfalls mehrfach.

Mein Gott, das war wirklich krank. David dachte daran, wie Flora angefangen hatte, ihn zu besuchen, als wäre sie seine Freundin. Sie hatte so überrascht und erstaunt gewirkt, als er ihr gesagt hatte, dass sie wegbleiben müsste. »Dieser Ort ist so abartig«, sagte er und schüttelte den Kopf.

»Haben Sie das schon mal gesehen?«, fragte Spaulding und deutete auf den ganzen Dreck, den er auf den Tisch gekippt hatte.

»Nein.«

»Wissen Sie, was das ist?«

»Ich wette, Sie möchten es mir erzählen«, sagte David und versuchte nicht zu zwinkern, während die Ammoniakdämpfe in seinen Augen brannten.

»Man nennt es ein *Mojo*. Es soll die Person einem Bann unterwerfen, deren Name auf dem Zettel steht. Das sind also Sie. Ich habe herumgefragt. Um den Bann am Leben zu erhalten, musste Flora jeden Tag darauf urinieren. Ich würde das als Besessenheit bezeichnen, Sie nicht?«

David fand es bloß total beknackt.

Flora. Gott. Was hatte sie sich nur dabei gedacht? »Sie hat Ihnen aufgelauert, nicht wahr?«

»Sie hat mich nicht verfolgt. Normalerweise habe ich mich gefreut, sie zu sehen, allerdings habe ich sie letztlich gebeten, nicht mehr zu Besuch zu kommen.«

»Und hat sie das getan?«

»Eine Weile.«

»Warum haben Sie sie nicht bei der Polizei gemeldet?«

David sah ihn an. »Völlig unnötig.«

»Wenn mich eine Prostituierte anriefe, manchmal mehrfach am Tag, und sich vor meinem Haus herumtriebe – ich hätte sie gemeldet.«

»Natürlich hätten Sie das«, entgegnete David sarkastisch. Verlogener Idiot.

»Wann haben Sie Flora Martinez das letzte Mal gesehen?«

»11. Mai.« David dachte einen Augenblick nach. »Genau genommen am 12. Mai.« Als sie fertig mit dem Sex waren.

»Sie war also spät am elften, früh am zwölften mit Ihnen zusammen? Ist das richtig?«

Spaulding erhob sich und stellte einen Fuß auf den Sitz seines Stuhls, er stützte einen Ellenbogen auf sein Knie und beugte sich näher zu ihm vor. »Erzählen Sie mir vom 12. Mai.«

Auf keinen Fall würde David ihm sagen, was an jenem Tag zu seinem Zusammenbruch geführt hatte. »Ich bin joggen gegangen. Als ich zurückkehrte, wartete Flora vor meinem Haus. Ende der Geschichte.«

»Ist sie die Nacht über geblieben?«

»Ich weiß nicht, wie lange sie geblieben ist. Ich bin eingeschlafen. Als ich aufwachte, war sie verschwunden.«

Der Agent öffnete seine Aktentasche, zog ein Blatt Papier heraus und schob es über den Tisch. Der Vorbericht des Leichenbeschauers. »Sie können es ganz unten nachlesen«, sagte Spaulding. »Da steht ›ungefähre Todeszeit und -datum‹.« 11. Mai, 20 Uhr, bis 13. Mai 2 Uhr. »Das ist ein großes Fenster«, sagte David.

»Dafür sorgt das Wasser, wie Sie sicher wissen.«

»Stimmt.«

»Aber wie Sie sehen können, überschneidet sich ein großer Teil dieses Fensters mit Floras Besuch in Ihrer Wohnung.«

David schob den Zettel über den Tisch zurück. »Was wollen Sie damit sagen, Spaulding?«

»Ich sage, dass Sie der erste Verdächtige des Mordes an Flora Martinez sind.«

»Das habe ich mir gedacht, dass Sie das sagen.«

»Noch etwas könnte Ihnen an dem Obduktionsbericht auffallen – Flora Martinez' Hals war durchgeschnitten, genau wie Enrique Xaviers. Und wissen Sie, was ich glaube? Ich glaube, Sie haben den Xavier-Mord nachgeahmt, um uns an der Nase herumzuführen. Das glaube ich. Haben Sie unter diesen Umständen noch etwas zu sagen?«

David erhob sich. Sie hatten keine Beweise. Sie konnten ihn nicht festhalten. »Außer Sie zu fragen, ob Ihnen Ihre Mama noch die Klamotten rauslegt?«

Spaulding lachte und schüttelte den Kopf. David musste zugeben, dass es eine ziemlich müde Retourkutsche war, aber er stand eben unter Stress.

»Major Hoffman möchte Sie in ihrem Büro sehen.« Spaulding warf den anderen beiden Detectives einen Blick zu. »Begleiten Sie ihn, bitte. Wir wollen ja nicht, dass er sich verläuft und am Ende in seinem Wagen sitzt und Richtung Florida fährt.«

»Ich muss Sie bitten, Ihre Marke abzugeben«, sagte Major Hoffman.

David hatte sie bereits in der Hand.

»In den letzten Monaten habe ich etliche Beschwerden über Sie erhalten.« Sie hob einen kleinen Stapel Zettel hoch. »Möchten Sie die sehen?«

»Schon in Ordnung.«

»Diese Beschwerden ergeben, zusammen mit ihrer unprofessionellen Verbindung zu Flora Martinez, ein schlechtes Bild der Polizei insgesamt. Ich muss Sie daher vom Dienst freistellen.«

David legte seine Marke auf Major Hoffmans Schreibtisch. Dann zog er seine Polizeiwaffe heraus, entlud sie, und legte sie samt Patronen neben die Marke.

Er machte der Majorin keinen Vorwurf. Sie konnte mit ihm kein Risiko eingehen. Und dann waren da auch noch die Medien. Die würden das alles lieben.

»Es ist wirklich eine Schande«, sagte Major Hoffman traurig. »Ich glaube, Sie hätten einer meiner besten Detectives sein können. Wirklich schade, dass Sie sich unbedingt selbst ein Grab schaufeln wollen.«

David dachte an Strata Lunas Fluch und den Cluster-Effekt. Alles nur Ausreden. Die Majorin hatte recht; er hatte sich das alles selbst zuzuschreiben.

»Bleiben Sie in der Stadt«, sagte sie zu ihm. »Wir müssen Sie vielleicht noch einmal zur Befragung vorladen.«

Er nickte und ging zur Tür hinaus. Er schloss sie ordnungsgemäß hinter sich.

In Elises Büro kippte David den Inhalt seiner Büroschubladen in eine Pappschachtel.

Erstaunlich, wie viel Dreck ein Mensch in so kurzer Zeit ansammeln konnte. Es sah aus, als wäre er jahrelang hier gewesen, nicht nur ein paar Monate.

Er betrachtete seine Beute.

Kulis. Bleistifte. Papier. Quittungen. Notizblöcke. Zettel. Nichts. Bloß Zeug, das Platz wegnahm.

Er trug die Schachtel zur Mülltonne und warf sie hinein.

Von der Pinnwand nahm er das Foto von Elise und sich. Er starrte es einen Augenblick an, bevor er es in seine Jacketttasche steckte.

Schritte im Flur.

Die Tür knallte auf. »Ich habe gerade davon gehört«, sagte Elise.

Sie war außer Atem. Sauer. Auf ihn?

»Das können sie nicht machen!«, sagte sie wütend.

»Vergiss es, Elise. Lass es sein«, sagte er sanft.

Er hatte diese Ruhe ein paar Mal im Leben verspürt. Es war ein angenehmes Gefühl. Als hätte ein freundlicher Heiliger sich in seinem Körper breitgemacht. »Es ist schon okay.«

»Es ist *überhaupt nicht* okay.«

»Ich hätte hier nicht lange durchgehalten. Das wussten wir beide. Alle wussten das. Ich habe nicht damit gerechnet, dass es so laufen würde, aber macht das wirklich etwas?«

Überrascht stellte er fest, dass es sehr wohl etwas machte. Ihm jedenfalls.

Die ganze Zeit hatte er überlegt, ob er sich vielleicht aus der Polizeiarbeit insgesamt zurückziehen sollte. Aber jetzt, wo es so weit war, erschien es ihm falsch.

Außerdem war da Elise.

Sie war eine gute Partnerin gewesen. Und sie hatten angefangen, sich besser zu verstehen.

»Natürlich macht das etwas!«, sagte Elise. »Ich kann nicht

begreifen, dass du so leicht aufgibst. Dass du es Mason und Avery erlaubst, dich dranzukriegen.«

»Wer sind Mason und Avery?«

Sie starrte ihn an. »Starsky und Hutch.«

»Ach. Die.«

Er seufzte schwer. »Elise, es hat nichts mit denen zu tun. Es hat auch nichts mit der Tatsache zu tun, dass ich bei niemandem hier beliebt bin. Ich bin ein Mordverdächtiger.«

»Was für ein Blödsinn, wenn du glaubst, das alles hätte nichts mit deinem Status zu tun. Glaubst du, Mason – Starsky – würde wegen so etwas gefeuert werden? Nein! Sie würden es unter dem Deckel halten, bis der richtige Mörder gefunden ist, und dann wäre alles vergessen. Er kriegt vielleicht noch eine Ermahnung für den persönlichen Gebrauch einer Prostituierten, aber das war's.«

»Es tut mir leid.«

Das tat es wirklich. Er mochte Elise.

»Was hast du dir dabei *gedacht?* Überhaupt eine Prostituierte zu bestellen? Dich mit ihr einzulassen?«

»Das ist doch ziemlich offensichtlich.«

Seine Antwort schien ihr unangenehm zu sein.

»David ... hatte deine Ex-Frau langes dunkles Haar?«

»Ja, aber ...«

»Weißt du, was die Leute unten sagen? Sie sagen, der zwölfte Mai wäre der Jahrestag des Todes deines Sohnes – dieselbe Nacht, in der Flora in deiner Wohnung war.«

»Das stimmt.«

»Und als Flora an jenem Abend mit ihrem langen dunklen Haar zu dir kam, hast du durchgedreht und sie ermordet, weil du dachtest, sie wäre deine Frau.«

Er starrte sie lange an, während sie auf eine Antwort wartete, eine Reaktion. Nicht Elise ... das tat weh. Das tat wirklich weh. »Vielen Dank für das Vertrauen«, sagte er und verließ das Büro.

Als er an einem Mülleimer vorbeiging, blieb er stehen und zog das Foto aus seinem Jackett. Er hielt es über die Tonne, es erschien ihm, als würde es Minuten dauern, aber in Wirklichkeit waren es wahrscheinlich nur ein oder zwei Sekunden. Er hatte eine Menge Leben gelebt. Obwohl das Foto jetzt eher ein Ende als einen Anfang repräsentierte, konnte er es nicht über sich bringen, es einfach wegzuwerfen.

Er steckte es zurück in seine Tasche und ging weiter.

Draußen warteten die Reporter.

Schlechte Nachrichten waren immer die besten.

40

Jemand klopfte.

David versuchte es zu ignorieren, während er packte.

Aber das Klopfen hörte nicht auf.

Genervt warf er ein Hemd in den Koffer am Fuße seines Bettes, ging zur Tür und schaute durch den Spion.

In dem dämmrigen Flur stand eine Frau mit einem schwarzen Schleier und einem langen schwarzen Kleid.

Frau mit schwarzem Schleier
Babys in dem Bett

Strata Luna. War die jetzt hinter ihm her?

Er öffnete *die* Tür. »Wollen Sie Ihren Fluch zurücknehmen?«

Sie hob eine Handschuh-Hand und blies in ihre gewölbte Handfläche.

Er konnte nichts sehen, aber plötzlich erfüllte ein bitterer, metallischer Geschmack seinen Mund. Augenblicklich schwoll seine Zunge an und wurde taub.

Schei-ße.

Er tat zwei Schritte zurück und versuchte die Tür zu schließen.

Sie stieß sie auf, folgte ihm in seine Wohnung, knallte die Tür hinter sich zu.

Bloß sie beide.

Strata Luna. Die wahrscheinlich ihre Töchter getötet

hatte. Die wahrscheinlich Enrique getötet hatte. Die wahrscheinlich Flora getötet hatte. Besessen vom Tod. Besessen vom Morden. Spielte Gott. Es war zu einfach ... zu offensichtlich ...

Er zuckte und angelte sein Handy vom Küchentresen.

Wie viel Zeit blieb ihm, bevor er vollkommen gelähmt war? Zwei Minuten? Drei? Höchstens?

Aber er hatte den Scheiß eingeatmet. Das würde schneller gehen.

Er starrte das Handy an.

Er wusste, was er tun wollte, aber sein Hirn konnte die Nachricht nicht in seine Finger übermitteln.

Wie passte er in die ganze Sache? Was wollte sie von ihm?

Frau mit schwarzem Schleier
sucht nach einem Mann.
Vögelt bis er nicht mehr kann
und begräbt ihn dann.

Er hatte nie behauptet, ein Dichter zu sein.

Das Telefon glitt ihm aus den tauben Fingern.

Er begann zu schweben.

Hoch, hoch an die Decke.

Sie fing ihn an den Armen und zog ihn auf den Boden, sie hielt ihn vor sich, sodass er nicht wieder davonschweben konnte.

Seine Beine gaben nach, und er sackte zu Boden, lag dort, konnte sich nicht rühren.

Sie huschte herum und kniete sich über ihn. Sank auf ihn. Die weiten Falten ihres Rocks verschluckten ihn. Sie ragte über ihm auf, und ihr Schleier fiel über seine Augen, als sie sein Gesicht in ihre Hände nahm.

Sie roch nach Schimmel und Moder und Verwesung. Und noch etwas. Was? Etwas, was er kannte.

Formaldehyd und verwestes Fleisch.

Sie drückte ihre Lippen auf seine, ihr Atem erfüllte ihn mit Gift. Die Luft, die aus ihren Lungen kam, schmeckte wie Franzbranntwein.

Er konnte sich nicht rühren. Er konnte weder seinen Mund schließen, noch den Kopf abwenden.

»Mein kleiner Junge«, säuselte sie an seinen Lippen. »Mein hübscher kleiner Junge.«

41

Elise versuchte, die Sache mit David nicht ihre Ermittlungen im TTX-Fall beeinflussen zu lassen. Und die beste Art, David zu helfen, war sowieso, seinen Namen reinzuwaschen. Deswegen entschied sie sich, zum Chatham County Jail zu fahren, um ihren Kumpel LaRue noch einmal zu besuchen, vielleicht war der ja bereit, neue Informationen auszuspucken.

Er schien sich zu freuen, sie zu sehen.

Sie war eine Abwechslung. Ein Mensch.

Sie schob ein Foto von Flora über den Tisch. »Mal gesehen?«, fragte sie.

»Ein oder zwei Mal. Im Black Tupelo.«

»Mit ihr gesprochen?«

»Nein.« Er gab das Foto zurück. »Sie ist mir nur aufgefallen, das ist alles.«

Sie zog ein weiteres Foto heraus, dieses Mal Enrique. »Was ist mit ihm?« Bingo. Seine Reaktion verriet ihn.

LaRue starrte das Foto an, während er ganz offensichtlich versuchte, sich eine Antwort zu überlegen. Sollte er lügen oder die Wahrheit sagen? »Ich habe ihm TTX verkauft«, sagte er schließlich resigniert, und seine Schultern sackten herunter, als er das Foto zurückgab.

»Letztes Mal haben Sie gesagt, Sie hätten nie TTX verkauft.«

Er antwortete nicht.

»Was nun? Haben Sie TTX verkauft oder nicht?«

»Habe ich.«

Elise beugte sich vor, die Ellenbogen auf dem Tisch. »Erzählen Sie mir davon.«

»Er kam in einem großen schwarzen Wagen. Ich glaube, einem Lincoln. Irgendwer saß hinten.«

»Strata Luna?«

»Möglich, aber ich konnte es nicht sehen. Die Fenster waren getönt.«

»Warum haben Sie mir das nicht letztes Mal gesagt?«

»Ich will nicht noch mehr Ärger bekommen, ich bin kein Mörder. Das wissen Sie doch, oder?«

Zumindest nicht absichtlich, dachte sie. Aber trotzdem hatte er sie vergiftet.

Elise erhob sich. »Ich werde sehen, was ich tun kann, um Sie hier herauszuholen.« Sie hatte sich bereits entschieden, die Anklage fallen zu lassen, wollte ihm das aber noch nicht sagen.

Er war ein Wissenschaftler. Ein verdrehtes Genie. Gefängnis wäre bloß Verschwendung.

Auf dem Weg zum Parkplatz überdachte Elise die neuen Informationen. Wenn stimmte, was LaRue sagte, dann hatte Enrique irgendwas mit dem TTX-Fall zu tun, zumindest am Rande. Ein großer schwarzer Wagen mit getönten Scheiben. Das war ziemlich offensichtlich. Sowohl Enriques als auch Floras Hälse waren durchgeschnitten worden. Von Strata Luna? Weil sie etwas gewusst hatten?

Elise hatte widerstrebend begonnen, Strata Luna zu mögen. Sie hatte nicht glauben wollen, dass sie etwas mit der Sache zu tun hatte. Hatte sie sich von Strata Lunas Verbindung zu Jackson Sweet einlullen lassen?

Als Elise kurz vor ihrem Wagen stand, klingelte ihr Handy. Es war Seth West, Truman Harrisons Kollege.

»Wissen Sie noch, wie Sie gesagt haben, ich sollte Sie anrufen, wenn mir noch etwas einfällt?«, sagte er. »Also, ich war auf Urlaub in Disney World, und wir waren auf der Achterbahn *Pirates of the Caribbean*, und da ist mir wieder eingefallen, dass Truman an dem Tag, an dem er starb, in den Tunneln unter Savannah war.«

Elise horchte auf.

»Wir hatten eine Meldung einer möglichen undichten Stelle. In der Nähe der Kreuzung President / Bay. Er musste durch ein Gitter in einem der alten versiegelten Baumwoll-Lager gehen, um nachzusehen und einen Reparaturauftrag auszufüllen, wenn es nötig gewesen wäre. Ich habe gesagt, ich gehe auf keinen Fall da rein. Ich wusste, es würde widerlich sein, aber Truman schien das nicht zu stören.

Er war lange weg, und als er zurückkam, sagte er, alles wäre voll gewesen mit Kakerlaken. Sie wären auf ihm herumgekrabbelt. In seinen Haaren. Auf seinem Hemd.«

»Hat er noch etwas erzählt?«

»Er hat gesagt, es hätte ausgesehen, als ob Obdachlose dort lebten. Auf dreckigen Matratzen schliefen. Können Sie sich das vorstellen?«

»Klingt widerlich«, stimmte sie zu.

»Hilft Ihnen das überhaupt? Ich fand, es wäre lächerlich, Sie zu stören, aber meine Frau hat gesagt, ich sollte Sie unbedingt anrufen.«

»Das war auch richtig.«

Nachdem Elise aufgelegt hatte, wählte sie gleich die Nummer von Eddie, ihrem Lieblingsansprechpartner in der Recherche. Er konnte alles herausfinden, egal wie obskur.

»Erinnerst du dich noch an den Typen, der immer Ärger hatte, weil er in den Tunneln unterhalb Savannahs rumturnte?«, fragte Elise und setzte sich an einen Picknicktisch im Schatten in der Nähe ihres Wagens. »Wie hieß der noch?«

»Pascal. Adam Pascal«, sagte Eddie. »Eine Weile war der dauernd in der Zeitung oder in den Nachrichten.«

Sie zog Stift und Papier heraus und legte sie auf den Holztisch. »Weißt du, wo der steckt, ob es den noch gibt?«

»Lass mich mal sehen.« Elise hörte Tasten klappern, dann Eddies Stimme: »Er wohnt auf der Isle of Hope. Wurde vor drei Wochen wegen seines letzten Ausflugs hopsgenommen. Er hat sich böse das Bein gebrochen und erholt sich zu Hause.«

Elise notierte die Nummer, bedankte sich bei Eddie und rief Pascal an. Wie alle Besessenen redete auch dieser Typ gern über seine Besessenheit.

»Diese Tunnel sind überall, Mann. Unter den Häusern. Unter Geschäften. Lagern. Friedhöfen. Krankenhäusern. Sie sollten mal den unter dem alten Candler Hospital sehen. Total unheimlich, mit Rollbahren und alten Holz-Rollstühlen. Die Tunnel wurden für alles Mögliche benutzt, aber vor allem, um Leichen aus dem Krankenhaus ins Leichenschauhaus und zum Friedhof zu schaffen.«

»Aber sind sie nicht versiegelt worden?«

»Vor langer Zeit. Und nicht besonders gut. Sie wissen doch, wie die Stadt mit solchen Sachen umgeht. Aus den Augen, aus dem Sinn. Da ist inzwischen eine Menge Wasser durchgesickert. Zerfallen. Sehr gefährlich. Da unten sind schon Leute gestorben. *Ich* bin da unten fast gestorben. Ich würde ja anbieten, Sie zu führen, aber ich liege mit einem gebrochenen Bein im Bett. Ein Tunnel ist über mir zusammengebrochen, und es hat drei Tage gedauert, bevor ich mich rausgegraben hatte.«

»Sie haben Glück, überhaupt noch am Leben zu sein, Mr Pascal.«

»Das sage ich mir auch immer wieder.«

»Was können Sie mir über den Tunnel und das Bestattungsinstitut Hartzell, Tate und Hartzell erzählen?«

»Es gab einen Tunnel vom Totengräber zu einem nahe gelegenen Leichenschauhaus. Das ist aber kein Leichenschauhaus mehr. Es ist jetzt ein Wohnhaus.«

»Beschreibung und Lage?«, fragte Elise und war bereit, sich Notizen zu machen.

Bevor er damit fertig war, wusste sie schon, von welchem Gebäude er sprach: Strata Lunas Haus.

»Das Black Tupelo?«, fragte sie.

»Da führt er auch hin.«

Eine zweite Welt direkt unter ihren Füßen.

»Was ist mit dem Secret Garden Bed and Breakfast?«

»Auch. Aber gehen Sie ja nicht in diese Tunnel, verstanden? Ich übertreibe nicht bei den Gefahren.«

»Mache ich nicht.«

»Ich faxe Ihnen ein paar Karten. Was halten Sie davon?«

»Toll.« Sie gab ihm ihre Faxnummer, dann legte sie auf.

Während Elise mit Pascal gesprochen hatte, hatte ihr der Manager des CD Underbelly eine Nachricht auf die Mailbox gesprochen. »Wissen Sie noch die Sachen, die ich für Sie raussuchen sollte?«, lautete die Nachricht. »Ich habe sie ge-

365

funden. Die CDs wurden mit Plastik bezahlt. Von einem Typen namens Enrique Xavier. Unser Chef ist geizig und deswegen haben wir noch die alten Durchdrückmaschinen, und als ich mir den Kreditkartendurchschlag ansah, fiel mir auf, dass es eine dieser Geschäftskarten war, die gar nicht Xavier gehörte. Raten Sie mal, welcher Name noch daraufstand? Wem die Karte gehört?« Er machte eine effektvolle Pause. »Dieser Irren, die in Schwarz und hinter einem Schleier durch die Stadt fährt. Strata Luna.«

Klick.

Elise drückte die Ziffer neun auf ihrem Handy, um die Nachricht zu speichern. Dann sah sie auf die Uhr und ihr fiel ein, dass es beinahe Zeit war, Audrey vom Softball-Training abzuholen.

Audrey hörte Reifen quietschen und schaute auf, um einen bekannten gelben Wagen um die Ecke brausen zu sehen, ihre Mutter am Steuer.

Was jetzt?

Elise hielt abrupt, beugte sich über den Sitz und stieß die Tür auf. »Ich hoffe, du hast nicht lange warten müssen.«

Audrey kannte ihre Mutter im Eilmodus. Sie warf ihren Rucksack und den Softballhandschuh auf den Rücksitz, dann hechtete sie in den Wagen.

»Nur ein paar Minuten.«

»Gut«, sagte Elise abgelenkt. Sie schaute über die linke Schulter, dann fuhr sie wieder los. »Hast du es eilig nach Hause zu kommen? Ich muss noch ein- oder zweimal halten.«

»Kein Problem.«

Audrey überlegte es sich anders, als sie zehn Minuten später auf dem Parkplatz eines Bestattungsunternehmens standen. »Ist jemand gestorben?«

Ihre Mom öffnete das Handschuhfach und zog eine Taschenlampe heraus. »Es sterben immer irgendwelche Leute.«

»Ich meine jemand, den du kennst?«

»O Schatz. Tut mir leid«, sagte Elise, als würde ihr plötzlich klar, dass sie sich ein bisschen komisch benahm. Sie schaute Audrey an und lächelte. »Nein. Niemand ist gestorben. Wir müssen nur was rauskriegen. Du findest das vielleicht sogar interessant. Es hat nichts mit Toten zu tun. Ich suche nach einem Tunnel.«

»Tunnel?« Das war vielleicht okay.

»Komm mit, du musst nicht im Wagen warten.«

»Hey, ist das nicht der Laden, aus dem die Leiche gestohlen wurde?«, fragte Audrey, als sie unter die grüne Leinenüberdachung traten.

»Ja.« Elise öffnete die reich verzierte Tür.

»Cool.«

Sie trieben den Leiter der Firma im Empfangsbereich in die Ecke.

Der Boden war mit rotem Teppich ausgelegt, und es gab eine Reihe dunkler Türen, hinter denen wahrscheinlich Leichen lagen. Audrey hoffte, dass niemand eine Tür öffnete.

Wenn das passiert, sieh nicht hin. Sieh einfach nicht hin.

»Ja, natürlich, ich habe von den Tunneln gehört«, sagte der Chef.

Sie starrte den Mann an, mit dem ihre Mutter redete.

Er war unheimlich, seine Halsfalten hingen über seine Krawatte. Außerdem roch es komisch. Audrey war in ihrem

Leben nur auf zwei Beerdigungen gewesen, beide Male Ur-großeltern. Sie hatte sich geweigert, die Leichen anzusehen, aber sie erinnerte sich an diesen widerlich süßlichen Geruch, als ob man versuchte, etwas Schlimmes zu übertünchen.

»Die Tunnel sind vor Jahren versiegelt worden«, sagte der Mann.

»Ich möchte trotzdem gern den Eingang sehen«, sagte Elise zu ihm.

»Wir lassen niemanden dort hinunter.«

»Mr Simms, muss ich Sie daran erinnern, dass in Ihrer Firma ein Verbrechen begangen wurde?«

»Es ist nur ... der Bereich des Hauses ist sozusagen für überzählige ...«

Audrey stellte sich augenblicklich Berge toter Körper vor. Der Geruch, zusammen mit diesem Bild, ließ sie ein wenig schwindeln.

»Ich bin nicht von der Gewerbeaufsicht«, erinnerte ihn Elise.

»Okay, okay.«

Genervt führte er sie zu einem Fahrstuhl, mit dem sie in den Keller fuhren.

Was für ein Unterschied, von sauber und plüschig zu feucht und muffig. Hier unten roch es nach Schimmel und verrottendem Holz.

Der Bestattungsunternehmer blieb im Fahrstuhl. »Halten Sie sich rechts«, sagte er und winkte mit der Hand. »Der Eingang zu dem Tunnel befindet sich in dem letzten kleinen Raum. Niedrige Decke. Sie müssen sich ducken. Ich muss wieder hoch.« Er drückte einen Knopf. Die Fahrstuhltüren schlossen sich. Ein Motor zog an und schaffte den Herrn Totengräber davon.

Der Boden bestand aus Zement, der auf abschüssigen, unebenen Boden gegossen worden war. Die Beleuchtung war schlecht, und es gab jede Menge tiefe Schatten und dunkle Ecken.

Elise schaltete ihre Taschenlampe ein.

Es war eine dieser coolen Polizei-Taschenlampen, die tolles Licht gaben. Der grellweiße Strahl huschte herum, dann landete er auf einem Regal voll mit kleinen Pappschachteln. Auf jeder Schachtel standen ein Name und ein Datum.

»Offenbar holen die Verwandten ihre von sich Gegangenen nicht immer ab«, bemerkte Elise.

Sweet Kitty.

Audrey war gar nicht gern hier unten mit einem Haufen Toter, selbst wenn sie eingeäschert waren. Gleichzeitig dachte sie aber auch daran, dass niemand ihr glauben würde, wenn sie morgen in der Schule ihren Freundinnen erzählte, wo sie gewesen war. Sie würden das irgendwie für total irre cool halten.

Die meisten Leute glaubten, dass eingeäscherte Leichen nur noch kleine Häufchen waren. Aber Audrey hatte mal eine Sendung im Discovery Channel gesehen, und darin hatten sie erklärt, dass, wenn der Ofen, in dem sie verbraten wurden, abgekühlt war, Knochen und Zähne immer noch drinlagen. Zusammen mit der Asche. Sie hatten eine Maschine, die aussah wie ein kleiner Zementmischer, in die sie alles reinkippten. Die Maschine machte dann Mus draus.

Eklig.

Sie ging hinter ihrer Mutter her.

»Pass auf deinen Kopf auf.«

Elise leuchtete mit der Taschenlampe an die niedrige Decke, dann wieder auf den Boden, der jetzt nur noch aus Dreck und Steinen bestand. Sie betraten einen zweiten Raum, in dem weitere Regale mit allen möglichen Sachen standen. Flaschenweise rosa Zeug, das Einbalsamierungsflüssigkeit sein sollte. Auf anderen stand: Hohlraumreiniger. Porensiegel. Halsröhrchen. Stabilisatoren. Ausdrucksformer. Leichenfreund, was immer das war. Auf dem Boden standen Fässchen mit der Aufschrift »Trocknungsmasse, leicht duftend«.

Audrey war wieder schwindlig.

Bloß ein Tunnel.

Klar.

Ihre Mutter hatte gesagt, sie suchten bloß nach einem Tunnel. Vielleicht, aber es war ein Tunnel aus *Nacht der lebenden Toten*. Ihre Eltern – also ihr Vater und Vivian – ließen sie solche Filme nicht gucken, aber manche ihrer Freunde hatten sie so oft gesehen, dass sie an den gruseligen Stellen lachten. Audrey war bei einer Übernachtungsparty in den Club aufgenommen worden. Sie hatte zwei Wochen lang Albträume gehabt.

Hohlraumreiniger.

Ausdrucksformer.

Plötzlich wurde ihr übel. Sie nahm ein paar tiefe Atemzüge, dann eilte sie hinter ihrer Mutter her, die gerade einen noch kleineren Raum betrat.

Audrey konnte es gar nicht erwarten zu sehen, was da nun wieder drin war. Ha-ha.

Sie mussten vornübergebeugt gehen.

Der Raum war klein. Und – Gott sei Dank – leer.

Eine Mauer war aus Ziegel, statt aus Steinen.

»Ist es das?«, fragte Audrey.

Sie hatte einen der zugemauerten Tunnel im *Pirates' House* Restaurant gesehen, also hatte sie ungefähr gewusst, wie es aussehen würde, aber trotzdem war es fade. Bloß eine Mauer. Verdammt langweilig.

»Sieh mal.« Elise leuchtete mit dem Licht an der linken Seite entlang, wo die Ziegel aufhörten, dann hinunter auf ein Häufchen Bauschutt. »Irgendwer hat sich hier durchgegraben.«

Audrey hatte nicht gewusst, was sie erwartete, als sie mitgekommen war. Sie hatte nicht wirklich darüber nachgedacht. Aber jetzt begann ihr Herz schneller zu schlagen.

Sie hatte davon gehört, dass eine Leiche aus dem Bestattungsunternehmen gestohlen worden war. Das war in den Nachrichten gewesen. Aber plötzlich wurde aus einer Geschichte, über die ihre Klassenkameraden in der Schule scherzten, ein echtes Verbrechen. Und da war eine Spur! Eine echte Spur!

Sie hatte ihre Mom noch nie in Action gesehen, bei der Arbeit an einem echten Fall. Plötzlich war sie ganz schön erstaunt über sie, und fast schon *stolz*.

Elise löste ein paar Ziegel und leuchtete mit der Taschenlampe durch ein zackiges schwarzes Loch.

»Sollen wir da rein?«, fragte Audrey aufgeregt und ängstlich zugleich.

»Nein. Ich muss erst mal die Spurensicherung herbestellen, bevor irgendwer irgendwas durcheinanderbringt.«

»Darf ich wenigstens mal gucken?«

»Da.« Elise reichte ihr die schwere Taschenlampe.

Audrey trat vor und zielte mit dem Strahl durch das Loch.

Ein Tunnel. Gegraben zwischen Steinen und Erde, die Decke gewölbt und mit Ziegeln abgestützt. In der Ferne schien er zu enden, aber Audrey vermutete, dass er sich bloß krümmte.

Mit einem Klatschen traf etwas ihren Arm.

Ein Käfer! Eine riesige schwarze Küchenschabe!

Sie sprang zurück, schüttelte den Arm und schrie. Ließ die Taschenlampe fallen.

Elise stieß einen eigenartigen Schrei aus und fegte die Küchenschabe von Audreys Arm. Das Insekt huschte davon, ab in die Dunkelheit. Dann griff Elise nach der kaputten Taschenlampe. Sie schüttelte sie und es schepperte wie zerbrochenes Glas.

Audrey schaute sie entschuldigend an. »Tut mir leid. Aber hast du das Biest gesehen? Es war riesig. Wie ein Mutant. Halb Kakerlake, halb Hund.« Sie zitterte dramatisch.

»Gott!«, sagte Elise atemlos, und ihr eigenes Zittern übertraf Audreys noch. »Ich hasse diese Viecher.«

Audrey fühlte sich gleich besser. Vor allem, weil sie immer gedacht hatte, ihre Mutter hätte vor gar nichts Angst.

Es war schön zu sehen, dass sie das doch hatte.

42

Ich sah mich um und lauschte. Ich achtete darauf, dass die Flure im Mary of the Angels ruhig waren und niemand kam oder ging.

Es machte mir nichts aus, zu warten. Detective Gould war bei mir.

Ich umarmte ihn. Ich schmeckte ihn in seinem Stadium des simulierten Todes.

Dann holte ich die Rollbahre aus dem Keller.

Es war das perfekte Gerät, um totes Gewicht wegzuschaffen. Ich musste nur seinen schlaffen Körper auf die Edelstahloberfläche ziehen, dann einen Klapphebel umlegen, und er hob sich vom Boden.

Bevor wir gingen, sprach ich noch einen Bannfluch in seiner Tür, damit uns niemand würde folgen können.

Ich überprüfte noch einmal den Korridor.

Leer.

Mein Herz schlug wie verrückt, als ich ihn lautlos über den Teppichboden manövrierte. Ich drückte auf den schwarzen Knopf und hoffte, dass niemand anderes gerade Fahrstuhl fahren wollen würde.

Wir schafften es ohne Probleme in den Keller. Eilig schob ich Detective Gould durch einen dämmrigen Raum zum Tunneleingang. Ich faltete die Bahre zusammen und zerrte ihn herunter, zog seinen Körper durch die Öffnung, holte die zusammengefaltete Bahre hinterher. Im schwachen Schein einer kleinen Laterne, David Gould vor meinen Füßen, setzte ich die Ziegel wieder ein.

Vor Jahren schon hatten die Tunnel begonnen, mich zu faszinieren, als ich mein eigenes Haus erkundete, die Geheimzimmer durchsuchte. Verschlossene Türen hatten mich immer neugierig gemacht, und eine zugemauerte Öffnung war noch viel spannender. Nach ein paar Nächten des Grabens hatte ich ein Loch zustande gebracht, das groß genug war, um hindurchzukriechen. Es folgten Jahre, in denen ich mich immer wieder dort drinnen umsah.

Ich legte Detective Gould wieder auf die Rollbahre. *Wir müssen los.* Ich beugte mich herunter und berührte seine Lippen hauchzart mit meinen.

So still.

So ruhig.

Atmete er noch?

Ich legte meine Wange an seinen Mund und wurde schließlich mit einem leichten Lufthauch belohnt.

Warum mochte ich meine Männer so zahm, fragte ich mich oft. Hilflos und meiner Gnade ausgeliefert.

Meine Antwort war immer dieselbe. Wieso würde man sie anders haben wollen? Das, und die Tatsache, dass der Tod mich immer schon angezogen hatte. Ein Therapeut würde sagen, das läge an all den Jahren, die ich in einem Haus verbracht habe, das einmal ein Leichenschauhaus gewesen war. Ich glaube das aber nicht. Diese Faszination war etwas, das tief aus meinem Innersten kam. Aus meinen Genen.

Der Tunnel war dunkler als die Nacht. Und das Licht der Laterne konnte nur ein paar Meter weit vorausscheinen.

Ich mag das Dunkel. Es war immer mein Freund. Selbst als Kind, wenn andere wimmerten und nach ihren Müttern riefen, erfreute ich mich an der Dunkelheit. Wenn ich nachts ein Zimmer betrat, langte ich nie um die Ecke nach dem Lichtschalter. Warum sollte man Licht machen, wenn es dunkel bleiben konnte?

»Es war abnehmender Mond in jener Nacht, als ich sie tötete«, verriet ich David Gould, während ich ihn einen leichten Abhang hochschob. »Ich lockte sie aus dem Bett und aus dem Haus. Wir trugen beide weiße Nachthemden. Was für ein hübsches Bild muss es gewesen sein, als ich ihre Hand nahm und mit ihr zum Brunnen ging. Erst saßen wir nur auf dem Rand und baumelten mit den Füßen im Wasser. Ich sagte: ›Sieh mal das Spiegelbild des Mondes im Wasser.‹ Dann sagte ich, sie sollte versuchen, dieses Spiegelbild zu fangen.«

Ich war ein wenig außer Atem, meine Stimme abgehackt. Der Detective war schwerer, als er aussah.

Wir erreichten eine Gabelung, was mir Gelegenheit verschaffte, eine Pause zu machen. Links ging es zum Friedhof, rechts nach Hause.

»Sie glitt ins Wasser«, fuhr ich mit meiner Geschichte fort. »Und als sie den Mond in der Hand hatte, drückte ich sie unter die Oberfläche und hielt sie fest, bis sie ganz ruhig war.«

In ihrem Büro betrachtete Elise den ersten Teil der Karte, die Adam Pascal gefaxt hatte. Er hatte recht damit gehabt, dass die Tunnel sowohl zu Strata Lunas Haus als auch zum Bestattungsunternehmen Hartzell, Tate und Hartzell führten.

Hatte Strata Luna ihre eigene Tochter ertränkt? Hatte ihre andere Tochter wirklich Selbstmord begangen, oder hatte die Mutter sie ebenfalls auf dem Gewissen? Hatte Strata Luna ihr Bordell eröffnet, um einen Ort zu schaffen, an dem sie ihre eigenartige Todessehnsucht nähren und befriedigen konnte, während sie zugleich zu ihrer eigenen Rätselhaftigkeit beitrug?

Sie würden es nie eingestehen, aber die Hälfte aller Polizisten in Savannah hatte Angst vor ihr. Das sorgte für eine gewisse Distanz und verschaffte ihr die Möglichkeit, ihre Perversion zu nähren.

Elise hatte genug Beweise, um einen Durchsuchungsbefehl für Strata Lunas Haus zu beantragen. Während Audrey an Davids Schreibtisch ihre Hausarbeiten machte, rief Elise den Richter an und bat um die entsprechenden Unterlagen. Während sie noch am Telefon hing, erwachte das Faxgerät zum Leben.

»Wohnt David nicht im Mary of the Angels?«, fragte Audrey, als Elise aufgelegt hatte. Sie hielt ein weiteres Fax von Adam Pascal in Händen.

Elise zog ihre Jacke aus und legte ihr Schulterholster ab. Sie prüfte ihre Waffe. »Ja. Warum?«

»Ich glaube, einer der Tunnel führt dorthin.«

Elise runzelte die Stirn und kam näher. »Kannst du mir das zeigen?«

Audrey ließ ihre Füße sinken und beugte sich vor, sie legte ihren Finger auf ein kleines schwarzes Viereck. »Da.«

Sie hatte recht. Elise griff nach dem Telefon und wählte Davids Nummer. Anrufbeantworter. »Ruf mich zurück, wenn du das hörst.«

Sie legte auf und warf ihre Kevlar-Weste über, sie zog die Klettverschlüsse fest zu. Danach schnallte sie ihr Holster wieder an und steckte die Waffe hinein. Anschließend folgte ihre Jacke.

Audrey schaute mit leichter Unsicherheit zu. »Wo gehst du hin?«

»Ich übergebe einen Durchsuchungsbefehl.«

»Und warum trägst du eine kugelsichere Weste? Ist so etwas gefährlich?«

»Das ist Vorschrift, Süße.«

Sie hatten eigentlich essen gehen wollen. Mutter und Tochter.

»Tut mir leid«, sagte Elise, aufgerieben zwischen ihrer Sorge um David und der Tatsache, dass sie Audrey wieder einmal nicht gerecht wurde. »Du musst hier warten, bis ich zurückkomme.«

»Kein Problem.«

Audrey wirkte beileibe nicht so frustriert, wie Elise befürchtet hatte.

»Hier ist Davids Nummer.« Elise schrieb sie auf und riss die Ecke von einem Stück Papier ab. »Versuch es alle paar Minuten bei ihm. Wenn er rangeht, erzähl ihm von den Tunneln.« Sie faltete die Karten und steckte sie in die Tasche ihrer Weste. Dann holte sie eine Ersatztaschenlampe aus dem Schrank.

»Und wenn er mit dir reden will?«, fragte Audrey.

»Dann sag ihm, dass ich Strata Luna zum Verhör hole.« Normalerweise waren alle ganz wild darauf, eine Hausdurchsuchung zu übernehmen. Aber kaum erwähnte Elise Strata Lunas Namen, murmelten alle, die sie um Hilfe bat, irgendwelche Entschuldigungen und senkten den Blick.

377

Schließlich trat jemand vor. »Ich mach's.« Starsky. Ihm war wahrscheinlich klar geworden, dass sie gleich sowieso gefragt hätte, wer eigentlich Dienst hatte, und ihn dann dazu gezwungen hätte, mitzukommen.

Sein Partner warf ihm einen irritierten Blick zu, bevor er sich bereit erklärte, ebenfalls dabei zu sein. Zwei uniformierte Streifenpolizisten vervollständigten das Team.

Sie würden in getrennten Wagen fahren und zeitgleich vor dem Haus halten. Die Spurensicherung würde nachkommen, wenn das Gebäude gesichert war.

Elise versuchte noch einmal, David zu erreichen.

Immer noch keine Antwort.

Sie teilte Starsky und Hutch die Aufgabe zu, den Durchsuchungsbefehl bei Gericht abzuholen, was ihr die Zeit verschaffte, schnell bei David vorbeizufahren.

Zehn Minuten später hielt sie vor Mary of the Angels und sah gleich seinen schwarzen Wagen auf dem Parkplatz stehen.

Sie klingelte bei David – war aber nicht überrascht, als niemand antwortete. Sie klingelte beim Hausmeister und stellte sich vor. Er summte sie herein und traf sich mit ihr im Flur im zweiten Stock, einen Schlüsselbund in der Hand.

»Ich muss Ihren Ausweis sehen.« Er war weiß, etwa siebzig, hatte graues Haar und graue Stoppeln am Kinn.

Elise zog ihr Ledermäppchen heraus und klappte es auf. Er nickte und sie steckte es zurück in ihre Tasche.

Sie gingen den Flur entlang zu Davids Wohnung. »Ich habe ihm gesagt, dass er morgen raus sein muss«, sagte der Hausmeister. »Ich weiß nicht, ob er die Frau umgebracht hat oder nicht, aber alle im Haus haben Angst. Und niemand hat gern Angst.«

Irgendjemand buk einen Kuchen. Elise konnte es riechen. Ein kleiner Hund bellte.

Der Hausmeister schloss die Tür auf und trat einen Schritt zurück. »Ich gehe da nicht rein. Das letzte Mal, als ich für die Polizei eine Tür aufgeschlossen habe, habe ich eine Frauenleiche gefunden. Ich sage Ihnen, ich habe dieses Land satt. Ich habe es satt, ein Leben voller Angst zu leben.« Er wandte sich von der Tür ab und legte die Arme über Kreuz.

Elise trat ein und roch sofort die fauligen Eier – Schwefel. »David?«

Auf dem Boden bemerkte sie ein wenig Staub, der aussah wie feiner brauner Puder.

Ein Bann. Ein Fluch.

Sie ging um den Puder herum, damit sie ihn nicht an die Schuhsohlen bekam.

Ein paar Meter weiter lag Davids Handy.

»Ist er tot?«, flüsterte der Hausmeister laut aus dem Flur.

Wohnzimmer und Küche waren leer.

Elise griff unter ihre Jacke, öffnete ihr Holster und zog ihre Waffe.

Sie sah im Bad nach, dann im Schlafzimmer.

Am Fuß des Bettes stand ein offener Koffer, als wäre David mitten beim Packen unterbrochen worden. Sie steckte ihre Waffe zurück in das Lederholster.

Davids Katze Isobel kam unter dem Bett hervor und miaute mitleidheischend. Elise nahm sie hoch.

»Lassen Sie niemanden in die Wohnung«, sagte sie, trat hinaus in den Flur und schloss die Tür hinter sich. »Es könnte ein Tatort sein.«

Der Hausmeister starrte Isobel an.

»Katzen und Tatorte passen nicht gut zusammen«, erklärte Elise.

Er schüttelte den Kopf. »Ich hätte dem Kerl niemals die Wohnung vermieten dürfen. Ich habe gespürt, dass er irgendwie komisch ist.«

Sie ignorierte seine Beschwerden. »Wann haben Sie David Gould das letzte Mal gesehen?«

»Moment ... heute Morgen, glaube ich. Ich bin hochgekommen und habe ihm gesagt, dass er seine Kaution nicht zurückkriegt.« Isobel schnurrte laut.

»Früh am Morgen? Oder spät?«

»Später Vormittag. Gegen elf, würde ich sagen. Aber nageln Sie mich nicht darauf fest. Mein Gedächtnis ist nicht das beste.«

»Ich muss den Keller sehen.«

»Keller?« Der Themenwechsel überraschte ihn sichtlich. »Ich rufe besser den Eigentümer an ...«

»Jetzt!«

»Okay, aber ich übernehme nicht die Verantwortung.«

Im Fahrstuhl drückte Elise den Knopf. Sie wusste, dass der Fahrstuhl langsam war; sie wäre die Treppen hinuntergelaufen, wenn sie nicht jemanden gebraucht hätte, der sie führte. Mit einem Rucken kamen sie zum Stehen. Die Tür ging auf, und sie traten in den Keller.

»Wo ist der älteste Teil des Gebäudes?«, fragte Elise. Der Hausmeister führte sie durch ein Labyrinth aus Stein und feuchtem, krümelndem Putz. Im letzten Raum entdeckte sie eine Ziegelmauer, aus der Ziegel gebrochen worden waren, dann wieder eingesetzt.

»Da ...« Sie reichte ihm die Katze und begann an den losen Ziegeln zu rütteln, ein paar fielen heraus und landeten vor ihren Füßen.

Sie richtete sich auf, zog die zwei Teile der Karte aus ihrer Weste und faltete sie auseinander.

Es war schwierig und im Keller war es dunkel. Aber schließlich fand sie Mary of the Angels.

Sie fuhr mit dem Finger die Linie entlang, die den Tunnel markierte. Von dort, wo sie stand, konnte man fast überall hingelangen, wenn die Tunnel nicht blockiert waren. Zum Bestattungsunternehmen Hartzell, Tate und Hartzell, zu Strata Luna, zum Laurel Grove Cemetery.

Sie meldete sich bei der Zentrale und bat darum, dass sie die Officer, die unterwegs zu Strata Luna waren, stattdessen zum Mary of the Angels schickten. Dann rief sie Starsky an und nannte ihm den neuen Treffpunkt.

Officer an jedem möglichen Ausgang wären die ideale Lösung gewesen, aber so viele Leute hatten sie nicht. Und wenn David bewusstlos war, konnte Strata Luna nicht besonders schnell vorankommen ...

Sie schaute auf die Uhr. »Warten Sie oben auf den Streifenwagen und die Detectives«, wies sie den Hausmeister an. »Wenn die kommen, führen Sie sie hier herunter.«

»Sie glauben, derjenige, der die Frau umgebracht hat, ist hier hereingekommen?«, fragte der Hausmeister, und seine bisherige Ungeduld war verschwunden, ersetzt durch Furcht und ein wenig widerwilligen Respekt.

Elise lockerte noch ein paar Ziegel, bis das Loch groß genug war, dass sie hindurchpasste. Sie zog ihre Taschenlampe und ihre Waffe.

Im hellen Lichtstrahl wirbelten rote Staubpartikel Richtung Decke. Sie leuchtete auf den Boden im Inneren des Tunnels und sah sofort parallele Spuren und Fußabdrücke.

Sie hielt Waffe und Taschenlampe gemeinsam mit beiden Händen und zögerte einen Augenblick. Dann sagte sie über die Schulter hinweg: »Geben Sie der Katze was zum Fressen«, und duckte sich durch die Öffnung.

43

Sie verloren immer an Gewicht.

Ich berührte seinen nackten Arm.

Kalt wie Marmor.

Irgendwo hinter uns raschelten Küchenschaben.

Ich muss zugeben, dass sie mich früher störten, aber dann begann ich sie als eine Erweiterung meines Selbst zu betrachten, und ziemlich bald schon gefielen sie mir sogar.

Ich hob die Laterne vor sein Gesicht.

Seine geschlossenen Augen lagen in tiefem Schatten. Seine Lippen waren blau.

Haut wie Teig.

Er sah tot aus.

Ich schob die Bahre nach links, Richtung Friedhof.

Ich kannte dort einen geheimen Ort. Einen besonderen Ort. Einen Ort, an dem wir beide tot spielen konnten.

Im Tunnel roch es nach Schimmel und Abwasser. Nach fünf Minuten waren Elises Schuhe klatschnass, ihre Hose war bis an die Knie vollgesogen. Neben dem Gestank des Abwassers war da aber noch etwas anderes. Kräuter und irgendetwas Medizinisches, eine Mixtur, wie sie ein Zauberer benutzen würde.

Elise hatte im Kopf überschlagen, dass es etwas mehr als eine Meile sein musste bis zu Strata Lunas Haus. Der indirekte Weg über die öffentlichen Straßen wären mehr als zwei gewesen.

Die kräftige Taschenlampe sorgte für extreme Kontraste. Vor ihr die ausgeblichenen Bereiche, in die das Licht fiel; außerhalb des Strahls herrschte absolute Dunkelheit.

Pascal hatte recht gehabt – die Tunnel waren stark verfallen, die Ziegeldecke war an etlichen Stellen in sich zusammengebrochen und lag jetzt in brockigen Haufen auf dem Grund.

Im Gehen hielt sie den Kopf gebeugt.

Wenn David eine große Menge TTX bekommen hatte, war es entscheidend, dass er so schnell wie möglich medizinisch versorgt wurde. Und Elise bezweifelte, dass Strata Luna sich mit den »entspannenden« Dosen abgeben würde, mit denen LaRue und seine Kumpels herumspielten.

Die andere Möglichkeit bestand darin, dass David bereits tot war, dass sein Hals durchgeschnitten war, wie bei Enrique und Flora. Was deutlich mehr Sinn ergab. Aber Elise durfte nicht daran denken. Sie musste glauben, dass er noch am Leben war.

Sie erreichte ein T und zog die Karte heraus. Nach links ging es zum Friedhof, rechts zu Strata Luna.

Sie leuchtete mit der Taschenlampe auf den Boden. Fast zehn Zentimeter schlammiges Wasser stand auf dem Zementboden. Keine Spuren, denen sie folgen konnte.

Es erschien ihr logisch, dass David ins Haus geschafft werden würde. Es war groß genug, es gäbe dort Geheimzimmer, wo man ihn unterbringen konnte. Aber selbst wenn Strata Luna keinen Durchsuchungsbefehl erwartete, würde sie doch wissen, dass die Polizei ihr Haus unter Beobachtung gestellt hätte.

Elise bog ab in Richtung des Friedhofs.

David musste ihrem Gerede zuhören, während sie die Bahre schob, ihre Füße schlappten durch Wasser und Abwasser.

Der Boden des Tunnels war nicht eben; manchmal verhakten sich die Räder und er kippte beinahe herunter. Wann immer das geschah, packte sie ihn mit einem »Whoops!«. Dann, nach ein wenig Hin- und Hergeschiebe, ging es weiter bis zum nächsten Mal.

Er konnte jetzt tatsächlich verstehen, wie Leute süchtig nach TTX werden konnten. Es war eine beinahe außerkörperliche Erfahrung, denn man fühlte gar nichts mehr. Das Einzige, was noch funktionierte, war sein Hirn.

Andererseits: Vielleicht war er auch tot. Vielleicht war er tot und das war die Hölle. Vielleicht würde er eine Ewigkeit lang von einer Verrückten durch ein Untergrund-Tunnelwirrwarr geschoben werden.

Sie rumpelten in ein weiteres Loch.

Stoppten abrupt.

David rutschte nach vorn und hörte ein lautes Krachen – sein Kopf war gegen die Steinmauer geschlagen.

Sie bemühte sich um ihn, tupfte mit ihrem Ärmel an seiner Schläfe herum. »Du blutest.«

Was hieß, dass sein Herz noch schlug. Ein gutes Zeichen. Vielleicht.

Sie hatten keine Beweise dafür, aber David hatte immer vermutet, dass die TTX-Opfer sexuell missbraucht worden waren. Er musste zugeben, dass er durchaus auch schon Sex mit Fremden gehabt hatte, aber was diese Frau vorhatte, war etwas, von dem er ziemlich sicher war, dass er nichts damit zu tun haben wollte.

David wusste, dass er sterben würde. Er wusste nur nicht wie.

Im besten Fall?

Tetrodotoxin.

Es würde ihn einfach kalt stellen, das war's.

Vielleicht hatte sie ihn auch irgendwann satt. Dann würde sie ihn irgendwo zurücklassen, wo man ihn nie fände.

Egal, so oder so wäre er tot.

Oder, da die letzten beiden Morde ziemlich blutig gewesen waren, sie würde ihm den Hals aufschlitzen.

Nette Aussichten.

44

Stopp!«

Eine bekannte Stimme, hinter uns im Tunnel.

Ich wirbelte herum, die Laterne hoch.

»Ich wusste, dass du zurück bist«, sagte sie. »Ich konnte dich spüren.«

Sie trug einen ihrer langen schwarzen Kittel, hielt eine Taschenlampe in der Hand. »Du hast diese Tunnel immer geliebt. Vor allem diese Strecke. Ich konnte dich gar nicht aus ihnen heraushalten.«

Das stimmte.

»Was tust du hier?«, wollte sie wissen. »Du hast versprochen, nie wieder die Straßen – *oder Tunnel* – Savannahs zu betreten.«

Sie klang verwirrt, sprach mit diesem übermäßigen Akzent, den ich immer gehasst hatte. Die Frau hatte ihr ganzes Leben in den Vereinigten Staaten verbracht. Wieso versuchte sie zu klingen wie eine Voodoo-Priesterin?

Vor vier Jahren hatte sie mich dafür bezahlt, zu verschwinden. Sie hatte mich dafür bezahlt, zu verschwinden und nie zurückzukehren, damit sie so tun konnte, als wäre ich tot. Damit sie ihre schwarzen Kittel tragen und an meinem Grab beten konnte. Damit sie den Leuten leid tat.

»Ich habe Savannah vermisst«, sagte ich ihr. »Mir haben die Tunnel gefehlt.«

»Wie lange ...?«

»Ich bin vor fast zwei Jahren zurückgekehrt.«

387

Strata Luna stieß ein gedämpftes Schluchzen aus, dann hob sie eine Hand vor den Mund, um das Geräusch zu unterdrücken. Oh, sie hatte immer so getan, als wäre sie stark, aber sie war genauso schwach wie alle anderen.

»Wo hast du gewohnt?«

»Manchmal in den Tunneln. Manchmal auf der Straße.«

Ein Chamäleon, das sich kleidete wie ein Mann oder eine Frau. Wie es mir gefiel. Natürlich hatte ich das nicht alles allein vollbracht. Enrique hatte mir geholfen. Er hatte mir Essen und Kleidung gebracht. Geld. Was ich brauchte. Was ich wollte. Er hatte sogar die CDs gekauft, die ich mitnahm zu Gary Turellos Beerdigung.

Ich hatte immer vermutet, dass Enrique ein bisschen in mich verliebt war. Entweder das, oder ihm tat jemand leid, deren eigene Mutter sich von ihr abgewandt hatte.«

»Ich wusste, dass du es bist, aber ich wollte es nicht wahrhaben«, jammerte Strata Luna. Plötzlich verwandelte sich die strenge Priesterin in eine klagende, verängstigte alte Frau. »Sag mir, dass ich unrecht habe! Sag mir, dass du nicht all diese Morde begangen hast.«

Sie streckte forschend eine Hand aus, die Bewegung elegant, selbst in ihrem überspannten Zustand. »Enrique! Der arme Enrique! Er hat dich *geliebt*. Er hätte alles für dich getan.«

»Das hat er. Er ist für mich gestorben.«

» *Warum?*«

Ich dachte an einen ihrer Lieblingssätze, *»Das Böse braucht keinen Grund, um zu existieren«*, aber ich wollte sie nicht zitieren. Ich wollte ihr nicht diese Ehre erweisen. »Er hat dir zu viel bedeutet.«

»Du warst *eifersüchtig?*«, fragte sie und konnte es noch immer nicht verstehen.

Ich lachte. Sie lag so falsch. »Ich wollte dir wehtun. Ich wollte, dass du eine einsame alte Frau wirst. Ich wollte dir alles wegnehmen, was dir etwas bedeutet.«

Ihr Blick fiel auf die Bahre. »Wer ist das?« Sie trat näher.

»David Gould.«

»Der Detective? Wenn das, was du sagst, die Wahrheit ist, was hat er dann damit zu tun? Er bedeutet mir nichts.«

»Ich mag ihn einfach.«

Sie nickte, sie erinnerte sich. »Selbst als du klein warst, hat dich der Tod so merkwürdig fasziniert. Es war nicht gesund. Es war unwiderstehlich und abartig und krank.«

»Geh nach Hause, alte Frau.«

Ich hatte vergessen, dass sie mich so schnell nerven konnte. »Ich habe schon genug von dir.«

»Ich hätte dich vernichten sollen, als du klein warst«, sagte sie. »Als mir klar wurde, dass du böse warst. Aber ich konnte mein eigenes Kind nicht töten. Nicht mein eigenes Baby.«

»Ich bin nicht deine Tochter! Du hast mich gehext!« Plötzlich brannten Tränen in meinen Augen. Ungeduldig wischte ich sie mit dem Handrücken weg. »Du hast mich aus Ästchen und Katzeninnereien erschaffen, die in Blut schwammen!«

»Nein!«

Sie tat so, als wäre sie entsetzt über meine Worte. Was für eine Schauspielerin.

»Wer hat dir eine solche Lüge erzählt?«, fragte sie.

Wie könnte ich mich an den Ursprung von etwas erinnern, was ich immer schon gewusst hatte?

»Du bist meine Tochter. Ein Teil von mir. Genau wie Deliliah meine Tochter war. Du hast so getan, als hättest du versucht, sie zu retten, aber ich konnte dich durchschauen. Ich habe dich immer durchschaut. Aber du bist nicht gehext worden. Ich wünschte, sagen zu können, dass es so wäre. Ich wünschte, sagen zu können, dass du nicht von mir abstammst, aber das wäre eine Lüge.«

Ich zog das Messer heraus, mit dem ich Enrique und Flora getötet hatte. Es war sehr scharf, und ich war erfüllt von Hass und Zorn. Diese Frau hatte mein Leben ruiniert. Sie hatte all ihre Aufmerksamkeit Deliliah zuteil werden lassen, und Enrique und Flora und mich ignoriert. Mich von sich gestoßen.

»Du warst böse«, sagte sie in dem Versuch, ihr Versagen zu entschuldigen.

»Du sollst alle deine Kinder gleichermaßen lieben«, sagte ich zu ihr. »Das ist die Aufgabe einer Mutter. Zu lieben ohne Vorwürfe, ohne Fragen.«

»Selbst Mörder?«

»Selbst Mörder.«

Ich hob das Messer.

Sie hätte im Zickzack laufen sollen. Sie hätte davonrennen sollen. Stattdessen blieb sie starr stehen und sah mich an. Sie legte eine Hand mit gespreizten Fingern auf ihre Brust, wo sie ein *Wanga* versteckt haben musste. Ihr Mund begann sich zu bewegen, und sie murmelte Worte, die mich zu Boden werfen sollten:

Wenn ich am seid'nen Faden häng
an diesem einsamen Ort,

zieht Angst in das Herz der Schädiger,
zieht Angst in das Herz der Schädiger,
und rettet mir das Sein,
und rettet mir das Sein.

Ich entstammte der Erde und toten Gegenständen; ich war stärker als jeder Fluch, den sie aussprechen konnte.

»Das Böse pflanzt sich in gerader Linie fort«, sagte ich zu ihr. Ich ließ die Klinge herniederfahren und stieß sie tief in das Herz meiner Mutter, in das Herz Strata Lunas.

45

Elise lauschte dem Krabbeln und Knistern der Millionen Küchenschaben, dem Klang tropfenden Wassers.

Wo blieb die Verstärkung?

Sie zog ihr Handy heraus.

Kein Empfang.

Sie sah auf die Uhr. Starsky und Hutch sollten mittlerweile im Mary of the Angels sein.

Geh niemals ohne Verstärkung.

Das wusste jeder Anfänger.

Sie steckte ihr Handy zurück in die Tasche und marschierte weiter in Richtung Friedhof.

Dabei schien sich der Ausblick nie zu ändern. Der Tunnel erstreckte sich vor ihr, immer weiter, bis er irgendwo in der Ferne verschwand, wie bei einem Kunstprojekt.

Plötzlich aber erhellte ihr Taschenlampenlicht einen dunklen Umriss in der Ferne.

Elise schaltete die Lampe aus und sprang von der einen Seite des Tunnels auf die andere, um schnell ihre Position zu ändern. Sie kauerte sich hin, zog ihre Waffe heraus und lauschte.

Dichter und Autoren haben immer wieder versucht, vollständige, allumfassende Dunkelheit zu beschreiben, aber es geht einfach nicht. Es war nicht nur so, dass sie auch nicht das kleinste bisschen sehen konnte. Es war dieses eigenartige, irrtümliche Gefühl, dass einem etwas Festes direkt vor Augen stand.

Einen umgab.

Immer näher kam.

Audrey wählte erneut David Goulds Nummer. Es meldete sich noch immer niemand. Sie legte auf und zog ihren Panda-Bären-Rucksack an. Vielleicht war er zu Hause. Vielleicht ging er einfach nur nicht ans Telefon. Manche Leute waren so. Audrey hatte keine Ahnung, warum. Aber es gab sie.

Mary of the Angels war nicht weit von der Polizeiwache entfernt. Vielleicht acht Block. Sie würde einfach hinübergehen. Mal sehen, ob sie David finden konnte.

Ihr Vater hatte ihr immer wieder eingeschärft, im Historic District und im viktorianischen Viertel vorsichtig zu sein, nicht allein herumzulaufen, aber es war ja nicht Nacht und eine Menge Leute war unterwegs, vor allem Touristen, die Fotos machten und Häuser anschauten und darüber redeten, wie heiß es war.

Audrey brauchte nicht lange bis zum Mary of the Angels.

Es war ein unheimliches Gebäude, richtig alt, mit einer Menge Efeu. Ganz oben auf dem Haus sah sie merkwürdige Eisensilhouetten, und das graue Dach erinnerte sie an einen Ort, an dem Schornsteinfeger tanzten, sangen und sich schmutzig machten. Sie entdeckte einen Streifenwagen vor dem Haus. Und eine Menge Leute, die herumstanden. Zwei von ihnen erkannte sie als Detectives von der Wache.

Sie ging auf einen von ihnen zu und fragte, was sie hier taten.

»Bist du nicht Elise Sandburgs Tochter?«, fragte der Detective.

Er hatte ein rotes Gesicht und Sommersprossen.

Audrey packte die Riemen ihres Rucksacks. »Sie hat gesagt, ich soll David Gould anrufen, aber der geht nicht ans Telefon. Ist mit ihm etwas nicht in Ordnung?«

Sie hoffte nicht. Sie hatte ein ziemlich komisches Gefühl im Bauch.

»Wir wissen es nicht.«

»Und wo ist meine Mom? Wollte die sich nicht bei Strata Luna mit Ihnen treffen?« Audrey wurde immer nervöser. »Sie hat mir gesagt, Sie müssten einen Durchsuchungsbefehl abliefern.«

»Hier hat sich etwas ergeben«, entgegnete der Detective und warf seinem Partner einen nervösen Blick zu.

Sie hatten ein Geheimnis. Das konnte Audrey deutlich sehen.

»Ist meine Mom okay?«, fragte sie und hob die Stimme.

Er streckte die Hände aus, als wäre sie ein Hund, der ihn nicht anspringen sollte. »Sie ist in einem kleinen Tunnel unter dem Mary of the Angels, das ist alles. Keine große Sache. Sie müsste bald wieder hier auftauchen.«

»Im Tunnel? Ganz allein? Das würde sie nie tun. Ich weiß, das würde sie nie tun.«

»Sie ist aber im Tunnel«, sagte der Partner und klang genervt.

»Warum sind Sie dann hier draußen?« Audrey sah sich um.

Zwei Polizisten standen vor dem Mietshaus und redeten mit einem grauhaarigen alten Mann, der eine Katze im Arm hielt.

»Warum sind Sie nicht auch im Tunnel?«

Die Detectives sahen einander an, und Audrey konnte an ihren Gesichtern erkennen, dass es ihnen peinlich war. »Das ist zu gefährlich«, sagte der Mann mit den Sommersprossen zu ihr. »Niemand sollte da reingehen. Nicht einmal die Polizei.«

»Aber Sie müssen da hinein!«, sagte Audrey und schaute von einem zum anderen. »Sie müssen!«

Sie kannte sich aus mit Hohn und Spott. Immerhin war sie dreizehn. »Haben Sie etwa *Angst*, in den Tunnel zu gehen?«, fragte sie. »Haben Sie Angst vor ein paar kleinen Käfern?«

Elises Herz hämmerte in ihrem Kopf.

Ihr Atem ging ruckartig.

Sie konnte nichts hören, außer den Puls ihrer eigenen Angst.

Sie hätte auf Verstärkung warten sollen.

Keine Zeit!

Sie richtete sich ein wenig auf.

Langsam, die Augen weit geöffnet und die Ohren gespitzt, schlich sie voran.

Sie versuchte sich an das Bild zu erinnern. Versuchte, daraufzukommen, wie es genau ausgesehen hatte.

Dunkel. Formlos. Etwa so groß wie ein Mensch, aber es konnte genauso gut etwas anderes gewesen sein. Irgendein Überrest aus der Zeit, in denen die Tunnel insgeheim benutzt worden waren, um Gelbfieberopfer zum Friedhof zu schaffen.

Sie hielt inne und richtete sich auf.

Mit gespreizten Beinen und durchgedrückten Knien

presste sie die Waffe gegen die Taschenlampe und zielte in die Richtung, in der sich die Form befinden müsste. Aber wie jemand, der durch dichten Nebel fuhr, konnte auch sie nicht schätzen, wie weit sie gekommen war, seit sie das Licht ausgeschaltet hatte, und wie weit die Form überhaupt entfernt gewesen war.

Sie drückte auf den Schalter und das Licht ging an.

Wo?

Sie schwenkte den Lichtstrahl.

Da.

Sie hielt inne.

Die Form war genau so, wie sie sich erinnerte, aber jetzt besser zu erkennen.

Dunkler Stoff. Etwa so groß wie ein Mensch.

Sie tat einen langsamen Schritt nach dem anderen, löste ihren Blick nie von dem Ding.

Ein Kleid.

Schwarze Spitze.

Die Rundung eines menschlichen Rückens unter zerknittertem Stoff.

Eine Hand in einem Handschuh.

Es sah alles nach einer Leiche aus.

Strata Lunas Leiche.

Aber da schon alle möglichen Leichen nicht tot gewesen waren, näherte sich Elise mit Vorsicht.

Sie hakte einen Fuß hinter die Schulter.

Die Leiche entrollte sich schlaff aus der gekrümmten, schützenden Position, und fiel mit einem Plumps, der widerhallte, auf den Boden.

Strata Luna.

Die Augen offen.

Den Mund offen.

Ein See aus Blut.

Tot.

Wo war David?

Was war los?

Wer hatte Strata Luna getötet?

Wo war David?

Die Tote keuchte plötzlich, rang nach Luft.

Elise zuckte zurück und ließ beinahe die Taschenlampe fallen.

»*Geh!*«, raspelte der schwarze blutige Haufen und deutete den Tunnel entlang, eine ungeheure Anstrengung, um höchste Eile deutlich zu machen.

Elise rappelte sich auf, wandte sich um und rannte in Richtung Friedhof, den Kopf gesenkt.

Keine Zeit nachzudenken, keine Zeit sich zu überlegen, was hier los war. Außer dem Offensichtlichen.

Der Mörder war nicht Strata Luna.

David Gould war in Gefahr.

Das waren die beiden Dinge, die sie wusste. Die einzigen Dinge, die sie wusste.

46

Sie zwang seine Augenlider mit den Daumen auf.

Zerbrochenes Licht aus einer Laterne neben Davids Kopf strahlte nach oben und verschwand in der Dunkelheit von Stein und Marmor.

Sie waren in einer Art Mausoleum, wurde ihm klar. Die Frau beugte sich über ihn, ohne Schleier, das Gesicht blutverschmiert.

Nicht Strata Luna.

Das war die Tochter. Die Tochter, die sich angeblich erhängt hatte. Marie Luna. Sie hatte ihre eigene Schwester getötet. Ein extremer Fall von Geschwister-Rivalität. Und sie hatte aus demselben Grunde Enrique und Flora getötet. Und jetzt ihre eigene Mutter.

Elise hatte recht gehabt mit der Besessenheit vom Tod, der Nekrophilie.

Marie Luna ließ seine Augenlider los und kniete sich neben ihn. Zuvor hatte sie ihn von der Bahre gezogen und auf irgendeine Art Podest gelegt. Er kam sich vor wie eine Opfergabe.

»Wenn man das Herz seines Feindes isst, macht einen das stärker«, sagte sie zu ihm.

Er zuckte – immerhin, eine Bewegung, obwohl nur winzig.

Wollte sie sagen, was er glaubte, dass sie sagte? Hatte sie Strata Lunas Herz gegessen? Oder wollte sie womöglich *sein* Herz essen?

Beide Vorstellungen waren zu entsetzlich, und sein Geist zuckte zurück.

Er spürte, wie er sank ...

Sie raffte den schwarzen Rock ihres Kleides zusammen und begann ihn zu reiten.

Er versuchte die Augen zu schließen, aber konnte das nicht, nachdem sie sie geöffnet hatte. Er konnte nur aus der ersten Reihe zusehen.

Sie zog ein Messer hervor. Eine fiese Waffe aus blitzendem Stahl.

Er sah, wie sie südwärts sank und schließlich aus seinem Blickfeld verschwand.

Würde sie ihn ausnehmen wie einen Fisch?

Würde sie ihn kastrieren?

Das war nicht ihr Stil, aber irgendetwas hatte sich verändert, und sie ging über ihre normale Vorgehensweise hinaus.

Er hatte eine Menge kranke, durchgedrehte Leute im Leben getroffen, aber selbst die abartigsten kannten eine Grenze, die sie nicht übertraten. Es gab immer irgendetwas, das sie in ihren verdrehten Schädeln als heilig ansahen. Für manche waren es Kinder. Für andere alte Damen. Oder Tiere.

Das Aas vor ihm schien zu allem fähig.

David hatte die letzten zwei Jahre damit verbracht, sich zu wünschen, er wäre tot. Jetzt, wo das Stadium des Nichtseins dicht bevorzustehen schien, stellte er überrascht fest, dass er sich doch nicht so auf den Tod freute.

Woher sollte er je wissen, ob Audrey das mit dem Werfen hinbekäme? Wie sollte er wissen, was für ein Auto Elise sich kaufte, wenn ihres letztendlich kaputtging?

Würde sie je ihr Haus fertig bekommen? Und was war mit Isobel? Wer würde sich um Isobel kümmern?

Würden Starsky und Hutch sich wünschen, dass sie ihn mit mehr Respekt behandelt hätten? Würden sie sich scheiße fühlen, wenn er tot war?

Er hoffte es.

Jetzt zu sterben wäre wie mitten in einem guten Film aus dem Kino zu gehen oder versehentlich ein Buch am Flughafen liegen zu lassen.

Aber so war der Tod nun einmal. Er unterbrach einen mitten bei der Arbeit. Vielleicht war es genau das, was LaRue so interessant daran fand, seine Zehen in den Pool zu stecken und sie dann ohne großen Schaden wieder herausziehen zu können.

David hörte das Reißen von Stoff, als sie sein Hemd zerfetzte. Etwas Kaltes – die Messerklinge – berührte seinen Bauch, oberhalb des Nabels.

Kalter Stahl.

Das Gefühl kehrte zurück.

Perfektes Timing. Jetzt könnte er immerhin den Einschnitt mitkriegen.

Aber statt sich über seine Innereien herzumachen, legte sie das Messer beiseite und begann seine Hose aufzuknöpfen.

Ach ja. Vergewaltigung. Bei all der Aufregung hatte er das ganz vergessen. Erst mal würde sie ihn vergewaltigen.

**

Der Tunnel bog nach links und stieg steil an. Am Ende befand sich eine Metalltür.

Laurel Grove Cemetery.

Elise hielt inne und lauschte.

Keine Verstärkung zu hören.

Damit das Licht ihr Kommen nicht verriet, zielte sie mit der Taschenlampe auf ihre Füße, dann ging sie leise den Abhang hinauf.

Die Tür war nur angelehnt.

Sie umklammerte ihre Waffe, drückte sie gegen die Taschenlampe und trat mit hämmerndem Herzen schnell durch die Öffnung, dann drehte sie sich um, um den Raum zu erfassen.

Ein Mausoleum.

Marmorwände mit Fächern, in denen Leichen und Asche lagen. In der Mitte des Raumes stand ein Sarkophag. Darauf ritt eine Frau in einem langen schwarzen Kleid einen Mann. Sie ritt David Gould.

Wer war das?

Elise hatte Mühe, das alles zu verarbeiten. Jetzt, wo Strata Luna nicht mehr infrage kam, hatte sie Schwierigkeiten, die Sachlage zu begreifen.

War das eine von Strata Lunas Prostituierten?

»Gehen Sie weg von ihm.« Elises Stimme war ganz ruhig, obwohl ihr Herz galoppierte.

Die Frau fiel vornüber und presste sich an David, während sie Elise beobachtete. Sie war schön, mit kupferfarbener Haut und eigenartigen Augen.

Sie streichelte Davids Arm. Ohne ein Wort, während sie Elise anstarrte, liebkoste sie ihn, sie schob seinen Kopf hin und her. Sie drückte sich an ihn, sodass sie Wange an Wange lagen und beide Elise ansahen.

401

Davids Augen standen weit offen.

Gott.

Ein Zittern durchfuhr den Arm, der die Waffe hielt.

War er tot?

Gott.

»Runter von ihm!«, sagte sie.

Erschieß sie.

Da die Frau ihr die Körperseite zuwandte, gab es nur eine verwundbare Stelle. Die Mitte ihrer Stirn, nur Zentimeter von Davids entfernt.

Elise konnte einigermaßen ordentlich schießen, aber sie war kein Scharfschütze.

Und unter diesen Bedingungen ... schlechtes Licht, viele Schatten ... ihr Arm zitterte.

»Heben Sie beide Hände und treten Sie zurück!«, befahl Elise.

Wo war ihre verdammte Verstärkung? Wo waren Starsky und Hutch?

»Sonst schieße ich Ihnen den Kopf weg.«

Das Grinsen der Frau verbreitete sich.

Sie hob die Hände hoch.

Dann, als würde sie von einem Faden gezogen, setzte sie sich aufrecht, immer noch auf David. Sie schwang ein Bein über seinen Körper, ließ einen ihrer Arme sinken.

»Hoch!«

Sie hob den Arm, dann glitt sie ungeschickt von der Plattform, bis sie daneben stand.

»Weg von ihm.«

Mit den Händen in der Luft trippelte die Frau zur Seite, sie umrundete die Basis des Sarkophags.

402

Dann begann sie auf Elise zuzugehen.

»Stopp! Stehen bleiben!«

Sie blieb stehen. *Erschieß sie.*

»Wer sind Sie?«, fragte die Frau.

Elise hatte das Gefühl, dass sie die Antwort bereits kannte. »Detective Sandburg.«

»Elise«, sagte die Frau langsam, mit Sirup in der Stimme, dann wieder das verdrehte Grinsen.

Elise bekam eine Gänsehaut. *Erschieß sie endlich!*

»Elise Sandburg. Ich weiß alles über dich. Du wurdest als Baby auf einem Friedhof zurückgelassen. Die Tochter eines Hexenmeisters.« Sie starrte Elise lange an. Dann begann sie einen Singsang:

Blaubrille eines Zauberers
wirft ihren tödlich Bann.
Sei jetzt bereit dahinzugeh'n
und hör der Glöcklein Sang.

Elise hielt ihre Taschenlampe in einer Hand, den Revolver in der anderen. Als Nächstes musste sie der Frau Handschellen anlegen, aber dazu müsste sie kooperieren – was sehr unwahrscheinlich erschien.

»Ich heiße Marie. Marie Luna.«

Elise kam es vor wie ein Schlag in den Magen.

Das war Strata Lunas Tochter. Die angeblich tot und begraben war. Die sich angeblich erhängt hatte.

Sie erinnerte sich an Strata Lunas Trauer, als sie über ihre Töchter sprach. Elise hatte geglaubt, sie wäre traurig, weil ihre Kinder beide tot waren. Stattdessen aber hatte sie ge-

403

trauert, weil wenigstens einer ihrer Nachkommen krank und bösartig war.

Was sollte man tun mit einem bösartigen Kind?

Wie hatte Strata Luna sich entschieden? Hatte sie so getan, als wäre das Mädchen tot?

»Wir sind Schwestern«, sagte Marie Luna.

Zuerst dachte Elise, sie meinte »Schwestern« wie in: Alle Frauen sind Schwestern.

»Jackson Sweet war dein Vater«, fuhr Marie Luna fort. »Und er war auch mein Vater.«

Der Boden kippte.

Ihr ganzes Leben lang hatte Elise ihre Wurzeln kennenlernen wollen, sie hatte wissen wollen, woher sie kam, aber das war jetzt ein kranker Witz – das war es. Ihr Vater – ein Hexenmeister. Ihre Mutter eine Prostituierte, die zum Dauergast im Kloster geworden war. Und ihre Schwester eine mordende Psychopathin? Viel besser konnte es nicht mehr kommen.

Marie Luna wollte sie einfach nur fertigmachen. Sie versuchte, sie aus dem Gleichgewicht zu bringen.

»Damit sind wir Halbschwestern.« Marie Luna kam einen Schritt näher, dann noch einen, der Stoff ihres schweren Rocks glitt über den Steinboden.

Sie lügt, dachte Elise, und ihr Magen verkrampfte sich.

Marie Luna blieb stehen. »Sieh mich an. Unsere Haut hat nicht die gleiche Farbe, denn deine Mutter war weiß – meine war schwarz. Aber sieh mir in die Augen.«

O Gott. Diese Augen. Es waren Elises Augen. Sie konnte sogar eine Ähnlichkeit mit Audrey im Gesicht der Frau wiederfinden.

Marie Luna nickte und lächelte weiter dieses entsetzliche Lächeln. Zufrieden damit, dass Elise jetzt überzeugt war von ihrer familiären Nähe.

Erschieß sie.

Sie lachte. »Ich bin deine Schwester. Du wirst doch deiner eigenen Schwester nichts antun, oder?«

Gefühle drängten sich durch Elises Hals und sie stieß ein würgendes Geräusch aus. *Was für ein Albtraum. Das kann doch alles nicht wahr sein. Das darf nicht wahr sein.*

Elise riskierte einen Blick in Davids Richtung. Er starrte sie an. Leben in den Augen. Er versuchte, ihr etwas zu sagen.

Sie hat ein Messer, wollte David sagen, aber die Worte kamen nicht aus seinem Mund. *Versteckt in ihrem Rock.*

Er konnte das Entsetzen auf Elises Gesicht sehen, ihre Mühe, damit klarzukommen, was Marie Luna ihr erzählt hatte.

Marie Luna würde das auch sehen können. Sie wäre bereit für den Augenblick, in dem Elise wankte.

Aber die Dinge veränderten sich. Davids Körper erwachte wieder. Er konnte Elektrizität durch seine Nervenbahnen schießen fühlen, es kribbelte.

Er zwang sich, alle Gedanken an Elise zu verdrängen und sich auf seinen Körper zu konzentrieren. *Denk an nichts anderes, als deinen Arsch von diesem Ding zu kriegen.*

Beweg dich, befahl sein Hirn.

Beweg dich!

Plötzlich zuckte er zur Seite. Er rollte von der Marmorplatte herunter und riss die Laterne mit sich.

Er versuchte, sie zu fangen. Aber seine Arme reagierten nicht. Er knallte auf den Boden, die Laterne zerbrach.

Marie Luna stürzte sich auf Elise. Sie schrie, und das Messer tauchte plötzlich scheinbar aus dem Nichts auf.

Hoch erhoben.

Es fuhr nieder.

Eine Waffe entlud sich.

Marie Luna riss die Klinge frei, stieß wieder zu.

Elises Taschenlampe fiel zu Boden, das Glas zerbrach.

Absolute Dunkelheit.

Strata Lunas Tochter schrie weiter, sie schrie Worte, die keinen Sinn ergaben.

Elise lag still.

Still.

Blondes Haar schwebte in der Wanne.

Kleine blaue Finger.

NEIN!

Das durfte nicht passieren.

Nicht noch einmal.

Wieder ein Schuss.

Ohrenbetäubend.

Dann noch einer und noch einer.

Davids Ohren summten hohl, während er sich über den Boden schleppte, er grub seine Finger in die Spalten zwischen den Steinen, zerrte sein totes Gewicht.

Aus dem Tunneleingang hörte er eilige Schritte. Grelle Taschenlampen blendeten ihn.

»O mein Gott.« Starsky. Hutch.

Ihr seid zu spät, ihr *Arschlöcher. Gottverdammt noch mal zu spät.*

David folgte ihrem Blick dorthin, wo Elise in einem Blutsee lag. Ausgebreitet über ihr befand sich Marie Luna.

Tränen brannten in seinen Augen.

Scheiße, Scheiße, Scheiße.

Elise. Tot.

Marie Luna rührte sich.

Die Detectives sprangen vor, Waffen und Taschenlampen im Anschlag.

Eine Stimme – Elises Stimme – kam unter dem blutigen Haufen hervor. »Kann jemand dieses böse Monster von mir runterschaffen?«

47

Was guckst du so?«, fragte David besorgt und schaute Elise genau an.

Sie befanden sich auf dem Balkon vor ihrem Schlafzimmer, Elise saß in einem geflochtenen Schaukelstuhl, David lehnte am Geländer. Er war barfuß und trug eine ausgeblichene Jeans und ein graues Savannah-Police-Department-T-Shirt. Elise trug eine lockere schwarze Hose und ein Top in verschiedenen Rottönen, das Audrey ausgesucht und ihr aufgeschwatzt hatte.

»Ist Bösartigkeit vererbbar?«, fragte Elise ängstlich. Würde es in zukünftigen Generationen wiederauftauchen? Bei Audreys Kindern oder Enkeln?

»Weißt du was?« David stieß sich mit der Hüfte von der Brüstung ab und reckte sich, um eine Magnolienblüte von einem nahe stehenden Baum zu zupfen. »Ich bin einfach nur froh, dass du am Leben bist.« Er steckte ihr die weiße Blume ins Haar. Über dem Ohr. »Und ich bin froh, dass ich am Leben bin. An das ganze andere Zeug will ich gerade nicht denken.«

Er hatte recht. Es hatte keinen Sinn, sich mit etwas zu beschäftigen, das man nicht kontrollieren konnte und das wahrscheinlich auch nie eintreten würde.

Major Hoffman hatte David seinen alten Job angeboten, und er hatte angenommen, mit einem Jahr Probezeit. Sein Täterprofil war beeindruckend genau gewesen, bis auf Geschlecht und Ausbildung. Und abgesehen von ein wenig Verlust des Kurzzeitgedächtnisses, von dem LaRue, der aus dem Gefängnis raus und ebenfalls auf Bewährung war, ihm versicherte, dass es bald zurückgehen würde, schien David keine nachhaltigen Folgen des TTX aufzuweisen.

Nach achtundvierzig Stunden im Krankenhaus, zwei Blutkonserven und über achtzig Stichen an vier Abwehrwunden, hatte man Elise nach Hause geschickt. Die Allzweck-Weste hatte sie vor tödlichen Verletzungen bewahrt.

Strata Luna war am Leben und ihr Zustand stabil. Die Messerklinge hatte ihr Herz um Haaresbreite verfehlt.

»Wenn ich hier rauskomme, dann bringe ich dir ein paar gute Zaubersprüche bei«, hatte Strata Luna auf dem Krankenbett gesagt, als Elise zu Besuch gekommen war.

Die Lampen waren mit blauen Tüchern verhängt, um böse Geister zu vertreiben, und Strata Luna hatte schon mehrfach Ärger bekommen, weil sie eine Heil-mich-jetzt-Kräutermischung verbrannte.

»Ich muss es an jemanden weitergeben, und wer wäre besser geeignet als Jackson Sweets Tochter? Und später, wenn der richtige Zeitpunkt gekommen ist, kannst du es deinem Mädchen beibringen.«

»Ich weiß nicht ...«, hatte Elise unverbindlich geantwortet, während sie gleichzeitig ganz aufgeregt war bei dem Gedanken, ihre Vergangenheit so offen zu leben. Aber sie war eine Polizistin. Ein Detective. Sie sollte sich nicht mit Zauberei abgeben. Und doch ...

»Du kannst es nicht enden lassen. Noch eine Generation, dann weiß niemand mehr, wie man mit Kräutern und Wurzeln arbeitet. Verschenk nicht dein Erbe, Mädchen«, hatte

Strata Luna sie ermahnt. »Du könntest dadurch eine bessere Polizistin werden.«

Eine verlockende Vorstellung ...

Dann wandte sich das Gespräch Marie Luna zu.

»Ich habe immer vermutet, dass sie ihre eigene Schwester getötet hat«, gestand Strata Luna. »Aber als Mutter konnte ich es doch nicht glauben. Ich dachte, ich müsste mich geirrt haben. Aber sicherheitshalber nahm ich sie aus der Schule und unterrichtete sie daheim. Vielleicht war das falsch von mir. Vielleicht hätte ich ihr nicht die Gesellschaft von Mädchen ihres eigenen Alters verwehren sollen.«

»Ich denke, Sie haben eine weise Entscheidung getroffen«, sagte Elise. »Die Geschichte zeigt, dass der Zustand von jemandem mit Maries Tendenzen sich nur verschlimmert, wenn derjenige in das öffentliche Schulsystem gezwungen wird.«

»Es gab die üblichen Anzeichen«, fuhr Strata Luna fort. »Sie ließ Tiere leiden. Ich habe schnell begriffen, dass sie keine Haustiere haben durfte, aber dennoch fing sie junge Vögel und quälte sie, bis sie starben. Ich habe alle möglichen Bannflüche versucht, aber die schienen es nur zu verschlimmern. Eine Weile habe ich sogar versucht, sie zu sedieren.«

»Mit Tetrodotoxin?«

»Nicht mit dem Zombie-Gift, aber mit einem verwandten. Es sollte ihrer Energie die Spitzen nehmen. Aber statt sie auszuschalten, hielt es sie nachts wach. Sie zog die ganze Nacht durch diese verdammten Tunnel.«

»Ich habe gehört, dass Betäubungsmittel manchmal diese negative Reaktion hervorrufen«, sagte Elise. Wenn Strata

Luna nur um Hilfe gebeten hätte. Aber es brachte auch nichts, ihr etwas zu sagen, was sie schon wusste.

»Dann habe ich sie mit einer Leiche erwischt, die sie auf dem Laurel Grove Cemetery ausgegraben hatte. Sie zerrte sie durch den Tunnel und brachte sie nach Hause, wie ein Hund einen Knochen. Da reichte es mir. Ich konnte nicht mehr. Ich habe ihr gesagt, sie müsste verschwinden. Ich habe sie nicht mittellos hinausgeworfen. Ich habe ihr Geld gegeben. Genug für eine lange Zeit, aber sie muss es schnell verprasst haben.«

»Wie haben Sie ihren Tod getürkt?«

»Die Leute stellten mir nicht viele Fragen. Ein alter Leichenbeschauer aus St. Helen Island hat die Sterbeurkunde im Tausch für zwei Flaschen Whiskey und einen Reichtumszauber unterschrieben. Und ich hatte ja schon eine Leiche, die ich in den Sarg legen konnte.«

»Die Marie ausgegraben hatte.«

»Das kam mir immer falsch vor. Es war ein Unbekannter aus einem anonymen Grab. Aber es ist trotzdem nicht richtig, dass er unter Marie Lunas Grabstein liegt. Und jetzt brauche ich einen Ort, um sie zu beerdigen ...«

»Ich kann Ihnen dabei helfen, ihn verlegen zu lassen.«

»Zuerst war ich nicht sicher, ob ich sie neben Deliliah wollte, aber ich habe Marie schon einmal fortgeschickt. Ich kann das nicht noch einmal tun ... Und es war meine Schuld. Ich habe deine Mutter verflucht, als sie schwanger mit dir war. Sie muss einen Spiegel hochgehalten haben, denn der Fluch kam direkt zu mir zurück ...«

Elise hatte unbewusst auch in den Jahren, in denen sie diesen Angelegenheiten den Rücken zugewandt hatte, an die Kraft der Zauberei geglaubt. Aber Strata Lunas Aussage war doch ein wenig schwer zu schlucken. Wenn sie glaubte, dass ihr eigener Fluch auf sie zurückgefallen war, konnte die Kraft dieses Glaubens dafür gesorgt haben, dass sie ein bösartiges Kind zur Welt brachte? War das möglich?

Jetzt, Tage später, beschäftigte sich Elise immer noch mit dieser Frage.

»Habe ich dir erzählt, dass sie Gary Turello gefunden haben?«, fragte David.

Elise schaute auf und sah, dass er ihr die Hand entgegenstreckte. Sie nahm sie und mit festem Griff half er ihr aus dem Schaukelstuhl. »Er befand sich in einem der Tunnel, eingewickelt in eine kuschelige Matratze.«

»Turello und ungefähr eine Million Kakerlaken«, sagte sie.

»Und die Fußabdrücke auf dem Friedhof, wo Jordan Kemp gefunden wurde«, sagte David, »passen zu den Stiefeln, die Marie Luna trug.«

Sie machten einen kurzen Spaziergang. Elise musste aus dem Haus rauskommen. Sich umsehen. »Und was ist deine Theorie wegen Harrison?«

»Pech gehabt. Er ist wahrscheinlich unwissentlich mit dem TTX in Kontakt gekommen, als er in dem Tunnel war. Vielleicht ist es auf seine Kleidung gelangt. Und später am Abend, als er sich umzog, um ins Bett zu gehen, hat er das Zeug eingeatmet. Oder er hat es durch die Haut aufgenommen.«

Elise nickte. »Es würde mich nicht überraschen, wenn Marie Luna absichtlich Spuren von TTX um ihr Lager herum ausgestreut hätte.«

»So wie im Grab des Tutenchamun?«

»Scheint mir sehr wahrscheinlich.«

Die französischen Türen standen offen, und sie konnten Musik aus Audreys Zimmer hören. Sie hatte darauf bestanden, die nächsten zwei Wochen hierzubleiben, um sich um ihre Mutter zu kümmern und beim Kochen und Saubermachen zu helfen. Elise fand es nicht notwendig, darauf hinzuweisen, dass sie nicht kochte und nur selten sauber machte. Es war einfach schön, Audrey hierzuhaben.

Während sie unten auf Audrey warteten, zog David seine Laufschuhe an und sah sich im vorderen Bereich des Hauses um, die Hände in die Taschen geschoben. Er blieb im Eingangsbereich stehen und bewunderte die entsetzliche Seventies-Tapete. Sie glänzte, mit silbernen und rosanen Streifen.

Die Musik über ihnen brach ab. Einen Augenblick später hopste Audrey die Treppe herunter. »Das ist ja eine coole Brille.«

Sie trug die blaue Zaubererbrille, die Strata Luna an Elise weitergegeben hatte.

»Ich kann ein Dampf-Ablösegerät leihen und dir helfen, die Tapete zu entfernen«, sagte David. »Es gibt auch ein Zeug, das heißt Strip-Ease, das wunderbar funktioniert.«

Audrey rückte die blaue Brille zurecht.

Sie sah sehr niedlich aus. Sehr retro.

»Ich kann dabei auch helfen«, sagte Audrey. »Und streichen. Ich streiche gern.« Sie berührte die Blume in Elises Haar. »Hübsch.«

Elise hatte ihr schließlich alles über Jackson Sweet und Loralie erzählt. Sie war gut damit klargekommen. Genau genommen hatte es sie sogar fasziniert und interessiert. Aber

Elise hatte für sich behalten, dass Marie Luna ihre Halbschwester war. Audrey war jung und musste schon genug verarbeiten.

»Ich stelle mir eine ganz klassische Farbe vor«, sagte David und betrachtete immer noch die Wand. »Vielleicht ein Braungrau?«

Mutter und Tochter schauten ihn gleichermaßen entsetzt an. Er zuckte unbeeindruckt mit den Schultern. »Ist ja nur ein Vorschlag.«

»Moosgrün«, sagte Elise.

»Lila«, sagte Audrey.

»Wo wollen wir hin?«, fragte David. »Ich hab's vergessen.«

»Spazieren«, entgegneten Mutter und Tochter im Chor.

Draußen winkte Elise ihrer Nachbarin zu, Mrs Bell, die auf der Veranda saß.

Es herrschten 23 Grad, und die Luftfeuchtigkeit umschlang sie wie ein nasses Tuch. Der Bürgersteig war breit genug, dass sie alle drei nebeneinander gehen konnten.

Vor zwei Jahren hatte Elise Mrs Bell zur Augen-OP gefahren. Danach, als die alte Dame nach draußen trat, hatte sie immer nur gesagt: »Oh, diese Farben! Diese Farben!«, als hätte sie die Welt noch nie zuvor gesehen.

So kam sich Elise jetzt vor.

Das Gras wirkte so lebendig; die Blätter der Magnolie waren von einem tiefen, dunklen Grün. Der Himmel mit der untergehenden Sonne strahlte in so vielen wundervollen Spielarten von rosa und orange, und dann die Düfte!

Der Gestank der Papiermühle schien heute den Historic District auszusparen, sodass sie die Azaleen, die weintrau-

414

benartigen Kreppmyrten und das duftende Jelängerjelieber genießen konnten.

Nach ein paar Block gingen sie an einer Gruppe Mädchen vorbei, die seilsprangen, das Klatschen ihrer Schuhe auf dem Zement war zugleich der Rhythmus ihres Liedes.

Elise und Audrey warteten auf David, der noch eine Magnolienblüte pflückte – diesmal für Audreys Haar. Während sie unter den duftenden Zweigen standen, hörten sie den Singsang in ihre Richtung hallen:

Dem Sensenmann die Zunge rausgestreckt
Kuss auf dem Himmelbett
Leis' Flüstern an dem eisig Ort
Wir spielen nur den Tod.

Elises Gehorsamkeitszauber

Iriswurzeln (ganz lassen)
Rosenknospen
Lavendel
Eisen(III)-Oxid
Indische Narde

Namenszettel: Schreib den Namen des Opfers sieben Mal in schwarzer Tinte. Dreh das Blatt um neunzig Grad und schreibe ihn sieben Mal in Rot.
Ein Haar vom Kopf des Opfers.

Steck all dies in einen roten Flanellbeutel. Tränke den Beutel in Gehorsamkeits-Öl und trag ihn an deinem Herzen.